传世励志经典

CHUANSHILIZHIJINGDIAN

激浊扬清千古事

史记故事

【汉】司马迁 著

刘 琦 主编

中华工商联合出版社

　　古往今来，所有的成功者，他们的人生和他们所激赏的人生，不外是：有志者，事竟成。励志并非粘贴在生命上的标签，而是融汇于人生中一点一滴的气蕴，最后成长为人的格调和气质，成就人生的梦想。无论从事哪一行，有志不论年少，无志枉活百岁。

图书在版编目（CIP）数据

激浊扬清千古事：史记故事 /（汉）司马迁著；刘
琦主编. --北京：中华工商联合出版社，2016.6
　ISBN 978-7-5158-1672-2

Ⅰ．①激… Ⅱ．①司… ②刘… Ⅲ．①中国历史－古
代史－纪传体－青少年读物 Ⅳ．①K204.2-49

中国版本图书馆 CIP 数据核字（2016）第 102650 号

激浊扬清千古事
——史记故事

作　　者：	【汉】司马迁
主　　编：	刘　琦
出 品 人：	徐　潜
策划编辑：	魏鸿鸣
责任编辑：	徐　涛
封面设计：	周　源
营销总监：	曹　庆
营销推广：	王　静　万春生
责任审读：	郭敬梅
责任印制：	迈致红
出版发行：	中华工商联合出版社有限责任公司
印　　刷：	天津兴湘印务有限公司
版　　次：	2016 年 6 月第 1 版
印　　次：	2022 年 1 月第 4 次印刷
开　　本：	710mm×1020mm　1/16
字　　数：	280 千字
印　　张：	24
书　　号：	ISBN 978-7-5158-1672-2
定　　价：	48.00 元

服务热线：010－58301130
销售热线：010－58302813
地址邮编：北京市西城区西环广场 A 座
　　　　　19－20 层，100044
http://www.chgslcbs.cn
E-mail：cicap1202@sina.com（营销中心）
E-mail：gslzbs@sina.com（总编室）

工商联版图书
版权所有　侵权必究

凡本社图书出现印装质量
问题，请与印务部联系。
联系电话：010－58302915

序

　　为了给《传世励志经典》写几句话，我翻阅了手边几种常见的古今中外圣贤大师关于人生的书，大致统计了一下，励志类的比例，确为首屈一指。其实古往今来，所有的成功者，他们的人生和他们所激赏的人生，不外是："有志者，事竟成。"

　　励志是动宾结构的词，励是磨砺，志是志向，放在一起就是磨砺志向。所以说，励志不是简单的立志，是要像把刀放在石头上磨才能锋利一样，这个磨砺，也不是轻而易举地摩擦一下，而是要下力气的，对刀来说，不仅要把自身的锈磨掉，还要把多余的部分毫不留情地磨掉，这简直是一场磨难。所有绚丽的人生都是用艰难磨砺成的，砥砺生命放光华。可见，励志至少有三层意思：

　　一是立志。国人都崇拜的一本书叫《易经》，那里面有一句话说："天行健，君子以自强不息。"这是一种天人合一的理念，它揭示了自然界和人类发展演化的基本规律，所以一切圣贤伟人无不遵循此道。当然，这里还有一个立什么样的志的问题，孔子说："士不可以不弘毅，任重而道远。"古往今来，凡志士仁人立的都是天下家国之志。李白说：大丈夫必有四方之志，白居易有诗曰：丈夫贵兼济，岂独善一身，讲的都是这个道理。

二是励志。有了志向不一定就能成事，《礼记》里说："玉不琢，不成器。"因为从理想到现实还有很大的距离。志向须在现实的困境中反复历练，不断考验才能变得坚韧弘毅，才能一步一个脚印地逐步实现。所以拿破仑说：真正之才智乃刚毅之志向。孟子则把天将降大任于斯人描述得如此艰难困苦。我们看看历代圣贤，从世界三大宗教的创始人耶稣、穆罕默德、释迦牟尼到孔夫子、司马迁、孙中山，直至各行各业的精英，哪一个不是历经磨难终成大业，哪一个不是砥砺生命放射出人生的光芒。

三是守志。无论立志还是励志都不是一朝一夕、一蹴而就的，它贯穿了人的一生，无论生命之火是绚丽还是暗淡，都将到它熄灭的最后一刻。所以真正的有志者，一方面存矢志不渝之德，另一方面有不为穷变节、不为贱易志之气。像孟子说的那样："富贵不能淫，贫贱不能移，威武不能屈。"明代有位首辅大臣叫刘吉，他说过"有志者立长志，无志者常立志"，这话是很有道理的。

话说回来，励志并非粘贴在生命上的标签，而是融汇于人生中一点一滴的气蕴，最后成长为人的格调和气质，成就人生的梦想。不管你做哪一行，有志不论年少，无志空活百年。

这套《传世励志经典》共收辑了100部图书，包括传记、文集、选辑。为读者满足心灵的渴望，有的像心灵鸡汤，营养而鲜美；有的就是萝卜白菜或粗茶淡饭，却是生命之必需。无论直接或间接，先贤们的追求和感悟，一定会给我们带来生命的惊喜。

徐　潜

前　言

　　《史记》，原名《太史公书》，是伟大的历史学家、文学家司马迁编写的我国第一部纪传体通史。《史记》记载了上自传说中的黄帝，下至汉武帝太初（前104—前101年）年间，约三千年的中国政治、经济、文化等方面的历史情况。它不仅开创了我国纪传体史学，也开创了我国传记文学的先河。全书分为书、表、本纪、世家和列传，共一百三十篇，五十二万六千五百字。具体体裁："书"，记载个别事件始末的文献，它们分别叙述天文、历法、水利、经济、文化、艺术等方面的发展和现状，与现代的专门科学史相近，记载制度的沿革，共8篇；"表"，是各个历史时期的简单大事记，是通史的脉络，共10篇；"本纪"，除《秦本纪》外，叙述历代帝王的政绩，共12篇；"世家"，主要叙述贵族侯王的历史，共30篇；"列传"，主要是各种不同类型、不同阶层人物的传记，其中少数列传有叙述国外和国内少数民族君长统治的历史，共70篇。其中本纪、世家和列传是《史记》的主体，它继承了先秦历史散文、诸子散文乃至诗歌的丰富创作经验，以人物为中心来反映历史的发展进程，即"以人系事"，开创了中国史传文学先河，同时也达到了史传文学的高峰。

《史记》的成功与它的文学成就分不开。其文学成就主要表现在作者塑造了一系列个性鲜明的历史人物形象。《史记》中描写的历史人物众多，记录了从传说中的黄帝到作者生活的汉代不同的阶层、不同的地位及不同职业的人物的生平、事迹，而具有鲜明人物性格特征的就有八九十人之多。作者在描写的过程中不赞成"誉者或过其实，毁者或损其真"的做法，这就使"其文直，其事核，不虚美，不隐恶，故谓之实录"（班固《汉书·司马迁传》）。两千多年来，《史记》不仅是历史学家学习的典范，也成为文学家学习的典范。可以说《史记》历史中有文学，文学中有历史，是历史与文学的高度统一。

《史记》的作者司马迁（约前145年或前135年—前90年），字子长，左冯翊夏阳（今陕西韩城）人。其父亲司马谈是汉武帝时期的太史令，精通天文、历史，有广博的知识和修养，治学态度严谨。司马迁在随父移居长安之前，经常帮助家人干一些耕牧方面的农活，十岁时，随父移居长安，开始诵读古文。约十七岁，向当时经学大师董仲舒学习《春秋》，向孔安国请教古文《尚书》，进一步增进了他的学术修养，同时也受到了儒家思想的熏陶。广博的知识和丰厚的文化底蕴为他写《史记》奠定了坚实的基础。

司马迁二十岁时开始了漫游生活，直到三十六岁。他在《史记·太史公自序》中说："二十南游江淮，上会稽，探禹穴，窥九疑，浮于沅、湘。北涉汶、泗，讲业齐、鲁之都，观孔子之遗风，乡射邹、峄，厄困鄱、薛、彭城，过梁、楚以归。"其间他游历了长江中、下游和今山东、河南、甘肃、内蒙古等广大地区。在游历的过程中，他不是简单地游历，而是观察所去之处的风土人情，收集、整理、考证史料，了解当地的经济发展及百姓的生活，体察百姓的思想感情和愿望。这些实践活动丰富了司马迁的生活阅历、开阔了他的眼界，形成了他健全的人格和对现实与历史的认识，也丰富了他写《史记》的史料和思想。

前110年，汉武帝东巡，封禅泰山。司马谈因病未能参加，这对他是一个沉重的打击。临死，他把自己多年的夙愿——写一部记载"明主贤君忠臣死义之士"事迹的史书的任务，交给从西南回来的司马迁。司马迁接受了父亲的遗命，含泪对父亲说："小子不敏，请悉论先人所次旧闻，弗敢阙。"三年以后，司马迁继承父业，做了太史令，这为他写作《史记》提供了良好的条件。他开始为写《史记》做准备工作，大量地阅读、整理国家藏书处的史料、图籍和档案。

就在司马迁为写《史记》投入了大量的精力，潜心著书的时候，前99年，发生了一场巨大的灾难——"李陵事件"。由于触怒了汉武帝，司马迁被治罪下狱，第二年他受到极为耻辱的"腐刑"。这对于司马迁来说，远比让他死更为痛苦。这一事件在他思想上产生了深刻的影响，使他灵魂受到极大的震撼。对专制君主的残暴、法制的残忍、上层社会的冷酷，对来自于外力压迫的人生的不可抗拒有了新的认识。他曾一度想到自杀，但是他又想到史书的编著还没有完成，便决心将个人生死置之度外，"隐忍苟活"，全身心地投入到《史记》的著述中。

五十岁时，司马迁遇大赦出狱，做了中书令。虽然中书令的职位比太史令高，但担当这一职位的人是宦官，这极大地刺激了他，常常使他感到奇耻大辱。他"每念斯耻，汗未尝不发背沾衣"（司马迁《报任安书》）。就是在这种被污辱与被损害的心境中，司马迁完成了他的《史记》。我们常常可以通过《史记》中的人物看到司马迁自己的影子。

《史记》无论是在中国史学史上，还是在中国文学史上，都对后世产生了深刻的影响。不愧为一部"究天人之际，通古今之变，成一家之言"的伟大著作，被鲁迅先生誉为"史家之绝唱，无韵之离骚"。

后人为了纪念司马迁，修建了汉太史司马迁祠，位于陕西省韩城市南十公里芝川镇东南的山冈上，择势而建，气势雄伟，风景秀丽，距今已有近 1700 年的历史。

本书根据《史记》记载，演义成系列历史故事，以满足青少年学习历史、了解《史记》的需要。由于水平所限，缺憾在所难免，望读者不吝指正。

参与本书撰写的人员还有：毛萍玉、佟华、高志强、肖海燕、郭晓波、向明雄，再次向他们表示感谢。

编著者

目 录

一、五帝的传说

远古年代，由于没有文字记载，许多事情已无法考证。现在流传下来的关于那个时代的故事，都是后人搜集整理出来的，因此会有一些不同的说法。

关于五帝究竟是哪五个人，就有两种说法。一种说法是少昊、高阳、高帝、唐、虞，并且将伏羲、神农、黄帝三人尊为"三皇"，这就是我们通常所说的"三皇五帝"；另一种说法是司马迁在《史记·五帝本纪》中所说的黄帝、颛顼、帝喾、尧、舜。

1. 黄帝的故事

据传，五帝中居第一位的黄帝是少典族的后代（"少典"是当时一个部落的名称）。黄帝原本姓公孙，名字叫作轩辕。

轩辕生下来就与众不同。他刚出生时就特别神异，才几个月大就能流利地与人对话了，而且十分伶俐聪明。随着年岁的增长，他的品质就像金子一样散发着光彩。他十分诚实、勤劳、勇敢，还通晓国家大事，他的亲人、朋友、邻人没有不喜欢他，不崇敬他的。

轩辕生活的年代是由炎帝（也就是神农氏）的第八代子孙统治的。炎帝的这个子孙比起他的祖先神农氏来说，真是差得太远了。他昏庸、腐败，处处只为自己着想，从来不为民众考虑。所谓"得民心者得天下"，他如此对待自己的子民，自然会导致神农氏部落的渐渐没落。

正当神农氏部落没落之时，公孙轩辕已经被他所在的少典族部落人民推举为首领。当了首领的轩辕除了努力治理好本部落之外，还曾经苦劝过炎帝的这个子孙，劝他别再一意孤行、执迷不悟了。可炎帝的这个子孙不但不听劝，反而以诛灭整个少典部落来威胁轩辕。轩辕没有办法，回到部落后对自己的民众如实相告，民众听后都十分愤怒，纷纷向轩辕表示不愿再接受炎帝子孙的统治，一定要推翻他的强烈愿望。轩辕考虑到自己的苦劝不仅毫无结果，反而给自己部落的人民带来了危机，就下决心带领人民推翻炎帝子孙的残暴统治。

轩辕首先继续推行德政，而且按照四季气候的变化让民众种植各种谷物，准备充足的粮食。与此同时，轩辕还带领民众操练武艺，四方的部落首领都因为不堪再继续忍受炎帝子孙的残酷统治，纷纷投靠了轩辕，同少典部落人民一起练兵、耕作。兵精粮足的轩辕将军队又编成了熊罴队、虎豹队和蛟龙队三部分，他们纪律严明，武艺过硬，斗志高昂。轩辕看出时机已到，就宣布讨伐炎帝子孙。双方在阪泉展开战斗。

为正义而战的轩辕部队在战役之初就显示了充分的优势，他们步步紧逼，而炎帝子孙所率军队则是节节败退，溃不成军。就在炎帝子孙将要被俘的时候，半路杀出程咬金，蚩尤领着他的八十一个兄弟杀了上来，将炎帝子孙救了下去，并反败为胜。

据传，历史上的蚩尤是一个很残暴的诸侯。他有八十一个兄弟，这些兄弟个个都本领不凡。他们相貌古怪：有的在野兽的身子上长个人脑袋，能说话；有的不吃五谷却只吃沙子；有的铜头铁臂，异常凶狠……他们所使用的都是新式兵器——大刀、长矛、弓箭，战斗力十分强。就是这些人救走了炎帝子孙，并且击退了轩辕的军队。

炎帝子孙反败为胜后十分嚣张，又率兵向轩辕军队扑来。轩辕在战事暂时失利的情况下，不断鼓舞官兵的士气，使他们重新振奋起来，投入了新的战斗。

在这次战斗中，蚩尤逼迫炎帝子孙让位给自己，不可一世的炎帝子孙哪里肯轻易让位，于是蚩尤便带领自己的兄弟撤离了战场。

蚩尤一走，炎帝子孙只好亲自率领部队与轩辕交战。炎帝子孙当然不是轩辕的对手，被轩辕方的熊罴队、虎豹队和蛟龙队三面团团围住。被围的炎帝子孙兵士"弹尽粮绝"，这时轩辕方放出口信：对于不愿再为炎帝子孙卖命的兵士既往不咎。于是这些兵士纷纷投靠了轩辕。后来，轩辕将炎帝子孙和他的死党一一诛杀，取得了彻底的胜利。

胜利后大家都推举轩辕接替炎帝子孙的位置，并且尊称轩辕为黄帝。黄帝登上帝位后对自己的臣民说："大家推举我为天子，就是让我做天帝的儿子。我与大家没有什么差别。我要讲究仁义，以除暴安民为本，为大家造福。如果我违反了这个誓言，请大家起兵讨伐我！"民众听后，欢声雷动，都为自己能够拥有这样的天子而自豪。

蚩尤得知轩辕被大家推举为黄帝，心中当然不服气。他不服从黄帝的命令，处处与黄帝作对，肆虐一方，扰得民不聊生。

黄帝得知后，立刻召集四方诸侯并向他们征调了军队，率兵讨伐蚩尤。

在征讨蚩尤的途中，有一天，天降大雾，黄帝的军队分不清方向了。因为蚩尤的部落位于南方，所以黄帝就命令手下的能工巧匠制作能帮助辨别方向的机器。黄帝手下的人便发明了指南车，这个指南车据传就是今天指南针的前身。

依靠指南车的指引，黄帝的军队辨清了方向，并在涿鹿与蚩尤的军队展开了决战。

据传，这次战役打得昏天黑地。黄帝的熊罴队、虎豹队和蛟龙队分别应战蚩尤的鬼怪队、野狼队和狐貉队。因为蚩尤的军队有新式武器大刀和长矛，所以在战斗中占据了很大的优势，而黄帝的部下死伤无数，处于劣势。作为天子的黄帝，眼看自己的子民死的死、伤的伤，心痛不已，不由得仰天长叹："上天啊！难道正义的力量会战胜不了邪恶吗？这让我如何率领部下，又怎样去为民造福啊！"说话间，由于又累又绝望，黄帝昏了过去。黄帝手下的人大惊失色。

昏迷中的黄帝却看到天上飘来了一朵五彩祥云，在他的面前徐徐落下，一位美丽的女子出现在祥云散去的地方。她身着一套黑色的纱衣，脸上不施粉黛，周身散发出一阵阵奇异的芳香。她对黄帝说："我是玄女，是天帝派我来给你送兵书、神符的，一旦你有了它，就可以打败蚩尤的部队，实现你为民造福的愿望了，你现在还不赶快进兵？"话音刚落，玄女便在黄帝面前消失了。黄帝醒转过来，低头一看，果然身旁放着刚才玄女所授的兵书、神符。黄帝谢过天帝和玄女，拿起了兵书、神符，重新振奋军队，又投入到更激烈的战斗中去了。

蚩尤一看黄帝又率部追来，心中暗喜，他想："双方的实力明明白白地摆在那里，黄帝此举无异于以卵击石，自取灭亡。正好这次一举歼灭他，我再自立为帝。"蚩尤的如意算盘打得很好，但当他再与黄帝的军队交战的时候就感到不是那么回事了。由于黄帝有天帝的兵书、神符相助，兵士个个神勇异常，与上次交战时相比完全相反。眼看蚩尤将要败时，蚩尤竟然请来风伯和雨师前来相助。他们兴起了暴风骤雨，刹那间黄帝的兵士便死伤无数，再次败下阵来。就在全军遭受危难之时，黄帝突然想起也许可以请玄女相助，于是他便朝天呼唤："神女啊！请你帮助我止住风雨，赈济民众吧！"话音刚落，便见到天空中祥云霭霭，玄女现身了。玄女命令风伯和雨师止风停雨。由于玄女是代表天帝执行命令的，风伯和雨师哪敢不听，当下风雨全停，天晴似洗，风不扬尘了。轩辕的军队见有玄女相助，于是一拥而上，击败了蚩尤的军队，并且活捉了蚩尤和他的八十一个兄弟。黄帝对俘虏说："蚩尤是罪魁，罪不可赦，当众处死。其他人虽然也屡次作恶，但可以给你们改过自新的机会。希望你们能够痛改前非，为民造福！"俘虏们都十分感激黄帝的不杀之恩，各自散去，从此不再作恶。

平定蚩尤之后，黄帝并没有休息，他继续在民间体察民情：向东至东海边上，向西到达了崆峒山，向南到达了长江，向北驱逐了獯鬻侵犯者。黄帝和他的军队在巡视的过程中，平定叛乱，安抚民心，逢山开路，遇水搭桥，使天下太平，交通便利。他以军队为家，使四方诸侯和睦相处，呈现出一派升平气象。

在处理"政务"方面，黄帝将设立的百官都用"云"来命名，将军队称为"云师"。他设立了左右大监，他们的主要任务是负责督察各地诸侯是否为民造福，且随时汇报给黄帝。黄帝还挑选了四名贤德的人来管理民众，这四人分别是：风后、力牧、常先和大鸿。他们将自己的事务处理得井井有条，黄帝十分满意。

黄帝遵循时令，让人民按照季节气候的变化种植百谷和各种草木，并且让人民试着将森林中的野生动物渐渐驯化成家畜，从此以后民众安居乐业，也更加拥戴黄帝了。

有了这样不凡的成绩，黄帝并没有满足，他一直都没有停止思考，终日想着怎样能更好地为民造福。

黄帝曾命令自己手下的一名史官——仓颉（音 jié）记录一些重要的事情。由于当时还没有文字，这可难坏了仓颉。终于有一天，他想到了以图画的方式来表达自己的思想。于是，他仿照鸟兽的足迹、花草树木的形状、猪犬牛羊的相貌……创造了最早的象形文字。这种象形文字因为记录的需要，便经历了由复杂到简单，由形象到抽象的发展过程。

仓颉因为造字而闻名，时时被我们后人提起（当然，关于"仓颉造字"也仅仅是一个传说，至于历史上是否确实有仓颉这个人，也是无法考证的了）。

黄帝住在轩辕山下的时候，娶了西陵部落的姑娘嫘祖为妻。

嫘祖是一位聪明贤德的女子。她曾在游玩中无意发现了"蚕"这种动物，并且观察到了蚕能吐丝的特性，发明了用丝织布造衣的方法。她将自己的经验和方法毫无保留地告诉民众，从此以后，广大人民就穿上了用丝织成的布衣。为了感谢嫘祖，纪念她的功德，人们尊称她为"先蚕"，意思就是蚕神。

嫘祖为黄帝生了两个儿子。大儿子取名玄嚣，长大后被封为诸侯，封地在长江边上；另一个取名昌意，也被封为诸侯，封地在若水。后来，昌意娶蜀山部落的女子昌仆为妻，昌仆为昌意生下一个儿子，并取名高阳。高阳就是后来的颛顼（音 zhuān xū）帝。

2. 颛顼和帝喾（音 kù）

黄帝在位多年，对民众恩重如山，他死后葬在桥山，每年都有很多人去祭祀他。

为了纪念黄帝，民众想要选举他的后代为继承人，选来选去，大家一致认为黄帝的孙子高阳具有统治民众的才德，于是便想让高阳继位。可是高阳为人谦逊，他认为只有德高望重的人才配当天子，而自己离天子的标准相差甚远，于是坚辞不受。

其实高阳这个人沉静而有智谋，通达明晓事理，对民众有了不起的恩德，民众当然愿意推举这样的人，于是纷纷劝说高阳。

众人说："现在天下太平，无道的天子被讨伐了，像蚩尤那样的乱臣也被杀了，根本就不需要你兴兵作战。大家一致推举你是因为你有德望，这样一来，一方面我们纪念了黄帝，另一方面也选择了一个会为民造福的明君，难道你还要推辞吗？"

高阳说："为民造福是我义不容辞的责任，纪念我的祖父同样可以采取别的方式，我始终认为帝位不应当世袭，应该再推举别人。"

这时，少典部落的代表说话了，他说："选你做天子，是我们大家的共同意愿，民众的心声，你就应当承担下来。你当天子与世袭无关，如果是世袭还需要民众选举吗？记住你的责任——为民众兴德造福，让民众安居乐业，你就按这个目标好好地去做吧！"

所有的人随声附和，可谓是人心所向。见此情景，高阳才不再推辞，对民众说："那好吧！我既然承担了天子的任务，就要达到大家的要求，如果我的工作不能让民众满意，就请你们随意惩罚我！"民众见高阳不再推辞，都欢欣鼓舞，高声庆贺。

高阳即位后，号称颛顼。

高阳就任后，充分开发和利用土地，种植庄稼，饲养牲畜，创造了大量财富。他还制定了祭祀山川制度，教化民众遵循四季的节令。于是，天下人都受到了颛顼的恩惠，便像尊敬黄帝那样尊敬他。

颛顼帝统治的疆土北到幽州，南到交州，西到流沙，东到蟠木。就这样颛顼还是十分地谦逊，他曾经说过："其实我不过是借着祖父的德望继承了帝位，也仅仅是做到了让民众安居乐业。民众都归向我，是要求我更辛勤地为他们办事，我不敢有半分的懈怠！"

颛顼帝就这样勤勤恳恳地为民众干了七十八年。临终前，民众要推举他的儿子继承帝位，颛顼帝坚决不肯，最后选定了高辛。高辛是玄嚣的孙子，算来又是颛顼的侄子，高辛便是帝喾。

据说高辛一生下来就异于平常的婴孩，一开口就能说出自己的名字，浑身上下充满了灵气。继位后，高辛继续像平时那样，向贫苦的民众施舍自己积累的财物，一点儿也不考虑自己的个人私利，十分节俭、勤劳。

他通晓古今的事务，细枝末节也在他的掌握之中；他办事明察秋毫，顺从上天的旨意又了解民众的疾苦；他仁爱而又威严、贤明、有信誉、廉洁、无私……但他还是在极力修养自己的品德，民众们没有不尊敬、爱戴他的。

大家都说，帝喾治国就像雨露一样，不偏不倚地遍洒整个天下。凡是日月能够照临的地方，风雨能够达到的地方，没有谁不服从他的统治的。

帝喾娶的是陈锋氏部落的女子，生下一子，取名为放勋。然后又娶了娵訾（音 jū zī）氏部落的姑娘，产下一子，取名叫挚。

帝喾驾崩，由挚继承帝位。帝挚即位后封他的弟弟放勋为唐侯，自己则日夜操劳，极力为民众做事，想要光大祖父的大业。

挚常常想："如果不能建立奇功，起码也应该保住祖父的功业！不然就对不起民众，也辜负了民众的期望。"他昼思夜想，倾尽全力，但终因能力有限而政绩微弱，得不到民众的拥护，挚为此十分苦恼。

挚的弟弟放勋被封为唐侯后，在唐地充分了解民众疾苦，与民众一起治山治水，发展生产，使事业繁盛起来，唐部落也就越来越大，人民生活日渐富裕，因此各诸侯都争先恐后地归往唐部落。放勋对来归的诸侯说："我始终认为，作为诸侯，应该首先将本部落治理得强盛，将生产发展起来，让人民生活安定，这样就可以从事其他的事业了。请你们都先回各自的部落，我们共同努力，这样天子的事业就好办多了！"诸侯们听后，认为十分有理，于是各自回到部落去发展生产，安定民众。

帝挚了解到这些情况后，心中十分悔恨，他想："当初继承帝位只想光大事业，竟没有想到自己的才德不够，人心所向就是一面镜子，是到我该让位的时候了！"主意已定，帝挚立刻就率领群臣到唐地去让位。

帝挚群臣一到唐界，放勋就得到了消息，便亲自出来迎接，帝挚说明了来意，放勋立刻说："不能这样。况且我已经与各诸侯都商量好了，我们共同发展生产，治理各自的部落，支持天子的事业。再说，民众选您为帝，您又让位给别人，岂不是辜负了民望？"

帝挚再三说道："当初民众选我，我并没有考虑到自己的能力，便承担了下来，但是实践证明我是没有治理国家的才德的。好弟弟，你贤而有德，确实胜过我许多，为了广大民众，请你就不要再推辞了，接受帝位吧！"

众大臣也都劝放勋，并且赞扬帝挚的贤德，说他"让贤值得后世师"。放勋眼见哥哥诚心让位，又看到了这是民心所向，就答应了下来。

放勋继承帝位，他就是历史上被颂扬的贤君——帝尧。

3. 帝尧即位

帝尧就是放勋。他的仁德像上天那般无所不在，他的智慧像神明那样无所不能。接近他，便感觉到恰似太阳一样温暖；仰望他，就觉得他像白云那样高洁。他富贵却不骄傲，通常戴着朴素的黄帽，穿着士人的黑衣，驾上红车套白马，遍行天下，抚慰人民。他继承发扬恭顺的美德，使各族人民互相亲近，使各部落间和睦相处，结成友邻。

天下和平了，帝尧于是命令羲氏、和氏，让他们去观察日月星辰的运行规律，制定出历法，慎重把握节气，指导民众适时耕种。

帝尧派羲仲到遥远的东方，住在日出的旸（音 yáng）谷。羲仲恭敬地迎接旭日初升，有秩序地安排春耕春种。等到日夜的长短一致，再根据黄昏时分鸟星的出现，推定仲春的具体时间。百姓这时就散布到田野里从事农作，鸟兽也开始交尾生育。接下来命令羲叔住在南交，有计划地安排夏季的农作，务必要谨慎从事。等到白天最长的时候，再根据黄昏时分火星的出现，推定仲夏的具体时间。百姓这时就更加辛勤地劳动，而鸟兽也开始换上稀疏的羽毛。再命令和仲住在西方，那是一个叫昧谷的地方，敬谨地恭送夕阳西下，有条理地安排秋收。等到日夜的长短再一次一致的时候，按照黄昏时分虚星的出现，推定仲秋的具体时间。民众这时便喜悦和乐，鸟兽也全都长出了新的羽毛。帝尧最后命令和叔住在北方，那是一个叫幽都的地方，有条理地安排农作物的冬藏事宜。等到白天最短的时候，再根据黄昏时分昴星的出现，推定仲冬的具体时间。百姓这时候就都穿上了厚厚的衣裳，待在室内等待冬去春来，而鸟兽也都长上了又细又密的绒毛。

就这样帝尧为民众找到了仲春、仲夏、仲秋和仲冬的具体时间，民众就可以适时耕种了，的确为人民提供了很大的方便。

除此之外，帝尧还与手下人总结出一年为三百六十六天，设置了闰月来调整四季的偏差。并通令百官，表彰他们的功绩。

帝尧十六岁为天子，在位五十余年。他处处为民众着想，为民众效力，不惜一切，民众爱戴、敬仰他，不能离开他。可是，他已经七十多岁了，觉得应该让位给年轻人，只有这样才能对民众更有益处。主意一定，帝尧就毅然召集大臣，与他们一起商讨接替他帝位的人选问题。

大臣们首先提出的是帝尧的儿子丹朱，并且认为丹朱开明通达，可以委以重任。

帝尧听说，一口就回绝了，并且说道："我儿丹朱不具备为帝的条件，他常常言而无信，而且从来没有将人民放在心上。单凭这两点，就不能选他！众大臣不要因为他是我的儿子，就这样轻易推荐。大家将眼光放得远一点，朝内朝外，只要有才德，能够服众就可以。你们再想一想，看看还有什么合适的人选？"

有一位大臣就提出水官共工可以，并且说他能够广泛吸纳人才，成绩卓著。听了他的话，其他大臣都沉默不语，不表示自己的意见。这时帝尧就说："共工这个人最会做表面文章，表里不一的人怎么能担当大任呢？"

这时推荐共工的那位大臣心里想："既然你不让丹朱继位，又让我们推选别姓，我举荐共工你又不同意，这岂不是显得我别有用心了？看来还是不说为妙。"

帝尧好像看出了大家的心思，接着又说道："因为你们对所举荐的人了解不周全，所以我才会觉着不合适。请大家再全面地调查了解一下，看看还有没有更合适的人选。"

由于当时受了天灾，四处发洪水，人民整天忧心忡忡，尧便请大臣们举荐治理洪水的人选。

这一次大臣们异口同声地向尧推举鲧。帝尧感到十分为难，他心想："大家都认为鲧能够治理洪水，而他肯定完成不了任务，这怎么办呢？"思之再三，尧还是说道："鲧这个人不听别人劝诫，心地也不善良，经常毁灭无害的物类，这样的人是不可用的呀！"

听了帝尧的一番话，众大臣都十分生气，就有人反驳帝尧说："我们推举的人，您都说不行！可以用的人，您又不直接提出来，还一遍又一遍地问我们合适的人选，这不就是太奇怪了吗？鲧是目前治水的最佳人选，难道除他之外还有别人吗？您就不能让他试试，成功了是为民造福，失败了再惩罚他也不迟嘛！"

帝尧一听，也觉得有理，心中明知鲧不是合适的人选，但一时间确实没有更合适的了，就只好下令让鲧负责治理天下的洪水。

鲧接到了帝尧的命令后就积极地行动起来。他想："洪水泛滥成灾，只要将水围起来，它就没有办法再去危害人民了。"打定主意，也不去征询大家的意见，他就带领民众干了起来。

一开始，大家听说鲧被尧派来治理洪水都欢欣鼓舞、干劲十足，与鲧一起筑坝截水。他们不论地势高低，一律见水就围。起初一段时间还见些成效，时间一长，堵的弊端就暴露出来了：水位在不断涨高，堤坝又不是十分牢固，而且又要随时再加高，常常是堵了这面，那面的堤坝又决口了。鲧疲于奔命，一连修了九年，堤坝没有修成，洪水没有堵住，灾情仍旧十分严重。

后来，当舜代行天子之政的时候，见鲧治水多年却毫无建树，就将鲧流放到羽山这个地方，直到他死在那里。

帝尧到了晚年，急于让位，可是一直苦于没有理想的人选。

有一天，众大臣慎重地向尧推荐了虞舜，说他今年三十岁，尚未娶妻，隐居在民间，具有为帝的才德。

帝尧听后点点头，说道："我也听说过这个人，但他详细的情况我还不清楚，要好好地考查考查。"

众大臣纷纷把自己了解的关于舜的情况告诉帝尧。

西岳官（当时的官名）说："舜的父亲是个盲人，愚昧无知，没有气节，行为十分残忍无道；母亲则愚顽、奸诈，又不讲信义；弟弟野蛮无理，又十分地邪恶。舜生活在这样的家庭却十分孝顺父母，对弟弟也很好。由于他的德行和忍让，才使得家庭和睦。"

听了西岳官的话，帝尧说道："是呀！不以一个人的家庭为依据，而以本人的德义为标准，只有这样才能把真正有本领的人选出来。对于舜，我还要亲自试一试他，看看他究竟有没有统治民众的才德，我要对人民负责呀！"

群臣都表示赞同。

帝尧开始行动了。首先，他将自己的两个女儿（娥皇和女英）下嫁给了舜，看看他有没有治家之才。舜在迎娶了帝尧的两位女儿之后，并没有因为她们高贵的身份娇宠她们，而是教她们义理原则，让她们放下架子，侍奉公婆，料理家事。帝尧得知，十分满意。

接下来，帝尧又任命舜担任司徒之职来管理五教，考查他为政的本事。虞舜接任后，五教的官员都听从他的命令，工作十分有成效。尧又派舜掌管百官，进一步考查他是否具备全面领导的才力。百官在舜的领导下，各尽其职，井然有序，而舜也干得有条不紊。帝尧又让舜管理外交事务，舜便使都城四门的迎宾之官都庄重而和气，所以各个部落的首领和远道而来的宾客都十分满意，继而对舜也便肃然起敬了。

考查到这里，群臣都认为舜具备为帝的才能，但没想到帝尧又派舜去巡查天下的山林河泽，大家都十分不解，向帝尧请教。

帝尧说道："道理其实很简单，不能适应各种环境，当然就不能将天下人的事办好，所以我还要考查他一下。"

群臣都点头称是，在心中佩服帝尧的英明和对人民的负责态度。

舜在巡查山林河泽的过程中，遇到了大暴风和大雷雨，可是舜没有停止自己的脚步。在山林中，尽管条件险恶，但舜毫不畏惧，也没有迷失方向；在河泽里，尽管风雨交加，脚下难行，但是舜仍然尽职尽责地巡查完毕。

经过这样一系列的考查，已经是二十年过去了。

帝尧确认舜有圣德，于是就兴致勃勃地召见了舜，并对他说："你考虑事情详细而周密，考查了你这么久，今天，我终于能够放心地让出帝位了。"

舜答道："臣下无德无才，哪能担负重任，请德高望重、才德兼具的人来承担帝位吧!"

见舜如此谦让,帝尧说道:"由于我对你的考查,已经浪费了二十年的光阴,民众就晚二十年受到德义和利益,我自己已经觉得不安了,你就别再推辞了吧!"

正月初一,舜在文祖庙(文祖就是帝尧的太祖)接受了尧的禅让。

尧登帝位七十年之后才在民间得到了舜,经过二十年的考查后让舜代行天子的职务。他从帝位上退下来之后又过了二十八年才逝世,这样算来他活了一百多岁,可谓高寿了!

帝尧死后,百姓十分悲痛。在三年之内,竟然没有一个人奏乐,以此寄托对帝尧深深的思念和哀悼之情。

当初,尧知道自己的儿子丹朱没有治国之才,于是坚决不将天下传给他,而是利用禅让制,为人民选择了明君——虞舜,此所谓"不能让天下人受害,而让一人得利"。他最终将天下传给了舜。帝尧去世之后,三年丧期结束,舜曾让位给丹朱,自己避居到南河南岸。可是,诸侯来朝见天子的,不去丹朱那里而去朝拜舜;打官司的,不去找丹朱而来找舜;歌颂功德的,不歌颂丹朱而歌颂舜。舜没有办法,说道:"这真是天意呀!"这才回到都城,登天子位。

4. 德才兼备的明君舜

虞舜,名重华。他的父亲人称瞽(音 gǔ)叟("瞽"意即瞎子,"叟"是指老头儿)。舜的母亲在他很小的时候就去世了。瞽叟又给舜找了个后母,这个后母又生了个儿子,取名叫象。

瞽叟很喜欢后妻和后子,可是有舜在,老觉得他很多余,于是千方百计地想除掉舜，只是舜很机智，每次都能避开。但是如果舜真有什么小的过失，他总是主动接受处罚。他以恭顺的态度来侍奉父母，照顾弟弟，每天都很小心谨慎。

舜是冀州人。他曾经在历山上种过地，历山上的人们在他的影响下也具备了许多德行。都相互让出自己的田界；当他在雷泽捕鱼的时候，那里的人互帮互助，友爱成风；当他在黄河边上做陶器的时候，那里制作陶器的人没有一个人会制作出粗制滥造的器皿……除此之外，舜还做过许多种手艺活，做过买卖。舜所居住的地方，一年之内就有许多人迁徙了过来，形成村落，第二年这个地方就变成了城镇，等到第三年便成了都市。由此可见舜的个人魅力和对民众的号召力了。

二十岁时，舜便因为"孝"而闻名乡里，三十岁时被群臣推荐为帝尧的接班人，随后接受了帝尧为期二十年的考查。尧的九个儿子也因为与舜相处而变得越发厚道。政务、外交都被舜治理得井井有条，帝尧十分满意。

尧赐给舜衣服、牛羊和琴，并且帮助舜修筑新房子。

这时，舜的父亲瞽叟还没有放弃要杀死舜的想法，他设计了一个又一个毒计，想要置舜于死地。

据说有一次瞽叟让舜爬到仓库顶上去涂合缝隙，在舜爬上屋顶开始干活的时候，瞽叟竟然抱出干柴堆在仓库的四周，并且点着了火，妄图将舜烧死在仓库顶上！看出了父亲的险恶用心，舜却不慌不忙，从背上取下背上来的两个大斗笠，用左右两只手固定夹在肋下，仿照鸟一样的动作，张开"翅膀"从仓库顶上一跃而下，居然稳稳当当地落在了地上，没有受到一点儿伤害。

还有一次，瞽叟让舜去挖井，自己与象在地面上将舜挖出的土石吊上来。象对瞽叟悄声说，等舜挖得很深的时候我们将土石推下去，这样就可以神不知鬼不觉地将舜埋在里面了。瞽叟听后，连声赞叹象的"聪明"。

井越挖越深，瞽叟看看差不多了，便与象飞快地将吊上来的土石推了下去，只一会儿，就将舜挖出的井填平了。父子俩做完以后相视而笑，得意极了。瞽叟高声说："这一次终于将舜给弄死了！"

瞽叟与象回到家中，就开始瓜分舜的财产。象说主意是他出的，应该由他来分。他挑了舜的妻子——尧的两个女儿，又要了尧赐给舜的琴及舜的房子，将舜的牛羊和仓库分给了父母。

象得意扬扬地搬进了舜的房子，让舜的妻子侍候他，又高高兴兴地弹起了舜的琴。

正在此时，舜出现在了象的面前。象大吃一惊，表面上仍然装出坦然的样子说："哥哥，你去什么地方了？这么长时间，因为思念你，我只能跑到你的房间来弹琴以消除我的郁闷了。"

舜和他的妻子们也不拆穿他，舜只是说："好弟弟，我知道你想我。你看，我这不是好好地站在你面前吗？"

象点点头说："那就不打扰哥哥休息了，我先走了。"说罢，象讪讪地离去了。

象走之后，娥皇和女英问起事情发生的经过，舜告诉她们说："我在挖井的过程中就在井壁上开凿了一个可以藏身的洞。我见上面有土石下落，便迅速钻了进去，等到父亲与弟弟离开，我又想办法开凿一条通道出来了。"

停了一会儿，舜说："这件事就到此为止吧，不用记在心上，当它没有发生过好了！"

舜以后仍旧尽心尽力侍奉瞽叟，对象也仍然十分友爱。

虞舜即天子位后，仍然重用尧手下的贤臣，并且给他们明确了各自的职责。

他让伯禹担任"司空",专门治理水土;让弃担任农官,指导百姓种植各种谷物;任命契为"司徒",使民众和睦,百官团结。他任命皋陶为刑官,嘱咐他应公正廉明;让垂担任工官完成工务;任命益为虞官去开发山陵沼泽,并派朱虎和熊罴做益的助理;伯夷担任"秩宗"主持礼教;夔能够"击石拊石,百兽率舞"(用轻重不同的手法敲击石磬,百兽听见都会率相起舞),所以任命他主管音乐,教导贵族子弟;任命龙为"纳言",为自己真实地转达下情,以便于掌握"第一手资料"。除此而外,他还启用了高阳氏的八个儿子和高辛氏的八个儿子。他们才能出众,而且能够发扬他们前人的美德,世人分别称他们为"八恺"和"八元"。舜任命"八恺"掌握水土,任命"八元"到全国各地教育民众。于是乎父义、母慈、兄友、弟恭、子孝,国内太平,外族归心。

虽然在帝舜的领导下,全国呈现出太平安乐的景象,但是,还有一些恶族骚扰百姓。这些恶族分别被天下人称为"浑沌""穷奇""梼杌"和"饕餮"(音 tāo tiè)。

大家一定会感到奇怪:这些恶族为什么会起这样的名字呢?其实天下人之所以会给他们起这样的名字,肯定是因为他们具有这样的特点。

据《神异经》载:在昆仑山的西边有一种野兽,形状很像狗,但是毛很长,还长着四个蹄子。它有眼睛却不睁开,于是它看不见东西;它有耳朵却听不见声音;它有人的知觉却没有人的性情;它有肚子却没有五脏;它有肠子却不弯曲,吃东西只要从肠子里通过一下就可以了。有美德的人接近它,它极力反对;凶恶的人接近它,它就以这样的人为依靠。这种兽就叫"浑沌"。

而被称作"浑沌"的恶族特点就是不分是非，专以坏人坏事为"榜样"。

关于"穷奇"，《神异经》做如下记载："西北的边境有一种野兽，形状像老虎，可它有翅膀能飞，将路上的人拦住吃掉是它的习惯；它能听懂人们说话，如果两人相争，它听出哪一个人有理就吃掉哪个；它要是听出谁是忠信的人，就把谁的鼻子咬下来吃掉；听出谁是恶逆不道的人，就去杀野兽给这个人吃。"大家由此可知被称作"穷奇"的恶族人肯定是不分是非，异常无道了。

《神异经》里还说："西方边境上有一种野兽，长着人的面孔，老虎的脚，猪的嘴和牙齿，尾巴长有一丈八尺。它在四境中捣乱，名叫'梼杌'。"此类恶族人是人面兽心，十分阴险毒辣。

关于"饕餮"的记载在《神异经》里是这样的："西南的边境上有一种怪人，身上长着很长的毛，性情恶劣，好睡觉。他聚集着财物却不会使用，专喜好夺取人家的谷物。在同类中，强壮的侵夺老弱的，但怕成群的，于是专攻单独行动的。"所以这个恶族的特点是欺辱老弱和单人，而害怕众人。

这四个恶族有的是从前帝王的家族，有的是当今权贵，所以才仗势欺人。几世以来，他们危害很大，帝尧也治不了他们。而舜认为，不论什么人，只要危害民众，就应当而且必须处罚。于是他命令将都城四门打开，把四个凶族从四门流放到边远的地方去。四凶族拿舜没有办法，只好乖乖地服从命令。从此以后，天下太平。

二、大禹治水登帝位

大禹，名叫文命，曾为夏邑诸侯。所以人们称他为夏禹，或称他为伯禹，他的父亲就是治水无功而被流放羽山的鲧。

早在帝尧在位的时候，洪水就肆虐乡里，浩浩荡荡，包围大山，淹没高地，民众忧愁无助。帝尧就曾向群臣征询过治水的人选，群臣力荐了鲧。帝尧明知鲧的品性，知道他不会成功的，可是一时之间又找不到更合适的人选，于是就只好派鲧治水。鲧一意孤行，筑堤挡水，水患没有解除，反而更严重了。鲧劳而无功地干了九年。到舜代天子执政的时候，就将他流放到了羽山，直到他死在那里。

可是水患仍旧没有解除，这时群臣便向舜推荐了鲧的儿子禹。

帝舜深知大禹为人仁慈可亲，谨慎谦卑，做事又勤快认真，所以对大禹十分信任，就任命大禹去治理水患，并派伯益和后稷二人协助禹的工作。

洪水滔天，民不聊生，大禹十分痛心。所以当帝舜派他治水的时候，他便下定了决心：不管吃多大的苦，花多大的力气，耗费多长的时间，一定要将水患解除，为人民造福。

禹带领伯益和后稷立刻开始工作。他领导诸侯和民众，爬过一山又一山，树立标桩，测量高山和大河。他陆行乘车，渡水乘船，利用船形的木橇穿越泥沼，用带齿的木屐爬山越岭。一年四季，禹都将用来测量的工具带在身边。

在了解了山河形势之后，大禹又同天下的民众共同商议彻底治好洪水的方法，最后确定了"疏导"的方案，将洪水引入大海，并且变水害为水利。

大禹勤劳奔走，以身作则，他在外十三年，曾经三次经过自己的家门，却一次都没有进去。这就是历史上传为美谈的大禹治水"三过家门而不入"。最后终于顺利疏通了河道，解除了水患。

大禹顺利开辟了九州，围筑了九大湖泊，测量了九大山系。完成了治水的任务之后，大禹就让伯益发给人民适合在低湿的土地上种植的稻谷，又命令后稷给灾情严重的地区发粮。大禹将九州的粮食互相调剂，将余粮调拨到粮食不足的地方。这些事情安排好了之后，大禹就又开始巡视天下，察看各州的情况，从九州各地的土质和交通等方面的情况来确定各地的贡赋多少。禹的恩惠遍及四海，天下大治，禹也因此受到了天下人的尊敬和爱戴。

舜后来没有将自己的帝位传给儿子商均，而是传给了禹。帝舜驾崩后三年，丧期结束，禹曾让位给舜的儿子商均。但因商均人品不佳，所以天下诸侯都离开商均，而去朝拜隐居在阳城的大禹。

于是，大禹即天子位，定国号为夏后，以姒为姓。

帝禹即位后也随时注意自己接班人的人选问题。众大臣中，他认为皋陶具有为帝的才德，于是就委以重任，准备将天下传给他。可是很不幸，不久皋陶竟去世了。帝禹很伤心，就将他的后代分封在英、六两地，表示他对皋陶的敬慕和哀悼。

接下来，帝禹又选伯益作为自己的继承人，因为在共同治水的日子里，他深深地了解了伯益的才德。伯益不敢拒绝禹的美意，就只好先在朝中帮助帝禹处理各种政务。

又过了十年，帝禹在巡视东方的时候，突然病死在会稽，伯益只好接管了朝政。三年丧期期满，伯益把天下让给了禹的儿子启，自己避居到箕山。

启这个人十分贤德，善良忠厚很得人心。他登了帝位之后，天下归心。禹去世之后，虽然将天下传给了伯益，但因为伯益辅佐帝禹的时间不长，所以当他避居之后，诸侯也就不去朝拜他，而去朝拜启。于是启登天子位，这就是夏后帝启。

从此以后，帝位就在父子或兄弟间相传，不再实行禅让。夏朝传到十五世时，帝王名叫桀。桀是历史上很有名的"无道昏君"，他不修养德行，还以武力伤害其他部族，于是这些部族都相继叛变。在这些人中有个叫汤的，他勤修德政，深得人民爱戴，因此有许多部族相继投靠了他。

汤率兵讨伐夏桀，桀被流放而死。

汤登上了天子位，取代夏朝而君临天下，商朝由此开始。

三、成汤与贤相伊尹

前面提到成汤率领民众讨伐暴君夏桀，接着又建立了商朝。成汤是何许人呢？

成汤的始祖是契，契的母亲叫简狄，是有娀氏的女儿，是前面已经说过的五帝之一——帝喾高辛的第二个妃子。

传说有一天，简狄与另外两个女子到水边洗澡，正在嬉戏间，忽然发现一只黑色的大鸟落在了离她们不远的岸边。等简狄她们洗完了澡，穿上衣服，就相伴着找到了那只鸟下落的地方，她们发现鸟已经不在了，只留下一个很大的蛋。于是简狄就把它捡起来，吃了下去，没想到就因此而受孕，生下了契（这一段传说也正说明了帝喾和简狄的时代可能是历史上的母系氏族社会，孩子不知道自己的父亲是谁，于是就有了简狄因吃鸟蛋而受孕生下契的传说）。

契成年后，因辅助夏禹治水有功，被帝禹提拔为司徒，并且给了他一块封地——商地，并赐他姓子。契在尧舜禹时代十分有名，在百官中功业十分显著。

契去世后传到第十三世时便是成汤即位了，并且在亳定都，与夏朝的葛伯部落相邻。

葛伯是诸侯，他荒淫无道，而且常做征伐之事，扰得民不聊生，于是成汤奉命讨伐葛伯。

出征前，成汤对群臣这样说道："我们在往水里看的时候，能够看到自己真实的样子，水会实实在在地照出你的相貌。民众就像水一样，他们的评价，他们的要求是最重要、最真实的，我们应该听从民众的呼声，攻伐葛伯势在必行！"

这时，被成汤拜为上卿的伊尹说："英明！国君能爱民如子，那么那些有才德的人一定会为您效力而不会隐居于民间，有了这些人一定能够将国家治理好，努力吧！"

成汤得到了伊尹的肯定，心中十分高兴，接着又作了《汤征》篇，鼓舞自己军队的士气，细数葛伯的罪恶，出兵讨伐了葛伯。

那么伊尹是怎样一个人呢？伊尹名叫阿衡，是一个十分有学问、有德行的人。关于伊尹为什么会被成汤拜为上卿，并受到如此的重视，有两种不同的说法。

一种说法是伊尹是借着成汤娶妻（有莘氏的女儿），以有莘氏女儿为"媒介"，将自己"陪嫁"了过来。他的身份仅仅是一个"负鼎俎"的奴仆。而他在与成汤的谈话过程中竟然从如何烹调谈到了如何治国，而且说得十分有理，毫无破绽，让成汤自心底里佩服。当下，成汤就拜伊尹为上卿，帮助自己推行王道。

还有一种说法：伊尹是个隐士，但因其德才兼备而闻名于乡里，成汤得知后，就派人请他来做官，但伊尹坚辞不受。而成汤又不愿放弃，便以礼相请，一次又一次，总共请了伊尹五次。到第五次时，伊尹才答应出来帮助成汤。伊尹向成汤讲述了三皇、五帝、夏禹的业绩，以及各种治国的方略，成汤认为伊尹确实是不可多得的贤才，于是就任命伊尹为上卿，将国家大事交给伊尹管理。

伊尹任上卿的初期，曾经离开成汤去了夏朝。这期间，成汤十分痛苦，整天思念伊尹，想着自己的过失。而伊尹在去了夏朝后，看到了夏桀的暴虐无道，便又义无反顾地回到了成汤身边，从此为成汤尽心尽力，鞠躬尽瘁。

成汤的德行的确十分高尚，有这样一个关于他的小故事：

有一天，成汤到郊外游玩，看到有一个人在森林的四面都布置了大网，并且在祷告说："从天上地下四方来的都落入我网中！"成汤听了以后，就对旁边的人说，"这不是一网打尽了吗？这样可不太好！"于是，就让那个人将上面的网去掉，并且请他做这样的祷告："要左的就向左跑，想右的就向右走，不听命令又无主张的，就到我网里来好了。"诸侯们听说，都赞道："成汤的德行达到顶点了，连鸟兽都顾及了！"

后来，夏桀的暴行已经到了"人人得而诛之"的地步，他为了取乐，竟然残暴地与昆吾氏的诸侯一道屠杀无辜民众。民众怨声载道。

成汤起兵，恨透了夏桀的民众都赶来帮助成汤，最终俘虏了夏桀，宣告了夏朝的灭亡。

汤因为自己的勇武而被民众尊为"汤武王"。

汤武王老死以后，伊尹又先后辅佐了帝外丙、帝中壬、帝太甲。

太甲是汤武王的长孙。在太甲就帝位的那天，凭着自己这么多年来辅佐帝王的经验，伊尹就觉得太甲不是帝王的合适人选，必须严加督导。

于是伊尹写下了《伊训》《肆命》《徂后》三篇文章来讲述应

当怎样为民众服务，什么是君王应当做的，阐述汤武王的法令制度，并且明确地对太甲说道："满朝文武百官，包括帝王自己，都要遵守先王的法令制度，如果有人违反，不管是谁都要受到处罚。"帝太甲因为新登帝位，又很崇敬伊尹，便一一答应下来。

可是，过了两年，帝太甲品质中的恶劣方面就暴露出来了，他委任那些阿谀奉承、善拍马屁的人以高官，对那些刚正守法、不会迎合他心意的人，竟然加以残害，或割掉鼻子或折断双腿，以示惩罚。一时之间，满朝忠志之士义愤填膺，纷纷要求伊尹执法。伊尹一方面教育太甲，另一方面又向百官解释。这时候帝太甲也有悔改之意，他痛哭流涕，向大家承认了自己的错误，并且向受害人道了歉，表示一定不会再重蹈覆辙了。百官想，太甲毕竟年轻，犯一点儿错误是难免的，就原谅了他。

没过多久，帝太甲又旧病复发了，不仅提升阿谀小人，残害忠良，而且竟然霸占了一个大夫的妻子，强占了成汤的妃子，还与本族的外甥女通奸。丑闻传出，朝中大臣议论纷纷，大家都替商朝的命运担心。

伊尹想："怎么办呢？对于太甲我已经不知道教育过多少次了，可是他竟然接二连三地犯错误，为了商朝的命运和百姓的幸福，是到了我该执法的时候了！"于是，他毅然决定惩处太甲。

伊尹召集了文武百官，向百官宣布了太甲的罪行，并且依照法律解除了太甲的职务，将他抢占的大夫的妻子送回，并且将太甲放逐到了桐宫（皇帝的离宫），让太甲在那里悔过。

国中不能一日无君，伊尹理所当然地代执天子的政务，治理天下。他严格地按照成汤的法制办事情，明察秋毫，不偏不倚，使天下太平，民众安定，每一年各个诸侯国都来朝拜。

太甲帝在桐宫整整住了三年。这三年，太甲闭门思过，逐渐归于善道。

伊尹经常了解太甲的悔过程度，终于有一天，他认为太甲已经彻底悔悟了，就与众大臣商议，决定恢复太甲的帝位，还政于太甲。太甲还朝后，十分感谢朝中大臣和民众对自己的信任，从此以后谨修德政，并且亲自耕种王田，与民众交流感情，为民众真心服务，真正地成了民众和诸侯的好榜样。除此之外，他还减轻了民众的赋税和贡物。

这时，伊尹为了赞颂太甲的悔过从善，专门为他作了《太甲训》三篇，称太甲为太宗。

后来，太甲帝驾崩，他的儿子沃丁继承了帝位。沃丁在位的时候，伊尹老死了，死后就葬在了亳地。

四、盘庚迁殷和殷朝中兴

从帝沃丁以后，商朝又经历了许多个帝王的统治，由于帝王的才德不同而不断地衰微和兴盛。

到了中丁帝的时候，帝位的接替十分混乱，经常出现废长立幼的事情，因而形成了夺太子帝位的风气。由中丁帝往下，接连九代一片混乱，商朝衰微到了极点，再也没有诸侯前来朝见了。

就在这时，当政的阳甲帝去世，他的弟弟盘庚被群臣推举为帝。

当时，商王都城在黄河以北，盘庚即位后，考虑到各种情况，决定将都城迁到黄河以南，重新定居在当年成汤定都的旧地。

据说，当盘庚将迁都的打算告诉群臣和民众的时候，遭到了很多人的公开反对。商朝自建立以来，共经历了四次迁都，民众们迁徙不定，衣食不保，都不愿意再迁都了。

盘庚考虑到黄河以北土地贫瘠，资源稀少，粮食、猎物都很短缺，民众无衣无食，这样的状态将使商朝的统治不会维持很久，民众一定会起来反抗的，所以决定不管耗费多少气力，一定要将民众说服。

盘庚与群臣和民众分析当年的形势时说："从前，成汤先祖与你们的先祖一起团结一致，安定了天下。有了这份好的基础再努力去做，就一定能够形成好的德政。"

盘庚见他们心有所动，就接着说："我按照高祖成汤的治国之法来处理国家事务，一定会像高祖那样为你们服务，将国家治理好。而且我相信，我能够比高祖成汤取得更大的成果。况且亳地已经被开发过，又有居住的地方，我们要安定下来，不会耗费多少时间的。"

听盘庚如此分析，大家也都不再表示反对，于是盘庚就率领着群臣和民众从黄河以北迁往黄河以南。人们赶着牛羊，背着工具、器皿，浩浩荡荡地迁往亳地。

果然，没过多久，生产上来了，生活安定了，人们过上了富足的日子。商朝的国势因此而得到了复兴，多年不来的诸侯又都来朝拜了。

盘庚去世后，接下来的帝小辛和帝小乙都无治国之才，民怨四起，商朝再度衰败。

帝小乙死后，他的儿子武丁即位。

武丁即位后，一心想要恢复商朝当年的盛况，可是又苦于没有贤臣辅佐。武丁因此三年没有说过一句话，国家政事交给了一名大臣，自己则到处留意找寻人才。

武丁苦苦找寻贤臣，日思夜想，有一天晚上武丁做了一个梦。梦中有一位贤人与他谈起了治国的方法，他听了十分高兴，在梦中不断地感谢那个人，并且又问了那人的姓名。武丁觉得自己日夜渴盼的贤人终于找到了，于是情不自禁地欢呼道："太好了！国家可以复兴了！"他的夫人唤醒他，他说梦到贤人了，贤人的名字叫作"说"。

第二天一早，武丁就在各处寻找他梦中的贤人。他按照梦中人的容貌与朝中的百官相对照，没有一个人符合，武丁失望极了。

后来，武丁又派百官各方寻找，终于在傅险这个地方找到了一个叫"说"的人，当时说正在那里筑路。很快，说被带到了武丁面前。武丁一见，果然是梦中之人，心中十分高兴。再跟他一交谈，发现果然是一位圣人，武丁就任命说为宰相。

武丁帝就把傅险赐给说为姓，从此他就叫傅说。

有了傅说的辅佐，武丁"修明政治，行德化于民"，天下的民众都十分欢欣，商朝终于再度中兴了。

五、宠妲己商纣亡国

武丁死后，帝位又传了几代，但整个商朝国势呈下降的趋势。传到帝辛的时候，商朝便像快要下山的太阳，摇摇欲坠了。

而帝辛却浑然不觉，照样酗酒无度，沉迷音乐，宠幸女人，人们称他为"纣"。

其实商纣这个人是很有才能的，史书记载，他聪慧过人，反应灵敏，而且十分能言善辩，又很勇猛，能够赤手空拳地与野兽搏斗……就是因为这些，纣就目空一切，一意孤行。他认为自己的智慧可以做出最明智的判断，而不用听别人的劝谏，自己可以因为才能"卓越"而不犯任何过错。他常常拿这些向群臣夸耀，自命不凡。

除此而外，纣又十分宠幸美姬，尤其喜欢那些喜怒无常、矫揉造作的美女，他的妃子妲己就是这样一个人。

这个妲己，我们可以说她拥有一身"绝技"，除了美貌之外，在她故作悲哀的时候，竟然还可以引得纣王伤心流涕。在她扮作欢乐的时候，纣王也被她逗得捧腹大笑……如此有能耐的一个女人，很快就迷住了纣王的心，达到了她要什么，纣王就给她什么的程度。只要妲己能够开心，纣王常常不惜一切代价。于是，本已十分衰微的国势更是一天不如一天了。

商纣让乐师涓创作出新的淫荡的音乐，创造出很卑俗的舞蹈，一天天沉醉在颓废的旋律之中。为了供他更好地享乐，他大量增加苛捐杂税，肆无忌惮地横征暴敛，又多方搜求珍宝。这一切都使得民怨四起，苦不堪言。除此之外，他竟然还在沙丘这个地方挖了一个大池子，里面注满了美酒，又在林中的矮树上挂满了兽肉，这就是"酒池肉林"。他和妲己以逼迫男男女女脱光衣服喝酒、吃肉为乐，并且通宵达旦地狂欢，还谈什么治理国家！

百姓们怨声载道，有的诸侯已经背叛了商纣。而纣却认为只有加重刑罚才能镇压民众，于是他与妲己一起，发明了残酷的炮烙之刑。"炮烙"是一种很残忍的酷刑，是将受罚之人缚在一个空心铜柱上，然后再在铜柱内升火烧炭，将人活活烧死，这种刑罚简直是惨无人道。

九侯是商朝的三公之一，他有一个漂亮的女儿，十分正直善良，为了商朝的命运，九侯将她入献给了纣王。没想到女儿入宫之后，因为不喜欢纣王的淫荡，又有妲己在一旁煽风点火，竟被纣王一怒之下杀死了，九侯也因为力劝纣王减轻人民的赋税和废除炮烙之刑而被商纣砍成了肉酱。

鄂侯也是三公之一，当他听说九侯被纣王杀死后，就去力谏纣王，他说："你能杀死九侯和他的女儿，你能杀尽天下人吗？你能封住天下人的嘴吗？你替百姓和商朝的兴衰想一想吧，去求得民众的宽恕吧！"

鄂侯正在苦口婆心地说着，纣王身旁的妲己说话了："哟，没想到鄂侯你还心怀天下呢？你是想将自己做成肉干，送给天下之人来解除他们的饥饿，是吧？"鄂侯闻听此言无话可说，心想，也许商朝就要亡在妲己的手上了。而商纣听罢，却十分兴奋，立刻下令将鄂侯切成碎块，烤成肉干。西伯昌听到这件事，只好在私下里叹息：商朝灭亡定了。没想到他的叹息竟被崇侯虎听去了，并且密告给了商纣王，纣王便把西伯囚押在羑里。

西伯的臣子听说后，到处寻求美女、奇物和好马送给纣王。

纣王收到礼物后十分满意，立刻释放了西伯。纣王终日与西伯进献的美女饮酒作乐，引起妲己不满，用计缠着纣王把美女全部杀掉。

此时，西伯又向纣王献上了洛河西岸的一大片土地，感谢他释放自己，同时请求废除炮烙酷刑。此时纣王与妲己也对炮烙不感兴趣了，于是就顺水推舟，答应下来。还赐给西伯弓箭斧钺等兵器，授予他征伐其他诸侯的特权，从而使他成为西方诸侯的首领。同时在朝廷里，纣又起用最擅长阿谀奉承的费中执政，但费中为人贪财好利，人民没有一个喜欢他的。纣还用最会进谗言的恶来当权，因此越发疏远了诸侯。

纣王听信费中、恶来的话，废除了贤明的商客的职务，大臣祖伊、微子等人三番五次地劝说他，他都当作耳旁风，不予理会。于是，有德行的贤臣都接二连三地离开了商纣王。

只有比干不愿意放弃。他认为："为人臣的哪怕就是被杀头，也不能不力谏国君。"于是他强劝纣王，力数纣王罪恶，又指出商朝再这样下去必将灭亡的命运……惹得纣王恼羞成怒。

这时，纣王身边的妲己又说："听说，聪明而多智的人，心有七个孔，不知道比干是不是这样的人呢？"纣王闻言，就下令兵士们剖开比干的胸膛，观看他的心。箕子听说后心中十分害怕，就开始假装疯癫。可是纣王并没有放过他，把他囚禁起来。纣王的太师和少师眼见纣王如此无道，就逃跑去了周国。

纣王罪恶滔天，出狱后的西伯建周后，国势日益强大。

后来西伯去世了，他的儿子周武王率军东征，商、周双方战于牧野，商纣王因为早已不得民心自然战败了，他逃离战场，穿上华丽的衣服，登上鹿台，引火自焚。商朝就这样灭亡了。

于是周武王就做了天子。

六、追根溯源话周史

周的始祖后稷的名字叫作"弃"。怎么会起这样一个古怪的名字呢？这就要从后稷的母亲姜原说起了。

姜原是有邰氏部落首领的女儿，她是五帝之一帝喾高辛的正妃。

传说有一天姜原带着侍女去郊外游玩，忽然在地上看到了一个巨大的脚印，她觉得十分奇怪，很好奇地去比量了一下，刚刚踩上去就觉得身子一震，好像怀了孕一般。当时，姜原也没怎么在意，回到了宫中。

没想到，姜原回宫后腹部竟越来越大，到了产期便产下一子。姜原认为这个孩子不吉利，于是就想把他丢弃不要。她先是将孩子放在了狭窄的道路上，那条道路每天都有许多牛马牲畜经过。可是，她发现经过这孩子身边的牛马都避开他，没有一只践踏到他身上的。接着，姜原又想把孩子移放到森林里，可是当她抱着孩子走入森林的时候，竟然发现平时没有人的森林今天有很多的人。于是就只好再换地方。当时正值隆冬，姜原就随手将孩子丢弃在结了冰的河上。当她离去的时候，竟然发现天空中飞来了一大群鸟，有的围拢在孩子的周围，用翅膀给他垫着、盖着，有的绕着他打着旋儿，嘴里还哀哀地鸣叫着。

姜原看到这一切，觉得这个孩子简直是太神异了，就收留了他，将他抚养成人。因为曾经想丢弃他，所以就叫他"弃"（这个传说也证明了帝喾的时代中国便进入了母系氏族社会，契与弃都不知道自己的生身父亲是谁）。

弃在孩提的时候，就与其他的孩子很不相同，有着高远的志向。他在游戏的时候，别的孩子都是没有目的地胡乱玩耍，只是为了开心，而弃则喜欢植麻种豆。偏偏这些东西经过了他的手，就比其他人种的收获得多。

当弃长大以后更是爱上了种田。他有目的地勘察各种土地的土质，凭经验判断它们适合种植什么样的谷物。百姓们纷纷效法他，学习他的种田法，学习他的锄草、培土经验，结果都获得了丰收，心中十分感激他。

帝尧听说弃种五谷得法，就派他做农师，指导全天下的农民种田，于是人人受到了弃的好处。帝尧看到了弃取得的成果，评价他说："弃啊，当老百姓受饥饿威胁时，是你的种田法解除了他们的痛苦，功不可没啊！"为了嘉奖弃，帝尧把邰地给弃作为封地，称他为后稷，并且给他赐了姓——姬。

后稷死后，他的儿子不窋继承了农师的职位。到不窋晚年的时候，夏朝太康帝废除了农官，不再注重农业了。

不窋丢了官职，就率领姬氏部落的民众离开夏朝，来到戎、狄两个少数民族之间，找了一块地方定居下来。

不久，不窋去世了，他的儿子鞠继位。没过多久，鞠也死了。这时候，鞠的儿子公刘继位，做了姬氏部落的首领。

公刘即位后，看到民众缺吃少穿，居无定所的状况，十分痛心，下定决心要把姬姓部落治理好。他效法后稷的经验，致力于耕种，而且不辞劳苦地去视察各地的土质，寻找适合播种的谷物，砍伐树木，建造房屋……

经过几年的努力，居无定所的人们拥有了资财，也有了积蓄，日子过得丰足起来了。

百姓感念公刘的恩惠，大多迁徙而来归附他，于是部落从此兴盛了起来，诗人们也创作了许多诗歌乐章来歌颂公刘的德行。

庆节继承公刘之位，又往下传了九代，古公亶父做了姬氏部落的首领。

古公亶父继承并振兴后稷、公刘的事业，做了很多仁义的事情，全国人民都拥戴他。

此时的姬氏部落可谓是"国富民强"。没想到与它邻近的少数民族薰育和戎狄联合起来攻打古公亶父。第一次他们攻打的目的是获得财产和食物。古公亶父想，民众安定的日子没有过多久，如果再发生战争是十分不利的。为了避免伤亡，古公亶父就把财物送给了他们。没过多久，他们竟然又来攻打，这一次他们的胃口大了，想要民众和土地，人们听说后都十分气愤。是啊，如此贪得无厌的人怎么能不去惩罚他们一下呢？

可是古公亶父这样安抚民众："人们拥立君主是为他们谋福利的，是带领他们过幸福的日子，而不是让民众做无谓的牺牲。现在薰育和戎狄之所以要打仗是为了民众和土地，试问，民众属于我和属于他们有什么两样呢？你们要是为了我而去打仗，这不等于是用生命来换取我当帝王的权力吗？我于心何忍啊！"说完，古公亶父就带领着自己亲近的部属离开了，他们跋山涉水来到了岐山下。

原来在邠地的人扶老携幼，随古公亶父定居在岐山，准备和古公亶父开始新的农业生产。近旁的外族也都听说古公亶父这个人十分仁爱，于是纷纷投靠他。

古公亶父扬弃薰育、狄戎的习俗，教他们砍伐树木、营造城池、建造房屋，建成许多的城邑。又设立了司徒、司马、司空、司土、司寇五个官职，管理民众事务，从而使姬姓民众和来归的其他部落的民众都有了安定的生活。

民众们都吟诗作歌，咏唱古公亶父，颂扬他的德行。

古公亶父与妻太妻一共有三个儿子，分别叫作太伯、虞仲和季历。他们的才德都不分上下，所以对于该谁继位，古公亶父一时没有主意。可是到了后来，三儿子季历娶了一名贤德的女子唤作太任，没过多久生下了儿子姬昌。姬昌出生时天降祥瑞，于是古公亶父就认为他有圣王之命，所以打定主意想让季历继位，可又苦于不知该怎样对长子太伯和次子虞仲说。这二人其实猜出了古公亶父的心思，而且心中也都十分赞同父亲的决定，于是二人就相约去了吴地，并且像当地的土著人一样在身上刺下了花纹，截断了头发，从而将首领的位置让给了季历。

古公亶父去世后王位传给了季历，他就是公季。公季秉承父业，明修德政，也深受民众的爱戴，诸侯们都向他朝拜。

公季去世后，他的儿子姬昌继立，他就是西伯，即后来的周文王。

西伯即位后，遵行后稷的教诲，在岐山下开掘土地，率领国人种植各种谷物，大力发展农业，使周人都丰衣足食。他还教育人民要讲道德，行仁义，敬重长者，友善晚辈。他礼贤下士，求贤若渴，喜欢亲自接见有贤德的人。通常是从早晨起床之后就开始与这些人会面，一直到中午还没有吃饭。他的这种精神和态度以及治国的才略使得那些有知识、有本领的文才武士纷纷前来投靠。当时的名士伯夷、叔齐在孤竹国，听说西伯特别敬重老者，于是就相约一齐来归附他。就这样，没用几年，周国势力就更加强大了。

西伯侯把周国发展起来了，使邻近的崇国十分担忧。

崇侯虎终日在想，怎么才能够解除周国对自己的威胁呢？后来他便想到了一个利用商纣王的方法。他先是准备了美女、财物等去进献给纣王，接着，他就对商纣王进谗言，说："西伯开发土地，囤积粮草，而且施行仁义，诸侯们心中可都向着他呢，并且许多去投靠他了，纣王，你可得提防着点！"商纣王听后，认为十分有理，就将西伯囚禁在羑里。

西伯手下的士人得知西伯被囚，就积极地筹备东西来赎回西伯。他们投商纣王所好，征集了几个美女和一批珍奇物品来进献给纣王。纣王一见东西十分高兴，便立刻放了西伯，并且给了西伯领兵讨伐诸侯的权力。

西伯回到自己的领地后，又向商纣王进献了洛水西岸的一大片土地，请求纣王废除炮烙酷刑，纣王答应了，就因为这一点，西伯又得到了许多人发自心底的敬佩。

西伯在暗地里行善事。各诸侯间有了纷争，不去找纣王而是找他评判，而西伯也总是公正廉明，不偏不倚，大家都十分信服他。

有一次，虞国和芮国发生了争执，两国人各不相让，于是他们就去找西伯评理。当他们一进入周国的境内，就发现周国的民众都十分谦让有礼，耕田的人都互让田界，尊老爱幼……看到这些，虞、芮两国的人就觉得羞愧了。他们商议道："我们所争的，是周国人所耻的，你说，我们还有什么脸面去见西伯，去找他评理？"就转回头，双方谦让着离开了。其他的诸侯听到了这件事，都在心里想："西伯大概就应该是天帝赐命的君主吧！"

在接下来的几年里，西伯听从民众的要求先后征伐了犬戎、密须国、耆国和邘国，打败了崇侯虎，并且营建了丰邑，把国都从岐山下迁到了丰邑。

没过多久，西伯逝世了，太子发即位，他就是周武王。

七、周武王伐纣

　　周武王即位后，任命姜尚为军师。姜尚，号子牙，别号飞熊。传说他有学问，有才干，而且懂得阴阳地理，能掐会算。他一直隐居于民间，到了八十岁的时候在渭水河边用直钩钓鱼，众人都十分不解，问他原因，他也只是笑而不答。而这时，周武王的父亲西伯正在到处寻访贤人来辅佐自己的大业。当西伯在渭水边上巧遇姜尚后，就知道他不是等闲之辈，于是以上礼待之，恳请他随自己回宫，帮助自己平定天下。姜尚没有推辞，他随西伯回朝被拜为上卿，封为太公望（这就是我们大家常说的"姜太公钓鱼——愿者上钩"的由来）。

　　三年之后，西伯去世，姜尚又担任了周武王的军师，周公旦担任宰相，召公、毕公等人担任辅政大臣，周武王立志要发扬光大其父西伯——周文王的事业。

　　九年后，周武王祭祀了主兵的"毕星"，然后又向东检阅部队一直到了黄河渡口的盟津。

　　同时，武王又让工匠用木头雕刻了文王的像，用车子载着，供奉在中军帐中。他称自己为"太子发"，并且说："出师伐纣，一直是我父亲周文王的心愿，因为纣王实在是太无王道了。我自己没有什么见识，全靠诸位贤臣的辅助才敢出师。等战争结束了，我一定按功行赏！"于是下令出师。

姜尚向三军发令："集合军队，准备船只，速度要快，后到者斩！"号令一出，三军挥戈东进。

过黄河的时候，周武王、军师姜尚和周公姬旦坐在一条船里，召公、平公分别乘船在周武王左右护卫着。船行到中游的时候，忽然有一条白鱼跃出水面，落到了武王的船中，大家都觉得很奇怪。武王弯腰拾起这条鱼，十分不解，转念一想便用这条白鱼来祭了黄河。

队伍继续前行，在到了黄河对岸的时候，有团火飞上天又渐渐落下来，快到武王的住处时，忽然变成了一只红色的鸟，并且发出清脆的鸣叫，十分悦耳。

武王率领军队到达盟津后，虽然没有与任何诸侯相约，却发现已经到达盟津的诸侯就有八百余人。大家都说："可以讨伐商纣了！"可是周武王想着路上发生的那些事情，十分迷惑，便对他们说："你们不知道天命，现在还不是讨伐的时候！"于是，宣布退兵。

又过了两年，周武王听说纣更荒淫无道了，他宠幸妲己，竟然杀了比干，囚禁了箕子。太师和少师都过来投奔了武王，武王伐纣的信心倍增。他通知了各位诸侯说道："纣王罪孽深重到可以讨伐的程度了！"于是重又率兵渡过黄河与诸侯会师于盟津。武王向众人说道："纣王更昏愦了，他竟然将妲己的话当法令，他与天帝决裂，毁坏人间正道……今天就由我姬发来带领你们奉天命惩罚他，大家努力吧，这一次我们肯定能够成功！"诸侯兵士听后，群情激昂，纷纷表示要奋勇作战，决不会懈怠。军队赶往牧野并且在那里列阵准备战斗。

纣王听说后，并不惊慌，当即带领七十万大军准备一举消灭武王的军队。

双方战于牧野。

武王命令姜尚带领百名勇士出阵挑战，然后指挥大军冲杀纣军。纣王虽然勇武，而且人多势众，可是他所带的兵士真心愿意为他卖命的却没有多少，所以看来浩浩荡荡的军队其实是不堪一击的。恨透了纣王的士兵干脆倒戈，引武王的军队入城。

纣王看到大势已去，就自己杀出一条血路，回到城中，穿上华丽的衣服，登上鹿台，引火自焚了。

周武王进城后，看到纣王已经自焚，便杀了他的宠妃妲己，然后出城返回军营。

第二天，周武王就开始着手整理道路，修复社庙和商纣的宫殿。他将鹿台中的财物散发给人民，并且将纣王横征暴敛所得来的大量粮食也开仓济困。除此之外，还将被囚的箕子从监狱里放出来，以礼待之；把比干的墓加以修整。同时分封纣王的儿子武庚禄父，并且派自己的弟弟管叔鲜、蔡叔度辅佐他治理殷国。商朝人民对周武王这样的处置都十分高兴，于是周武王就做了天子（后代认为他的才德与五帝相较相去甚远，于是只称他为"王"而不再称"帝"）。

周武王追念那些先圣先王的功德，于是褒扬并且封神农氏的后代到焦地，封黄帝的后人到祝地，将蓟地分封给帝尧的后人，封帝舜、大禹的后人分别在陈地和杞地。然后，周武王又开始分封自己的家属和功臣。姜尚的功劳最大，得到最高的封赐，封他为齐国的国君，居住营丘。封自己的弟弟周公旦为鲁国的国君，居住在曲阜。又封召公奭为燕君，弟叔鲜为管君，弟叔度为蔡君，其他的功臣也都依次受到相应的封赏。

武王召集九州的州牧登上邠城附近的山，遥望商朝的故都，一时间感慨颇多。下山后，回到宫殿，夜里难以入眠。周公旦到武王的住所，看到武王还没有睡觉，觉得很奇怪，就向武王询问原因，武王将自己登山眺望商朝故都的感慨告诉了弟弟，他说："商朝曾有贤人三百六十人，因为得不到帝王的重用而使国势日渐衰微，上天也不再眷顾商朝，所以我们攻伐商纣才能够一举成功。如今我当上了天下的帝王，一定要不负上天的眷顾，让天下都归附中央，奖善惩恶，安定民心，任用贤人，发扬我周朝的功业！这一切都还没有好好地去做，我又怎么睡得着啊！"他派周公在洛邑营造宫室，又将战马纵放在华山的南面，把拉车的牛放养在桃林的原野上，收兵并解散了军队，以示不再战争，国家也不再需要这些东西了，人民的生活又安定下来了。只是没过几年，周武王便驾崩了，他的儿子诵（成王）即位。

八、盛盛衰衰话周朝

1. 成康治世

周成王即位的时候，年龄尚小，由于周朝刚刚平定天下，有许多事务要处理，周公就代为执政。

但是管叔、蔡叔等人怀疑周公，认为他图谋不轨，就勾结武庚发动了叛乱。

周公奉成王的命令去讨伐他们，最后杀了武庚、管叔，放逐了蔡叔，又安排了民众的生活，后班师回京。回到京城后，派遣微子开继承他们的事务，建国于宋。又将残余的殷人聚拢，赐给武王的小弟弟，封他为卫康叔。

平定这次叛乱共花去周公三年的时间。

周公代理国事七年，成王长大了，周公将政权交还给了成王，自动回到了北面事主的臣下位置。这一份忠心，天地可鉴。

成王从周公手里接过朝政后，依照武王的规划，命令召公继续修建洛邑，建造完毕后，将九鼎迁放到那里。他认为洛邑位于天下的中央，四方的诸侯来入贡的时候路程都一致，但是都城并没有搬到洛邑去。随后他又以周公为军师、以召公为太保东征西战，平定不稳定因素，安抚民心。

以后又改变了礼乐制度，各种制度到这时基本修订完毕。百姓和睦安乐，成王这时才算安下心来。

成王临终的时候，担心太子钊不能胜任国事，就命令召公和毕公率领诸侯辅佐太子钊，太子钊即康王。由于召公和毕公的辅佐，康王在位时天下安宁，人民安居乐业，四十多年，全国不曾动用刑罚。

2. 厉王止谏与周召共和

康王去世，传位给儿子昭王瑕。昭王在位时王道就略有缺失了，人民开始不满。他到南方巡游狩猎，却没有回来。据说是因为乘了用胶黏合的新船，船行到水中央开裂而落水淹死了。由此我们也可以看出昭王的"王道缺失"，更可以品出"水能载舟亦能覆舟"的道理。

周人为避讳昭王之死，不谈论此事，后立昭王儿子满为穆王。

穆王在位的时候不听贤臣劝阻，攻伐犬戎，劳而无功。荒服部落就再也不来朝见了。

此时，诸侯间有不和睦的现象，于是穆王制定了刑法，动用了多年不用的刑具。

穆王之后又传了几代，这些帝王几乎都没有什么才德，周朝日渐衰微。

到了厉王胡即位时，更是民怨四起。厉王十分贪图钱财，但是怎样取得钱财，他却缺少办法。他知道荣夷公很会敛财而且很富有，于是就想任用荣夷公做卿士。

大夫芮良夫苦劝厉王，指出："荣夷公喜欢独占财利。可是，要知道天地生成一切事物，民众是人人有份的，做君王的应该将这些财物公平地分配给上上下下的人，使天神、人民、万事万物各得其所。而现在你要学着独占天下财利，天下来归附的人就少了，荣夷公要是被重用，周朝一定会衰败的！"

厉王不听，还是任用了荣夷公，让他主理国事。荣夷公上任后还真是尽心尽力地为厉王"谋利"。他开始榨取天下财物：民众猎获的野兽，荣夷公掠夺走了；民众织出的棉布，荣夷公夺去"充公"；民众一年辛苦种出的粮食，也被荣夷公掠了去……后来又发展到向各诸侯索取财物。这样一来，从民众到诸侯都在议论他的过失，没有一个人说他好的。

这时候召公劝诫厉王："民众已经不堪忍受了，您再不改变态度和政策，恐怕周朝就要被民众推翻了，您难道还没有听到民众的议论吗？"

厉王听说民众议论自己，大怒，于是他对召公表示会设法改善这种状况。

厉王没有施行仁政，而是去卫国找了一个巫师，命他监视议论朝政的人，巫人说谁毁谤朝政，厉王就立刻杀了谁。巫人不断地汇报，厉王不停地杀人，杀得血流成河，尸骨堆成了山。厉王采取的这个方法好像十分有"成效"，不久，议论朝政的人没有了，各诸侯也不来朝拜了。过了几年，王命更加严酷，人民都不敢说话了，只得"道路以目"（在路上相遇，以目光彼此示意）。

厉王很高兴，就告诉召公说："我能消除议论了，民众们都不敢开口说话了！"召公指出，这只不过是用堵塞的方法而已。

指出"防民之口，甚于防川"（堵塞人民的口所带来的害处要严重过堵塞洪水），作为天子应该广泛地听取人民意见，并且依据这些来弥补自身的过失，察明是非，只有这样民众才会心服口服。可是，厉王将召公的话当作耳旁风，认为只要人民嘴上不说，自己的统治就是十分牢固的。

终于，三年之后人民再也不堪忍受，纷纷拿着木棒、工具背离了周室，结伴来袭击厉王，厉王闻讯后仓皇出逃，最后去了彘地。

厉王出逃前将自己的儿子太子静托付给召公。民众得知了这个消息就包围了召公家，让他交出太子静。

召公左右为难，明明知道厉王是一个无道昏君才招来了这一场祸患，可是如果交出了太子，太子肯定会被愤怒的民众杀死，那就有悖厉王所托了。最后召公决定，即使自己与厉王有前怨，在这个时候也应该忠诚。打定主意后，召公就将自己的儿子交出去顶替。召公的儿子与太子静年龄相仿，民众中也没有人认识太子，于是就杀了召公的儿子，厉王的儿子就这样脱离了险境。

国中不可一日无君，于是周公和召公在厉王逃往彘地期间联合执政。他们安抚民众，广修德政，号称"共和"。

共和十四年，厉王在彘地死去，民众的愤怒也就平息了。于是，周公和召公就让出执政权，立太子静为周宣王。

周宣王即位后，因为有周公和召公二人的合力辅佐，勤习文武之道，修明政治，渐渐国力强盛起来，诸侯又都来朝贡了。

在古时候，帝王有个规矩，必须亲自耕种一块土地，以身作则地带动天下人。周宣王却不修"亲耕之礼"，认为这没有必要也没有出息。卿士虢文公劝他："生活中的许多东西来源于农耕，况且天子亲耕是古法，您违背了先王之法，那么别人就可以违背其他的法令，到那时，您又怎么办呢？"周宣王无言以对，但就是不听劝。

后来，周宣王又决定去攻伐西戎的姜氏，虢文公又劝他说："当时是因为周朝腐败，姜氏才去了西戎，这个责任在于周室。现在他们生活安定了，就应该允许他们在那里安居。况且他们又是四岳的后代，攻伐他们，会遭到天下人的反对的。"宣王还是不听，仍然发了兵。结果，三十九年，在千亩被姜戎打得大败而还。

南方的军队少了，宣王就在太原调查人口，以便征兵。樊国的仲山甫劝道："不能以调查人口为名来抓兵士，原本民众就终日劳苦，衣食不足，还要缴纳贡赋，您再硬抓他们来当兵，这不是火上浇油吗？万一他们闹起来，您怎么办呢？"宣王不听，结果弄得民不聊生，怨声四起，周朝的国势又渐渐衰微下去了。

3. 周幽王烽火戏诸侯

四十六年，周宣王死了，他的儿子幽王宫湦继立。

幽王二年的时候，西周和附近的三条河流都发生了地震，接着就干涸了，岐山也崩塌了。大夫伯阳父按照阴阳二气之理推断，周朝灭亡的日子不远了。

幽王三年，幽王由于宠幸褒姒而废了原来的王后——申侯的女儿，封褒姒为王后，又废了原来的太子宜臼，改立褒姒的儿子伯服为太子。对于这一件事，太史伯阳一边读史料一边记载着："周朝灭亡了！"他凭什么下这样的结论呢？

历史记载，在夏朝衰亡的时候，有两条神龙降落在夏帝的殿中，说："我们是褒国的两个先王。"便赖在宫殿中不走了。

夏帝连忙占卜，杀死它们、赶走它们或者留下它们都不吉利。又问卜，要请得龙的唾液储藏起来，才得吉利。于是夏帝就命人陈列了玉帛，以简策祷告神龙，神龙留下唾液就不见了。夏帝用木匣子将唾液封藏了起来。夏朝灭亡以后，这个木匣子传到了商朝，商朝灭亡以后，匣子又传到了周朝。经过武、成、康三代一直没人敢打开。

到了厉王末年，厉王打开来看，那唾液流到了庭中，再也收不起来，也没有办法除掉。厉王就只好命妇人赤着身体对它大声叫喊，那唾液就变成了一条黑色的蜥蜴爬进了厉王的后宫。后宫有一个才七八岁的小侍女不小心碰到了它，没想到成年后就怀了孕。因为没嫁人就有了孩子，这个侍女十分害怕，所以在孩子生下后侍女就将那个孩子丢弃了。这时已是周宣王统治时期了。

有一天，周宣王先是听到一个女孩子在唱歌谣："桑木的弓啊箕木的箭袋，会要周朝灭亡啊。"他听后十分生气。偏偏这个时候，他又刚好看到有一对夫妇卖这两样东西，于是就命令兵士逮住他们杀掉。夫妇俩无故惹来杀身大祸，就连夜逃走。他们在路上见到了不久前那个后宫侍女丢弃的怪婴，听到她在夜里哀哀地哭着，十分可怜，就抱起这个女婴，并且收养了她。

这一对夫妇带着孩子逃到了褒国。到了周幽王的时候，女婴长大了，成为一个倾国倾城的美人。因为她生长在褒国，所以大家都称她作褒姒。

后来，褒国人得罪了幽王，就将褒姒进献给了周幽王以赎罪。

在幽王三年的时候，幽王去后宫见到了褒姒，从此便无可救药地宠爱上了她，并且废去了申后和太子，改立褒姒为后。褒姒后来生了儿子伯服，伯服被立为太子。

这时，太史伯阳悲叹地说："祸患已经形成了，谁对它都没有办法了！"他的意思是说，周朝终究还是要断送在褒姒的手上。

褒姒很美，但是她不爱笑。宠爱她的幽王不知用了多少方法也从来没有看见过她一个笑容，为此幽王十分苦恼。于是他的手下人给他出主意："说不定点燃烽火可以逗褒姒发笑。"幽王听后十分赞同，真的仅仅为逗褒姒发笑而去点燃了烽火！

古时候的烽火台是用来报警的，如果有敌人入侵，点燃烽火，诸侯看到浓烟和火光就会领兵来救援。这种很迅捷的传递信息的工具，就这么被幽王派上了"用场"，你们说幽王糊涂不糊涂？

幽王点燃烽火之后，诸侯们看到了火光和浓烟，于是都匆匆忙忙地率军赶来救援，可是到来之后，竟然发现一个敌人也没有，于是都面面相觑，不知怎么回事。看到他们不知所措的样子，褒姒觉得十分好笑，于是就大笑了起来。这下可把幽王给乐坏了，他又屡次点燃烽火，骗诸侯率军前来。渐渐地，烽火台便失去了它的作用，诸侯们也便不再发兵了。

幽王用奸诈的虢石父为卿来掌管朝中大事，又废除申侯女儿的王后地位和宜臼的太子地位。申侯咽不下这口气，于是联合缯国、犬戎一起攻打幽王。

这时候，幽王着急了，国中兵士也不够抵挡啊，他下令燃起烽火请求诸侯支援。可是，由于他以前为讨褒姒欢心屡次空燃烽火，诸侯们不再相信烽火，见到了也不予理会，都不发援兵。众叛亲离的周幽王最终被申侯的军队杀死在骊山脚下。他们俘虏了褒姒，抢光了周朝京都的财物才离去。

后来，诸侯就拥立幽王前太子宜臼为王，他就是历史上的周平王。

平王即位后，为了躲避犬戎侵袭将都城迁到了洛邑。

这时候，周室已经衰败，诸侯中强国吞并弱国，齐、楚、秦、晋逐渐强大起来，出现了诸侯争霸的局面。

周朝的帝位又传了几代，中间还曾经分裂为东周和西周，但到后来全部被秦国所灭，东周和西周全部并入了秦国的版图。

九、秦穆公的故事

据说，秦的祖先是五帝之一颛顼帝的远代孙女女修。有一天女修织布的时候，误吞了一只玄鸟蛋，并因此而受孕生下了儿子大业，大业又娶了少典族的女儿女华，并生下了一个儿子，就这样一代又一代地传了下来。到周平王的时候，秦襄公因击退犬戎、保护平王东迁有功，而被正式封为诸侯国。从此以后，秦国就逐渐强大了起来。

秦穆公是秦国得到诸侯封爵后的第十位君主，他名叫嬴任好，是一个颇有才德和政治远见的人。

1. 穆公得二贤

穆公四年的时候，迎娶了晋太子申生的姐姐为妻，她就是穆姬夫人。在她陪嫁的仆役中，有个叫百里奚的人，这个百里奚不是一般的仆役，他曾经是虞国（当时的一个小诸侯国）的大夫。

有一年，晋献公想要去灭虢国，可是晋与虢国之间隔着一个虞国，于是晋献公就用美玉和良马来向虞国国君借道。这时，大夫百里奚就坚决反对国君借道给晋献公，并向他讲解了"唇亡齿寒"的道理（虢国如果被晋所灭，那么虞国就被晋国所包围，便也难逃灭亡的命运，虢国与虞国"唇齿相依"谁也离不了谁）。无奈虞国国君贪图小利，心想借道对本国只有利益而没有害处，所以就没有听从百里奚的忠告，而是让出一条通道，让晋献公的军队从虞国的国土上通过，去攻打虢国。

晋献公在灭了虢国之后，班师回朝，顺道就灭了虞国，并且俘虏了虞国的国君和大夫百里奚。

穆姬夫人出嫁，晋献公就用百里奚做了她陪嫁的仆役。这对百里奚是一个莫大的侮辱，因此百里奚就想方设法从秦国逃了出来。在楚国边境的时候，他被楚人当作奸细给抓了起来。

秦穆公也听说百里奚这个人很贤能，因此，当他得知百里奚随穆姬夫人陪嫁过来时十分高兴。可是还没等会见他，百里奚就逃出了秦国。秦穆公就派人多方打听，终于得知百里奚被楚国人捉住了。

秦穆公和穆姬夫人商议，想用重金将百里奚赎回来。

穆姬夫人反对道："不行，不能用重金。现在百里奚被楚国人捉住，他们还不知道他的才能，如果我们用重金去赎，必然会引起他们对百里奚的重视，那样我们再想把他赎回来就难啦！我看还是用低价为好！"

秦穆公听后，连连点头赞赏，就派人用五张黑羊皮把百里奚从楚国人的手里赎了回来。

回到秦国后，秦穆公亲自释放了百里奚，并且向他求教国家大事。

这时的百里奚已经是七十多岁的老人了，他谢绝道："我只不过是一个亡国的臣子，况且已经如此老朽了，哪配与国君您谈论政事呢？"

秦穆公锲而不舍，说道："我知道你是贤人，是因为虞国的国君不听你的，才导致了灭亡，这根本就不是你的罪过。"说完后，仍旧向百里奚请教国家大事，态度十分谦恭。百里奚被秦穆公的诚意打动，于是就与他谈了起来。这一谈便谈了整整三天。

秦穆公十分高兴，就将国家大事交给百里奚处理，并且称他为"五羖大夫"。

百里奚看出秦穆公确实是一个能够礼贤下士的君主，就向他推荐了自己的朋友蹇叔。

百里奚认为自己的才能比不上蹇叔，蹇叔是一个比自己聪明而且有远见的人，他向秦穆公举了几个例子，来证明蹇叔的远见卓识。他说："以前我在各地游历的时候曾经被困在齐地，沦落到向那里的人讨饭吃的程度，后来是蹇叔收留了我，我们谈得很投机，从而结成了莫逆之交。我曾经想过去侍奉齐王无知，蹇叔劝我不要去，我听从了他的话，结果齐国不久就发生了内乱，我也没有因此而受到牵连。我去了周朝，曾用养牛术来求见爱好斗牛的王子颓，从而得到了他的欣赏重用。可是蹇叔后来又制止了我，我就离开了周室。不久，王子颓便和襄王因争王位而争斗起来，我又免除了一场会被诛杀的祸患。再后来，我侍奉虞国国君，蹇叔知道后也曾经劝过我，可是这一次我没有听他的劝告，结果却难逃被俘虏的命运。从这些事情中我就知道，蹇叔是一位聪明有才干而且有远见的人。"

秦穆公听后十分高兴，庆幸自己又得到一位贤臣，就用厚重的财礼去迎接蹇叔来朝。交谈后发现果然像百里奚说的那样，就封蹇叔为上大夫。

得到百里奚和蹇叔这二位贤臣，秦国就更强大了。

2. 无信无义晋夷吾

晋献公统治的末期，晋国十分昏暗。晋献公这个时候十分宠幸一个妃子骊姬。为了立骊姬的儿子奚齐为君，他逼死了太子申生（穆姬夫人的弟弟），又赶走了公子重耳和夷吾等人。重耳和夷吾流亡在外，其中夷吾来到了秦国，一住就是十几年。

这段时间晋国曾立骊姬的儿子奚齐和骊姬妹妹的儿子卓子等人为君，但是他们都被晋国的老臣里克诛杀了。里克在等待晋公子重耳回来。

这时候，夷吾向秦穆公恳请援助，请求秦穆公帮助自己夺回君位。并且许诺说，如果自己能够顺利当上晋国的国君，就将晋国河西的八座城邑割让给秦国，以报答这份恩情。秦穆公听后欣然允诺，派百里奚带领军队浩浩荡荡地护送夷吾回国了。

当夷吾回到晋国的时候，晋公子重耳仍然流亡在外没有赶回来，所谓"先到者为君"，于是公子夷吾没有任何阻碍就顺利地当上了晋国的国君。

夷吾即位后，他首先派大夫丕郑去答谢秦国，却违背诺言不肯把河西的八座城邑送给秦国。等到丕郑一走，他就杀了老臣里克。夷吾为什么要这么做呢？因为晋国人心中拥护的是重耳，而老臣里克和丕郑也是心向重耳的，如果不趁重耳流亡在外将他们铲除，等到重耳回朝自己的帝位还坐得稳吗？夷吾身边的臣子吕甥、邵芮也支持夷吾这种做法，并且积极地帮他出谋划策。

出使到秦国的丕郑听说里克被杀，心中十分惶恐，就与秦穆公商议，他指出夷吾之所以会违背前约和诛杀里克一定是吕甥和邵芮二人搞的鬼，请求秦穆公用重金将二人招来秦国，让夷吾失去左膀右臂，然后再改送重耳回国。

秦穆公也为夷吾违背前约十分恼怒，他没想到夷吾竟是一个不忠不信之人，于是就决定采纳丕郑的建议。

秦穆公派使者持重礼随丕郑到了晋国，并且招吕、邵两人来秦国。这二个人诡计多端，想到这其中肯定有阴谋，就建议夷吾杀掉丕郑。丕郑的儿子丕豹因为父亲被杀就逃到了秦国，并受到了秦穆公的重用。

秦穆公十二年，晋国发生了旱灾，夷吾向秦国请求援救粮食。秦穆公抛弃前嫌，听从公孙支和百里奚的意见，为晋国百姓着想，给他们送去了许多救济粮。

两年过后，秦国也发生了饥荒，秦穆公向晋国求助，没想到夷吾不但没有援助，反而趁此机会发兵来攻伐秦国。

秦穆公派兵应战，以丕豹为将，自己亲征。

穆公十五年九月，双方在韩原展开了战斗。

战斗中，夷吾离开了本部军队与秦军争夺财物，致使自己的车马陷在了沼泽里。穆公就率领部下追赶他，没想到没抓着晋君，反而被晋国的军队包围了，晋军紧紧攻击，秦穆公受了伤，情势十分危急。

正在此时，忽然从岐山下杀出一支军队，有三百余人，他们奋不顾身地击杀晋国士兵，终于，不但使秦穆公转危为安，而且转败为胜，俘虏了夷吾这个无信无义的家伙。

大家一定会想，这三百人为什么会如此为穆公卖命呢？原来，这三百人曾在岐山下偷吃了穆公的良马，官吏搜捕到了他们，想要按照法令严办他们，可是秦穆公说："君子是不会因为牲畜而伤害人的，而且我听说，吃了好马而不喝酒是会损伤身体的。"不但没有惩罚那三百人反而赐给了他们酒。这三百人受了秦穆公的恩惠，都牢记在心。今天看到穆公有难，就奋不顾身地前来援助。

秦穆公俘虏夷吾回朝后本打算用他来祭天地，可是周天子和自己的夫人穆姬都为夷吾求情，穆公就放弃了这个打算，而改用诸侯之礼来对待夷吾。夷吾因此而献上了西河的八个城邑，并且派太子圉到秦国做人质，秦穆公也将自己的女儿嫁给太子圉为妻。

此时，秦国的疆域已经东到黄河了。

3. 穆公助重耳归国

秦穆公二十一年，秦国派兵灭了梁国和芮国。

第二年，一直在秦国当人质并娶了穆公女儿的晋公子圉听说夷吾病了，心想："梁国是我母亲的国家，穆公丝毫不念这一层关系仍是灭了梁国，可见我在他心目中的地位。我的兄弟又多，如果君王去世，秦穆公也一定不会放我回国的，这样晋国一定另立其他人为王，那时就来不及了！"想到这里，他便放下了在秦国的一切，一个人偷偷地跑回晋国去了。没想到还真被他给撞着了，过了一年，夷吾便驾崩了，这样，圉便顺利地即位了。

对于圉的逃跑，秦穆公心怀怨恨，就派人去楚国迎接晋公子重耳来秦国。

见到重耳后，秦穆公认为他比夷吾和圉都强，而且又有咎犯、赵衰等五个贤人死心塌地跟随。他们不卑不亢，重耳更是不因为自己身处逆境而对穆公逢迎巴结，令秦穆公十分赞赏。

秦穆公坚持将自己的女儿（圉从前的妻子）嫁给重耳，最初重耳不肯接受，可到后来实在推脱不过就应承了下来。从此，穆公对他更是礼遇有加。

穆公二十四年春，秦穆公决定送晋公子重耳回国，并助他夺取帝位。归国前，重耳表示如果以后秦晋二军对阵，一定会让晋军后退九十里来报答君主的恩德。

二月，重耳杀了圉登上了帝位，他就是晋文公。

4. 穆公三用孟明视

秦穆公三十二年冬天，晋文公去世了。同年，郑国负责管城门的人向秦国出卖自己的国家。他说："我管郑国的城门，如果你们发兵偷袭郑国，我可以负责给你们打开城门。"

秦穆公听后很高兴，他认为这个计策万无一失，可是又很想征询一下百里奚和蹇叔的意见。

二人一听，当即就表示了反对。他们劝阻秦王道："从秦国到郑国沿途要经过晋国、周城、渭国等许多国家，上千里的路程，我们带着大军这么进发，哪里说得上是偷袭呢？就是到了郑国，我军人困马乏而郑国是以逸待劳，这个方案行不通！望秦王能够三思啊！"

秦穆公一心想要灭了郑国，哪里还听得进二位贤人的劝告，当即派百里奚的儿子孟明视、蹇叔的儿子西乞术和白乙丙挑选精兵强将，准备去攻打郑国。

出兵那天，百里奚和蹇叔二人对着出征的军队大哭起来。

穆公听说后很生气，便怒气冲冲地问二位大臣："军队要出发了，你们不鼓舞士气，反而在这里对着他们大哭，你们居心何在？"

二位贤臣听到穆公的质问就回答道："我们二位都老了，害怕自己的儿子出兵后回不来，那样我们连一面都见不上了。"说完擦干眼泪，走到军队中对自己的儿子说："你们随军队出征，必然会战败的，全军覆没的地方一定在崤山。"孟明视和西乞术等人听了父亲的话，一点儿也没有放在心上，心中反而充满了出征的喜悦和胜利的渴望。他们同秦穆公一样，都认为这一次出征万无一失。

穆公三十三年春，"偷袭"的秦军在孟明视等人的率领下出发了。秦军过了晋地，来到周王的京城，经过周朝的北门。周朝的王孙满看到秦军说："这一支队伍很没有礼貌，一定会打败仗的。"

后来，秦军到了滑国，队伍停下来，稍事休整。这时候，郑国还没有得到任何消息，情势是十分危急的。

事有凑巧，郑国有个商人叫弦高，那一天刚好赶了十二头牛从郑国到周城去卖，在路上碰到了想去偷袭郑国的秦兵。弦高一看，知道大事不妙——郑国没有任何准备啊。如果秦军去偷袭，自己的国家一定会灭亡的，怎么办呢？

弦高在危急关头想出了一条妙计。

他将准备卖掉的十二头牛向秦军赶去，并且求见秦军的将领。

弦高对孟明视等人说："听说将军带领大军来惩罚郑国，郑国的国君已做好了准备，并派我送来十二头牛犒劳诸位将领。"这段话弦高说得不紧不慢、不卑不亢，看起来毫无破绽。

孟明视等人一听就只好收下牛。送走弦高后他们商议道："看来，郑国已经做好了防御的准备。想要偷袭是不可能的了，咱们退兵吧！"退兵的时候，他们不想无功而返，顺道就灭了滑国，可没想到却招来了祸患。

原来，渭国是姬姓的小国，属于晋国的边城。这个时候，晋文公还没有埋葬，按照当时的礼制是不能打仗的。因此晋太子襄公听到这个消息后便勃然大怒，他穿上了黑色的丧服，立刻发兵到崤山去阻击秦军。

因为晋军占据天时、地利、人和，所以很容易就取得了胜利，杀得秦军大败，孟明视等三人也被俘了。

前面我们曾提到过秦穆公将女儿嫁给了晋文公。当晋文公夫人得知孟明视等三人被俘，就到襄公面前说：“我父王已经得知孟明视三人不讲礼制被杀得大败，所以对他三人恨入骨髓，希望您能够将他们交给我的父王，让他来惩罚这三个俘虏！”襄公看到自己的母亲过来这样说，也就乐得给个顺水人情，便将孟明视三人放回了秦国。

三人回到秦国，秦穆公穿着丧服去迎接他们，向他们哭着说：“都怪我，没有听蹇叔和百里奚二位长者的话，让你们出兵并且受到了侮辱，你们什么罪过都没有，是我对不起你们！你们用心准备雪洗耻辱吧，一定不要气馁！”于是恢复三将的官位，对他们更加厚待。

穆公三十四年，秦穆公派孟明视等人率领军队攻伐晋国。

两军在彭衙交战，秦兵又被击败了。这一次孟明视带领剩下的兵士逃了回来。秦穆公并没有因为这一次的失败而怪罪孟明视等人，相反却更为重视他们了。

又隔了两年，秦穆公再次派孟明视等人带兵攻伐晋国。

这一次孟明视带兵渡过黄河后便焚毁了船只，背水一战。秦军个个英勇顽强，奋勇杀敌，终于大败晋军，并且顺利攻占了晋国的王宫和鄗地，报了崤山一战的仇。

晋人看到秦军士气高昂，都守着城邑不敢出战。于是，秦穆公就从茅津渡过黄河来埋葬了在崤山战役中身亡的战士，并且在全国发丧，为他们举哀三日。然后秦穆公又向全军发誓道："将士们，仔细听着！古时候的人，有事情事先向老人请教，所以就不会产生过错。我当初一意孤行，不听蹇叔、百里奚的劝告，造成了崤山的惨败。今天我对你们发誓，以便让后世的人来记住我的过失，让他们不至于再犯相同的过错！"

君子们听到了这篇誓言都被感动得流泪，他们说："唉！秦穆公诚信待人，终于得到了孟明视的胜利报答。"

这就是秦穆公三用孟明视的故事。

5. 穆公称霸西戎

秦穆公在位的时候，西戎国的国王曾派遣由余出使秦国。

由余祖先原本是晋国人，后来逃亡到了戎地，但是仍然能够说晋国的语言。因为戎王听说秦穆公很贤能，所以便派由余来秦国学习治国的方法。

穆公见戎王派由余出使，心中十分得意，就向由余展示了秦国的宫殿建筑和囤积的钱粮珍宝。由余观看后并没有现出羡慕的神色，而是感叹道："这些东西，如果是教鬼神来完成的，就太辛劳鬼神；如果是教民众完成的，就是劳苦了百姓啊！"

秦穆公听了由余的感叹，心中十分惊讶，就问由余："中原一向本着诗书礼乐的法度来处理政事，然而还是经常会发生暴乱。你们戎国没有这些法度，又是如何来治理国家的呢？"

由余听到穆公的询问，笑着回答道："其实，正是由于诗书礼乐这些法度才造成国家的暴乱啊！"由余见穆公十分不解，便接着说道："早在上古黄帝的时候便做了礼乐，他们以身作则，带头执行。这才仅仅做到了'天下小治'。到了后代，国君们日渐骄奢淫逸，自己不遵守法制，却以这些来要求人民，人民极度贫困便自然而然地怨恨国君不讲仁义，就这样上下交相怨恨，所以才会产生暴乱啊！"

穆公心里赞同由余的观点，表面上却不动声色，接着问道："那你们戎夷国又是怎样治理国家的呢？"

由余答道："我们戎国是没有法度的。上面的人有着淳朴厚道的品德，并且以这些来对待下层的百姓；而下层的百姓则是怀着忠信的赤诚来对待上层的人，这是一件很自然的事情，就好比是一个人，上下和谐而美好，也许这才是真正的治国之道吧！"

穆公听罢回到宫室问内吏廖说："我听说邻国如果有贤明的人，是对敌对国家的忧患，这个由余如此贤能，你说，我应该如何对待这个人呢？"

内吏廖给穆公出主意说："戎国地处偏远，那的国君是肯定没有听到过内地的音乐的。我看，您不妨选派一些歌舞美女送给戎王，这样可以消磨他的心志；然后，您再为由余请功，为他讨赏封邑，来离间他们的君臣关系，再将由余多留一段时间，到那时候戎王一定会疑心的，这样，我们不就有可乘之机了吗？"

秦穆公听后就采纳了他的意见。

从此，秦穆公就整天与由余"接席而坐，宴饮不绝"（坐在一起，并且用美酒佳宴招待他）。席间，又向由余询问西戎的地理形势和兵力情况，打听得十分清楚。与此同时，穆公选派了十六名美女让内吏廖给戎王送去。戎王接受后十分喜欢，整日与这些美女宴饮娱乐，迷恋得不能自拔，整整一年疏于朝政。这时，秦穆公才放由余归国。

由余归国后多次劝戎王停止逸乐，上朝理事，可是戎王不听他的劝告。由余非常苦恼。

这时，秦穆公就一次又一次地派人劝由余来秦国，由余终于同意了。

由余来到秦国后，秦穆公十分高兴，以"宾客之礼"对待他，并且向他请教攻伐西戎的方法和策略。

秦穆公三十七年，秦国采纳由余的策略，攻伐西戎国，得到了西戎十二个国家，开拓了近千里的疆土，成了西戎的霸主。为此周天子还派召公来到秦国向秦穆公道贺。

过了两年，秦穆公去世了，葬在了雍邑。有一百七十七人殉葬，其中有子舆奄息、子舆仲行、子舆铖虎三位良臣，引起了人民极度的不满，便作了《黄鸟》这首诗来哀悼这三位良臣。

秦穆公之后，秦国政权更替频繁，而各诸侯国间也相互攻伐，各有胜负。这种状态一直持续到秦王嬴政吞并天下、设立三十六郡为止。

十、秦始皇的故事

大家对秦始皇一定不陌生吧？他灭了六国，统一天下，这是人人都知道的事情。下面，我们就来讲几个关于他的故事。

1. 奇异的出身

秦始皇应该说是秦庄襄王名义上的儿子，为什么这么说呢？

当时的诸侯国为了相互取得信任，常常派太子到别的国家去当人质，秦国的庄襄王就曾经被他的父亲孝文王送到赵国去当人质。当时称他为公子异人。

异人在赵国很不得志，却与赵国的商人吕不韦交好。吕不韦虽是商人，但却很有政治远见，他认为异人以后一定能当上秦国的国君，因此，对异人他可谓煞费苦心。

他供给异人平时所需的钱财、衣食，贿赂监视异人的赵人，让异人可以自由活动。接着，将自己宠爱的美妾——赵姬送给异人。这时候，赵姬已经是有身孕的人了。赵姬嫁给异人后不久便生下了秦始皇。

秦始皇于秦昭王四十八年一月出生在邯郸，生下来取名为政。

异人在吕不韦的帮助下最后登上了秦国的王位，就成了庄襄王。庄襄王即位后便立政为太子，封吕不韦为秦国的丞相。

到政十三岁的时候，庄襄王驾崩，他便登上了秦国的王位。这时吕不韦是相国，并且被封为文信侯；李斯为舍人，蒙骜、王齮、麃公等人为将军。因为秦始皇年龄尚小，国家大事便委任大臣们处理。吕不韦位高权重，所以在秦始皇举行成人加冠典礼前的八年间（秦始皇二十岁举行加冠典礼），吕不韦几乎天天和山东的诸侯交战，夺地又掠国，还杀死了起兵反叛的庄襄王的亲儿子长安君成蛟，从而巩固了秦始皇的帝位。

2. 不韦免官和茅焦劝谏

吕不韦之所以会被免官是受到了长信侯嫪毐的牵连。大家一定会问，这个嫪毐是什么人呢？

说来话长，当年吕不韦虽然将自己所爱的赵姬送给了庄襄王，但两人旧情难忘。庄襄王死后，大权在握的吕不韦便与太后（即赵姬）同居了。这在朝廷中影响非常不好。吕不韦也害怕秦王政知道自己与赵姬的私情，于是就选了嫪毐以宦官的身份进宫陪伴赵姬。

嫪毐不但被封为长信侯，受赐山阳的土地，而且所有的宫室、车马、衣服、花园、狩猎等一概凭嫪毐的意思享用，河西太原郡还被改成了"毐国"。

秦王政九年四月，秦王举行了成人加冠典礼，佩带宝剑，表示成年，可行王事。他首先发现的是母亲竟与嫪毐通奸并且还有了孩子，羞辱愤怒中便下令诛杀嫪毐。嫪毐听到消息后便兴兵作乱。秦王命令相国昌平君、昌文君率军攻打嫪毐。

双方在咸阳展开了战斗，昌平君、昌文君取得了胜利，杀死叛军数百人，只有嫪毐和他的亲信卫尉竭、内史肆等少数人逃跑了。

战后，秦王给有功的昌平君、昌文君封了爵位，又给所有参战的宦官升官一级。

接着秦王在国内悬赏百万钱捉拿逃跑的嫪毐等人。他们很快便被捉回来了。秦王对这些人丝毫没有留情，全部施以车裂（古时候的一种酷刑）或斩首示众，除此以外还诛灭了他们的宗族。对于嫪毐门下的宾客或服劳役或流放，都做了处罚。

最后，秦王将自己的母亲赵姬流放到了雍地，并且不许群臣劝谏。

第二年，吕不韦也因为这件事受牵连，被秦王毫不留情地免去了官职。

群臣中有敢于劝谏的，全部被秦王杀死了，于是没有人敢再进谏。这时候，齐国人茅焦却不害怕，他仍去游说秦王，他对秦王说："秦国正要统一天下，而大王却有流放母亲的罪名，我担心诸侯听到这件事会因此而背叛秦国啊！"秦王恍然大悟，于是立刻到雍地迎接母亲赵姬回咸阳，住在甘泉宫里。

3. 李斯当权和尉缭谋事

秦王嬴政在消灭了嫪毐等人的叛乱后，为了抵制反对自己的人，于是下令将各诸侯国的客卿驱逐出境。

李斯此时正是客卿，他冒着风险，向秦王政上书一篇，名为

《谏逐客书》。书中历陈了历代客卿对秦国的巨大作用，从而打消了秦王嬴政"逐客"的想法。这篇《谏逐客书》是我国文学史上一篇不可多得的散文佳作，李斯也因这篇文章而受到了秦王政的赏识。

尉缭是大梁人，这时他来游说秦王："秦国现在十分强大，其他的诸侯国相比之下实力就差得太远了，您现在最该担心的是他们联合起来共同对付秦国。我认为大王应该花重金去尽所能贿赂各国有权势的大臣，破坏他们的计划，从而将他们逐一消灭，完成统一的大业。"

秦王政听后，十分赞同，就采纳了尉缭的谋略。平时秦王与尉缭平起平坐，一同进餐，可是突然有一天尉缭逃走了！后被秦王政发觉并坚决挽留，又任命他为秦国的军事首领，他才被迫留在秦国。为什么呢？我们来看一看尉缭私下里评价秦王的话，也许对我们全面地认识秦王政这个人有些帮助。他说："秦王为人，蜂准，长目，鸷鸟膺，豺声，少恩而虎狼心，居约易出人下，得志亦轻食人（秦王这个人，高鼻梁，细长眼，胸如鸷鸟，声音像豺狼，这种人刻薄而且寡恩，心似虎狼，困穷的时候很容易礼遇能人，得志的时候就会轻易地吃人了）。"

果然，秦始皇统一六国后，尉缭就被秦王派人暗杀了。

4. 灭六国　秦王称始皇

秦王政从十七年灭掉韩国、十九年灭掉赵国到二十六年灭掉齐国，共计用了九年的时间。

平定天下后，他踌躇满志，召集群臣商议帝号。

商议之后，决定称自己为皇帝，并且废除了谥号（古时候皇帝死后都要被后人评价一生的功绩，然后再加封谥号，前面我们曾提到的文王、武王、厉王、幽王等人都是谥号），自己为"始皇帝"，以后称二世、三世……直到永无穷尽。

皇帝自称为"朕"并且追封庄襄王为"太上皇"。

为了防止有人再叛乱，秦始皇决定不再设置诸侯，而是采纳廷尉李斯的建议，全国设三十六郡，郡下设若干县。每个郡由皇帝任命三个最重要的长官：郡守、丞尉和监御史。郡守是郡中最高长官，负责郡中的一切事物；丞尉主要掌管军队；监御史除了辅助二人工作外，还担任着监察他们、随时向皇帝报告他们"动向"的重任。

秦始皇改称老百姓为"黔首"。为了防止黔首暴动，起兵反抗自己的统治，又下令将全天下的兵器都没收，并集中到咸阳全部销毁，并用所得的铜汁铸造了一批兵器和十二座铜人像，这十二座铜人像每个重千石。铸好后，秦始皇命人摆放在宫中，一方面显示自己的威严，另一方面秦始皇感到安慰，仿佛江山已经传了千秋万代似的。

不久，秦始皇在全国统一了法制和度量衡，又统一了文字，这也是他对中国历史发展最重要的贡献的一部分。

经过不断扩张，秦始皇的领土已经东到东海和朝鲜，西到临洮和羌中，南到日南郡的北户，北依黄河作关塞，依傍着阴山一直到辽东了。这么辽阔的疆土的确是历代帝王所不曾拥有的。

秦始皇做完这一切后，又感到咸阳不够繁华、热闹，于是就将国内的十二万豪富迁移到咸阳，以便于自己随时监视他们。如此兴师动众，虽然大家都有怨言，却也不敢说什么，一切都按照秦始皇的意愿进行。

此时的秦始皇真是威风凛凛，他的统治达到了顶峰。

5. 秦始皇巡天下

前221年，秦始皇统一了天下。

统一天下后的秦始皇志得意满，于是在二十七年开始巡视天下，显示他的威风。

第一次巡行是往西北方向，秦始皇最远到达了鸡头山。因为车行不便，出巡十分扫兴。于是秦始皇这一次巡行归来就下令火速修建天子巡行大道，道路在第二年便完工了。

第二年，秦始皇率部东巡。他先是巡游东方的郡县，又登上了邹峄山。在邹峄山上，秦始皇命人树立了一块石碑，石碑上刻着自己统一天下的丰功伟业。接着，秦始皇又与鲁地的读书人讨论有关祭祀天地山川的事情。商讨完毕，秦始皇就带领随从登上泰山，选择泰山作为祭天神的地方。

秦始皇在泰山顶上设坛祭天，下山的时候，忽然在路上遇到了一阵儿暴雨，匆忙中，秦始皇躲到了一棵松树底下而避免了被雨淋湿。雨过天晴后秦始皇十分高兴，于是就封那棵遮挡风雨的松树为"五大夫"。

后来，秦始皇又去了梁父山上祭了地神。

他们一行人沿着渤海向东巡视，经过了许多地方，每到一处，秦始皇就命人立石刻字，歌功颂德，希望千秋万代的子孙都能够牢记他的功德。

返回都城之时，由于在长江上遇到了大风，秦始皇的船队几乎不能行驶。到了湘山祠的时候，始皇向身边的人问道："湘君是什么人？"有人答道："听说，是帝尧的女儿，嫁给了舜，死后就埋在这个地方。人们为了纪念她就修了这座湘山祠。"秦始皇听后大怒，心想："一个女神竟然胆敢阻止我的前行，真是气死我了!"于是他命令三千刑徒（犯了罪的人）到湘山，将山上树木全部砍光后，又放了一把火，烧了湘山祠。整座山被秦始皇弄得光秃秃的，连根草也没有剩下。这时，秦始皇才解心中那股愤怒之气，率部回咸阳了。

二十九年，始皇率部东行，因为他巡视的路线已确定，所以让那些痛恨他的人（譬如说他所灭六国的后裔、谋臣，以及不甘于他暴政的人民等）有了可乘之机，于是在阳武县的博浪沙（在今河南省），秦始皇遇刺。由于沿途秦始皇经常更换所乘车辆，所以这一次刺杀没有成功，但却使他受到了很大的惊吓。之后他命人在全国大规模地搜查十天，结果，刺客还是逃之夭夭。这已是秦始皇第二次遇刺了。第一次是秦王政二十年时，燕国太子丹派荆轲来行刺的，事隔九年，秦始皇又一次"有惊无险"。

在接下来的几年里，秦始皇又在全国巡视了很多地方，仍然是所到之处，立石刻字，颂扬功德。

秦始皇三十一年十二月时，他带领四名武士便装从咸阳出行，途中又遇强盗，幸亏四名武士以身护主，奋不顾身地击杀了盗贼，秦始皇才得以安全而返。秦始皇觉得自己的生命随时随地都有危险，因此一方面他派人去寻访长生不老之药；另一方面，他加大了"法治"的力度。丞相李斯是法家代表人物，主张用刑罚来镇压民众，因此得到了秦始皇的重用。

古代刑法中最残酷的"五刑"就是从秦朝开始的。五刑分别为：墨刑，即在犯人脸上刺字，后用墨涂在上面；劓刑是把犯人的鼻子割掉；荆刑是用荆条来鞭打犯人；宫刑是指割掉犯人的生殖器官；大辟就是对犯人处以死刑。这五种刑罚对人民的摧残是不言而喻的。

6. 秦始皇的"求仙之路"

秦始皇二十八年东巡的时候，齐地徐福等人就曾上书给他，说道："渤海里边有三座仙山，分别叫作蓬莱、方丈和瀛洲。虽在海里，但离我们人间并不太远，所以从前有人曾到过这三座仙山，并且知道山上住着许多仙人，还有长生不老药。据说这三座山终日云雾缭绕，登上仙山后就好像到了水底下。仙山上的野兽全是白色的，宫殿是用黄金、白银建成的。"徐福等人请求秦始皇让他们去斋戒，并且拨给他们一些童男童女去到渤海里寻找仙人和长生不老药。

秦始皇闻言，大喜过望。立刻批准，拨给徐福等人大笔资金和五千童男童女，命他们立刻起程，去寻找仙山。

可是，几年过去了，徐福等人杳无音讯。

秦始皇不死心，又接连派了卢生、韩终、侯公、石生等人去海中寻求长生不老的药物和仙人。

没过多久，卢生从海中出使回来，他把有关鬼神的传说都绘成图，又用文字记录下来，向秦始皇禀告："亡秦者胡也（灭亡秦朝的是胡）。"这个"胡"可以是两种意思，一种是秦始皇的幼子胡亥，一种是北方的胡人。我们先不管这个结论正确与否，秦始皇考虑到第二种可能，立刻派大将蒙恬领三十万兵马向北进发，去攻打胡人，结果夺取了黄河以南的一大片土地。

三十三年，秦始皇又按照"亡秦者胡也"的"仙语"，把曾经逃亡的罪犯、卖身的奴隶和普通商贩征派出去，让他们去西南边疆担负防守的任务。不久，秦始皇又派兵去西北驱逐匈奴，将匈奴赶得后退七百多里，"胡人不敢南下而牧马"。为了防御胡人的进攻，秦始皇又征发全国三分之二的劳力为徭役，修筑一条从山海关到嘉峪关的防御的城墙。人民被这个徭役害苦了。在修筑长城的过程中累死、饿死、冻死和被砸死的人不计其数，不知有多少人的尸骨掩埋在城墙底下，人民苦不堪言。

秦始皇三十五年的时候，秦始皇听从卢生的游说，自号"真人"而不再称自己为"朕"。为了不让别人知道自己的行踪，他还下令把咸阳附近二百里内的两百七十座宫殿，用天桥、甬道相互连接起来，用帷帐遮蔽起来。将钟鼓、美女充实进这些宫殿，并且分别登记好了，不准再变动。如果有谁敢说出皇帝巡行去的地方或居住的地方就处以死刑。秦始皇做这些事情的目的都是要达到"仙真人"的标准，从而求得长生不老的仙药。

7. 焚书坑儒和修宫造墓

大将军蒙恬驱逐匈奴后，秦始皇以为"亡秦者胡也"的预言被解除了，心中十分得意。

一天，他在咸阳宫廷里设宴，邀请了七十名博士（当时的官名）和大臣们共同庆贺胜利。

席间，主管射箭技术的官吏周青臣首先颂扬秦始皇，他说道："从前，秦国的领土不超过千里，因陛下英明，消灭各诸侯，统一了天下。现在，凡是日月能够照到的地方，没有人不臣服的。而且，陛下建立的郡县制度，使人民自由安乐，再也没有战争，这么伟大的功业一定会流传万代。从上古到现在，没有任何一位帝王能赶上陛下的德行和威望。"

秦始皇听后，暗暗高兴："这个周青臣还真是深知我心、深明事理的呀！"

没想到这时博士齐人淳于越针锋相对地进言说道："臣下听说商朝和周朝统治天下有一千多年的历史，他们之所以会统治这么长时间，是因为分封各自的子弟和功臣当诸侯，用这些人来辅助自己。现在陛下一个人占有天下，而您的子弟却没有任何地位，一旦朝廷发生什么事情，陛下您岂不是没有任何人来求助？建立大业而不学习古人治国的方法，想要使国家长治久安是不可能的。我就不赞成郡县制度。周青臣当着陛下的面阿谀奉承，这是加重陛下的过错，这样的人能算是忠臣吗？"

秦始皇心里特别厌恶淳于越的这番说辞，但他表面上却不动声色，想听听廷下的大臣们如何议论。

众臣一时间议论纷纷。丞相李斯看出了秦始皇的不快，这时就把握时机，开口说道："上古五帝的政策是不相同的，夏商周三代的法令也是不一样的，他们都按照各自不同的情况来管理天下。现今，陛下统一了天下，制定一些与之相适应的制度，哪里是这批一味要'取法上古'的儒生所能够理解的？现在所要做的就是让百姓努力从事农业生产；士人就应该学习法律，避免违犯禁令。所以，臣以为应该禁止那些儒生用所谓的知识来评论当今时势，扰乱民心。臣请求陛下命令史官，让他们将秦国以外的各类书籍一律焚毁；如果有人敢评论《诗》《书》的就处以死刑……"李斯列举了各种情况的不同处罚方法，秦始皇听后很赞同，于是就命令手下人按照丞相李斯所说的去办。秦始皇在全国掀起了"烧书运动"。他的这一把火，把古代的典籍几乎全部烧光了，不能不让人痛心啊！

在前面我们曾经提到，秦始皇求仙时为了当"仙真人"不准手下的人泄露他的行踪。

可是，有一次秦始皇带着随从去找住在梁山宫的妃子。在山上看到丞相后面跟随的车马很多，心中很不高兴。他的手下就悄悄告知了丞相，丞相从此出门就减少了车马。秦始皇一看丞相的车马少了，就知道身边有人将自己的行踪泄露出去，接着审问了所有那一天随同去梁山宫的人，没有一个人敢承认。秦始皇大怒，就将这些人全部杀了。从此以后，再也没有人知道秦始皇的行踪。

曾经为秦始皇寻找仙药的侯公听说了这个消息就去找卢生商量道："秦始皇为人残暴，这是他的天性，他若长生不死，好人就真会被他杀光，我们不能替他去寻找仙药。到梁山宫的随从都被杀了，更说明了这个人的残忍，他又那么独裁，我们如何再为他做事？"

卢生深有同感，于是二人就相约逃走了。

秦始皇听说二人逃走的消息，非常生气，对臣下说道："我将天下无用的书都烧掉，召集各方学士治理国家，可是这些人不是浪费钱财就是妖言惑众，大肆诽谤。我待侯、卢二人不薄，他们竟然也背叛我！今天把那些制造妖言，蛊惑百姓的儒生全部抓来审问！"

御史抓来了全部儒生，让他们互相告发借以保命，最后秦始皇亲自判决触犯法令的四百六十多人死罪，并将这些人全部在咸阳城外活埋，以昭示天下，警戒后人。

秦始皇的长子扶苏劝谏道："父王，平定天下刚刚不久，远方的百姓还没有全部归附，儒生们都诵读诗书，效法孔子，可是陛下用严厉的刑法处罚他们，我担心天下会因此而不安宁，希望您三思而行。"秦始皇听出扶苏的话是在替儒生求情，因此十分恼怒，立即决定调扶苏出宫，派他北上去监督蒙恬。扶苏离开咸阳，一去就再也没有回来。

秦始皇刚登基时便派人在骊山选好墓地，开始修缮。统一天下后，又派七十多万人前往骊山修坟墓。这坟向下挖到了泉水，灌下铜汁后放置一个石制外棺，棺位旁边，有宫殿观阁，百官的位次，还有珍奇异兽和各种各样的宝物。由于珍宝太多，秦始皇就命令工匠制造自动的弓箭，如果有人想要窃取宝贝，当他一接近就会触动机关被箭射死。棺的外围，用水银做成百川、江河、大海，用机器使这些江河湖海的水相互流通。墓穴的顶棚仿照天体制作了日月星辰，下面是仿照平原高山的地形。这座墓，整整花去了三十多年的时间才修建好。

除了造墓和征发徭役去修长城之外，秦始皇还大兴土木为自己修筑宫殿。他认为咸阳的宫殿太小，与其地位不相称，于是就要在上林苑（养禽兽的猎场）建造他理想的宫殿。

始皇计划兴建宫廷的规模是很大的。前殿、正殿、后殿都要重建，左右廊房和嫔妃的寝宫也都要建造。先盖前殿——阿房宫。阿房宫的规模很大，东西宽五百步，南北长五十丈，殿中可以容纳一万多人，从地面到屋顶可以树立五丈高的旗帜。此外，还要与南山和咸阳宫相连，可谓是工程浩大。所以为了修筑阿房宫，秦始皇不惜劳民伤财。当时受宫刑和其他刑罚的人有七十余万（可见当时法制的残酷了），都被分派去修筑阿房宫和骊山墓。

秦始皇原本想等它建成后，给这座宫殿起一个好名字，没想到还没等阿房宫修好，秦始皇就死了，后人因为宫殿是建在阿房这个地方，给它起名叫作阿房宫。

残酷的法治，沉重的徭役，这些都加速了秦王朝的灭亡。

8. 始皇就墓

秦始皇三十六年的时候，天降流星。有人就在陨石上刻字，上面写道："始皇帝死而土地分。"始皇听后，派御史逐家审问，没有人认罪，于是把居住在陨石附近的人抓起来，统统杀掉，并焚毁了陨石。

秦始皇为此闷闷不乐，所以命博士作《仙真人诗》，当他巡游天下的时候，传令乐工演奏歌唱。接着他又受到了"今年祖龙死"的诅咒。事情是这样的：就在三十六年的秋天，有使者从关东回来，夜间经过华阴县（今华阴市）的平舒道时有人拦住了他，并且那人还手持一个玉璧。那个人对使者说："替我将这块玉送给滈池君（滈池君指周武王。此句话的意思是将秦始皇比做是商纣王，而"滈池君"即周武王，是担负伐纣的责任的）。"又说："今年祖龙死。"使者想问他为什么的时候，那人忽然不见了，玉璧就扔在道上。使者觉得很奇怪，就捡起玉璧给秦始皇呈上并且将路上的经过告诉了他。秦始皇默默无言，过了很久才回答："山鬼知道的事情本来就不会超过一年，所以他才说今年祖先死的。"秦始皇命令御府查看玉璧，竟然是二十八年巡行天下时，渡长江祭江神丢进水里的那一块！秦始皇更加惶惶不安，心想着祖龙可能就是指自己。他赶紧占卜，卦象上说："皇帝出游或是迁移民众，这两件事都吉利。"这回秦始皇才放心了。

始皇按照卦象要求，把三万户人家迁移到北河、榆中地区；自己在三十七年十月的时候再次出游天下。

这一次出游的随行人员有幼子胡亥、左丞相李斯和赵高等人。这个赵高曾经教导胡亥学习文字和治理讼狱的法律制度，胡亥私下对他很宠幸。右丞相冯去疾留守京城。这一路上，秦始皇拜祭了虞舜和大禹，又留下了石碑来歌颂自己的功德。队伍行至平原郡渡口的时候，秦始皇病倒了，而且越来越严重。这时，始皇写信并且盖上自己的印章，加封后赐给公子扶苏。信中说："回来参加丧事，到咸阳安葬。"这封信被赵高扣了下来没有交给送信的使者，到了七月份，秦始皇在沙丘平台驾崩了。

丞相李斯认为，如今皇上死在外地，秦朝容易发生事变。他害怕秦始皇的那一帮儿子和天下人发动变乱，所以就决定将秦始皇已经去世的消息保密起来，不发丧讯。他把秦始皇的棺木放在一辆宽大的车中，车有门窗，又有帘幕遮着，李斯派始皇亲信的宦官陪着。每到一个地方，安排秦始皇像平常一样进餐，并且群臣和平常一样上奏国事，由宦官从车内批准公文。所以一路下来，只有秦始皇的儿子胡亥、丞相李斯、赵高，以及五六个亲信的宦官知道秦始皇已经死了，消息就这样被严密地封锁起来。

此时，赵高、胡亥、李斯三人各有打算，但他们都不打算将秦始皇的诏书交给扶苏。赵高一心想扶胡亥登上天子位，自己也便可以拥有秦朝的半壁江山；胡亥当然不想将能到手的皇位拱手相让；李斯想到扶苏不主张法治，反对杀儒生，他当上皇帝会对自己很不利……所以这三个人一道策划将诏书烧掉了，接着又伪造了两份遗诏：一份是秦始皇给丞相李斯的，嘱托李斯在沙丘立胡亥为太子；另一份是给扶苏、蒙恬的，伪诏中列举了他们两个人好几条"罪状"，命令他们自杀。这些事情做完后，他们就假扮着秦始皇在车中议事，送秦始皇的灵柩回咸阳。

当时正值暑天，尽管车队走得很快，但是秦始皇的尸体还是发出了难闻的气味。赵高有些慌了，他害怕人们根据臭味断定始皇已死，就与李斯商量对策，李斯建议每个车上都装上一筐鲍鱼，这样就不知道是什么东西发臭了。

就这样一路急赶回咸阳，到咸阳后，赵高就宣布了秦始皇病死途中的消息，并且按照遗诏扶胡亥即位，赐死扶苏和蒙恬。胡亥在赵高和李斯的阴谋策划下登上了皇位，按照秦始皇的规定，称为秦二世。

十一、秦二世暴政和赵高弄权

胡亥登上皇位称秦二世的时候二十一岁。

当年九月，胡亥命人把秦始皇的棺材送到骊山墓中安葬。棺旁设置了用人鱼油制作的蜡烛，预计能燃烧很久不会熄灭。在填土埋墓的时候，胡亥又命令后宫没有孩子的嫔妃一律陪葬，这样死的嫔妃不计其数。胡亥担心秦始皇墓中的内部机关被工匠们泄露出去，所以在工匠们封闭了中层墓门还没有来得及出墓的时候，就命人将外层墓门完全闭死，里面的人没有一个能出来的。就这样，又死了一大批人。接着胡亥命人在秦始皇的坟上种满草木，伪装成山的模样，防止别人前来偷窃。

赵高被任命为郎中令，掌握了政权。

二世下诏书增加始皇祠庙中的祭牲的数目，以及祭祀山川的各种礼仪，与群臣商议过后尊称秦始皇为帝王的始祖。

胡亥又与赵高商量，他说自己年纪轻，又是刚刚即位不久，老百姓还没有归附（以前，秦始皇借到各地巡视来表明自己的强盛，以神威来镇服人民），如果他就这样静悄悄地即位，好像说不过去。于是，就出游各地，选派丞相李斯作随行人员。

　　他们先到碣石，靠海边一直南行，到了会稽。所到之处，凡有秦始皇立碑的地方，胡亥都让人刻上随从大臣的姓名，借以表彰先帝始皇。

　　在巡行的路上，胡亥与赵高私下里谋划道："现在的大臣大多不服从我们，官吏的权威还很强大，他们和其他的皇子们必然是要跟我争权的，应该如何处理呢？"

　　赵高说："这一点我其实早就已经想到了，只是我不敢向您提出来。先帝的那些大臣都是国内经历了好几代的有名望的贵人，他们积累的功劳很大，又世代相传。而我，原本就是一个微小卑贱的人，承蒙陛下抬举我，让我身居高位，管理朝中的大事。那些有功的大臣们虽然现在心里都不服气，嘴上还没有说什么。现在，我觉得陛下可以利用巡行的机会，把那些郡县守尉犯罪的都处以死刑。这样一来，从大处说，可以威震天下，从小处讲，可以除去一些陛下讨厌的人。只有这样，才能使远离皇上的人靠近皇上，使贫困的人富贵起来，上下一条心，国家自然就安定了。"

　　二世听后，正中下怀，于是就开始杀大臣和诸公子，又假借罪名牵连逮捕他们的近侍小臣，没有一个人能够逃脱这场祸患。先是六个公子在杜县被杀。最初皇子将闾兄弟三人囚禁在内宫，后来胡亥派使者去命令他们自杀，诛杀他们的原因是"不守臣子本分"。

　　将闾辩白道："我遵守宫廷的礼节，从没有失节，也从没有失言过，怎能说我不守臣子本分？我希望你们能够告诉我所犯的过错，再死也不迟！"

　　使者回答道："我没有资格参与皇上的决断，我只是奉命行事而已。"

　　将闾知道局势已经是无可挽回的了，不禁仰天大呼："天哪！我没有罪！我没有罪！"兄弟三个人流着泪，拔剑自杀了。此情此景，看到的人都心碎了，听到的人也都不由得心寒。于是群臣人人自危，老百姓也都惊恐万分。

　　秦二世巡行天下完毕，回到咸阳就开始着手接着修筑阿房宫。他对臣下说："先帝因为咸阳宫廷太小才兴建了阿房宫，没想到宫殿没有修好先帝就逝世了，现在如果放下阿房宫不去修完它，倒显得先帝做了一件错事儿似的。"于是胡亥对内征集大批的民工去修复阿房宫，对外派兵镇压四方的少数民族，像秦始皇生前一样，维持着残暴的统治政策。

　　秦二世还在全天下征召了五万人来驻守咸阳，每天教他们射猎和驾车。这一批人再加上狗马禽兽，每天耗费许多的粮食。咸阳城内的存粮不够用，就命令外郡县往咸阳送粮，并且转运粮食饲料的人员都必须自带粮食。就这样，咸阳以外三百里的人都不能吃到各自郡县的粮食。这时候，秦朝法律的施行更加严厉苛刻，人民饥寒交迫，惶惶不可终日。

　　到了秦二世元年七月的时候，老百姓再也没有办法忍耐了。有一个名叫陈胜的人率领守边的士兵最先在楚地起兵造反，天下人闻讯，纷纷响应。有的前来参加起义队伍；有的杀了所在郡县的郡守，打起反秦的大旗；六国的后裔也先后各自称王，联合兵力向西进发。

　　这时，秦二世仍然在宫廷中过着荒淫无道的日子，有使者向他反映真实的情况，秦二世就认为是在妖言惑众，将使者关入监狱；看到这种情况，自然就再也没人敢向二世汇报真实的情况了。只能说："起义队伍早已经被各地的郡守镇压下去了。"二世听后，十分高兴，便认为自己可以高枕无忧地继续做皇帝了。

而此时，天下除了陈胜自立为楚王，在楚地起兵之外，沛县的刘邦从沛地起兵，项梁从会稽郡起兵，原来的诸侯国也都先后独立了，纷纷自立为王，武臣自立为赵王，魏咎自立为魏王，田儋自立为齐王……反秦的力量势不可当，秦王朝的统治处于风雨飘摇之中。

秦二世二年的冬天，起义军首领陈胜派部将周章等人带兵几十万西进到了戏水，逼近咸阳。群臣眼看无法再隐瞒下去，才不得已向秦二世汇报。秦二世得知这个消息，大吃一惊，立刻召集群臣商量对策。而此时，秦二世一直宠幸的赵高却不发一言，回避着这个问题。

就在二世和群臣一筹莫展之际，站出一个人来，他就是少府官章邯。章邯献策道："盗匪眼看已经到眼前了，人多而且力量也很强大，现在想要请邻近的郡县增派援兵已经来不及了。臣知道，骊山上的刑徒很多，皇上何不赦免他们的罪过，发给他们武器。这些刑徒重新获得自由，必然对皇上十分感恩，那么那些盗匪也就不足为患了！"二世闻言，也实在想不出什么更好的办法，于是只好下了大赦令，并派章邯为将领，去镇压起义的队伍。

章邯就率领这支军队，打得周章退兵溃败而走，随后章邯又在胡亥增派的长史司马欣、董翳二人的辅助下，在城父杀害了陈胜，在定陶击败了项梁，在临济消灭了魏咎的起义队伍……起义军受到了大大的挫败，而秦军又重振军威，章邯于是率领队伍渡过黄河，去巨鹿攻打赵王歇等人。

赵高见秦军节节胜利，于是又有了"出谋划策"的闲心，他对二世说："先帝是因为阅历广，所以可以跟群臣议论国事，而陛下还这么年轻，又刚刚即位，怎么可以和群臣在朝廷上决定大事呢？如果出了差错，那岂不是把短处显露给群臣看了？"胡亥一听，觉得有理，从此以后就在禁门之内与赵高二人决定国家大事，群臣在上朝的时候就几乎看不到皇帝了。

就在此时，反秦的力量越来越强大了。尽管之前二世曾征调了许多函谷关内的士兵去镇压，也没有办法阻止反秦势力的壮大。这种危急的情势大家都看到了，可是众位大臣还是没有一个敢向二世汇报的，赵高自然也不会说，二世也乐得个"天下大治"。日子就这么一天天拖着。

后来，右丞相冯去疾、左丞相李斯及将军冯劫商议后决定冒死进谏，对秦二世说道："盗贼兴起，我们发兵讨伐后虽然杀死了他们很多人，但是还是不能完全消灭。我们认为盗贼之所以会有这么多人，实在是因为各种劳役太多、赋税又太重的关系。所以请求皇上停止修建阿房宫，并将守卫边疆的大批将士调一部分回来。"二世听后说道："我现在拥有天下，自然可以随心所欲，君主重在修明刑法，这样臣民就不敢乱来了。先帝从诸侯起家，平定天下，这样一份伟大的功业，建造一座阿房宫来纪念自然也是应该之事。"二世停一停之后又说道："我才登上天子位二年的时间，各地就起了盗匪，你们没有禁止他们反而到我这里来数落我的不是。对上，这是不报答先帝的恩德；对下，是不为我尽心尽力。既然如此，我看你们没必要再身居官位了吧？"

秦二世说完，也不容他们申辩，立刻下令将三人免去官职，收监等待论罪。

冯去疾和冯劫见劝谏不成，反受到了如此的屈辱，心里十分悲恸、失望，于是二人都拔剑自杀了；而李斯被囚禁后，受了刑罚。

到了秦二世三年的时候，赵高升任了丞相。他上任后做的第一件事情就是找个借口将收监的李斯杀了，此时的赵高已是毫无顾忌了。

在战场上，围攻巨鹿的章邯将军打不过前来援救的楚国将军项羽，屡战屡败，而且越退离秦都越近了。二世派使者到前线去责备章邯。章邯因为兵败又受到了谴责，心里十分害怕，就派长史司马欣回朝说明情况，并且请示对策。

司马欣回朝后，赵高避而不见，也不给任何指示。过了几天，司马欣看到形势不妙，就迅速逃离了京师，而这时赵高派人马去追捕他，幸运的是没有追上，所以司马欣才得以逃回前线。

回去后，司马欣对章邯说："赵高在朝中掌权，将军您有功劳他会杀你，您没有功劳他更有借口杀你了。"接着汇报了自己去京城，赵高避而不见又派人追杀的事情，章邯听后，心里十分苦恼。这时，项羽急速地打击秦军并且俘虏了秦将王离。章邯想着秦朝黑暗又是奸臣当权，时势所迫，于是他就当机立断地率领全军投降了项羽。

赵高听说章邯投降了，高兴地想："发动叛乱的时机终于到了。"他又担心群臣不听自己的命令，于是就想到一个"指鹿为马"的计策来试验他们。

有一天，赵高指着一只鹿对秦二世说："这是一匹宝马，献给陛下。"胡亥看后，哈哈大笑说道："丞相你老糊涂啦，这明明是一头鹿嘛！"赵高故作惊讶，"是吗？我看这是一匹宝马呀！"接着就问群臣，这是马还是鹿。大臣们有的不回答，有的按照事实说是鹿，有的则奉承赵高说是马。赵高将那些说是鹿的大臣暗暗记在心里，后来一一找借口诛杀了他们。此事之后，大臣们都开始惧怕赵高，赵高觉得时机差不多了，就想自立为王。

可是时局已经不允许赵高再做如此打算，各路诸侯都向西攻来，二世也有耳闻，派人过来责备丞相失职。赵高恼羞成怒，心想此时能做的是将胡亥废了，另立公子婴为皇上。公子婴平时仁慈俭约，百姓们都信任他，用他能够掩护自己。有了这个打算，赵高就暗地里和女婿咸阳令阎乐和弟弟赵成商量，决定由赵成在宫中做内应，让阎乐召集官吏发兵去击杀二世。赵高害怕阎乐有二心，就劫持了他的母亲拘禁在自己的房舍里做人质。

阎乐带领一千多人马先是在殿门杀了禁卫军的头目，接着就率兵直接进入了内宫。一路上阻止他们的士兵被全部射杀，宦官逃的逃，死的死，赵成和阎乐就这样进入了二世的房间。秦二世大怒，立刻命令左右侍卫拿下叛贼，可是侍卫们都十分害怕，不敢格斗。

二世见状，就往内房逃去，身旁有一名宦官紧紧相随。二世边逃边对他说："你为什么不早告诉我呢？害得我落得现在这步田地？"宦官回道："臣下不敢说话所以才保全性命到了现在，要是早告诉皇上，恐怕我也早就死了。"这时，阎乐追了上来，拦住秦二世，说道："你这个人骄横任性，杀人不眨眼，不讲道义。天下的人都背叛你了，你自己想想该怎么办吧！"

二世胡亥说："我可以见见丞相吗？"阎乐不答应。二世又请求道："我希望得到一个郡的地方，不做皇帝，就做个郡王吧！"阎乐仍不答应。二世见状就哀求道："我愿意做个万户侯可以吗？"阎乐又说："不行！"二世一听，只得最后哀求道："我愿意和妻子儿女们做平民百姓，只要像诸公子那样，给点儿照顾就行了。"阎乐听后，摇摇头说："我接受丞相的命令，替天下人来讨个公道，你说得这么多，我的确一样也不能答应你！"说完，将剑递给胡亥。

胡亥见大势已去，自己想当一个平民百姓也不可得，只得拔剑自杀了。

阎乐回来报告赵高，赵高立刻召集了大臣和诸公子，宣布自己替天行道，诛杀了昏君秦二世，并且要拥立二世哥哥的儿子公子婴为秦王。大家平时知道公子婴的为人，所以没有人表示反对。议定先让公子婴斋戒五天，再去祖庙参拜，等待接受玉玺。

秦二世被诛杀后，按照平民礼节埋葬在杜南宜春苑。

公子婴在斋戒的时候与他的两个儿子商议："赵高杀死二世皇帝，心里害怕群臣诛戮他，所以才假装伸张正义立我为王。其实，他是想灭掉秦的宗室而自己称王。我估计他先让我斋戒再去拜祭祖庙，是想在祖庙里把我杀了。我打算装病不去，那时他必然会亲自来请我，他一来，你们就合力杀掉他吧！"

赵高派了好几个人去请公子婴，子婴都推说自己病了。果然没多久，赵高就亲自过来问道："朝见宗庙是大事，君王为什么不去呢？"子婴见赵高来了，按原定的安排刺杀了赵高，又诛灭了赵高三族，登上了王位。

公子婴只当了四十六天的秦王，楚将沛公就攻灭了秦军进入武关，进军灞上，子婴只好投降。一个多月后，诸侯的大军来到，作为盟主的项羽杀死了子婴和秦朝的众公子及皇族，屠灭咸阳并且一把火烧毁了秦朝宫室；把俘虏的儿童妇女及没收的珍宝财物与诸侯平分了。灭秦以后，项羽把秦国土地分成三国，名为雍王、塞王、翟王，号称三秦。项羽自立为西楚霸王，主持政令，赐封诸侯王。

秦国至此灭亡，又过了五年，天下重新被汉朝统一。

十二、项羽少年显奇志

项羽，姓项名籍，字羽。他原来是下相县人，因为他家祖祖辈辈都有人在楚国做将领，得到了项城作为封地，所以就以封地为姓，从此以后姓项了。

当初，秦始皇派大将王翦灭了楚国，项家从此就衰败下来。

项羽自小与叔叔项梁相依为命，项梁的父亲项燕就是在秦楚大战中被王翦杀死的楚国大将。这叔侄二人身负国仇家恨，项梁更是把复仇的希望寄托在项羽的身上，希望通过培养他来恢复楚国。

项梁精心挑选教师教项羽读书。开始时项羽很用心，因为他很聪明，所以进步很快，但是学了不久他就不学了。项梁责备他没有志气，项羽却说："叔父，我不敢忘记国仇家恨，只是，凭读书写字怎么能报仇呢？"项梁认为项羽说得有道理，便又开始教项羽学习剑术。项羽学得专心，武艺也越来越高，几乎没有人能够抵挡他了。他身强体壮而且臂力惊人，能够一下子举起上千斤重的大鼎。项梁看到侄子出众的剑术和体魄，心里很高兴，以为救国有望了。谁知，没过多久，项羽又不学了。

项梁很生气，就又责备项羽。项羽说道："剑术固然有用，可是却只能一个一个地对付敌人，这不值得用多长时间去学习的，值得学习的是能够抵挡万人的大本事！"项梁原本很生气，可听了项羽的解释后又觉得他有道理，于是就教给他领兵布阵的兵法。项羽这才眉开眼笑起来，可是才学了没多久，只是略知了兵法大意，他就又不肯再继续钻研下去了。项梁见项羽这样，也变得灰心了，从此不再教授项羽。

这时，项梁杀人犯了罪，被逮入狱。后来托朋友得到了释放。出狱后，项梁就带着项羽去吴中郡躲避仇人。

吴中人士的才能都在项梁之下，因此郡中有什么事，官吏常常请项梁主持。比如有大型的劳役、兵役时，项梁经常做主办人。项梁利用这个机会，暗中用兵法来组织训练吴中的子弟和宾客。项梁发现这些人都愿意学习，就把复国的希望寄托在这些人的身上。

秦始皇要巡行天下，有一次到会稽去祭祀大禹，郡中的官吏和宾客都要出郡迎接，项羽和项梁也出城观看。

秦始皇和群臣渡过浙江时，车水马龙，声势特别浩大，看起来威风凛凛。项羽见了，说道："彼可取而代也（这权势可以夺过来，我要取代秦王）！"因为当时说这样的话是冲撞王权，是会诛灭九族的，所以项梁一听他这么毫不在乎地说出来，吓出了一身冷汗，连忙捂住他的嘴，小声说："不要胡说，这可是要灭族的啊！"

项羽的话虽然吓得项梁发抖，但却改变了他的看法。他觉得项羽虽然只有二十四岁，但却有雄心壮志。他看着身高八尺有余的项羽，想到他力气大得能扛起沉重的鼎，于是又将复国的希望再次寄托到了项羽的身上。

十三、刘邦起事

刘邦即后来的汉高祖，他是沛县丰邑中阳里人。姓刘，名邦，字季。父亲刘太公，母亲刘太婆，传说刘邦是刘太婆和一条神龙所生。

刘邦相貌奇特：高鼻子，长脖子，面貌颇似龙，胡子很漂亮，左腿上有七十二颗黑痣。他为人仁厚，对人友爱，喜欢帮助别人，胸襟开阔，志向十分远大，不肯从事普通百姓所做的下地干活儿的事，到了壮年，才做了泗水亭长的小官。

刘邦做亭长时，与县衙里的人混得烂熟，自己又打心眼里瞧不起他们，因此常常独自一人出去喝酒。他爱好喝酒，又有一个很不好的习性——好色。

当地的酒店，刘邦常去的是王老太和武负两家，还常向这两家赊酒。

刘邦喝酒喜欢尽兴，常常喝醉了就在酒店里睡倒不起。武负、王老太常看见睡着的刘邦身上有龙出现，感到很奇怪。而且，他们发觉只要刘邦来酒店赊酒，酒店里的生意就要比平时好出几倍。因此，到年底结账，这两家酒馆便常常将刘邦的欠账一笔勾销。

刘邦常常到咸阳去办事，所以他就借机游览了咸阳的名胜古迹。有一次看到秦始皇出行的威仪和盛况，不禁感慨道："啊！大丈夫当如此也（大丈夫就应该像这个样子)！"

单父县人吕公与沛县县令关系很好，吕公为了避仇人，迁到了沛县。沛县的英雄豪杰和做官的人，听说县令有贵客来了，都去道贺。

当时，萧何为主吏，他对宾客们说："凡是敬赠礼金，不满一千钱的，就请他坐在堂下。"

刘邦当时仍任亭长，再加上他一向轻视这些官吏，于是便开玩笑似的在礼单上大笔写上：贺钱一万。实际上，刘邦连一个钱也没有。这个礼单送到吕公手上，吕公看了大吃一惊，亲自去迎接刘邦。一见之下，吕公便对刘邦十分敬重。因为吕公喜欢给人相面，他一眼便看出刘邦面相特殊，将来不会是一个普通人。他带着刘邦到堂上入座。萧何看见吕公引着刘邦进来，而且态度十分谦恭，就很不满地向吕公禀告说："刘邦这个人说大话很多，能做成的事却很少。"刘邦想借这个机会羞辱其他的人，便毫不谦让地高居上座。

酒席临近尾声的时候，吕公向刘邦示意，请他散席后先不要离去。于是刘邦就留在了最后。

吕公对刘邦说："我年轻时就喜欢给人相面。找我相面的人很多，可是没有一位相貌像你这样高贵的。希望你能多多自重。"停一停吕公又接着说道："我有一个女儿，我愿意将她许配给你。"刘邦一听，十分高兴，连忙称谢，应承了下来。

酒宴结束，吕氏对吕公决定将女儿嫁给刘邦的事非常生气，她说："你平常总是说这个女儿奇特不寻常，应该嫁贵人。沛县县令和你要好，求娶女儿，你不给。怎么会如此糊涂地把女儿许给刘邦呢？"吕公不听劝，仍然执意将女儿嫁给了刘邦。吕公的女儿叫吕雉（后来的吕后），生了刘盈（后来的孝惠皇帝）和女儿（后来的鲁元公主）。

刘邦做亭长的时候，常常请假回家，到田里去看看。有一次，吕雉带着两个孩子在田间除草，有一个老人从田中经过，就向吕后讨口水喝，吕后端了一碗水给老人喝了。老人看了看吕雉就对她说："夫人是天下贵人。"吕雉一看这位老人也会相面，就请求他再看一看两个孩子。老人看看刘盈，说："夫人所以能够显贵是因为这个孩子。"老人又看了看她的女儿，也说是贵人之相。老人走了，刘邦正好请假到田里来转转，吕雉就将刚才老人说的话告诉了刘邦。刘邦问老人往哪里走了，吕后指着一个方向，并且说道："那边，才走了不大一会儿呢！"刘邦闻言，立刻拔腿追去，追上老人后就请老人也给自己看一下面相。老人看了后说："刚才我相过的夫人和小孩，相貌的高贵都像你，你的面相简直贵不可言。"刘邦便称谢道："如果真像先生说的那样，您的恩德我绝对不会忘记。"

后来，刘邦显贵，再找老人时已经不知他的去向了。

刘邦以亭长的身份送役徒去骊山为秦始皇修墓。这些人知道去了骊山肯定是死路一条，于是在途中都想方设法地开溜。路程还没有走完一半，民夫却跑了一多半，刘邦想如此下去，到了骊山，民夫肯定是都要跑光的了。走到丰西山泽之中，刘邦便命令役徒停下来一起喝酒，到了晚上便放剩下的人逃走。刘邦说："你们都走吧！我也从此逃命去了！"大家都欢天喜地地离去，有十几名精壮少年自愿跟随刘邦，刘邦便与他们相伴而行。这一次刘邦喝了很多酒，夜间走在山间小路上，让一个壮士开路。这人回来报告说："前面有一条大蛇挡住去路，这一条路走不通，咱们再找另外的道儿吧！"刘邦酒醉，说道："壮士只有向前，有什么可怕的？"他自己赶上前去，拔出剑来就将那条大蛇斩为两段，开通了道路。

又往前走了几里路，刘邦醉得支持不住，躺下来便睡着了。后面的人走到斩蛇的地方，看见一个老妇人夜间在那里哭泣。大家都觉得很奇怪，便上前问她为什么哭。老妇人哭着说："有人杀了我的儿子呀！"这些人又问："老太太，你的儿子为什么被人杀害？"老妇人说："我儿子是白帝子，变成蛇，躺在路上，如今被赤帝子杀了，所以我才哭！"大家觉得这个老妇人行为古怪，不可相信，正准备教训她，老妇人忽然就不见了。

等后面人赶到时，刘邦也已醒酒。大家将老妇人说的话告诉刘邦，刘邦心中暗自高兴，颇为自负，认定自己不是一个平凡的人物。而那些追随他的人，也因此一天比一天更敬畏他。

秦始皇常常说："东南有天子气。"于是他便几次东巡，意在镇压东南的天子气。刘邦怀疑与自己有关，就逃到山泽岩洞之间。吕雉带人寻找，常常一找就找到了。刘邦觉得奇怪，就问吕雉是怎么回事。吕雉说："你所躲藏的地方，上面经常有云气，我依照云气找，就能够找到你。"刘邦听后，非常高兴。沛县的子弟听说了这件事，来投靠刘邦的人就更多了起来。

秦二世元年，陈胜、吴广在大泽乡起义，许多郡县纷纷响应。沛县县令也想响应陈胜。主吏萧何和曹参向县令献计说："您是秦朝官吏，如今要起兵反秦，恐怕大家不肯听从。为今之计应该召回已经逃亡在外的人，让他们来控制民众，那么就没人敢不听您的号令了。"县令听了，觉得有理，就派樊哙去召回刘邦。而此时刘邦已经有数千人跟随了。

　　樊哙跟随刘邦回到沛县后，没想到县令又后悔了，怕刘邦一来造成事变，就下令关闭了城门，严密防守，不许刘邦一行人进入，并要杀掉萧何和曹参。萧、曹二人十分害怕，就连夜翻越城墙去投奔了刘邦。

　　刘邦写了封信射进城去，信上对沛县父老说："天下人受秦朝的毒害已经很久了。此时各国诸侯都已起兵，如今父老们假使要替县令守城，沛县就难逃被攻破而遭屠城的命运！如果大家共同杀死县令，选择一个合适的人选来领头，以响应天下诸侯，那就能够保全家室。不然，老老少少会被全部杀死，这可是毫无价值的一件事情。"投信后，刘邦就在城外静待消息。

　　果然，没过多久，沛县的父老们杀死了县令，打开了城门，迎接刘邦，请他担任县令。刘邦推让再三，最后答应立为沛公。

　　沛公在县衙祭祀黄帝和蚩尤，又祭旗鼓。军旗一律用红色的。这是因为沛公曾斩蛇，老妇人说蛇是白帝子，杀蛇的人是赤帝子，所以崇尚红色。当时的那些年轻豪侠，如萧何、曹参、樊哙等人，为沛公征发沛县的子弟为兵，一下子征集了两三千人。

　　沛公率领这支队伍先是去攻打了胡陵、方与，后来回军驻守在丰邑。响应陈胜起义的大旗也立起来了。

十四、武信君项梁

秦二世元年七月，陈胜等九百多人在大泽乡起义。

九月，会稽郡的郡守殷通招来避难吴郡的项梁，与他商议说："大江以西都已经起兵反秦了，这也就是天要灭秦的时候了。'先发制人，后发制于人'因此，我要先起兵，想请你和桓楚做将军。"这时候，桓楚正在逃亡，藏在深山之中。项梁说："桓楚正在逃亡之中，没有人知道他藏在哪里，只有项羽知道。"于是，项梁先出来，命令项羽手持宝剑等在厅堂外。项梁又走回厅堂里和殷通坐在一起。项梁说："请您召项羽进来，可以派他传您的命令，召桓楚回来。"殷通说："召他进来吧！"项梁召项羽进来并暗中给他使眼色。项羽会意，拔出剑来，一剑便砍下了殷通的头，随后就夺了他的印。

殷通的部下大惊失色，一时之间怔在那里。项羽乘势又杀死了几十人。郡守府里人都非常害怕，全部跪倒在地，表示愿意跟随项梁。项梁见后，很满意。接着，召集了以往所知道的地方豪强、官吏，向他们说明要起义除暴的道理，大家都很赞成，表示愿意跟从他。

于是，项梁就在吴地起兵，共召集了精兵八千多人，推举项梁做会稽的郡守，项羽做了副将，安抚各县百姓。

项羽凭自己强健的体魄和他惊人的胆识，配合叔叔项梁，就这样夺得了秦朝一个地方政权。

在项梁、项羽准备起兵反秦的时候，农民起义军领袖陈胜已自立为陈王。为了联合各路兵马共同抗秦，陈胜就派扬州人召平到扬州去巡视，并宣传起义军的政策，号召扬州官兵参加起义，共同攻打秦国。

召平到了扬州，游说不成。扬州官兵不相信陈胜的队伍能够打败秦军，于是就婉言拒绝了他。召平碰了钉子很不好受，就想用武力征服扬州，夺得扬州的军队。

就在召平正要返回陈县汇报，请求陈胜出兵的时候，听说陈胜被秦将章邯打败了，已撤离陈县，而且秦朝的军队很快就要赶来。于是放弃了攻打扬州的念头，而是渡过长江来到会稽郡，求见项梁，要联合兵力，共同伐秦。他假称陈胜命令，拜项梁为楚王的丞相，并且对项梁说："现在江东的局势已经稳定了，请您迅速带兵西进，攻打秦朝军队，争取早日灭秦。"项梁本来是不甘屈居于别人之下的，但一想到自己身负国仇家恨，也就接受了命令，带着他的八千精兵，渡过长江向西进发。

项梁的军队过了江，没有找到陈胜的去向。正在徘徊之际，听说陈婴已经占领了东阳县（今东阳市），就派使者去联合陈婴。这个陈婴原本是东阳的令史，被人称作是一个有学问、有道德的人，东阳的年轻人起事，杀了东阳令，于是就请陈婴出来做领导。陈婴本来辞谢，说自己能力不够，但年轻人还是强行立了陈婴做首领。兵士们都戴着青色的军帽，命名为苍头军，以别于其他军队。

　　得知陈婴被立为起义军首领，陈婴的母亲就劝他说："自从我嫁入陈家，从来就没听说过你们陈家先前有过大贵的人物。现在你突然之间得了大名，不是吉利的事儿，你不如寻求一个领头的人，做他的部下。如果起事成功，你就能得到诸侯的地位；如果失败了，你逃亡隐藏起来会比较容易一些的。"陈婴相信母亲的话，恰好这时项梁派来的使者也到了。陈婴便对部将们说："项家是世代的大将，在楚国很有名气，现在咱们如果要成大事，一定要由项家的人来领导，只有这样，我们才可以消灭秦兵。"

　　大家都觉得有理，就听从了陈婴的话，都归属了项梁。

　　项梁带兵渡过了淮水，这时黥布、蒲将军也带兵投靠项梁。项梁此时共有六七万人，驻军在下邳。

　　这时候，秦嘉已经立景驹为楚王，驻军在彭城以东，想要阻止项梁军队的西行。项梁向士兵官吏们说："陈王最先起事，后来作战不能胜利而败走，现在不知在哪里。如今秦嘉背叛陈王，立景驹为楚王，真是大逆不道！"项梁以此为借口进攻秦嘉，秦嘉的军队败走。项梁率军追击，一直追到胡陵。秦嘉看到逃不掉了，就命令军队拼死一战。两支军队打了一天，最后秦嘉战死，士兵投降了项梁。

　　先前被封为楚王的景驹逃走了，后来死在梁地。

　　项梁收编了秦嘉的兵卒以后，把军营驻扎在胡陵，准备进攻秦军。这时秦将章邯领兵到了栗县。项梁便派朱鸡石、余樊君二人率军与章邯作战。后来，余樊君战死，朱鸡石战败，逃回到胡陵。项梁杀了朱鸡石。项梁还派项羽带一支军队去攻打襄城，战事很艰苦，最后好不容易破了襄城，项羽心中愤恨，把守城的军民全部活埋了，并回报项梁说：作战获胜。这时候，项梁听说陈胜已经死了，就召集各处将领，在薛县会合，共同商议大事。当时沛公刘邦也在沛县起事，听说后便也赶来开会。

乡里有个人名叫范增，七十岁了，平时喜欢研究奇谋巧计。他闻讯后也来到薛县，劝说项梁道："陈胜先起兵，但他不立楚国人为王，而是自立为王，民众不服，所以陈胜的地位不能长久保持下去。现在您起兵了，楚国将士都来响应。之所以这样，是因为您的家族世代为楚将，大家意料到您将会立楚国之后为王，来兴复楚国。"

项梁以为范增的话很对，就立楚怀王的孙子心为王。任用陈婴为上柱国，让他辅助心在盱眙建都。项梁自称为武信君。

过了几个月，项梁带兵进攻亢父，与齐国的田荣、司马龙且的部队一起援助东阿。在东阿这个地方大败秦军。田荣当即引兵回去，驱逐了齐王田假。田假逃亡到楚国，田假的相国田角逃亡到赵国。田角的弟弟田间原是齐国的将军，居留在赵国不敢回去。田荣拥立田儋的儿子田市为齐王。

项梁几次派使者到齐国，催促齐国出兵，想与他们一起向西进攻。田荣说："楚国杀了田假，赵国杀了田角和田间，我们就出兵。"项梁说："田假是楚国的好朋友，在困难时来投奔楚国，我们不忍杀害。"

赵国也不肯以杀田角和田间来向齐国表示好感。齐国于是不出兵帮助楚军，但项梁仍坚持追击秦军。

他派刘邦和项羽去攻打城阳，二人把城阳军打败了，又在濮阳东部打败了秦军，使秦军缩回濮阳城内。刘邦和项羽又领兵攻打定陶县，攻不下来，于是他们向西直到雍丘。把秦军打得大败，又杀了秦国大将李由（秦丞相李斯之子）然后回头进攻外黄，没有攻下来。项梁带兵从东向西进攻，到了定陶，又打败了秦军。

接连不断的胜利，使项梁有些飘飘然，他觉得楚国兵多将勇，不愁秦国不灭亡，因此表现出一种胜利者的骄傲。此时，他的手下宋义针对他的弱点劝道："打胜仗了，如果主将骄傲，兵士们懒惰，这样的军队一定会失败的。我们军队里的兵士们已经出现了轻敌懒惰的苗头，可是秦国的军队却是与日俱增，这种情势太不利了，我真替您担忧呵！"

项梁听了宋义的告诫，心中很不快，尽管宋义没有指名说项梁的不是，但项梁还是觉得他句句都是在挑剔自己的毛病，就开始讨厌宋义，找了个名义让宋义出使到齐国去，不让他再烦自己。

宋义在路上遇到了齐国的使者高陵君。宋义问他："您是要去见武信君项梁吗？"高陵君说是。宋义说："依我的推断，武信君项梁一定会失败的，高陵君，如果您慢点走，就可以避免被杀；如果快走，就一定会遇上杀身之祸。"高陵君听了宋义的话，将行程放慢了。秦军果然全力起兵增援章邯，进击楚国，楚军在定陶被打得大败，项梁也在这次战斗中战死。

这时，刘邦和项羽撤离外黄而转攻陈留。陈留县守军拒不出战，刘邦和项羽攻城不下，便商议道："如今武信君被击垮，士兵们都很害怕，不如撤兵吧！"于是和吕臣同时领兵东撤。吕臣驻军彭城东，项羽驻军彭城西，刘邦驻军砀县。

十五、争做关中王

秦国大将章邯把楚国军队在定陶打得大败，又杀了主帅项梁，就认为楚国是不堪一击的了。于是引兵北上，渡过黄河，进攻赵国，并大破赵军。这时，赵国国王赵歇、将军陈余、丞相张耳，一起逃到巨鹿城。章邯命令部将王离、涉间围困巨鹿，自己驻军在巨鹿之南，修筑甬道，替他们运输粮草。赵将陈余率领几万士兵驻守在巨鹿的北面，这样就形成了一个南北对峙的局面。

楚怀王听说项梁兵败身死，秦军围赵，大为惊恐，就从都城盱眙赶往彭城，到了之后就将驻扎在那里的吕臣和项羽的军队合并在一起，由自己带领。他还让吕臣做司徒，让吕臣父亲吕青做令尹，让刘邦担任砀郡郡守，赐封武安侯，负责统率砀郡的兵马。只是将项羽留在了身边，暂时没有给他任何职务。

先前宋义遇到的齐国使者高陵君，此时已经来到楚军中，见到了楚怀王。高陵君说："宋义推断武信君项梁必败，过了几天，项梁果然败了。兵还没有出战，宋义就可以看出兵败的征兆，这真可以说是懂得用兵了。"

楚怀王因此召宋义来议事。交谈之后，怀王对宋义十分喜欢，当即封他为上将军，封项羽为鲁公，是次将，范增为末将，出兵北上救赵。同时，怀王命令刘邦领兵西进，去攻取秦地，向关中挺进。

楚怀王与诸将约定，谁先攻入关中，谁就做关中王。

宋义率军北上，行到安阳，便命令军队驻扎休整，这一住就是四十六天。

次将项羽耐不住了，就对宋义说："我听说秦军在巨鹿围住赵王，我们应尽快带兵渡河。那样楚军从外围打进去，赵兵在巨鹿城内做内应，这样内外夹攻，必定可以攻破秦兵。"宋义听后，不以为然，说道："你这样想就不对啦！我的志在大，不在小。现在秦兵正全力围攻赵国，如果秦胜，秦兵一定疲惫不堪，我们就正好趁他们的疲惫之际打败他们。如果秦兵不胜，我们就可以带军队向西攻去，这样一定能击败秦兵。所以现在不如先让秦赵相斗，我们等待取利。"说完后，宋义又加了一句："若论冲锋陷阵，我不如你项羽；但若论坐下来运用策略，你就不如我宋义了！"宋义因此又给军中下令："不听命令的人，一律斩首！"这显然是针对项羽而言的。

接着宋义派他的儿子宋襄到齐国做相国，并亲自送宋襄到无盐去。在那里，他设宴大会宾客，又吃又喝，十分热闹。可是他没有想到，当时天气很冷，又下着大雨，士兵们都处在饥寒交迫之中。

项羽对将士们说："现在大家应该做的事，是齐心合力攻打秦国，但我们却久久按兵不动。今年的收成又不好，百姓贫苦，因此我们的士兵都啃芋头、嚼豆子，军中没有半点存粮，而宋义却还在饮酒作乐，不肯带兵渡河，不肯从赵国取得粮食，也不愿意与赵国合力攻秦。还说要等到秦军疲惫不堪、粮草一空的时候再攻秦。秦那样强大，而赵国刚刚建国不久，从形势上看，赵国必败无疑。打败了赵国之后，秦国会更强大的，还有什么机会可乘呢？而且，我们楚军刚刚失败，楚怀王坐立不安，把国内全部的兵力，都交给宋义一个人掌管，国家的安危就在此一举了。现在他不顾念国家，不关心战士，还徇私，派自己的儿子去齐国当相国，大家难道还看不出宋义不是一个能替国家出力的臣子吗！"众将领也有这种感觉，都点头称是。项羽见状，心中便有数了。

于是，项羽在第二天早晨就去见上将军宋义，在帐中把他杀了，然后向军中发出号令说："宋义跟齐国阴谋叛楚，怀王秘密下令叫我杀死他。"于是大家共同推选项羽为代上将军。项羽马上派人追杀宋义的儿子宋襄，终于在齐国的边界追上并杀了他。

诛杀宋义父子后，项羽就派桓楚到怀王那里汇报。楚怀王迫于形势，任命项羽为上将军，当阳君、薄将军都从属于项羽。项羽正式接管楚军后，决定救赵。

项羽派当阳君和蒲将军渡河先去试一试秦兵的实力。二将带了两万精兵，在夜间渡过漳河，同秦将章邯的部队交锋。秦军众多而且都很勇猛，楚军虽没取得大的胜利，但也使秦军受挫不小，给了赵国极大的希望。赵将陈余又请项羽多出兵，项羽便统领全军渡过漳河。过河之后，项羽命令士兵们把渡船凿沉，把做饭的锅和蒸饭用的瓦罐都敲破，只保留三天的粮食。这就是"破釜沉舟"这个成语典故的出处。项羽这样做，目的是想让士兵们明白，如果不战胜，就只有死，没有退还的可能。士兵们也都不再迟疑，准备与秦军决一死战。

大军开始围攻王离。楚军勇猛作战，九战九胜，断绝了秦军的通道，大破秦军；杀秦将苏角，俘虏王离；涉间不肯降楚，引火自焚而死。楚军愈战愈勇，冠于诸侯。各诸侯军前来救赵，兵到巨鹿，筑下十多个大营垒，但都不敢出战。等到项羽攻击秦军的时候，各诸侯的将领都躲在壁垒之上观望。这时楚国战士都是勇猛无比，以一当十；楚军作战时，呼喊叱咤，声震天地。诸侯军即使是在壁上观望，都觉得十分畏惧，惊骇万分。

项羽在大破秦军之后，召见各诸侯将领。各诸侯将领在离项羽很远的地方便都跪倒在地，膝行向前，没有一个人敢抬头看项羽的。从这时开始，项羽就做了诸侯上将军，所有的军队都归属项羽部下，项羽成为各路诸侯的统帅。

这个时候，章邯驻守在棘原，项羽驻扎在漳南，两军对阵相持。还没有作战，秦军就屡次后退，秦二世不问青红皂白就派人来责备章邯，章邯派回的长史司马欣不仅得不到赵高的接见，反而被他追杀，再加上与项羽作战屡战屡败，章邯就率部与诸侯军订立盟约，向诸侯军投降了。

章邯见到项羽后痛哭流涕，伤心地说出赵高弄权害人的情形。项羽十分同情，立章邯为雍王，安置在楚军之中。派长史司马欣为上将军，统领秦军，作为先锋，向西进攻。走到新安的时候，因为诸侯的官吏士兵从前都曾到秦去服戍役（打仗和劳役），当初秦吏卒对他们非常苛刻，现在秦军投降了，诸侯军就乘着战胜之威反过来报复，弄得秦军怨声载道，哀声连连，军心不稳。项羽得知这个情况，就与部下商定将秦国降卒二十余万人全部坑杀在新安城南！然后继续进军攻秦。

项羽所率的诸侯大军攻取秦朝本土，到了函谷关，见有兵把守不能进入，又听说刘邦已经攻下咸阳，项羽大怒，攻入关后率领大军，长驱直入，直达戏水西面。当时沛公刘邦驻军霸上，没来与项羽相见。

刘邦怎么会比项羽先入关内，攻下咸阳呢？

　　当初，沛公刘邦引兵西进，在昌邑遇到彭越，与彭越合兵同攻秦军，交战不利。回军到了栗县，刘邦就夺刚武侯的人马四千多人，并入自己的军队。后来攻昌邑仍是未能攻下。沛公刘邦在西进的最初，战事是并不顺利的。

　　沛公刘邦仍是带着队伍向西，路过高阳。当时郦食其任高阳的监门（看守城门的人），这是一个很有才能的人。当他看到沛公刘邦时，便说："领兵经过此地的将军很多，我看只有沛公算是一个人物，有仁厚长者的气度。"于是他便去求见沛公刘邦。沛公刘邦此时正劈开双腿坐在床上，让两个女子为他洗脚。郦生见状，并不下拜，只是作了一个深深的揖（拱手礼）说道："您如果决计要诛灭无道的暴秦，就不该蹲坐着接见长老！"刘邦闻言，连忙站起，整理衣服并向郦食其道歉，请他上坐。郦食其便游说沛公，要他袭击陈留，从陈留那里获得秦所积存的粮食。沛公认为有道理，于是就封郦食其为广野君，任命他的弟弟郦商为将。这以后沛公刘邦接连打了几次胜仗。

　　到宛城时，刘邦听从张良劝说，将宛城团团围住。后来又接受了南阳郡守吕齮门客陈恢的意见封郡守为殷侯，封给陈恢千户，用这种招降的计策，一路西进，畅行无阻，沿途各城没不自动降服的。后来刘邦又使用张良计策，几次大败秦军，终于在汉王元年十月，先于各路诸侯占领关中。

　　沛公到了霸上，秦王子婴乘素车，驾白马，手捧封好的皇帝玉玺、符节，在道边投降。沛公手下诸将有人主张杀掉秦王子婴，沛公说："当初，怀王派我来，是因为我能够宽容待人。况且秦王已经降服，如果杀了他，不吉利！"沛公于是将秦王交付吏属看管，率部西入咸阳。

　　沛公本想在秦宫内住下，因为按照前约，他就是关中王了！

可是樊哙和张良二人极力规劝，沛公就只好把秦宫中的珍贵宝物和所有库存全部封起来，然后回到霸上驻扎。

沛公招来附近各县的父老豪杰，对他们说："父老们，你们在苛酷的秦法之下生活，痛苦的时间已经够长了。我和诸侯有约定，先入关的就为关中之王。现在我应该在关中称王。今天，我要和父老们约法三章：杀人者处以死刑，伤人和抢劫依法治罪。此外一切秦法，完全废除。所有官吏百姓照旧安居乐业。我所以领兵入关，就是要为父老们除害。不是来侵占，更不做残暴的事，大家不要害怕！"沛公派人和秦朝官吏巡视各县乡村，进行广泛宣传。秦人很高兴，争先恐后地将牛羊酒食献给沛公的将士。而沛公则谦让再三说仓库里还有存粮，不用老百姓破费。民众们更高兴了，唯恐沛公不在秦地称王。

这时有人游说沛公说："秦地很富，且又地势险要，如今听说章邯已投降项羽，且被他封为雍王，将来迟早会来关中为王的，您现在应该派兵去把守函谷关，不许诸侯军进来，然后再逐步征集关中兵员，增强实力，以抗拒诸侯兵。"沛公便依计行事了，于是才有了前面项羽怒而攻关，直抵戏水的那一幕。

关中王究竟由谁来担当呢？

十六、鸿门宴

刘邦的左司马曹无伤派一个使者向项羽密报说："刘邦想在关中称王，要让秦王子婴做丞相，并要将所有秦的珠宝都据为己有。"曹无伤想以此来取得项羽的封赏。项羽得知这个消息后大怒，说道："明天一早，让兵士们饱餐一顿，出兵攻打刘邦的军队！"

这个时候，项羽拥兵四十万，停驻在新丰鸿门，沛公拥兵十万，驻在霸上。

范增向项羽献计说："沛公以前贪财好色，而现在入关后竟然不动财宝，不碰妇女，看来他的志向不小啊！一定要赶快攻击刘邦，趁早消灭他！"

楚国的左尹项伯，是项羽的叔父，早年和留侯张良是好朋友。张良随沛公入关，正在军中。项伯便在夜间骑快马飞驰到沛公大营，偷偷去见张良，把项羽第二天早上准备进攻沛公的事，原原本本地告诉了张良。项伯本想要张良和自己一起逃离沛公的军营，可是张良觉得自己是代韩王送沛公来关中的，不能在沛公有难的时候自己逃走。于是，张良就将项伯所说的情况禀报给了沛公。

沛公闻讯大吃一惊，说："这可如何是好？"

张良问："派兵守函谷关是谁的主意？"沛公说："是鲰生。他向我建议守住函谷关，不要让诸侯入关，那么秦地就属于我，可以称王了，所以我就用了他的计策。"张良说："沛公估计一下，我们的军队，足够抵挡项羽的攻击吗？"沛公默然不语，过了一会儿说道："当然不能了。可是事已至此，如何是好啊！"

张良已看出沛公是真心悔过，于是就给他出主意，让他向项伯说明自己不敢背叛项羽。沛公就按照张良的计策行事了。

张良出来，请项伯进去。项伯进到里面，见到了沛公。沛公先是举杯向项伯敬酒，又与他结为儿女亲家。这时沛公看火候差不多了，就向项伯解释道："我入关以来，一切保留原样，秋毫不犯。这一切都是专门等待项将军来接收的。至于函谷关的守将，我只是为了防备其他盗贼窜入，也害怕有非常的变故。我守在这里，日夜盼望项将军来，我又怎么敢反叛呢？千万请项伯兄向项将军反映我的情况，说明我的忠心！"项伯答应沛公一定向项羽解释。临行前嘱咐沛公说："明早一定要早点来向项王谢罪！千万不要忘记了！"沛公忙不迭答应了。

项伯连夜回到项羽军中，把沛公对自己所说的话转告给了项羽，随后又对项羽说："假如不是沛公先打败关中的秦军，将军怎么能一直入关呢？现在沛公有入关破秦的大功，我们出兵攻击人家，好像不怎么道义吧？我看，倒不如因此而善待他。"项羽听后，觉得挺有道理，就答应了项伯的请求。

第二天早晨，沛公只带随从骑士一百多人来见项羽，到了鸿门向项羽谢罪说："我和将军二人合力攻秦，没想到我竟然能够先入关内，能与将军再见面真是太好了！"接下来，沛公又试探地问道："不知道哪个小人向将军进谗言，让你误会了我的一片忠心？"项羽毫不在意地接口说道："这是沛公你的左司马曹无伤说的，要不然，我怎么会如此动怒呢？"

项羽当即留沛公一起饮酒。

项羽和项伯朝东坐，范增、沛公、张良三人分别朝向南、北、西三面。席间范增多次用眼色暗示项王，又举起随身佩带的玉块三次暗示项王，要他下令杀死沛公，项羽都没有反应。

范增见势不妙，就起身离席，到外面去召来了项庄。范增对项庄说："大王为人心肠太软，不忍亲自下手。你进帐去，上前向沛公敬酒，敬酒过后，你就请求在座前舞剑，乘舞剑的便利刺杀沛公。沛公这个人非除掉不可，不然的话，你们这些人都会被他俘虏的！"

项庄进入帐中，向沛公刘邦敬了一杯酒，敬完酒，项庄说道："大王和沛公饮酒，军中也没有什么好娱乐的，请准许我舞剑，来为大家取乐吧！"项羽大声叫道："好！"项庄于是拔剑起舞。项伯看出了项庄的用心，便请求项王也让自己舞剑助兴，项王准许了。

二人同时舞剑，项伯经常用自己的身体掩护沛公，所以项庄一直没有机会下手。

张良一看形势不好，连忙出帐，在外面找到了樊哙。樊哙问张良："今天的事情怎么样了？"张良说："十分紧急！现在'项庄舞剑，意在沛公（项庄拔剑起舞，但他的用心是时时在想刺杀沛公）'！"樊哙闻讯说道："这可太紧急了！我进去，和沛公同生共死！"樊哙就带了宝剑，持着盾，进入军门。军门守卫的兵士拦阻他，他持盾掩住身体，向卫兵撞去，卫兵应声倒地。樊哙进入大帐，拉开帐帷，向西站着，面对项羽，张圆了眼睛，瞪着项羽，头发竖了起来，眼角都睁裂了。

项羽大吃一惊，按剑大声问道："来的是什么人？"张良回答说："这是沛公的随身护卫，樊哙！"项羽说："真是壮士！给他一大杯酒！"左右便送给他一大杯酒，樊哙一饮而尽。项羽说："赐给他猪腿！"左右又送过去一条生猪腿。樊哙把盾倒扣在地上，把猪腿放在盾上，拔剑切开，大吞大嚼。项羽说："壮士，还能再喝酒吗？"樊哙说："我连死都不怕还怕什么喝酒呢？秦王暴虐狠毒，有虎狼之心，杀人只怕不尽，用刑只怕不重，天下人痛苦不堪，都奋起而反秦。楚怀王和诸王有约：'先打败秦军进入咸阳的，在关中为王。'如今沛公先破秦进入咸阳，对咸阳的一切什么都没敢动过，封闭宫室专等大王前来，没想到大王会听信小人谗言，要杀有功之臣，这种做法，不过是暴秦那一套的继续罢了！樊哙愚见，大王实在不该这样！"项羽无话回答，只好说："你坐。"樊哙于是坐在张良旁边。过了没多久，沛公见情势紧张，便起身说要去厕所走出帐外，暗中召唤樊哙出来，张良也跟了出来。

沛公出帐以后，项羽就派都尉陈平去召沛公回来。沛公和樊哙商议说："我现在应该走了，但是出来的时候没有告辞，这怎么办？"樊哙说："做大事的时候，不必去顾虑小节。如今人家是刀和切菜板，而我们是鱼和肉，正是任人宰割的情势，还讲什么虚礼！"于是，沛公决定马上逃走。他命张良留下来，向项羽辞谢。张良问道："沛公今天来这里，带了什么礼物？"沛公就说："我带来白璧一对准备献给项王，玉斗一对要献给范增，但看他们正在发怒不敢献，你替我献给他们好了。"张良答道："遵命。"

这时项羽的军队与沛公的军队相距四十里。沛公留下车马随从在鸿门不用，独自一人骑马，脱身而走，樊哙、夏侯婴、靳强、纪信等人保护沛公同走，四人持剑步行。从小路回到沛公驻军的霸上。

临走前沛公对张良说："你估计我差不多已经到军中、项羽想追也来不及的时候，就进帐向项羽辞谢。"

沛公走了以后，张良估计时间差不多了，这才进帐向项羽告罪。张良说："沛公不胜酒力，酒醉不能支持，所以不能进帐向大王告辞，他派我奉白璧一双献给大王，玉斗一对献给大将军范增。"张良捧上白璧和玉斗。项羽说："沛公现在在哪里？"张良说："沛公听说大王对他有责备的意思，很害怕，已经先走了，此时可能已经回到军中了。"项王便接受了白璧放在了座上。范增接过玉斗，掷在地上，拔剑一击，击得粉碎。他又恨又怒地叹息说："唉！这些年轻没见识的人，不足以和他们共谋大事，夺取项王天下的人，一定是刘邦了，我们这些人，要做俘虏了！"

沛公回到军中，立刻杀了曹无伤。

过了几天，项羽引兵西进，洗劫咸阳，杀了投降的秦王子婴，焚烧了秦的宫室，大火一连烧了三个月。项羽虏取的秦宫财产、妇女，后来都带回了关东。

十七、项羽自封楚霸王

项羽在鸿门宴上没有听范增的计谋放走刘邦之后，便率兵进入咸阳，杀了秦王子婴，劫夺财宝分给诸侯，将秦宫中的妇女虏取过来，并一把火烧了秦王宫殿，打算回江东去。

这时，有一个有见识的名叫蔡生的人向项羽建议说："关中之地，有山河险阻，四面有山河城关的要塞，即使强大的敌人也不敢进犯，并且有肥沃的土地，大王为什么不据守咸阳，偏偏要回江东去呢？"

项羽答道："您说的道理是对的！我曾想过这个问题，可我不能继承秦王的统治，不能让民众来反对我啊！况且我现在一直在思念着江东的父老乡亲。"项羽看了看蔡生，又接着说道："有了财物和珠宝玉器，有了权力和地位，这对我来说已经够了！有了这些东西而不返回故乡，就好像是穿着漂亮的衣服在晚上走路一样，你说，有谁能看得见呢？"

蔡生听了项羽的话，觉得这个人虽然英勇善战兵多将广，但没有坚定的信念，没有远大的理想，是不可能成就大业的。所以他失望地长叹一声，便作揖告退了。

项羽命令兵士将珠宝、妇女装在大车上，准备东归彭城。启程的时候，一个名叫韩生的人赶来劝阻项羽。他说道："大王不应该如此东归，您打了天下而不做天下人之主，又何必冒那么大的风险，去打一次又一次的仗呢？"

项羽回答道："打天下，是为了反对秦的暴政。东归是为见江东的父老乡亲。我已经决定了，你别再多说什么了！"

韩生见项羽不为所动，又如此执拗，便说道："有人说楚人是'沐猴而冠（猴子戴帽子，意思是做什么事情都是心血来潮，没有常性）'，今日看来，果然是真的。"

项羽听到韩生的话，非但没有从中吸取经验教训，反而被气得哇哇大叫，立刻下令让人将韩生推出去斩首，继续率领队伍东归了。

项羽派人送消息给楚怀王，希望楚怀王能够封自己为王，可是怀王只是告诉使者，按原先商定的办，即"先入关中者为王"。项羽对怀王这个决定十分不满，于是就想出一条能封自己为王的计策。

他先是改楚怀王的尊号为"义帝"，实际上是不听怀王之命。接着他对诸侯说："天下开始起兵的时候，为了收拢民心，不得不假立楚怀王的后代，以便去讨伐秦国有个出兵的理由。三年来，我们冲锋陷阵，终于消灭了秦王的暴政，安定了天下，这可与义帝没有一点儿的关系，都是我们的功劳！我觉得咱们应该分天下的土地来各自称王，你们同意吗？"各诸侯的首领也早有此意，只是没敢说出来，所以当然不会有人反对。

项羽于是封沛公为汉王，领辖巴、蜀、汉中三郡，以南郑为都。这是项羽与范增提前商量好的计策。他们既担心沛公有夺取天下的想法，又不敢不封刘邦为王，因为刘邦先入关中应该为王，如果违背盟约，诸侯可能会反叛。所以他们还扬言：巴、蜀二郡也是关中之地，故而让沛公在那儿为王。实际上巴、蜀二郡道路奇险，而且秦朝放逐的人都居住在蜀地，是一个很糟糕的地方。安排了沛公之后项羽又把关中之地分成三块，封秦王的三个降将为王，他想用这种办法围阻刘邦。封章邯为雍王，拥有咸阳以西的土地，以废丘作为都城。长吏司马欣因为救项梁有功，都尉董翳劝章邯降楚有功，所以，封司马欣为塞王，拥有咸阳以东到黄河的土地，以栎阳为都；封董翳为翟王，拥有上郡地区，以高奴为都。剩下的诸侯，项羽都依据他们功劳的大小，分别封王封侯。

项羽自立为西楚霸王，领有九个郡，都城设在彭城。

汉王元年四月，诸侯王各自回封国，项羽为了免除后患，派人秘密杀了义帝。

刘邦被项羽封为汉中王后，心中虽然十分不服，但因为自己力量单薄，只得委屈去汉中即位。

刘邦起程时，项羽拨了三万人马追随刘邦到汉中，另外有各诸侯的士兵共几万人自愿跟刘邦去。

刘邦经过蚀川后，用了张良的计策，烧毁了栈道。这样做一方面可以防备诸侯和强盗的偷袭，另一方面也是做给项羽看的，让他相信自己会安于汉王之位，不再有东进夺取关中之地的打算了。这样，自己在汉中发展势力就不会引起怀疑而且能够争取到较多的时间。

后来，刘邦率领士兵到达都城南郑，可是却发现有许多将领和士兵都逃回家去了，没有逃走的士兵，也流露着思乡之情，军心不稳，怎么能安定地发展壮大呢？

这时，大将韩信对刘邦说："项羽封赏功臣，却把您一个人封到南郑来，这实际是流放啊！我们的军士大多是山东人，他们现在思念家乡，这种感情我觉得正好可以利用。率领他们去攻取家乡的土地，战斗力必然会十分强，这样就能够成就大业。我劝大王现在起兵，因为，如果天下安定了，人们都向往安宁的生活，那时就不能再用兵了。不如现在决定，军队向东开拔，去争夺天下吧！"

刘邦采用了韩信的策略，回师先去袭击雍王章邯，击败他后，顺利平定了雍州之地。

历时五年的楚汉战争，由此展开。

十八、楚霸王垓下兵败

楚霸王项羽率领诸侯军，消灭秦王朝之后分封天下。沛公刘邦被封为汉中王，但他在张良的辅佐下，不甘于这种命运，于是挥师东进攻取了雍州之地，拉开了楚汉战争的序幕。

战争之初，项羽拥有绝对的优势，但是由于他刚愎自用，且又有勇无谋，竟受奸人挑唆，怀疑一直为他尽心尽力的谋士范增，致使范增愤而辞官，病死于回乡途中。失去范增的项羽在战争中，更多了许多的盲目和错误。而刘邦却善于用人，运筹帷幄有张良，镇守国家、安抚百姓有萧何，用兵打仗又有韩信。刘邦对他们善加利用，所以一天天地兵势强大，拥有了能够诛灭项羽的实力。

到后来，项羽因为海春侯兵败，自己引兵从睢阳火速赶回，被汉军占了有利地势。当时情势对项羽十分不利，唯一有利的一点是在前不久，项羽俘获了刘邦的父母妻子，这三人尚在军中。

从形势上看：汉军气势强盛而且粮食充足；楚军则士兵劳累且粮食不多。所以汉王就先派一个叫陆贾的人去说服项王让他放了自己的亲人，项羽不同意。第二次，刘邦又派了侯公去游说项王，此人是天下辩士，所到之处可以倾国，果然不负众望。项羽跟汉王刘邦立约讲和，平分天下，划鸿沟以西的地方为汉国，以东的地方归楚国。

和约签订后，项羽立即派兵送还了刘邦的父母和妻子，而自己带兵向东去了。

汉王刘邦也打算西归，可是这时张良和陈平劝他说："如今汉国有了大半天下，诸侯又都归附了您，现在楚军兵疲粮绝，这正是上天灭亡楚国的最好时机啊！您一定要趁现在灭了楚国，放了项羽，这不等于养虎为患吗?"汉王一想，十分有理，就约韩信和彭越的军队共同攻击楚军。

汉王兵到了固陵，由于韩、彭二人未能如约率军到来，汉军大败。张良给汉王出主意让他给韩、彭二人封地，以便消除威胁，使他们二人全力攻楚。果然，二人得到封地后，立刻出兵攻楚，在垓下，楚霸王项羽被汉军合围了。

项王的军队驻扎在垓下。他所剩的兵士们已经不多了，而且粮食也早就已经吃完了，兵营里面甚至发生了人吃人的现象，而外边，汉军和诸侯之兵包围了好几层。项羽看到这种情势，痛心极了。

这天晚上，项王忽然听到四面的汉营之中唱起了楚歌，歌声扰得原本就已经心灰意冷的楚军更加思念家乡，都不想再打仗了。而项王听到歌声后也心下悲凉，夜不能寐，与虞姬一起在帐中饮酒消愁。

虞姬是一个温柔、美丽而且深爱项羽的女子，多年来她随着项羽征战各地，毫无怨言，项王也十分宠爱她。

美酒、夜色和哀怨的楚歌，项羽思及自己起兵反秦，自封西楚霸王到现在被围垓下，不禁慷慨悲歌，他对着虞姬唱道："力拔山兮气盖世！时不利兮骓（项王经常乘骑的一匹骏马）不逝；骓不逝兮可奈何！虞兮虞兮奈若何！"项王反复吟唱，虞姬在一旁和着他的歌声，哽咽不能成声，而从不流泪的项羽也泪下数行，左右侍从也都哭得抬不起头来。

这时，虞姬擦干了眼泪，对项王说道："贱妾追随大王多年，无以为报，如今不愿拖累大王，愿以死来报答您对我的这份恩情。"说完，快速拔过身边士兵的佩剑，自杀身亡。

项羽急步向前，抱起虞姬的尸体，深深地看了她一眼然后当即下令："我要率兵突围！愿意追随我的，就跟我来，不愿意的就留在这儿等待汉军招降！"

于是，项羽带着愿意随从的壮士八百多人骑马乘夜色突破重围，向南飞驰而去。

天明的时辰，汉王才发觉项羽已突围，就命令灌婴带领五千骑兵去追赶。这时项羽已过了淮河，骑兵中可以跟得上他的也只剩下一百多人了。

后来，项王迷了路，在沼泽中又失去了一些兵士，终于被汉军追赶上了。此时，项羽身边只剩下了二十八名骑兵！

项王知道自己这次很难脱身了，就对身边的骑兵说道："从我起兵到现在已经有八年的时间了。我一共打了七十多次仗，从来没有失败过，所以才能称霸天下。而今天我将被困死在这里，这是上天要我败亡，绝不是作战的过错。既然今天要死了，我愿意为你们痛痛快快地再打一仗，一定要连胜三次，为你们突围、斩将、砍旗！让你们知道是上天要灭亡我，不是作战的过错！"

于是项王把身边的骑兵分为四队，向四面冲杀。这时几千名汉军已经将他们牢牢地包围起来。

项王对他的骑兵们说："看，我先斩一名汉将！"他命令骑士们向四面飞驰而下，约定在山的东边分三处集合。于是项王大声呼叫着奔驰而下，汉军见状四散溃退，项王迅疾地斩杀了一名汉将。这时赤泉侯杨喜担任骑将，追击项王，项王回头怒视，赤泉侯人和马都受到了惊吓，退避了好几里。

项王与他的骑士们分三处会合，汉军找不到项王所在，就分为三处，重新包围。

项王又驰马冲杀，这次又斩杀汉军的一名将领和上百名兵士。回来集合自己的骑兵，只不过仅仅损失了两个人。项羽这时问他的骑兵："怎么样？"那些骑兵都敬服地说："跟大王所说的一模一样！"

项羽退到了乌江西岸，乌江亭长早就在那里停船等候他了。亭长劝项羽道："大王请赶快上船，我渡你们到江东去，江东虽小，但地方也有千里，还拥有数十万民众，到时再报仇也不迟！"项王闻言，笑了。他说道："上天要灭亡我，我还渡江干什么？况且当初我带了八千江东子弟渡江西进，如今没有一个人返回，即使江东父老怜爱我并让我为王，我又有什么面目再见他们？就是他们什么都不说，我也还是有愧于心的啊！"说完，将自己的那匹战马——骓送给了亭长说："我骑此马已经五年了，所向无敌，曾经日行千里，不忍心杀它，送给您吧！"

项羽命令骑士们都下马步行，用短兵器准备搏斗。汉军追上来后，只项王一人就杀死汉军数百人，他自己身上，也受伤十多处。

后来，项羽被汉兵认出来，他就说道："我知道汉王悬赏千金买我的头，封邑一万户，我就给你们这点儿好处吧！"说完，就挥剑在乌江边上自杀了。

王翳最先取得了项王的头颅。其余的骑兵就去争抢项王的身体，他们自相残杀，有好几十人因此而毙命。后来，项羽的身体被分成了四份，抢夺到的人也因之而封侯封地。

项王已死，楚地尽归汉王。

刘邦最后以鲁公封号礼葬项王于谷城。他还亲自去替项羽发丧，据说是洒泪离去的。

十九、汉高祖刘邦

刘邦被封为汉中王的第五年，他凭借诸侯王和将相的智谋、兵力，在垓下打败了项羽，结束了楚汉战争。后来，又被群臣尊为皇帝。

刘邦当上皇帝之后，就想办法对付那些在楚汉战争中不得已而封的异姓王。

这时，燕王臧荼谋反，被刘邦率兵擒获。随后，刘邦又打着平叛的名义，诛杀了淮阴侯韩信、梁王彭越、淮南王黥布等人，改封刘姓的人为诸侯王。

汉高祖做完这一切之后，杀白马为誓："不是刘姓而为王的，天下人就共同攻伐他！"就这样，汉高祖刘邦将江山稳稳地控制在刘姓人的手中。

汉高祖在平定诸侯叛乱的时候，曾经路过沛县，就停留下来，设宴与沛县的父老子弟们开怀畅饮。高祖挑选出沛县儿童一百二十人，教他们唱歌。

大家饮酒到高潮的时候，高祖十分得意，他自己打着拍子，自己作歌唱道："大风起兮云飞扬，威加海内兮归故乡，安得猛士兮守四方。"儿童们也纷纷跟着他唱着，气氛十分融洽、开心，高祖刘邦还带头跳起了舞。后来思及自己由沛县的亭长到现在拥有天下，不禁十分感慨，流下了泪水。

他对沛县的父老乡亲说："我虽然在关中建都，但无时无刻不思念自己的家乡。现在我宣布，免除沛县的赋税，你们世世代代都不用纳税服役了。"父老乡亲们自是十分感激，场面更加热闹了。就这样，刘邦在沛县玩了十多天才率兵依依不舍地离去。

高祖在位的时候，只是授意丞相萧何营造了未央宫，作为自己的宫殿。除此之外，再没有大兴土木。他曾经大赦天下，安抚众民。人民经过多年争战，如今好不容易安定了，所以也都拥护高祖的统治，于是被废弃的百业又渐渐兴旺了起来。

高祖在征讨黥布的时候，曾被流箭射中，归途中病倒，到长安时病势严重了。

吕后这时问刘邦："陛下百岁（死亡）之后，萧相国再死了，可以让谁代替萧相国？"高祖说："曹参可以！"吕后又问："曹参之后呢？"高祖说："王陵可以。但是王陵莽撞憨直，陈平可以帮助他。陈平智慧有余，然而难以独当重任；周勃为人持重宽厚却缺少学问，但能安定我刘氏天下的，必定是周勃，可以让他担任太尉。"吕后又问这些人之后又有哪些人合适。高祖说道："以后的事情，你也不会知道了！"

汉王十二年四月，高祖在长乐宫去世。

五月，太子刘盈即位，他就是孝惠皇帝。

二十、吕后与孝惠帝

吕后名雉，字娥姁，是汉高祖刘邦贫贱时所娶的妻子。她生了两个孩子，一个男孩，一个女孩，儿子刘盈是后来的孝惠皇帝，女儿后来被封为鲁元公主。

刘邦成为汉中王时，在定陶又娶了戚夫人，这个戚夫人十分年轻貌美，所以很得刘邦的宠幸，没多久又生下一子，取名叫如意。如此一来，戚夫人在刘邦面前就更受宠了。

刘邦在关中作战的时候，常带戚夫人随行。这个戚夫人就故意日夜在刘邦面前啼哭，为的就是让刘邦立自己的儿子如意为太子。当时刘盈已经被立为太子了，可是刘邦认为他太仁慈柔弱，一点儿也不像自己，没有帝王之相。相反，渐渐长大的如意，不仅相貌与自己十分相似，而且性格也很相像，况且自己现在又如此喜爱戚夫人。所以，刘邦就有了废掉太子、另立戚夫人之子如意的打算。当时，吕后已经老了，常常留守在家，自然不会随同刘邦东征西战，与刘邦的见面机会很少，关系便也渐渐疏离了，为此，吕后暗暗记恨在心上。

如意先是被刘邦立为赵王，有好多次几乎取代了太子，幸亏大臣们据理力争再加上留侯张良的计谋起了作用，刘盈这才保住了太子之位。

后来，刘邦在长乐宫去世了，可惜他没有替自己喜爱的母子二人安排一个好的去处。吕后在刘邦死后就立即关押了戚夫人，将她囚禁在永巷，同时，派使者去召戚夫人的儿子赵王如意进京。使者一连去了三批，都被赵相建平侯周昌打发回来。周昌对使者说："高祖嘱咐我保护赵王，赵王还很年少，他不懂得人世的复杂关系。我听说太后怨恨戚夫人，她派人来召赵王回宫一定是想将她们母子一并杀掉。我不敢让赵王回京，而且赵王也正在生病，不能奉诏前去。"

使者回来后将情况禀报给吕后，吕后特别恼怒，于是就先派人去征召赵相国周昌到长安，周昌不得不从，只得先去了长安。随后，吕后又派使者召赵王如意进宫。如意这一次只得应召，于是就启程往京城方向赶来。

惠帝是一个十分仁慈的皇帝，他深知太后讨厌戚夫人母子。知道此事后，就亲自到霸上迎接赵王回宫，自己又与赵王一同起居和饮食，这样一来吕后就没有机会下手了。可是，吕后仍不肯善罢甘休，她布置了许多密探，日夜监视惠帝的活动。

终于有一天，惠帝早晨起来要去外面射猎，因为时间太早，而赵王年少不能早起，所以这一次二人没有同行。密探立刻将这个消息报告给了吕后，吕后就派人拿着毒酒给赵王如意灌下去了。天刚亮，惠帝回来了，年少的赵王已经被毒死了，惠帝看到这个场景，心里十分悲伤，怪自己没有保护好年幼的赵王，以至于让太后有了可乘之机。可是吕后毕竟是自己的亲生母亲，惠帝也明白，吕后这样做是为了使自己的帝位更加巩固，所以也就没再说什么。

吕后杀死赵王如意后不久，又开始谋划惩治戚夫人的方法。回想着自从戚夫人得宠后，刘邦一心都在她身上，听她屡进谗言，想要废了惠帝而转立赵王如意为太子；想着自己辅佐高祖平定天下，又帮他安定社稷，为他出谋划策诛杀大臣，可不但没有得到他的任何怜爱，相反却在宫中留守……想到这一切，吕后就愤愤不平。她认为杀了戚夫人给她一个痛快实在是不解恨，于是她就想出了一条变戚夫人为"人猪"的阴毒之计。吕后派人先是斩断了戚夫人的双手双脚，接着，又挖去了她的双眼，熏聋她的耳朵，并强行给她灌下了哑药，最后将她丢在猪圈里，称她为"人猪"。

过了几天，吕后叫惠帝去观赏"人猪"。惠帝看了觉得十分可怜。一问之下得知这是戚夫人，于是大哭不止。从此病倒了，一年多不能起床。

后来，惠帝派人去对太后说："这不是人能干出的事情。我身为太后的儿子，无颜再治理天下了！"惠帝自此以后整天沉溺于逸乐，不再过问政事了。

在孝惠为帝的第二年，楚元王刘交和齐悼惠王刘肥都到京城来朝见太后。

十月的一天，惠帝同齐王刘肥在太后面前设宴饮酒。高祖有八个儿子，其中只有齐王刘肥要比惠帝年长，惠帝认为齐王是哥哥，就按照家庭的礼节，请齐王坐在上座，而自己居下位。

吕后见到这种座次，立刻大怒。她认为这是齐王对惠帝的不尊，是以臣压君，这还了得！于是命令人倒来两杯毒酒，摆在了齐王的面前，要齐王刘肥端酒致贺。齐王顺从地站起身来，没想到惠帝也端起另一只毒酒杯站了起来。他们先共同向太后祝贺，然后再互相祝愿……太后大惊，立刻走上前来弄洒了惠帝的酒。

齐王觉得很奇怪，不敢喝自己手上的酒，连忙称自己醉了就离开了宴席。

过后，齐王找人打听，才得知是吕后想用毒酒毒死自己，心里非常恐惧，想着恐怕这一回是不能活着离开长安了，日夜茶饭不思。

这时齐王的内史士就劝齐王道：“太后只有惠帝和鲁元公主两个孩子，现在大王拥有七十余城，可是公主的俸禄只有几个城，她怎么会甘心呢？况且太后狠毒而且贪婪，如今她当权，您不仅不能触犯她，而且应该让她事事顺心，如今之计，我看贿赂太后比较妥当！”

齐王闻此言，忙问道：“你说现在怎么办呢？”

内史士说：“大王如果能将一个郡的封地献给太后，作为公主的汤沐邑（意为洗头、洗身、休息和收取俸禄的城邑），太后必定会很高兴，大王也就可以免除杀身之祸了。”

齐王听后，立刻照此计执行并且又尊鲁元公主为齐国的王太后。

吕后见齐王向她献上一个郡，而且屈尊于鲁元公主，非常高兴地接受了，就在齐王的府邸（诸侯王在京城的居所）摆酒设宴，尽情痛饮。这一次，惠帝仍然尊敬齐王是自己的兄长，让他坐在上座。吕后见了，便称赞道：“皇帝在家，能以家庭之礼尊齐王为兄长，这才符合君臣父兄之道嘛！”场面十分和谐自然，就像从没有发生过什么事儿似的。宾主尽兴之后，齐王返回封国。

二十一、吕氏诸侯的兴与亡

汉孝惠帝七年八月的时候，惠帝病重而死。发丧期间，群臣都到京城吊丧，惠帝的亲人都哭得泪人一般。可是，唯独惠帝的母亲吕后，人们只能听到她的哭声却看不到她的泪水。大家都觉得十分奇怪。

这时，张良的儿子张辟强正担任惠帝的内侍官，虽然他只有十五岁，却十分了解宫廷内幕。他对丞相陈平说："太后只有惠帝这么一个儿子，现在他死了，太后虽然也在哭，但却并不悲伤，你知道为什么吗？"

丞相道："我也正在纳闷呢，你说是什么缘故？"

辟强说："惠帝没有年纪较大的儿子，太后害怕你们这些老臣，所以才焦急没有泪水。如果您现在请求太后任命吕台、吕产（二人是吕后大哥吕泽之子）、吕禄（吕后的弟弟）为将军，让他们管理城南、城北的军队，再让吕氏的人都入宫做事，这样，太后才会心安，你们这些元老们也就能够免于祸患了。"

丞相为了使国家安定，就照着张辟强的建议去做了。太后允许之后就立了三吕为将军。后来，吕后再哭起惠帝的时候，才落下了伤心的泪水。

从此以后，吕氏家族的权势日渐壮大。

九月，太子即位。少帝元年，大赦天下，太后代行天子之事，所有号令一律出自太后之手。

吕后执政后，打算封诸吕为王，可是又害怕刘邦时的老臣们反对，所以就召集大臣们商议这件事情。

吕后先问了右丞相王陵，王陵在朝廷上直接指责太后说道："当年高帝曾经杀白马而发誓说'不是刘姓而为王的，天下人就共同攻伐他'。现在太后要封诸吕为王，是违背盟誓的。您是高帝的皇后，应当极力保住刘氏的江山，怎么可以动立异姓王的念头呢？"太后当着群臣面被王陵指责，心中很不高兴。

这时，左丞相陈平及绛侯周勃说道："高祖平定天下时，封刘姓子弟为王；现在太后代理天子执政，封兄弟及吕姓子弟为王也没有什么不可以的，臣等无异议！"太后听了很高兴，于是就宣布退朝了。

退朝后，王陵就责备陈平、周勃二人，他说道："当初与高祖歃血为盟的时候，难道你们都不在场吗？现在高祖死了，太后掌权，要封诸吕为王，你们只顾曲意逢迎，将来还有什么面目去见九泉之下的高祖？你们说呀！"

陈平和周勃看着暴跳如雷的王陵，说道："丞相请息怒！现今若说到当面指斥，在朝廷上据理力争，我们的确不如你；但是，要说到保全社稷，安定刘姓后代，恐怕你就没有我们想得久远了！"

王陵明白了他们的意图，也就没再说什么，于是各自散了。

后来，因为这次"廷上之争"，吕后便借口拜丞相王陵为太傅（太子的老师），夺去了他的相权。王陵知道，这也是意料中的事情，于是便称病辞官回乡。吕后任命左丞相陈平为右丞相，用辟阳侯审食其为左丞相。左丞相不管政事，只监督宫中事务，好像郎中令一样。审食其因此得到了太后的宠信，常常借太后大权决断政事，公卿大臣们处理政务都得通过他来决定。

丞相这层阻力已经被吕后解决了，吕后就追封吕台父亲吕泽为悼武王，作为她封王的开端，再逐渐封吕氏诸兄弟为王。

接下来，吕后一面将吕家的兄弟子侄拉入朝廷，立他们为王、为侯，一面又把吕家的姐妹姑娘嫁给刘家人为夫人，从而全面地控制着刘家的王朝。这个妇人的聪明才智和雄心是不可小视的。

在这期间，吕后听人挑拨，饿死了赵王刘友，逼梁王刘恢自杀；又立了吕禄为赵王，吕产为吕王，掌管兵权。

有一次，在太后出宫求神除灾的回程中，有人看到太后的腋下有一种变幻如云的东西攀附着，忽然间就消失了。占卜的结果说是赵王如意作祟，从此太后便常感觉到腋下疼痛，一病不起。

支撑了几个月，太后自知再也熬不下去了，就告诫掌握兵权的吕禄、吕产说："高帝平定天下后，与大臣发誓说：'不是刘姓而为王的，天下人就一同攻伐它。'现在吕氏封王，大家都愤愤不平，我就要死了，皇帝又年幼，大臣们恐怕会叛乱，你们一定要掌握兵权，守卫宫室，不要被他人控制。"没几天，太后去世了，留下遗诏，赏赐诸侯，大赦天下，并且立吕王吕产为相国，立吕禄的女儿为皇后。

吕后死了，她所封立的吕氏王侯，就要发动兵变夺取刘家的天下。可是，他们畏惧高祖的老臣周勃、灌婴等人，一时之间还不敢发动叛乱。

齐王得知这个消息，立刻发兵，打着讨伐诸吕、保卫宫廷的旗号,并且联合了许多诸侯王向朝廷攻去。朝廷闻讯,相国吕产等人就派颍阴侯灌婴率兵前去迎击。灌婴兵到荥阳,驻扎下来与诸将商议说:"诸吕把持兵权,想要颠覆刘氏政权,我们不能帮助他们去攻打齐军,助长他们的气焰。"接着,灌婴派使者去告诉齐王和各路诸侯,让他们联合起来,等待吕氏的叛乱成形,然后共同诛除诸吕。齐王得到消息后就还兵到齐国边界,等待消息以便去践约。

此时,吕禄、吕产想起兵谋反,却又犹疑不定。太尉周勃想削去二吕的兵权,于是就想出了一条计策。因为曲周侯郦商的儿子郦寄与吕禄交好,他们就劫持了郦商,再让郦寄去骗吕禄让他回诸侯封地,放弃手头的兵权。吕禄信以为真便去与吕产等人商议,说好的也有,说不好的也有,计策如何还在犹豫不决中。

几天以后,吕禄又得知了灌婴与齐、楚诸侯联合准备诛灭诸吕的消息,就立即把自己的北军兵权交给了太尉周勃,悄悄回到自己的封地去了。

周勃来到军队,在军中发令说:"拥护吕氏的露出右臂,拥护刘氏的露出左臂。"军中的将士都毫不犹豫地露出了左臂,周勃顺利地掌握了北军的兵权。

此时,吕产还拥有城南军队的兵权,他不知道吕禄已经交出兵权,就自己率兵徘徊在未央宫门口想进去作乱。但宫门紧闭,一时之间吕产找不到进入的方法。周勃知道这个消息,就让朱虚侯刘章率一千多人急速进宫去保卫皇帝。

刘章在未央宫门口,看到了仍在徘徊的吕产,就冲上去杀了他及所率兵士。周勃知道事情已成定局,天下会安定了,立刻派人分头追捕吕氏男女,无论老少全部杀掉,又去追捕杀死了吕禄,平定了诸吕的叛乱。

平定叛乱之后，朝廷中的大臣们在一起秘密策划选一个人来主持天下事，最后选定了代王刘恒。接着就私下秘密派人去迎接代王。代王先派人表示推辞。使者再去迎接他，他才来到了长安，住在京城的代王官邸里。大臣们都来拜见他，并且奉上了天子的印玺，一致尊立他为天子。代王谦让了很多次，由于群臣一再坚持恳请他当皇帝，最后才答应了下来。

由东牟侯刘兴居进入皇宫，将少帝安排出宫，又迎立代王进入未央宫内。就这样代王被立为天子。他在位二十三年，谥号为孝文皇帝。

太史公司马迁对于惠帝和吕后统治的这段时期评价不低，他说：惠帝无所作为却安闲而治，女主吕后代理天子执政，也是按既定方针办事，发号施令不出门户，而天下照样太平无事。极少使用刑罚，犯罪现象却很罕见，民众致力于农桑，衣食丰足，无匮乏之忧。

看来，这一段时期可以算是一个平稳的过渡吧！

二十二、吴世家故事

1. 吴的由来

吴的创始人是吴太伯。太伯是周太王的大儿子，季历王的哥哥。周太王共有三子，长子太伯，次子仲雍，三子季历。以三子季历为最贤，而且在三人的子嗣中以季历的长子姬昌最贤能，所以太王欲把王位传给季历，而季历自会把王位传给姬昌，这样可保周的兴盛。在当时的王位传承中，一般由长子继承，如果想在兄弟间传位，则须传给年龄最长的弟弟，由此依年龄相传，不过一般把废长立幼视为大忌，因为这极易引起国内混乱。所以周太王很发愁，毕竟太伯也不是个庸才。太伯弄清楚父王的心意后，就带着弟弟仲雍逃到荆蛮，也就是现在的江苏常州一带，并且全身刺上一些图案，显示自己将在那里常住下去。因为吴地自古就有将身刺绣，将牙涂黑的民风。周太王一看太伯等于是刺身明志，表示自己决不参与争夺王位，就把王位传给了季历，又把太伯封为爵。周太王所料不差，周果然在季历、姬昌父子手中兴盛起来，联合其他诸侯灭了纣，统一了天下，这是以后的事。姬昌定了天下之后追封太伯为伯爵，后世称他为太伯。这时吴还是一块小地，当地人看到他如此忠孝便来依附，聚集不过千把人，到了太伯第十九世玄孙寿梦，处在蛮夷之地的吴才开始兴盛起来。

吴国的兴盛也是靠"改革开放"来完成的。开始吴国地处南方，由于湿热，常流行疾病，令中原人不敢涉足。而且民风与中原不同，颇有"邻国相望，鸡犬之声相闻，老死不相往来"之风。到了吴王寿梦二年，楚国有一个不得志的大夫申公巫臣逃奔到吴，教吴人驾车作战的技艺，又叫他的儿子担任吴国礼宾长，吴国从此才开始与中原地区相往来。从此吴国兴盛起来。

2. 季札让贤

寿梦共有四子，长子诸樊，次子余祭，三子余眜，小儿子季札。四子中季札最贤能，实是一块治国安邦的好材料，所以寿梦想把王位传给季札，谁知季札遵守礼法到了迂腐的地步，认为这样会给国家带来灾难，所以极力推让。到了寿梦去世的时候，季札还是不肯继承王位，无奈之下不得不立长子诸樊，而诸樊也很谦让，对外声称自己是代理政务，我诸樊虽居王位，施行王业，但季札才应该是王。

诸樊元年，守丧期满。季札的威望也日益高涨，特别是一些朝中大臣欲推翻王位，拥戴季札为王，诸樊就要把王位让给季札。季札以曹国的子臧为例推辞，并逃到乡下，亲自参加农业劳动，以显示自己不争王位的决心。吴人无奈，只得作罢，诸樊才坐稳了王位。

诸樊去世时，把王位传给余祭，希望王位在兄弟间传下去，这样季札就没有借口推辞了。到余眛去世的时候，又想把王位传给季札，季札不但辞让，而且又逃到了其他国家来躲避继承王位。国不可一日无君，无奈吴人推举余眛的儿子僚继位，这下可惹恼了诸樊的儿子光。光处心积虑，寻找机会欲杀死僚而自立为王。

十三年，光在一次宴请僚的宴会上刺杀了僚，自立为王。当时吴人都不想承认这个刺杀兄弟夺取王位的光，都想拥立季札，没想到季札在国外听到这件事后就回国了。他先到僚的坟上痛哭一场，并且报告了自己出使的情况，当把这件事做完后他就官复王位等待光的命令，令国人十分不解。他的解释是国家社稷为重，个人生死荣辱事小，只要保证先王的基业不被毁坏，至于由谁登基都是小事。

太史公称季札为仁义君子，殊不知让贤虽是美德，把一个天下从一个有贤德之人的手中拿出来却递给一个相对平庸无能的人，这也算仁义吗？而只懂死守一些礼法却不求上进，不为国鞠躬尽瘁，这也算贤吗？

3. 专诸刺僚

僚继位为吴王，令光十分生气，于是他想尽办法要杀害他的堂兄弟僚，而僚也对光的野心早有察觉，所以光一直没有得逞。

僚十二年冬天，楚王去世。十三年春，楚国安葬楚王，举行国葬，而吴欲趁此机会偷袭楚。僚派自己的两个弟弟盖余、烛庸带兵包围了楚的六、灊两座城，位置在今天江苏庐江县西南。又派季札出使，看各国的反应，以决定何时撤兵。没想到楚国发兵切断了吴军的供给线，这样整个吴国的精兵一部分被围在楚，一部分在光的手中，光就与自己的死党专诸密谋夺位之事，两人都认为此乃天赐良机，专诸劝光说："杀死僚就没有任何人可阻挡您登上王位了。僚的母亲老了，手中也没有几个死党，而他的儿子还小，还不懂得去拉拢朝臣，现在他的两个弟弟又被围在楚国，其他一些重要的朝臣都被派出去应付战事了，我们发动叛乱一定可以成功。"光就以自己在战场上脚被射伤为由回到国都。

四月的一天，光找个借口宴请僚。他把精兵埋伏在内室，特别是地下室更是严兵把守。僚也知道这次宴请暗藏杀机，也派重兵来保护自己，从王宫到光的家门口，特别是光的家里更是重兵把守，连宴会厅里都站满了僚的亲信。僚以为自己的布置已很圆满了，就放心大胆地来赴宴了。

光看形势不对，因为一般的人别说刺杀僚，连宴会厅都进不去，只能让专诸这样的有一定身份的人亲手刺杀了，于是光对专诸说："我身，子之身也。"意思是专诸你放心地做吧，只要我光登上王位，必定厚待你，而一旦你出了不测被杀死了，我也会厚待你的子孙。专诸就决定自己动手。

刺杀的关键是采取一个很隐蔽的方式把兵器带进宴会厅，如果公然带进去，把门的肯定让解下来，而即使是找到一个借口带兵器进去了，旁边的卫士更是百倍警惕，只能增加刺杀的难度。专诸突然想了一个好办法，他拣了一条最大的鱼，选了一把最薄的匕首，把鱼肚子划开，掏出内脏，放进匕首。在热油中把鱼炸得焦黄，鱼因油炸的缘故，一般都会伸得笔直，这样就看不出里面藏有凶器了。鱼炸好后，专诸乐呵呵地端着往宴会厅走，四周武士的眼睛瞪得溜圆，看得专诸心里也是直发毛。刚要迈步进厅，被一个武士伸手拦住，他拿起一双银筷先试了一下。据称，带毒的东西可令银筷变黑。武士看筷子毫无变化，又把鱼翻了一下，夹掉一块来尝了一下，吃后感觉毫无中毒迹象，就向专诸哈哈大笑道："专诸先生，这鱼炸得好啊！吾王一定会喜欢的。"

专诸迈步进入宴会厅，端着鱼恭敬地走向僚，在僚面前跪下说："吾王，这是臣敬献的鲜鱼一尾，香脆无比，请王品尝！"僚就大笑并让专诸端上来品尝。专诸把鱼盘很平稳地放在桌子上，僚拿起筷子在鱼脊上叨下一块，放进嘴里品尝，果然又香又脆，大声称赞。这时，光借口脚疼离开宴席，躲到了严兵防守的地下室，这是光跟专诸约好的动手的信号。专诸借大家注意光离席的机会，跪行到僚的饭桌前，似乎是想给僚解释这尾鱼的好处。突然，他拿起鱼，掰断鱼身，露出藏在其中的匕首，身子就跪直了，一条腿也站了起来。僚一看大惊失色，也直起了上身。古代吃饭时跪在地上，臀坐在脚后跟上，长跪就是上身绷直。僚这一直上身，正好给专诸提供了较顺当的刺杀角度，他手往前一送，正刺在僚的胸窝上。等卫士赶上来的时候，专诸已经拔腿要往内室跑了。但卫兵哪会给他这样的机会，围上来一阵乱砍，专诸被当场杀死。

光在内室里听见一阵乱喊，知道僚已经被刺了，就带领自己的兵往外猛冲，双方在院内展开激战。当时季札在晋国，而僚的两个弟弟在楚，重要的大臣都在为战争而奔忙，没人顾及于此，所以光很顺利地登上了王位。他就是吴王阖庐。阖庐任命专诸的儿子为卿，算是对专诸的报答。

消息传开后，僚的两个弟弟投降了楚，被封到舒这个地方。

后来阖庐又任命伍子胥为行人，伯嚭为大夫，在二人的辅佐下，阖庐渐渐地使吴国强大起来。

4. 热血化碧

这讲的是吴越争霸时的一个小插曲。

吴王夫差在阖庐兴吴的基础上把吴进一步发扬光大，使吴成为当时一个可与他人争霸的一方霸主。他大败越军，替阖庐报了仇。但是他接受了勾践的以整个越国的人为奴而保全越国的建议，据说这主要是西施的功劳。

越王勾践在文种、范蠡的帮助下使越国一步步壮大起来，渐呈与吴争霸之势，令伍子胥非常担忧。而夫差却一直以越为奴国，而倾全国之兵向北伐齐。夫差为人骄横，得罪了一些小国。加上伯嚭为人贪婪，经常受人钱财而替别国说话，使吴王夫差渐渐地成了一个庸王。伍子胥看到吴大势已去，就把自己的儿子寄养到齐大夫鲍息家，让他日后替自己照顾。

这件事传到吴国，夫差非常生气，以为伍子胥有叛变之心，加上伯嚭的添油加醋，就赐剑给伍子胥让他自刎。

伍子胥抱着宝剑热泪盈眶，想想自己为了兴吴而须发早白，为了帮助夫差登基费尽脑汁，却落他哭着对使者说："我死后把我的眼睛挖下来挂在东城门上，我想它会看到越兵攻进吴都的；把我的棺材三年后挖开，如果我对吴一片忠心，血将会变成绿色。"

据说后来掘开伍子胥的棺木，血果然变成碧色，后就多用来指人忠心一片。但这只是传说而已。

后来越人果然灭了吴国，夫差后悔杀了伍子胥而悲痛地自杀。有人夸大了这件事，高唱"三千越甲可吞吴"，这只是文人的夸张，实情并非如此。

二十三、齐世家故事

齐，是指姜子牙助武王灭纣之后被封于齐国的营丘，即今天临淄北部一带，当时属齐，后因太公后人统一了齐，故人称其为齐太公。司马迁把他这一族人称为齐太公世家，并汇集了他们的故事。其实姜子牙的祖上助禹治水有功，有的被封在吕，在今河南南阳宛县西部，以地为姓，称吕，所以姜子牙又称为吕尚；有的被封于申，即今天的宛县。本来吕、申的人统称为姜，只是后来族谱杂多，吕地的姜姓改为吕姓。

1. 姜太公钓鱼——愿者上钩

姜太公就是吕尚。

吕尚饱读圣贤书，空有满腹治国之论而无处实行。这因当时纣王当朝，他宠信妲己，残害忠良，鱼肉百姓。

在一次朝拜中，周公的父亲西伯姬昌来到都城。当时人都知姬昌精通卦象，就让他卜卦。这一卜可不要紧，算出了商将要亡国。纣王一看大怒，就把西伯拘禁在羑里。吕尚与周的两个能人智士散宜生、闳夭素寻求了美女奇珍献给纣王与妲己，在妲己的帮助下姬昌才算逃脱。从此姬昌重用了吕尚，而吕尚也帮助他及其子夺得了天下。

关于吕尚辅佐姬昌的说法有很多，其中在民间流传最广的就是姜太公钓鱼：吕尚七十岁时在兹泉钓鱼，泉水很深，水流也很急，他无法钓上鱼。后受异人指点，得知自己虽在此钓不上鱼，但可遇见一个可以辅佐的霸主，于是吕尚就整天在这儿等待。时间长了在崖边磨出两个膝盖印，今天这个古迹还存在。直到有一天，文王出猎，临行前占卜，卦象显示将找到一个辅佐自己夺得天下的贤才。他就满怀希望地上山打猎了。

一天下来，事事都很平静，令西伯很是苦恼、疑惑。就在西伯下令撤退的时候，一头野鹿在大家眼前一闪而过，慢慢地跑向树林深处。西伯一声大喊，挥弓纵马向前追去。等到大家缓过神来的时候，西伯已跑开很远了。

林中树很多，小鹿慢慢地左一拐右一拐，西伯距它就几步之遥，并且也趁机射了几箭，可就在关键时刻小鹿一扭身，躲开了西伯射来的箭。

西伯在林中追小鹿的时候，太阳渐渐落山了。林中已暗了下来，后边的人只见西伯在林中一闪，就再也看不见了，这下可吓坏了大家。商议之后，决定分成八路去寻找。

西伯发觉小鹿越跑入林越深，路越难走，而地势越高，渐渐地他听见了水响。这时小鹿登上了一个坡，一扭身，向水岸冲了过去。西伯以为水面很宽，这下小鹿无路可走了，他弃马步行登上山，弯弓刚要射，只见小鹿一纵身，越过河流，钻入对岸的树丛中不见了。西伯好生恼火，他往四周一望，想找个窄的地方跳过去继续追。往前一看，却发现了一个白胡子老头，穿着破布衫在钓鱼。只见他把鱼饵穿在一个直钩上放在水中，鱼群蜂拥而上，一会儿鱼饵就没了。西伯感到很奇怪，就上前施了一礼说道："老人家，钓鱼用直钩怎能钓上来呢？"老头看了他一眼说："我老头儿钓鱼，用的虽是直钩，但是鱼儿跟我长久有情，自会有鱼来做我盘中餐的。"说完鱼钩就沉了下去，老头儿用劲一甩，一尾五斤多重的鲤鱼啪地就落在了岸边，不断发出近似"哈"的声音。西伯感到很奇怪，突然发现鱼肚中有一个东西在一拱一拱的，似乎想往外冲的样子。老头儿用一把小刀划开鱼的肚子，一看是一段竹子，上面刻着：吕望封于齐。西伯一看，知道这就是自己要找的人，就深施一礼，道："敢问老丈，在下可为你做什么事，以助你封侯拜相？"老头儿就打个哈哈说，你呀是想靠老头给你引荐啊。西伯虽心里暗笑，但态度更加恭敬。老头就扯出一个竹编的座椅，前边绑着一条绳子。他对西伯说："老头儿我坐的时间太长了，走不动了，你把我拉下山，我可保你前途无量。"

西伯是个爱才有贤德的人，据说他正吃饭的时候一听有人来拜访，马上把口中的饭吐出来去接见，一顿饭分三次吃也没有吃完。所以人们都为他忠心做事，他才能领导各路诸侯打败纣王，奠定七百年的周氏天下。曹操曾写诗说："周公吐哺，天下归心。"现在他虽然又累又饿，又面对这个不近情理的要求，但还是恭敬地请老头儿上坐，自己弯下身子去拉老头下山。

他累得实在走不动了，一头栽倒，喘着粗气对老头儿说："老丈，我实在走不动了。"老头哈哈大笑，施了一礼，道："吕尚本鄙薄之人，西伯侯竟然肯拉老头儿我走848步，好，我保你848年。"西伯一听，很奇怪："老丈你认得我？"老头儿一乐："天下又有哪个侯爷能拉一个破衣老头走路，除了西伯侯还有何人?"西伯连忙谦让。

西伯带吕尚回去以后,任命他为军事统帅。后统领各个诸侯,聚合天下之兵,把残暴的纣王推下了王座,奠定了周朝七百年的基业。

2. 牧野之战

武王十一年,纣王杀死丞相比干,囚禁了箕子。商的忠臣良将被纣王杀的杀,囚的囚,无一幸免。余下的要么是奸诈自私小人,要么是平庸无能之辈。武王遂暗地里联合各诸侯国,要灭掉纣王而建立新朝。

各路诸侯集结完毕,占卜以定出师的吉凶。武王占卜的结果不吉利,大家就想暂时停止出师。就在各路人马想撤退时,吕尚左手拿着用黄金装饰的大斧,右手拿着白牦牛尾装饰的军旗登上祭台道:"纣乃一残暴的君王,我们去消灭他,推举一个贤明的君王,这样的壮举上天怎会不赐福给我们呢?卦象显示的虽不好,那是因为识卦的人能力有限,见识太少,不识这个上上之卦,请王出兵,不要顾及个人的荣辱,要以天下黎民为重。"武王听吕尚这么说,当场封吕尚为太公,以"父"称之(因此,又有人称吕尚为"尚父"),并与众诸侯商议把军权委任给吕尚。

吕尚随即登台拜帅,然后登上帅车,帅旗一挥,向商的国都殷进发。

吕尚与纣王的大军在牧野相遇,纣王让奴隶打头阵。双方刚一交战,前排的奴隶掉转头来进攻纣王的军队,纣王大败。临阵倒戈这个典故就是从这儿来的。

不久,纣王被杀死在鹿台,商被灭,武王登基。这是吕尚敢逆卦而行的结果，否则一旦众侯撤兵，纣王先下手，鹿死谁手，尚难定论啊！

3. 跑步上任

武王登基以后，把富甲天下的营丘封给吕尚。

吕尚在上任途中，到一家旅店投宿。半夜醒来，似有人在窗外很严肃地说了一句话："吾闻时难得而易失，客寝甚安，殆非就国者也。"意思是机不可失，时不再来，像你这样安稳地睡觉，应该不是去上任的伯侯吧。说完人就不见了。吕尚很惊异，以为异人相助，提醒自己国内有乱。于是叫醒随从人等，连夜赶往营丘。

营丘与莱接邻，莱人是蛮夷之族，他们趁新官未到之时来抢劫财物。当时周初定天下，还来不及平定周边的各个小国，如果吕尚不是连夜赶路、跑步上任的话，齐国又将有严重的外族入侵的事件发生了。

后人从这件事情中吸取教训：办事一定要抓紧时间，不要延误，否则将会在不知不觉中错失大好机会。

4. 诸儿无知　名副其实

诸儿是禧公的儿子，被禧公定为太子。无知，即公孙无知，是禧公同母弟夷仲年的儿子。夷仲年死得早，禧公就特别疼爱无知，赐给他秩服，给他太子的待遇。谁知禧公这下酿成了大错。

待到禧公去世，诸儿继位，国号襄，人称襄公。他本来就不满无知享受太子的待遇，在继承王位上无知又曾与他争斗过，所以襄公继承王位后就撤去了无知的秩服，把他与其他兄弟等同，引来了无知的怨恨。

诸儿无智，也无知，他曾与他的一个妹妹有私情，后来这个妹妹嫁给了鲁桓公。襄公四年，鲁桓公带着夫人来到齐国，没想到襄公与鲁夫人又旧情复燃。这事就传到了鲁桓公耳朵里，他就狠狠地斥责了自己夫人一通。没想到鲁夫人也不是善茬，她又在襄公面前搬弄是非，添油加醋地把桓公的话学了一遍。襄公被激怒了，就想尽办法要杀死鲁桓公。

在一次宴会上，襄公灌醉了鲁桓公，让当时有名的大力士澎生把桓公抱到车上。他早就暗暗地嘱咐过澎生，一定要置桓公于死地。澎生就借着上车的机会用力折断了桓公的肋骨，用双手挤压桓公的心口。这样等到桓公到家下车的时候，身体早已冰凉僵硬。鲁夫人则作假哭，襄公也是一副悲伤的样子。

消息传到鲁国，国人一片震惊。他们一面派出使者去迎桓公尸首回国安葬，一面责备襄公。襄公为了显示自己的清白，也为了割断追查的线索，就又灌醉澎生，割下他的头来祭奠桓公。摄于齐国的威力，鲁国也不敢再做声张，这件事就这样了结了。

襄公的蠢事还有：他奸淫了国都中美丽的女孩，同时又滥杀一些机要大臣，对人稍不满意就置人于死地。他的几个弟弟为了防止遭遇不测，都纷纷逃往国外。这无形中给怨恨襄公的无知扫除了一些障碍。襄公还重用一些奸佞小人，不知拉拢人心、体恤下人。

十二年，襄公派连称、管至父去守卫葵丘，即现在的临淄西部一带。本来君臣商量好，种西瓜的时候，也就是阴历四月份上任，待第二年瓜熟的时候，也就是第二年阴历七月份离任。两人守卫了一年，襄公却不派人去接替二人。两人就贿赂朝中大臣，让他们替自己提醒襄公，请襄公准许二人离任。襄公不同意，二人怀恨在心，想方设法要报此仇。无知一直在暗中积聚力量阴谋取代襄公，襄公接连做出此等糊涂事儿，致使无知有机会觊觎王位。

连称、管至父本身拥有兵权，而且在朝中各有亲信。连称有个妹妹在宫中做妃嫔，只可惜不被襄公宠爱。两人本以为以自己的地位襄公应不会做出此等出尔反尔之事，加之襄公平日荒淫无道，两人对他就不满，所以两人便产生了叛变之心。

这事被无知知道后，他就拉拢二人，动之以美女金钱，晓之以国家大义。三人终于联合起来。无知让连称利用自己妹妹的特殊身份，让她寻找机会刺杀襄公。无知信誓旦旦地保证，事成之后娶连称的妹妹做自己的妻子，封为妃子。

这年冬天，襄公到姑棼游玩，并到沛丘打猎。姑棼、沛丘在今乐安博昌县南部一带。他于睡眼朦胧中看见车前有一头猪，他正疑惑时，听得随从大喊"澎生"。众人纷纷逃避，留下襄公独立车中。他见这头猪挡在道中而众人纷纷逃避，心头顿生无名之火，顺手扯下挂在背上的大弓，从悬挂的鹿皮囊中抽出一支利箭，弯弓射箭，箭直飞向车前的怪物。更奇怪的事发生了，这头猪竟然像人一样站立了起来，非但如此，还吼了起来，这吼声像人在痛哭一样。襄公大惊失色，他自知澎生死得冤枉，这必定是澎生的冤魂，便急忙要跳车逃走，没想到立脚不稳，从车上摔了下去。这一摔，襄公的脚也扭伤了，鞋子也被挂掉了，他几乎失去知觉。旁边的卫士一看主公如此狼狈，纷纷抢上前去，赶走怪物，总算把襄公拉回宫里。

襄公回到宫里以后，不但不反省自己的罪责，反而把心中的火迁移到别人身上，把管理鞋子的侍者茀鞭打了三百。茀平时为人公道，所以大家都手下留情，即使如此，莇也被打得皮开肉绽，鲜血淋淋。

鞭打完之后，又把莇革职了事。莇只好离宫回家。

无知、连称、管至父等听说了这件事，认为这是大好时机，就带兵攻向皇宫。正好在路上遇见了莇。莇也算忠心于齐国了，他见无知等如此阵势，早明白怎么回事了。他说若硬闯皇宫，会遭到反抗，并且襄公如果关闭宫门，就不容易攻打进去了。便劝说他们埋伏在宫门口，自己进去解决几个人再大举进攻。无知知道莇刚被无辜鞭打过，肯定忌恨襄公，就放心让他进去了。

莇一入宫，马上派人通知襄公，并把襄公的几个心腹找来，又聚齐了为襄公死心塌地卖命的卫士。他们把襄公藏在宫门后，这样一开门正好把襄公遮住，在混乱中谁也不会去查看门后有没有人。

安置好后，莇把宫门打开，把无知等诱入宫中，伏兵突然杀出，吓得无知魂飞魄散。无知以为襄公早有准备，更痛恨自己太大意，竟轻信莇这样的人。谁料双方激战刚一开始，无知就发觉对方并无准备，于是便从容指挥，杀得皇宫内血流成河。

清点人时，独不见襄公，无知大惊，以为襄公脱身走了，于是派人再搜索一遍。有人发现宫门的门底下露出一双脚，大家本以为是一宫中妃嫔躲身于此，关上门一看，原来是战战兢兢、抖抖索索、脸色苍白、双腿不稳的襄公。卫士遂把他捆绑来去见无知。

无知哈哈大笑，命连称把襄公处死，自己登上王位，立连称的妹妹为王后。

襄公诸儿本身实不配做一国之君，没有智能，更不会用人，反倒频频得罪朝中大臣，造成君臣离心，让无知有机可乘。诸儿无知，名副其实啊！

不过，无知的皇位也没有坐稳当。第二年春天，也就是登位的第一个春天，无知去雍林游玩。雍林人也有怨恨他的，毕竟无知杀死襄公，登上王位，得罪了一帮反对他的忠义之臣，已是仇家遍地。所以雍林的一位义士刺杀了无知这个刚登基几个月的齐国国君。

5. 桓公登基

襄公在位时荒淫无道，既喜好女色又经常诛杀大臣，借口常是一些无关紧要的小事，对觊觎自己王位的人更是如此。由于襄公的儿子还小，不能继承王位，一旦他出现意外的话，那么王权就要落入他的几个兄弟手里。所以为了消除这个隐患，襄公一直在找借口要杀掉自己的几个兄弟，吓得他的兄弟们纷纷逃奔国外。他的弟弟纠逃到鲁国，因他的母亲是鲁国国君的女儿。鲁国以管仲、召忽为师，教纠学习及生活起居的礼仪。公子小白投奔到莒国，拜鲍叔牙为师。其实两人都是逃奔到自己的亲戚家中，有实力等国内发生内乱时回国，并乘乱夺得王位。不过是等待时机的退避，而并非一逃了之，这是当时王子间争夺王位常用的一种方法。无知则因在朝内势力很大，骇得襄公不敢轻易动他。而这一逃一留，恰好制造了无知杀死襄公后自立为王而无人与之争夺的局面。襄公的短见客观上帮无知清除了政敌，所以才有无知之乱。无知登上王位后，以齐国的实力，鲁、莒这些小国实不敢与之争锋。不过无知被刺杀后，情况就不同了。首先，无知本身是靠武装政变而篡夺王位的，所以他的儿子就在潜意识中不被大家公认为王位继承人。其次，无知也是一个暴君，其子也非善良之辈，襄公的几个弟弟又与朝内几个大族有联系，所以他们纷纷请逃跑的几个公子回国来争夺王位。这样一来，竞争力最强的王位继承人不在国内，而是国外奔鲁的纠与奔莒的小白。纠的母族实力雄厚，加上其师傅管仲也是一代名相，所以最被看好。而小白从小就与高傒的关系很好，所以高傒联合国氏大臣从莒国偷偷召小白回来。而且他们故意拖延大臣的议立新君的朝会，以替小白争取时间。鲁国国君听说无知被刺死了，就派大军护送纠回国争夺王位。管仲自请领兵截杀公子小白，纠同意了。管仲领兵埋伏在小白回国时必须经过的一个树林内，静候小白的到来。

小白虽得高傒、国氏照顾，还是迟来一步。他带人匆忙赶路时，被管仲的伏兵截住。由于他们毫无准备，被杀得惨败。逃跑时，小白被管仲从远处射来的箭射中腰部。小白本来正立于马上指挥逃跑，旁边的车上坐着鲍叔牙，箭"噗"的一声，射中小白，小白"呀"的一声跌倒在车内，双眼紧闭，脸如白纸，嘴角还渗出血沫，吓得四周的亲兵大惊失色。跟小白最要好的几个朋友怒不可遏，掉转马车，疯狂地冲入敌阵要替小白报仇。四周的亲兵也忍不住齐喊"替公子报仇"，重又杀向敌军。管仲一看这个阵势，哈哈大笑，领兵撤退了。他们此行的目的本身就不是要歼灭这帮人，只是要杀死小白，现今目的达到了，就赶紧溜之大吉。同时派人飞速报公子纠，让他得知小白的死讯，可安心回国了。

公子纠正带着鲁军匆匆赶往齐国国都，日夜兼程，走得人困马乏。公子纠一向娇生惯养，对此苦不堪言，暗暗地有些泄气了。可王位的诱惑力是无限的，要不他早就甩手不干了。这天黄昏，刚把大队人马停下，探子来报，管仲已成功地刺杀了小白。纠一听，喜出望外，当晚大宴群臣，犒赏三军，人人喜气洋洋。

纠同时传话下去，最有竞争力的小白已经死了，剩下的人都不足为惧，所以要保证军队的战斗力，日出行军，太阳下山前即安营扎寨。这样一来，剩下的两天半即可走完的路程他们足足走了六天。

鲍叔牙待小白倒下后以为小白必死。看着敌人渐渐地远去，鲍叔牙的脸色苍白、落寞。一滴眼泪，悄悄滑落。突然，他听见身后几个亲兵在惊呼："公子！"他有些机械地转回身，他几乎不敢相信自己的眼睛，只见小白站在车上，脸上带着懒洋洋的，甚至有些许狡诈的笑容。鲍叔牙上前一把抓住小白的双手喊道："刚才是怎么一回事？"小白微微一笑，道出缘由。原来刚才管仲那一箭刚好射中小白的衣服钩子，钩子乃金饰品，所以小白根本未受任何伤害。之所以倒下去，只不过是诈死以骗管仲而已。

经过仔细商议之后，大家决定先派人去联络高、国两位大臣。同时，大队人马装扮成平民，夜行宵睡，更是加急赶路。待他们赶到营丘的时候，纠还在路上做美梦呢！

小白一到营丘，在高、国的帮助下，很轻松地扫清了政敌，登上了王位，人称桓公。小白一登上王位，即掌握了军队的指挥权，马上派兵去阻挡正在向营丘进发的鲁军。

纠一行人轻松得意地赶往营丘，似有游山玩水之意。探子突然来报，说小白已登上王位，并派了大军来攻打鲁国，请纠定夺。这下纠傻了，无奈之下只好往回赶，齐兵追杀到鲁的边界才算罢休。纠等人并不心甘，联系朝内大臣，企图在国内局势未稳定的情况下发动兵变，这更加深了桓公的疑忌。

这年的秋季，齐兵在乾时（今永安一带）发现潜入的鲁军，与之大战，因鲁军是孤军深入，虽都是精锐之师，无奈寡不敌众，被打得大败。而齐军早封死了鲁军的回程路线，所以鲁军被全部歼灭。

鲁军偷袭的消息传到营丘，小白非常生气，派人送信给鲁王，让鲁国杀公子纠，将召忽、管仲两人遣送到营丘来。其实，这是鲍叔牙的主意。他故意让人把召忽、管仲这样的不世之才接到营丘，好说服他们共同辅佐桓公。没想到召忽接到鲁王的命令后自杀而死，管仲则甘愿做齐国的阶下之囚。他说自己曾箭射小白，如若小白不亲手杀死他的话定会派兵攻打鲁国。管仲被送到营丘并被囚禁起来，鲍叔牙暗中以桓公的名义给以照顾。管仲已知鲍叔牙心意，两人遂成刎颈之交。

桓公平定内外的乱臣贼子之后，正式登基。他登基后做的第一件事竟是要斩了管仲。鲍叔牙劝谏道："臣自您小时候就辅佐您，但只能辅佐您登上王位，已无法再增加您的威仪。您如果只是要把齐国治理好，我与高傒两人就够了。您如果想要称霸天下的话，非管仲不可。管仲被送到齐国，是上天要助您成就霸业呀！"桓公听从了鲍叔牙的建议，决定重用管仲。

从此，桓公在管仲的辅佐下，治理齐国的内政，整治军政税法，使得齐国逐渐强大起来。

6. 重信义　桓公称霸

桓公五年，齐伐鲁，三败鲁军，鲁请求割地求和，齐同意了，双方约定在柯这个地方会盟。

齐鲁会盟。在祭坛上，双方正在誓约时，鲁大夫曹沫拿出匕首，劫持了桓公，要齐国归还所侵占的鲁国失地，桓公在当时的情形下答应了曹沫的要求。曹沫一看桓公同意了，扔掉匕首，对桓公施以国君之礼。

盟约后桓公后悔了，就准备背约，不归还鲁地并加紧攻鲁。管仲认为这样做会失信于诸侯，就对桓公进行劝谏，桓公答应了管仲，依照盟约归还了所侵占的鲁地。其他诸侯一看齐如此重信义，纷纷与齐进一步密切国家间的往来。七年，诸侯在甄会盟，推举桓公为盟主，桓公慢慢成为春秋五霸之首。

二十三年，山戎攻打燕国（山戎指在北京出了长城一带的游牧民族）。燕抵抗不住山戎的进攻，向齐求救。为了防止燕成为夷族进攻中原的基地，齐接受了燕的请求，派兵去救燕，大败山戎，一直攻打到孤竹才回师。

燕为了表示敬意，由燕庄公亲自送桓公进入齐国的疆界。桓公说："我虽是盟主，但不是天子，咱们都是平等的诸侯，诸侯间相送是不能送出国境的，我不能接受您这样的礼仪，请回吧！"同时又吩咐身旁的大夫说："把燕庄公到达齐国的地方做个记号，把这块地割让给燕，以示我的话不敢违背。"于是燕就得到了额外的惊喜，齐桓公同时命令燕庄公修复召公时的礼仪，重新向周进贡，比同成康二公的时候。诸侯一看，更唯齐马首是瞻。齐桓公从此成为真正的霸主。以后齐国的清淡之士谈论齐国的威望时，都以此为例，可见桓公与管仲确是百年难遇的君臣好搭档。

7. 逞威仪　渐露颓势

二十九年，桓公与夫人蔡姬乘船游玩。蔡姬的水性很好，就故意在船头摇晃。齐乃陆地，桓公并不适应船上的生活，所以桓公一下子晕船了，呕吐不止。蔡姬荡船时桓公已经非常害怕了，就喝止蔡姬。由于平时桓公很宠爱蔡姬，所以蔡姬有点儿有恃无恐，仍摇荡不止，令桓公大栽跟头，在众仆人面前丢了脸，就一怒之下派人把蔡姬送回蔡国去了。

蔡国的国君见蔡姬被送回，非常生气，就又把她嫁给了别人。消息传到齐国，桓公非常气愤。本来桓公是一气之下才把蔡姬送回去的，现在正要派人去接她，没想到蔡姬竟被蔡公嫁给别人，就派兵攻打蔡国。诸侯对此事纷纷遣使，希望齐国退兵。

三十年春，齐桓公联合诸侯攻打蔡，蔡灭。又攻打楚，双方在战场上僵持不下。当联军最后供给出现问题时，楚将屈完以武力为后盾，迫使齐楚结盟。

三十五年夏，诸侯会于葵丘。周襄王让宰孔到会，并赐给桓公祭祀用的肉、弓箭等，让桓公受赐时不必下拜。桓公觉得应该如此，管仲就以大义劝他，他才下拜接受赐品。秋季，诸侯再次会盟，桓公更加骄纵。言语行动中有超越周襄王之势。他的行为引起了诸侯的背叛，不同意他做盟主的共有九路诸侯。宰孔也开始联合晋君，以图推翻桓公，让他无法担任诸侯会盟的盟主。恰好这一年晋献公死了，里克杀奚齐、卓子。秦穆公派人送夷吾回晋并立其为晋君。桓公在位时，秦、齐、楚、晋在争夺霸权，现在秦立公子夷吾，秦晋有联合之势。桓公于是派兵讨伐晋国，平定晋国内乱，一直打到高梁，使隰朋入晋国国都虞城，参与立国君的事，大兵则返回齐国。

此时，周王室已失去了以王命号召天下的实力，齐、楚、秦、晋的实力最强大。晋恰逢献公去世，国内内乱未彻底平息，新君尚未把君权牢牢地掌握在自己手中，所以没有能力参与争霸。楚成王派兵向南攻打荆蛮，扩充国土，正与夷狄打得热火朝天，所以还顾不上参与中原的争霸。秦穆公因地处偏远的咸阳，不屑参与会盟。唯独齐国能令诸侯臣服。于是桓公以自己功高盖世为由要登泰山，封禅于梁甫。祭泰山与梁甫是周王的权利，各诸侯只能拜祭自己封地内的名山大川，像桓公这样已经超越了诸侯的礼仪。管仲一听马上苦苦劝说，可桓公依旧坚持要拜祭。管仲心生一计，告诉桓公：不久将有一远方的稀有动物到达泰山，以降祥瑞，那时再上山拜祭必可国泰民安，造福万代千秋。桓公才暂时打消了拜祭泰山、梁甫的念头，专等怪物出现。

三十八年，周襄王的弟弟公子带与戎、翟的族人头领合谋攻打周，齐派管仲助周打败戎族军队。襄王想要用接待上卿的礼节接见管仲，管仲再三退让，最后勉强接受了下卿的礼节。桓公乘管仲不在朝的时候，派出使者秘密会见周襄王，替公子带说情，这是公子带使人以珍宝贿赂齐的宠臣的结果。周襄王大怒，不顾桓公请求，坚持要处死叛臣公子带。

四十一年，秦穆公俘虏了晋惠公，又把他送回晋国。秦国国力一天天强大起来，齐国则一派萧条。管仲生了病，病情一天天加重。

一天，桓公去探望管仲。看见曾经仙风道骨、风流倜傥的管仲，已由当年的红光满面、双目有神变成如今的两眼昏花、面黄肌瘦，联想到自己也可能去日无多，桓公不禁为这个曾辅佐自己四十余年的老臣流下了眼泪。桓公问管仲："在你之后，谁可以担任丞相？"管仲回答："臣子的好坏，您应当最清楚。"桓公问："易牙这个人怎么样？"管仲答："易牙煮了自己的儿子以顺乎君王，这样的人不近人情，又何谈忠君？他不行！"桓公又问："竖刁如何？"管仲说："竖刁这个人为了讨好君王而挥刀自宫（自己割掉生殖器）成为宦官，他是为达目的而不择手段之人，不可重用！"

桓公走后，管仲就招来几个朝中忠臣，让他们替自己除去易牙、竖刁，这几个人满口答应，只不过他们权力有限，只能做到把二人驱逐到一个小地方而已。管仲又嘱咐自己的族人赶紧迁到别国去，为此免去了后来的灭族之祸。安排好后事不久，管仲溘然而逝。桓公知道后，命重葬管仲。但是管仲葬后不久，桓公就把易牙、竖刁召入都城并委以重任，从此二人开始专权，桓公渐有大权旁落之患。

桓公好女色，有三个正式的夫人，但都没有儿子，有如夫人六人，共生了六子。当年桓公与管仲觉得昭不错，共同商议立昭为太子，并把他托付给宋襄公。桓公又宠卫姬，又欲立卫姬所生的儿子无诡为太子。管仲死后，其余五子都请求立为太子，朝内大乱。从此齐自顾不暇，党派林立，再无力去整顿国政、图霸天下了。

二十四、鲁世家故事

1. 周公的故事

周公旦，是周文王的儿子，周武王的弟弟。文王在位时，周公旦极守孝道、笃信仁义、为人忠厚、行事稳重、讲求信义，与其他公子不同。待到武王即位，他就替武王分忧，常辅佐武王，替武王出谋划策，辛勤劳苦，居功不傲，深得武王信任。

武王十一年，带领各路诸侯讨伐昏庸的纣王，一直攻打到牧野，周公亲自作《牧誓》篇，诏告天下。数纣王之罪，赞扬武王的不世之功。

周公亲自领兵攻打殷都，一鼓作气，直杀入王宫。贪暴之王纣自杀身亡。

杀死纣后，周公持大钺，召公持小钺，分居左右，在祖庙里祭奠，宣告纣王的罪状，让天下人都知道纣乃昏君，推翻他乃顺民意，是替天行道。然后赈济殷民，使其安居乐业。释放被纣王关押起来的箕子，同时封纣王的儿子武庚禄父，让管叔与蔡叔辅佐他，使殷的祭祀能延续下去。

在周公的建议下，大封同姓王侯，包括讨纣立有大功的文臣武将。周公被封于曲阜，被人称为鲁公。及至现在，山东省仍以鲁为本省简称。

周公被封曲阜之后并没有立即动身前往，因为武王身体不好，加上周公深明治国之道，为人文韬武略，实乃不世之良才。所以武王把他留在身边，辅佐自己治理天下。

武王灭殷的第二年，天下还没有安定，殷的小股遗民仍在负隅顽抗，其他一些诸侯因不满武王大封同姓、排挤外姓诸侯的做法，频频作乱。这时武王又忧劳成疾，一病不起，群臣非常害怕。一旦武王去世，其他各路诸侯定要起兵作乱，天下又将陷入兵荒马乱之中。为了平息群臣的纷乱，周公和召公决定卜上一卦。古代人特信占卜，把一块旱龟的壳从里面钻个洞，写上占词，因××事卜，然后用火烤钻洞处，根据所破裂的纹来推验所卜之事的凶吉。卜卦者据说是介于天人之间的人物，随时可与神仙、魔鬼对话，男的被称为觋，女的被称为巫。他们推理之后再在占词后添上卜词，待事情过后再加上验词，然后就放入国库，储藏起来。待存到一定数量之后，就分批把这些龟甲之类的卦义埋藏起来。殷的此类物品已被发掘，上面所载的文字被称为"甲骨文"，因材料多为龟甲牛骨之类的东西而得名。

现在周公与召公就是要用这种方法来占卜。周公面北背南而立，颈项戴着美玉，手里拿着圭执，向太王、王季、文王祈祷。祝词说："您的长孙王发，忧劳成疾，现生死难料。三位君王如可以向天求情的话，请赦免发；若生死不可以改变的话，请让我姬旦替姬发去死。姬旦聪颖伶俐，善解人意，且多才多艺，可以把鬼神侍候得很舒服。姬发是治国良材，但他不如旦多才多艺，不会侍候鬼神。他若去了您那儿，您的日子会过得不顺畅，还是让姬旦去给您解闷吧。姬发受命于您而治理天下，使您的子孙伏首听命，百民敬畏，以为天子。如若任他死去，则势必天下大乱，连您的祭祀都不能再维持。如果您能令他痊愈的话，您的祭祀不但会持续，而且将一年四季供奉不断，使您因此而受到诸路神鬼的尊敬。现在请您把您的指示显示在龟甲上，如果您应允的话，我将带璧与圭回去等候您的差遣，如果您不许我，我会把璧和圭藏起来，您以后也将享用不到祭祀了。"

周公祷告完之后，就下令开始占卜。

占卜结果出来之后，卦师都说此卦大吉，我主贵体肯定会无恙，必能逃过此劫。周公一听非常高兴，马上入宫去向武王道贺。

病床上的武王听完周公叙述后无力地闭上眼沉思了一会，睁开眼后眼中就多了些生命之光，周公一看暗喜。安排武王躺下休息之后，他就来到卜院把祝词跟卦象都锁在一个盒子里，并用金箔密封上，同时又警告守护卜院的武士要严加保管，同时又命令卦师不要乱说。

不知是鬼神有灵还是心理作用，据说第二天武王的身体情况就开始好转，能吃些东西了。鬼神若真有效，当然好了，可是不久武王还是驾崩了。

武王驾崩，其子继位，是为成王。成王年少，尚不能独立处理国政。为了国家前途，周公登上王位，暂代成王处理国政。管叔与其他公子散布谣言说周公登上王位之后会杀死成王以绝其后，而立自己这一脉为正统。

为了澄清事实，止息谣言，也为了显示自己绝无私心，一心为公，周公就把太公望、召公奭招来，在朝会上对他二人说道：

"我之所以不避成规而代理朝政,是担心天下背叛我周国。我代行国政,是为天下,而非为一己之私,也不敢为一个王位而冒天下之大不韪。"当时代君自立的事绝少发生,所以周公才说自己是代理,而非私立,所以你们不用担心,一旦成王长大成人,我必定会交出王权,到鲁国封地安享晚年。他又派自己儿子伯禽代表自己去鲁国受封,他就始终留在周朝辅佐成王。

周公在伯禽上路时曾嘱咐他说:"我是文王之子,武王之弟,成王之叔父,天下都在以我为例来教育子孙,因我位高权重。为了不失信于天下,我礼贤下士,一听说有人前来拜访,我马上停止手中的活儿去迎接,一时也不耽搁,正在洗头我就把头发挽起来,正在吃饭我就把饭吐出来,所以有'一沐三握发,一饭三吐哺'之说,我这样谦逊地对待士人,是害怕失去天下的贤才。你到鲁国之后,应该戒骄戒躁,谦逊地对待谋臣,不可狂妄自大,令国人有背叛之心。"伯禽到鲁之后果然以其父为榜样,把鲁国治理成礼仪之邦,孔子就是在这样的氛围中长大的。

周公虽无叛逆之心,但别人不这样想,一些人就鼓动管叔、蔡叔、武庚等领头造反,南方各少数民族部落也随之兴风作浪。

他们反叛的消息传到朝廷后,成王就命令周公率兵去平叛。周公就兴兵东征,作《大诰》,大胜而回,尽诛武庚、管叔,把蔡叔流放到边疆,把殷民收归周朝,把他们封给康叔与微子。康叔的封地为卫国,微子被封于宋国,同时平定了其他地区的叛乱。历时两年,天下大定,奠定了周朝一统天下的坚实基础。此后七百年诸侯不再叛乱,都以周为正宗,虽有称霸,都不敢称王,虽秦、齐有东西二帝之称,但不久又都自动废除,直至秦灭天下,此功非周公莫属。

唐叔发现了一棵禾苗,一个根长了两个头,古人认为这是福兆。于是成王命人把这个禾苗送给正在领兵打仗的周公，希望他能够大胜而归，作《馈禾》。周公受命之后，向天下宣扬成王的美德，又作《嘉禾》。平定大乱之后，周公向成王复命，并做了一首诗赠给成王，名为《鸱鸮》，向成王表明自己的志向，即只为王尽忠，此时周公已实为周王。

在成王行成人之礼的那一年，周公把王权交还给了他，成王终于成为名副其实的周天子。周公把持朝政时面南背北，俨然一副天子模样，很坦然地接受群臣朝拜，与他们议论朝政，侃侃而谈。交出王权后，他朝拜君王却一副唯恐出错的朝臣模样，可依然受到成王的驱赶。想到成王年少时病重，自己照样以身为质要代成王而死，那次祭祀的祝策还藏在卜院里，与为武王祈祷的祝策并排放着。自己一片忠心，可成王还是听信谗言怀疑自己，周公不由得两行热泪洒满衣襟。他只好逃到太伯的楚国避难，在楚国受到了礼遇。

周公离去后，周朝内人心惶惶。因为周公为人豪侠仗义，善用人才，朝内大臣多由他一手提拔，现在成王能驱赶周公，自然可撤去周公所用的人。

大臣们惶恐的时候，成王也闷闷不乐。周公在的时候，身体力行，替他做好了一切，可现在千斤重担都压在了他一个人的身上。

这天，成王闷闷不乐中想去占卜，来到卜院。他发现一个很贵重的盒子被放在一个隐秘的位置，就命人打开这个盒子。

打开后成王把里面藏的祝词看了几遍，心生感叹，夜不能寐。想到周公为国呕心沥血，不惜替父王和自己去死，可自己还怀疑他，成王感到十分内疚，就决定请周公回国。周公虽多次推却，可拗不过成王的诚意，只好归国。周公回来后见成王年少，就写了《多士》与《毋逸》来告诫成王莫骄纵、莫淫逸，成王长拜而谢。

周公在丰地得了重病，要死的时候他说："一定要把我葬在成周，以显示我不愿意离开成王的心志。"周公死后，成王将周公葬在了毕地，因为文王就葬在毕地。成王说："周公高风亮节，我不敢让他做我的臣下。"成王又命令鲁王可以到郊外祭祀文王，其礼可比周天子，以表彰周公的美德。

2. 鲁王伯禽

周公旦被分封于曲阜这个地方，但是由于他协理朝政，所以没有前去受封，而让长子伯禽代替自己前去受封。

伯禽初受封到鲁国，过了三年才向周公报告鲁国的情况，周公责备他报告得太迟了。伯禽说："我到鲁地后，即着手整理民间礼制，改变当地风俗，丧事三年才免除，今我登基三年，所以才来报告。"而当时太公也到齐国受封，五个月即向周公报告治理政事的情况，周公问："怎么这么快？"太公说道："我简化了齐国君臣间的礼仪，政事处理上也顺从民间风俗，如今民风淳朴，令下政行，所以做得很快。"等到后来伯禽的报告姗姗来迟，周公叹道："唉！一国的政事若不简化易行，百姓就会无所适从，若真这样下去的话，鲁国日后定会向齐国称臣的。"

3. 庄公故事

庄公曾到大夫党氏家宴饮，于酒席中结识党氏之女孟任。此女长得面似桃花，杏眼半开半闭，清光潋潋，身材修长，娉娉婷婷，庄公一见倾心，从此食不甘味，誓要娶此女为妻。

一日趁党大夫不在家，庄公前去求婚，党夫人拗不过庄公，只好让孟任自己选择。孟任要庄公立下毒誓，庄公同意了。古人比较相信发誓，觉得违誓必有报应，庄公与孟任即割破手腕立誓后，迎娶孟任为后。

孟任嫁给庄公后，生了一个儿子，取名为斑。斑长大后，喜欢上了梁大夫的女儿。有一次去看望梁女的时候，正好看见养马的贱人荦从墙外和梁女调情，斑大怒，用马鞭将荦抽得遍体鳞伤。庄公知道这件事后，让斑杀死荦。因荦太狡猾，斑有好几次杀荦的机会都错过了。正好庄公得病，斑就忙着去争夺国君之位了，把此事耽搁下来。

庄公有三个弟弟，长弟庆父，次弟叔牙，三弟季友。庄公曾娶齐女哀姜为妻，但哀姜不能生育，所以庄公就没有长子继位，兼之他喜爱孟女，就想立斑为君。叔牙劝道："父死子继，兄终弟及，此乃鲁国常规，庆父还在，可继君位，你还有什么担忧的？"庄公担心叔牙要立庆父为君，就与季友商量。季友道："我觉得您自己有儿子，他理应继位为王，我将拼死以立斑为国君。"庄公就问："可一旦庆父和叔牙联合起来，那可怎么办？"于是季友就假传王命，命令叔牙暂住到大夫铖巫氏家中，让铖季强迫叔牙喝下毒酒道："你若自杀而死，可保你子孙安然，你若拒命而苟活，将引来灭门之祸。"叔牙喝下毒酒而死。季友便立他的子孙为叔孙氏。

庄公去世，季友打败了庆父立斑为国君，而此时斑尚在重孝之中。起初庆父曾与哀姜私通，所以想立哀姜的妹妹所生的儿子开为国君，现在季友却立斑为国君，不但阻碍了自己继位，还阻碍了开继位，庆父就命令马夫荦在党氏家中将斑掐死，季友看大势已去就逃奔到陈国。庆父于是立开为国君，是为湣公。

湣公二年，庆父与哀姜竟然明目张胆地住在一起，国内都以此事为耻辱，湣公也深感脸上无光，要杀死庆父，以肃清流言，消除家丑。庆父知道后就派卜齮在武闱暗杀了湣公。季友知道此事后就从陈国出发和湣公弟弟申转往邹国，请求邹君把他们送到鲁国去。鲁人想杀掉庆父，庆父害怕了，逃到莒国。季友护送申回国，立申为国君，是为厘公。厘公是庄公幼子。哀姜害怕了，逃奔到邹国。厘公即位后就送财物给莒君，要求捕捉庆父。为了财物，也为了不伤害鲁、莒两国和气，庆父被莒人五花大绑送回鲁国。季友派人去杀庆父，庆父请求被流放，季友不同意，就让奚斯去转告，奚斯哭着前往，庆父听到奚斯哭声，知道自己非死不可，为了一个痛快，他服毒自杀。齐桓公听说哀姜与庆父淫乱并且危害了鲁国，就把她从邹国召回杀死了，并将尸体送回鲁国，厘公厚葬了她，以谢桓公。

季友也是一奇人。其母原是陈国女子，他将出生时，鲁桓公曾占卜，卜者说："王后将生下一男婴，应取名为友，长大后他能辅佐王室。如果他死了，鲁国将不再昌盛，您必须好好照顾这个孩子。"他生下来以后，手掌上的纹路确实很像"友"字，即取名为友，号为成季，后代封为季氏，庆父的后代被称为孟氏。

二十五、燕世家故事

1. 召公奭甘棠遗爱

召公奭虽也姓姬，其实与周文王、周武王不是直系亲属，而是姬姓支族。

周武王灭掉商纣王后，将北燕这个地方分封给了他。

召公辅佐周武王时，功绩卓著。灭殷后，可以手持一小钺保护周武王，这对支系王室来说，已是莫大荣誉。成王即位后，他与周公共同主持朝政。召公辅佐国君掌握军权，掌握自陕以西的地区。

召公一心一意辅佐成王、治理国家、爱惜百姓，他经常巡视乡邑，帮助民众排忧解难。有时坐在甘棠树下，审理民事，调停民间纠纷，为人公正廉明，深得民众喜爱和地方官员的尊敬。所以百姓安居乐业，朝廷内外共同赞颂召公的德政。

召公死后，人们为了表示怀念，把他休息过的甘棠树保护了起来，乡民们还传唱了一首歌叫作《甘棠》，以示对召公的怀念，颂扬他的美德和文治武功。

2. 燕王哙自食其果

等到燕王哙即位，重用子之，让子之当相国。哙乃名不副实之辈，图好虚名，子之投其所好，企图独揽大权。他怂恿大夫鹿毛寿劝诱燕王哙道："大王，古代有禅让之美名，圣君尧曾传位许由，许由拒而不受，得到了让贤的美名又不失天下，岂不是一举两得？您若能再有此一举，那么您将是举国乃至整个诸侯最英明的君王了！"哙问鹿毛寿："如果我让位，让给谁呢？"

鹿毛寿答道："相国子之，有勇有谋，实在是不可多得的治国良才。您若让贤给他，那时您将比尧更贤，比舜更完美啦！"

燕王哙被点到痒处，拈须点头道："大夫，你这个主意很不错，寡人也有仿效圣君之意啊！"

第二天，齐国使臣苏代来拜见。苏代是苏秦族弟，苏秦与子之是儿女亲家。

燕王哙开门见山问道："苏爱卿，我听说齐王野心勃勃，一心图霸，你认为他怎样？"苏代施礼答道："大王你的消息真的很灵啊，齐王确实有虎狼之心，只可惜他是一个糊涂的君王，难成霸业。"

燕王哙一听非常意外，苏代是所有使臣中第一个敢如此指责自己君王的。苏代没有理会燕王，继续侃侃而谈道："齐王之所以不成功，原因很简单，他太武断、自信，不愿重用相国和大夫，所以将来必败。大王您可不要像齐王那样刚愎自用啊！"

燕王哙对苏代的话非常满意，扬扬自得地说道："苏爱卿言之有理。我正想学古代圣君，让位于相国。为答谢您的金玉良言，我赏你黄金白银共计两千四百两。"

燕王哙接下来就将朝政大权托付给子之，又把大印送给他，朝廷俸禄三百石以上的官吏也由他任命。这下子，子之成了燕国君王，燕王反成为一个朝臣。国内的大事均由子之一人说了算。

燕王哙让权于子之，引起朝野不满。尤其将军市被，更是咬牙切齿。因子之是文官首领，市被是武将鳌头。现子之有君王之实，而自己还是区区一个将军，处处受子之管辖，由平级降为下属，实在令他受不了。

他暗中联络太子平道："燕国的君位应该是你的，怎么能被子之这个强盗夺去，你我应联合起来，平定子之之乱，以安国人之心。"

太子平早就受不了子之的飞扬跋扈，就与市被带领家将，包围了子之府邸，数日围攻不下。

齐国听说燕国发生内讧，便趁机发兵，想坐收渔翁之利。

市被围困子之，数日不能取胜，两军相持不下。市被惧怕失败后被诛杀，就倒戈攻击太子平，两军混战中市被阵亡。太子平取胜，杀死子之，平定了国乱。

燕王哙忧病而死，他自食苦果。太子平在大夫们的拥戴下继承了燕国君位，称为燕昭王。可燕国从此却失去了逐鹿中原的实力。

3. 雪国耻　吊死问孤

燕昭王即位为王，但此时国内百废待兴，经济一片萧条。昭王因此郁郁寡欢，闷闷不乐。大夫们劝慰他道："国内外大乱初定，这都是您的功劳啊！您应该高兴才对，为什么总是愁眉苦脸、一筹莫展的样子呢？您应当保重身体啊！"

燕昭王苦笑道："先王一时糊涂，让位于子之，而子之独断专行，国人反对，我才和市被起兵，没想到齐人竟乘人之危，更可恨市被临阵倒戈，国内一时刀兵不断。齐国带给我们的是国破家亡，生灵涂炭，这刻骨之仇我时刻不能忘记。一日不报，食不知味，睡不安席。可目前咱们燕国，实力有限，国力单薄，如何对付虎狼之齐？寡人愁的是得不到苏秦那样的超群之人来辅佐，以增强国力，报仇雪恨。"

大夫们一听，上前祝贺道："燕国先王受一时蒙蔽，才铸成大祸。现在大王您能忧国忧民，不忘雪耻，真乃圣君呀！明主需要贤相，我等乃凡夫俗子，实不堪重任。可郭隗先生，智力超群，大王您何不请他来为您出谋划策，那称霸之日将不远了！"

昭王一听大喜，立即召见郭隗。郭隗是当时一名贤士，平时隐居乡里，有贤能之名，一时未遇明主，暂隐居以求明达。

昭王见郭隗长得一副仙风道骨的模样，知道人才难遇，下阶相迎。

寒暄之后，昭王神色凝重地说："齐因燕国动乱而袭击燕国，大胜而回。燕已是强弩之末，国力堪忧，所以还不能报齐人之仇。现在寡人初登王位，想重振燕国，诚心接纳贤明之士来帮助振兴燕国，雪洗父王病死的耻辱。"

郭隗略一沉吟，缓缓道："国君欲招贤纳士，重振燕国，请从隗始。隗已决心全力帮助大王您，希望能不辱没您的威名，帮您雪洗国耻。只要您委我以重任，赐我以厚币，让我坐高位，享荣华，八面威风，还愁贤明之士不来投奔您吗？"

昭王说："先生所言甚是，从今天起您就是我的老师，我将以师礼待您，我会赐您华宫美食，让各国人知道我求贤若渴之心。"

听说郭隗被燕昭王重用，各国不得志的贤士都纷纷前来投奔，魏国名将乐毅、齐国稷下学社的邹衍、赵国的剧辛……一时间燕国名士云集，朝内一片升平景象。

昭王遵守诺言，对他们分别委以重任，燕国逐渐富足起来。

郭隗又劝昭王吊死问孤，与臣民同甘共苦，同时采取各种经济政策争取民心，昭王一一听从。

经过二十多年的苦心经营，燕国终于强大起来，兵强马壮，士卒斗志昂扬，纷纷要求讨伐齐国，报仇雪恨。

昭王于是以乐毅为上将军，联合楚、晋、秦合谋讨伐齐国，齐大败，潜王逃出国都，燕兵攻至临淄，掠尽财宝，烧杀一空之后又毁了大齐宗庙。齐国唯独剩下聊、莒、即墨三座孤城。

4. 将渠哭谏

秦赵的长平之战，赵国伤亡惨重，主帅赵括阵亡，四十万降军被白起坑埋，赵国元气大伤，国势危急。燕国刚刚尝了甜头，燕今王喜企图在争霸的道路上再向前走一步，就想拿赵国开刀。

燕王马上召见栗腹，吩咐他道："你去赵国走一趟，一是表示慰问，显示我燕国与赵国的友情，接下来你要探探虚实，要详细些，明白吗？"

栗腹携带五百金，还有大量珠宝古玩，兽皮野味，到了赵国，向赵王表示慰问。赵王在危难时得到燕王的慰问，非常高兴。虽然有谋臣劝他要派人多注意栗腹，燕国可能不怀好意，还是被他当作耳旁风了，还把栗腹视为上宾，频频邀请他出席国宴，给尽栗腹面子。

栗腹很快就掌握了赵国的内部情况，他敷衍了赵王几日，就匆匆辞别而回。

栗腹一回国，就向燕王报告说："赵国的青壮劳动力基本上全战死在长平，兵力软弱得不成样子，若趁现在发兵征讨，有十分的成功把握呀！"

燕王一听大喜，他提出要兵分两路，择日启程去攻打赵国。令他想不到的是乐间提出了反对意见。乐间是乐毅的儿子，为人文韬武略，深谙兵法，所以他的话燕王很重视。

乐间说道："大王，赵国历来民风粗悍，有习武的风俗，且名将辈出，有老将廉颇在。廉颇一日在，赵国不可轻易攻打呀。据说赵国新近又有一个军事天才诞生了，那就是李牧，此人更是不世之才，大王，请您三思呀！"

燕王哈哈一笑："将军岂不是长他人志气灭自己威风？"乐间还想再劝，可燕王挥了挥手，不再听他解释。

这时大夫将渠劝谏道："大王，我们主动与赵建立邦交，表示友好，派栗相国亲自去赠送黄金宝器，忽而又发兵攻打，实在不仁义，不义则不祥，即使发兵也不会成功的。"

燕王面色一沉："将渠你不可再胡言乱语，否则我将以死罪治你。寡人主意已定，栗腹率战车千乘攻打赵国的鄗，卿秦率战车千乘攻击代地，寡人亲自率兵殿后，明日开战。"第二天，两路燕军整装待发。燕王也是全身披挂，督军前行。

大夫将渠又前来劝谏，他不顾君臣礼仪扯住燕王的绶带苦苦哀求："大王呀，您不能去，去了会有灾祸的呀！"燕王恼羞成怒，一脚将将渠踢倒在地，拍马前行。将渠爬起来连哭带喊地说："大王，我这样劝您不是为了我自己，而是为了大王您啊！"

赵王得知燕兵入侵，马上委任老将军廉颇以重任，让他率领赵军迎敌。赵军先后大败栗腹与卿秦所统率的燕军，然后逼近燕国国都。燕王派人前去求和，赵军不允。燕王无计可施，追悔莫及，只好请大夫将渠出面调停。燕国虽然解了围，但遭到严重损失，从此一蹶不振。

二十六、晋世家故事

1. 君无戏言

晋唐叔虞，是武王之子、成王的弟弟。

武王与虞母在一起时，做梦时梦到有一神人告诉他说："我命此女生儿子，取名叫虞，你可把唐分封给他。"后来此女有孕，果生一男婴，手纹走势像古"虞"字，武王就给他取名为虞。

武王驾崩后，成王立，成王与叔虞关系非常好。一天，两人在玩的时候，成王把一个桐叶削成一个珪的样子递给叔虞，告诉叔虞道："以此证明我把唐这个地方分封给你。"这话正好被史佚大夫听到了，他恭请成王择吉日进行分封大礼。成王终因年少，驳道："史大夫，我两人不过在闹着玩儿罢了，你别太认真就是了。"

史佚说："天子无戏言，言则录之于史册，以礼来证明它，作乐来歌颂它。"成王无奈只好听史佚的话，择吉日把唐分封给虞，后来唐成了晋的前身。

叔虞姓姬，字子竿。

2. 本末倒置曲沃作乱

昭侯元年，分封王叔成师于曲沃。曲沃，顾名思义是产粮区。土地肥沃，面积广大，比君王的封邑翼还要大。古代是非常讲究官阶待遇的，就城墙来讲，都城为九丈，诸侯的城墙就要依次降低。封地也是如此，似昭侯这样分封，是超越了名分的，所以当时有一些固守礼法之人认为曲沃这个地方土地肥沃，粮草充足，民多殷实之家，必是作乱的地区。成师被封于曲沃后，人称桓叔。靖侯的族孙栾宾为相，辅佐桓叔。

桓叔被封时五十八岁，他为人忠厚，善于抚恤民众，重用人才，使得百姓安居乐业。不长时间，曲沃成为人心所向的人间天堂。

不管桓叔想不想当晋王，他的好友及朝中诸大臣都在推举他为晋君。更巧的是，桓叔的家教极好，儿孙们也多通情达理之辈，更引起一些有识之士的担忧。

昭侯七年，晋大臣潘父杀昭侯，之后他派人去迎桓叔来做晋君。潘父的政敌害怕桓叔当晋君后不利于自己，就联合其他王室共同攻打桓叔。桓叔带领兵士还没有到都城就被他们截住，桓叔被打败了，无奈下只好重新回到曲沃。晋人立昭侯子平为君，是为孝侯。然后杀死潘父，一场混乱终于过去。

孝侯八年，桓叔去世，由他的儿子鱓继承伯位，人称庄伯。庄伯为人野心极大，一心想实现其父未竟的心愿，准备有朝一日登上王位。不过由于他太过张扬，惹怒了其他王室成员，他们都有灭庄伯之心，双方斗争一触即发。

孝侯十五年，曲沃庄伯趁孝侯到封邑翼游玩的时候，派兵攻打翼，并杀死了孝侯。庄伯马上带兵往都城奔去，可是还没有到都城，就被其他王室成员派兵截住，双方又一阵厮杀，结果还是庄伯兵败，只好重新回到曲沃。经过打击之后，庄伯更加发愤图强，曲沃的实力又大大加强。

孝侯被庄伯杀死后，晋人立孝侯子郄为君，人称鄂侯。鄂侯在位六年就死了。在这六年当中，庄伯励精图治，有信心靠自己的实力登上王位。所以一听说鄂侯去世，新君未立，他马上带兵攻打都城。这时的晋已无力抵抗庄伯的兵将，再加上朝内局势一片混乱，所以庄伯的兵马一路长驱直入。

正当庄伯信心百倍的时候，周平王干涉了这件事情，他不允许在他统治下发生以武力为侯的事情。平王派虢公带领兵将攻打曲沃。

曲沃是庄伯的粮食基地，一旦曲沃失守，庄伯将无处去搜求粮草，而且会腹背受敌。为了长远打算，庄伯领兵回保曲沃，又失去一次登上王位的机会。

庄伯撤退后，晋国局势缓和，他们共立鄂侯的儿子光为王，是为哀侯。

哀侯二年，一生都在为登上王位而奋斗但终未如愿的庄伯去世。他的儿子称代替庄伯，是为曲沃武公。武公为人狡黠多智，恰逢晋国四周一片狼烟，也给了武公极多机会。

哀侯八年，晋入侵陉廷。陉廷人与武公联合起来共同对付晋，双方僵持不下。哀侯九年，双方在晋的汾水展开大决战，陉廷与武公的联军取得决定性的胜利，连哀侯都被他们俘虏了。晋人为了防止他们挟哀侯而自重，就立哀侯的儿子小子为君，是为小子侯。

小子元年，因晋不理睬武公的谈判条件，武公命韩万斩杀了晋哀侯。此时，曲沃实力已经超过了晋，晋对他们无可奈何。

小子四年，武公又诱杀了小子侯。周桓王派虢仲率兵攻打武公，武公兵败退守曲沃，周晋联军都对武侯无可奈何，只能让哀侯弟涓为君。

晋侯湣二十八年，齐桓公开始称霸，武公在齐桓公默许下攻入晋都城，灭了晋侯湣的全家，并且把晋侯宫中的宝器献给周禧王，请求周禧王封自己为晋君，列为诸侯，禧王同意了。于是，武公把晋与曲沃联系起来，并逐步向四周扩展，奠定以后晋国的基础。

3. 太子蒙冤

晋献公多子，而以太子申生、重耳、夷吾最为贤，献公也非常喜欢三人。后来，他又娶了骊姬，就与三人疏远了。他沉湎酒色，不再把治理国家放在心上。等到骊姬为他生了一个儿子奚齐，他就想立奚齐为太子。

有了这种想法，献公就想废掉太子申生。可是为了不引起国内动乱，他又不能直接废申生，就把几个儿子招来道："曲沃是我们的祖庙所在地，那里没有王子居住，我放心不下。我总担心祖庙会出现问题，申生你去守在那儿吧。你是太子，理应守着祖庙。"然后他又把重耳派到蒲，把夷吾派到屈，而只留奚齐在身边。

申生的母亲是齐桓公的女儿，名叫齐姜，很早就死了，所以申生虽被立为太子，但朝中无人为他说话，不能讨年迈的献公欢心。献公此次又把申生派到曲沃去，人们知道申生不可能登上王位了。

十六年，申生率军攻占了魏、霍、耿三地。战胜回朝后，献公把曲沃分封给太子。申生手下一个名叫士芴的大臣对申生说："太子您不能继承王位了，不如逃到其他国家吧，否则日后必有祸患！"太子以为父王只是在磨炼自己，没有听从士芴的话。

十七年，太子奉命伐东山。里克认为太子是掌管祭祀与君王膳食，而不是领兵打仗的，而且献公也带兵出征，太子就应该留在都城镇守，况太子率兵，将在外君命有所不受，是一种专制行为，而太子率兵，专制则违了孝道，老是听从父亲的命令又没法建立自己的威信，所以不宜带兵。

献公道："寡人我有八个儿子，可是我还没确定立谁为太子。"里克不再说话，拱手告辞。

里克回来后碰见申生，申生问道："里克先生，我是不是被废了？"申生也知道自己带兵随父出征有违常规，那自己被废就顺理成章了。

里克答道："太子你多多努力吧！"这话答得极好，似回答又似不是回答。太子无所适从，献公日后也不能依这句话来怨恨里克。

太子领兵出征，献公命令他穿半身太子服，赐给兵符，等于废了他的太子之位。

二十一年，骊姬对太子申生道："你父王梦见了你母亲齐姜，他说你应该去祭祀一下你母亲了，祭完后把祭肉献些过来。"申生去祭奠了自己的母亲，然后把祭肉献了一块过来。

祭肉送来的时候正好献公出去打猎了，骊姬命人把祭肉放在宫中，然后她命人把毒药涂到祭肉上，等待献公回来。

献公回来后太宰献上申生送来的祭肉。献公听说是申生祭奠齐姜的，就命人做好来吃。

献公刚要吃的时候骊姬来了，她赶忙劝献公道："祭肉是从远方送来的，不知这肉干不干净，还是先试一下比较妥当。"

她命太宰切了一块肉喂狗，狗吃了肉后一会儿就口吐血沫，倒地而死，献公吓一跳。让一个不知情的太监吃了，没过一会儿太监也死了。

骊姬一见马上呼天抢地，痛哭流涕道："太子也太无情了吧！竟然要杀他的亲生父亲而自立。他连父亲都敢杀，还有谁不敢杀啊！大王你已经老了，一旦你死了，留下我这孤儿寡母可咋过呀！大王，你不能等死呀！"

献公也非常生气，马上命人传旨废去申生太子之号。

太子听说了这件事后，马上逃到曲沃去了。献公抓不到太子，就把太傅杜原款杀了泄愤。

有人劝太子逃跑或者派人把真相告诉献公，让他知道毒药是骊姬下的，太子道："我父王已经老了，没有骊姬，他将食不甘味，睡不安席。若让他知道骊姬的险恶用心，定会气死的。"

太子对劝他逃跑的人道："我背上这个黑锅后哪有面目再去见他国的人啊！况且谁会接受我这个顶着杀父罪名的人！唉，我还是自杀吧！"

不久，申生自杀于曲沃。

后来骊姬又以同谋罪告重耳、夷吾，献公又命人去追杀二人，重耳逃跑，夷吾踞守屈，久攻不下乃罢。

后来献公病死，把奚齐托付给荀息，但是里克杀了奚齐及其弟悼子，迎回夷吾，立为惠公，骊姬到老了又尝到了失子之痛。

4. 申生显灵

申生自杀后，献公命人草草地埋葬了申生。无论随葬器物及葬礼规模都不依太子之制。夷吾立后，他为了讨好朝中老臣而厚葬申生，命狐突去办理这件事情。

狐突来到曲沃后即着手办理，命人起出申生棺材，重新做一副棺木，又为他做法事，对一些随葬物品进行更换。由于献公当时怨恨申生，所以葬礼太过潦草，几乎要狐突重做一遍，累得他精疲力竭，整天昏昏欲睡。

这天，半梦半醒之中狐突突然见申生一身太子打扮，一个人来到门口，迈步跨进大门，很轻盈地来到他的面前。狐突忙躬身行礼，申生搀扶起老友，笑了一下不见了。狐突梦醒，有人来报新坟已埋好，请狐突前去检查，狐突命人备车前去。

随着车子的摇晃，狐突闭上眼睛。一会儿，就见申生坐在自己旁边。狐突吓了一跳，要起身行礼，被申生止住道："夷吾所作所为有违礼制，我将向天帝请罪，把晋托付给秦国，秦人将会祭祀我的。"

狐突劝道："我听说鬼神非族人祭祀的东西不吃，你这么做不是绝了你的祭祀吗？晋国灭了，没人会去祭祀你的，秦只会祭祀他们的祖先，您只能饿着肚子了。您好好考虑考虑吧！"

申生道："好吧！我将重向天帝请求。十天后曲沃城西我将附身于一个巫人身上，你可前去听我的信儿。"说完不见了。

十天后狐突依约前往，果然一巫者操申生语与狐突讲话。这个巫者讲话声调酷似申生，他说："天帝已经答应了惩罚晋，只是不再让秦灭晋了。"

申生又道："我改葬后晋将逐渐衰败。十四年后重耳将重振晋国，让晋有问鼎霸主的实力。"

果然，十四年后重耳回国登基，重振了晋国。

5. 闹粮荒　秦晋结仇

惠公四年，晋国遇上天灾，闹起了粮荒，百姓饿死不少，只好向邻国秦国买粮。这年秦国风调雨顺，粮食丰收，有大量余粮入库。

秦穆公就晋国买粮的事在早朝上问百里奚，百里奚道："天灾流行，哪一个国家、哪一个朝代没有发生过呢？在灾年邻国互相救恤，实是立国之道啊！我们应该答应晋国，卖粮给他们。"

邳郑的儿子邳豹反对道："卖粮给晋不如攻打晋，灭晋后再把粮食散给百姓，这样不是更好吗？"

穆公道："晋君屡次背约实是可恶，可是为国之道不可争一时之气。若派兵攻打晋国，不但背上一个落井下石的坏名声，战争一旦僵持下去，最后遭殃的还是晋国百姓，各位以为如何？"

众人都称赞穆公是贤惠的君王。

秦人就向晋国卖了大批粮食。

惠公五年，秦国又遇旱灾，天旱又引起了蝗灾，庄稼几乎颗粒无收。秦穆公就天灾问题展开廷议，大臣们一致认定，去年秦国救晋国于水火，那今年晋也应伸手帮助秦国一下，他们派出使者向晋求粮。

惠公听说这件事后召集群臣商议。

大夫庆郑道："大王您依靠秦王的帮助登上王位，去年秦又向晋出卖粮食，实是对晋仁至义尽了。现秦遇天灾，晋更应多卖粮给秦，帮助秦国渡过难关。"

惠公的舅舅虢射道："去年晋遇天灾，实是天赐良机于秦，他们却没有抓住机会攻打晋国。现在秦国又遇天灾，实是上天把秦赐给晋国啊！我们应稳住秦使，派兵偷袭秦国，秦国眼下军粮吃尽，必是人心涣散，一击可成也！"

惠公竟然依了虢射的计谋，派兵攻打秦国。

穆公见派出使者不但未买到颗粒粮食，反遭到晋兵攻打，一气之下派兵迎击，秦晋开战。

五年，秦兵假装大败，穆公在卫兵保护下向秦地逃窜，晋兵一见，穷追不舍。

在一个峡谷处，晋军中了秦军的埋伏，晋军大败，惠公被俘。

晋国为了换回惠公，献给秦国大量珠宝粮食。

6. 重耳为君记

重耳是晋献公的儿子。

重耳自幼喜欢结纳贤士，十七岁就在身旁笼络了五个有名的贤士：赵衰、狐偃咎犯、贾佗、先轸、魏武子。

献公被立为太子时，重耳已行过了成人之礼，等献公登基，重耳已经二十一岁了，开始帮助献公治理朝政。

献公十三年，献公听信骊姬谗言，命重耳到蒲城去守卫，以防备秦军偷袭。

二十一年，献公逼杀太子申生，骊姬诬陷重耳与夷吾，说兄弟三人合谋陷害献公，重耳、夷吾逃到封邑固守。

二十二年，献公命令宦官履鞮追杀重耳。履鞮奉命前去蒲城。在蒲城履鞮要用剑刺死重耳，重耳一躲，一剑刺穿了衣袖，重耳趁机逃跑了。

重耳跑出来之后，聚集了赵衰五人和其他不知名的贤士数十人奔往狄国。重耳的母亲是狄国公主，他想过去暂避风头，而且狄距晋近，可以较快地得到晋都的消息。

狄有两个公主，狄公把这两个公主一个嫁给重耳，替重耳生了伯儵、叔刘两个儿子；一个嫁给赵衰，替赵衰生了赵盾。

重耳在狄待了五年，传来献公死的消息。里克趁乱杀了奚齐、悼子，派人去迎接重耳，重耳害怕回国会被杀掉，就拒绝了里克的提议。虽然里克一再请求，重耳还是没有回去。里克于是改迎夷吾回去，立为惠公。

惠公七年，重耳在狄已有一定势力，在赵衰五人帮助下笼络了不少人才。惠公害怕重耳势力增大，就派人去刺杀他。这件事传到重耳那儿，重耳与赵衰等人商议道："我之所以要到狄来，不是因为狄可以帮助我登上王位，而是因为它离晋较近，交通便利，一旦晋都出事，可在最短时间内回国以图王业，而且在这儿也可以整顿一下人马，以图长远。现在我们人员已经精备，可以转到大国，借助大国的力量来登上王位了。现在各路诸侯中，齐桓公喜欢做一些顺应人心的好事，其志在于称霸，所以在笼络其他诸侯人心，以减少自己称霸的阻力。现在管仲、隰朋已经去世了，他急需贤士，我们何不去齐试试看？"

赵衰等人听完重耳的话后都点头同意，于是大家就回去做准备。

重耳到后院对他的妻子说："我要走了，要为我回晋登基做准备，前途莫测，不能把你带在身旁。要是过了二十五年我还不来接你，你就改嫁吧。"

其妻笑道："二十五年后，我坟上的树恐怕已长大了。即使那样我也会等你回来的。"

重耳首先来到卫国，卫国国君不以国礼待重耳，他认为重耳只是一个逃亡在外的公子，并不看重重耳。重耳辞别。

重耳来到五鹿，一行人都饿得头晕眼花了。重耳向一个农夫行乞，农夫盛了一捧土递给重耳，重耳大怒，要杀农夫，赵衰忙拦住道："土，是土地的象征，您应该接受这个吉兆，这是日后您登上王位的兆头啊！"重耳跪着接受了农夫的馈赠。

来到齐国，齐桓公厚待重耳一行，并且把同宗的两个女子嫁给重耳，赐给他八十匹马，重耳在齐国过上了安逸的生活。

重耳来到齐国的第三年，桓公去世，易牙、竖刁等趁机作乱，至齐孝公立，其他国家都趁机攻打齐国，齐国一片混乱。

重耳在齐国待了五年，但是他宠爱一个齐公主，不想离开，这可急坏了他的随从人员赵衰等。

一日，赵衰、咎犯在一个桑树下谋划如何才能劝重耳离开齐国，商量来商量去还是没有办法，几个人一筹莫展地离去了。

恰好齐公主的一个侍女在树上采桑叶，听到了他们的议论，待几人走后，她从树上下来报告了齐公主。

齐公主听完侍女报告后就杀了这个侍女，然后亲自劝重耳以国事为重，莫贪图一时之快。重耳道："人生不过转瞬之间，有乐足矣，何必再去追求什么高官厚禄。我决定与你老死于此，不再离开了。"

齐女道："你乃堂堂一国公子，因穷困而逃奔到此，你现在这样不过是享受别人所赐，一旦齐王不再如此待你，你将又穷困不堪。而且那么多人冒着家族被诛的危险追随你，是希望你有朝一日能登上王位，他们能一展抱负，重振家门。现在你不但不快点儿回国，以回报别人对你的苦心，竟然为了一个女人而忘掉国家大计，我为你感到羞耻！"

齐女见重耳不为自己所动，就与赵衰等五人谋划这件事，谋划一定，大家开始分头行动。齐女回去准备酒菜，赵衰等人准备好远行器具。酒席间重耳喝醉了，众人就把醉酒的重耳抬上车连夜赶路了。

重耳醒来打开车窗一看，竟然在荒野中前进，知道几人要挟持自己离开齐国，怒火中烧，非要用戈刺死咎犯。

咎犯道："如果杀了我能成全你，我愿意去死。"

重耳道："如果大事不成，我不能登上王位的话，我将生吃你的肉！"

咎犯道："即使大事不成，我肉又腥又臊，实在令人难以下咽，您还是算了吧！"

众人又上来劝解一番，重耳才作罢，大家在沉默中驱车前行。

经过曹国的时候，曹公不但不礼待重耳，反而要看重耳的肋骨。他听说重耳的肋骨长得连在一起，看上去不是一条条的而是一个整块。重耳大怒，不答应。

曹大夫厘负羁劝道："晋公子重耳为人贤明，又同属姬姓，穷困时刻从我国经过，您为何对他无礼呢？您应该帮助他才对，日后一旦他登上王位，对我们也是有利的，请大王三思。"

曹公不听厘负羁的劝告，不以国礼待重耳，重耳颇感恼火。

厘负羁暗中派人送给重耳食物，又在食物的格子下放上金银珠宝，实是借送食物为名送给重耳钱财，以帮助重耳渡过难关。重耳收下了食物，把金银珠宝等原封不动地送还给厘负羁。

重耳离开曹国，又经过了宋国。当时宋襄公刚被楚打败，在泓水一战中又被楚兵扎伤大腿，为报仇正四处求贤士以振兴国家。他听说重耳为人贤踢，手下贤士几十，就以对待国君的礼节对待重耳。宋国司马公孙固与咎犯有旧交，劝道："宋毕竟是一小国，虽有称霸之心却难成大事，你们还是到大国去，借助大国的力量重耳公子才能回到晋国登上王位。"重耳等听从了他的建议，离开宋国，奔秦去了。

经过郑国，当时郑文公在位，文公也不以公子之礼待他。郑叔瞻进谏道："晋公子贤明，跟随他的人都是可为将为相的人物，不可小看；且郑晋同姓，郑公是厉王的儿子，晋公是武王的儿子，相去不远，你应该善待重耳。"

郑文公道："诸国逃亡的公子经过郑国的太多了，我怎能每个都以国礼对待？"

叔瞻道："重耳为人贤明且有很多贤士，您应以国礼对待。若您不愿意，不如杀了他，要不日后必生祸端。"

郑文公不听叔瞻的话，只想尽早赶走重耳一行。

这天重耳来到楚国，楚成王以平位之礼待重耳，俨然把重耳视作晋国国君。重耳辞谢，不敢以平位之礼对待楚成王。

赵衰劝道："公子您逃亡在外二十多年了，小国还小看您呢，更何况大国？像楚国这样的大国，竟平礼以待，这是上天在帮助您，也告诉世人您有登上王位那一天，请公子不要推辞。"

成王问道："公子在楚国所受的待遇是最高的，您在楚国是最风光的，日后公子登上王位，将怎么报答我呢？"

重耳道："锦衣玉食，金玉良帛，楚王您都有了，我实在不知楚王您缺什么。"

成王道："即使这样，你想怎么来报答我呢？"

重耳答："我如果登不上王位就算了，如果我有一天登上王位，不幸与您兵戎相见，我将带兵退九十里之后才敢与您开战。"

楚将子玉一听非常生气，他说："我王待重耳已经无法再好了，现在他却口出不逊。请大王下令，让小将率兵攻打重耳，杀死他们一行，以除后患。"

成王答道："晋公子非常贤明，而且跟随他的人都是治国良材，此乃天意也，天要成全重耳，岂可杀死他？况且我已同意重耳回国了，岂可轻易更改？"

楚王不点头，子玉等人也不敢轻举妄动，怕楚王怪罪。

这时惠公死了，太子圉本来是晋国在秦国的人质，他急着赶回去登基，害怕秦人借机敲诈勒索，就抛下妻子从人，一人偷偷地跑回晋国去了。

秦王知道后非常生气，听说重耳在楚，就派人去楚迎接重耳，因为有了重耳就可以把重耳送回晋国，可以借机赶走圉，破坏他的登基美梦，报他偷跑之恨。

成王听说秦派人前来迎接重耳，劝重耳道："楚国与晋国相距很远，我若要派兵前去帮你，要穿越好几个国家，实在是不方便。而秦与晋接壤，且穆公为人贤明，他一定可以帮你实现登基计划。"

重耳随着秦使，带着成王送的厚礼来到秦国。

重耳到秦之后，穆公把同宗的五个女子嫁给了他。这五个女子中，有一个是圉在秦国的妻子。重耳是圉的叔叔，觉得自己娶这个女子恐怕于礼不合。司空季子道："公子不要为难！您还要去与圉争夺王位呢，区区一个女子，有何不可？不如就将夺妻作为你二人争夺王位的序幕。而且此女是穆公给您的，如果您不接受，就是驳了穆公面子，以后事情就不好办了。不如您顺水推舟，接受下来，可以与秦联姻，然后求穆公派兵帮助您回到晋国登上王位。大丈夫，成大事，怎可在小节上受拘束？"

重耳就依他所言，接受了这五个女子，秦穆公非常高兴，就宴请重耳一行。席间，赵衰唱了《黍苗》诗。《黍苗》诗是一首哀怨之诗，赵衰唱来有思念家乡而准备回去之意。穆公听后心领神会，他告诉赵衰道："我知道你想回国了。"赵衰与重耳离开宴席，来到正厅拜了两拜道："我们仰仗您的心情，就像庄稼渴望及时雨那样。"

惠公十四年冬，晋国大夫栾、邵等听说重耳在秦国，就暗中派人让重耳、赵衰等返回晋国，其他答应为内应的大夫也很多。重耳回国登基大局已定，只待时机成熟时穆公派兵护送回国。

秦穆公听完重耳等人汇报情况后，同意发兵送重耳等回国。晋听说秦兵来攻，也发兵前来迎敌。然而将领都知道秦兵是来帮重耳回国登基的，都佯装敌不过秦军，为秦兵让开道路。

重耳在外一共逃亡了十九年，其间风吹雨打，酸甜苦辣，走时是壮年，如今已六十二岁，垂垂老矣，但是却极受晋人爱戴。这一年，重耳登基，圉逃亡。重耳就是晋文公。

文公元年春天，秦送文公到黄河。在船上咎犯说："我跟随您辗转天下多年，所犯的错已经很多了，我自己是知道的，请您同意我离开您，不要再惹您生气了。"

重耳道："返回晋国登上王位，如果不能与你有福共享，请河伯您老人家出来主持公道。"重耳说完把随身佩带的玉璧扔到河里。咎犯就安心地跟随重耳回国了。

重耳与咎犯这番话被介子推听到了，他笑着向其他人道："上天对公子还算公道，让他有生之年能回国登基，而咎犯却以自己的功劳要挟公子，实在是太可耻了。我介子推不愿与这样的人同朝共事。"介子推果真自己悄悄地渡河而去，从此隐居不出。

朝中大臣都投奔文公，文公遂以曲沃为都城。怀公圉逃到高梁，文公命人刺杀了他，以绝后患。

文公修明政治，施恩惠于百姓，减轻赋税刑罚。文公又赏赐跟随自己流亡的人等，功劳大的分封土地，功劳小的分封爵位，还没等文王赏赐完毕，周襄王请求文公发兵救助，文公怕没有得到赏赐的人动乱，就先赏介子推。介子推拒不食禄，他母亲也跟随他入山隐居。

介子推的侍从为介子推感到不平，就在宫门口贴了一张告示，上边写道："龙欲上天，五蛇为辅。龙已升天，四蛇各入其宇，一蛇独怨，终不见处所。"整个内容都在写重耳的出亡过程，非常明显。文公重耳一看就说："此文是在替介子推抱不平。我这段日子为稳定王室忙乱，忘记了论功行赏。"然后派人四处搜寻介子推。

使者回报说介子推隐居到绵山中，文公派人遍寻绵山没有找到介子推。文公命人封禁了绵山，把它作为介子推的封邑，号之介山，说："以记我重耳的过错，且表示我赏罚分明。"

文公四年春，文公接到报告，说楚成王率领几个诸侯国联军共同攻打宋国，宋国派使者向晋国告急，请求援助，晋公就此事展开廷议。

先轸认为以前宋国君臣在重耳流亡时曾以礼相待，现在受到别国欺负，应当派兵帮助。

晋国出兵救宋。在与楚军对阵时，晋文公命令晋军后撤九十里。有人问："为何要撤退啊？"晋文公说："想当初在楚国我和楚成王曾有一个退避三舍的约定，我难道能违背诺言吗？"

7. 赵盾忠于晋室

赵盾是赵衰的儿子。襄公六年，赵盾顶替赵衰的位置执掌了朝政。

七年八月，襄公去世，太子夷皋年纪太小，还没有成人。晋国大夫们认为太子夷皋年幼无知，晋国实在经不起一个幼小君主来折腾了。赵盾认为可以改立襄公的弟弟雍。因为雍为人稳重而讲求智谋，文公十分疼爱这个公子；且雍是重耳与秦女所生，与秦有较近的关系，秦晋结好实在是立国之计。

贾季道："不如立公子乐。辰嬴曾经服侍过怀公与文公，立她的儿子，百姓肯定会接受的。"

赵盾道："辰嬴身份低贱，其子有何威信呢？且曾服侍过两个男人。"

于是赵盾派人去秦国迎接公子雍，贾季派人到陈去迎接公子乐。赵盾夺去了贾季的官职，借口是他曾经杀死阳处父。后安葬襄公，贾季出逃到狄国。

赵盾派人去接公子雍，此时秦康公在位。康公认为要送公子雍去夺王位，应多发兵帮助才能成功，就让雍率领大批秦兵回国去夺王位。

太子夷皋的母亲缪嬴没日没夜地抱着太子在朝殿上哭，她哭诉道："先君襄公有什么罪？他的儿子又有什么罪？竟然舍弃太子而去迎接在外的公子，把太子放在哪儿呢？"

她不在大殿上哭，就抱着太子到赵盾家，又是叩头又是作揖地说："先君曾把太子托付于您，他还说'这个儿子有出息了，我跪着向你表示感谢；如果不成才，我可要埋怨你了'。现在襄公虽然死了，其言好像还在耳边响着。你却要违背先王之言，这怎么解释呢？"赵盾与诸大夫都被缪嬴缠得没办法，于是决定不立公子雍而改立太子夷皋，是为灵公。

后来灵公长大了，极似其母，生活浮华，不求贤明，只顾作乐。他从高台上用弹弓打人，以看别人蹦蹦跳跳地躲避弹珠为乐，连朝中大夫都要受他的侮辱。厨师有次煮熊掌没有煮熟，灵公非常生气，就杀厨师以泄愤，并命宫娥把他的尸体拖出去丢掉。

赵盾同其他大夫多次劝谏灵公以江山社稷为重，灵公不听。赵盾又强谏，灵公非常生气，就派锄麑前去刺杀赵盾。

当时赵盾执掌朝政，理应是华屋美服、富甲天下。可锄麑见到的赵盾住所却非常简陋，而且天刚四更，赵盾就早早起来穿好朝服准备上朝。锄麑想："赵盾真是一个忠臣啊，杀了他，我就是不忠不义之人，不杀他又无法向灵公复命，总有一死，还是自杀吧！"于是头撞大树而死。

当年赵盾在首山种田的时候，有一次在一棵桑树下看见一个乞丐快要饿死了，赵盾就拿食物给他吃，他只吃了一半，就把食物收起来了。赵盾感到奇怪，就问他原因，他答道："出外替别人做事儿已经三年了，不知道家中老母是否还活着，所以我想把省下的一半饭留给我老母吃。"赵盾一听非常受感动，认为他是一个有情有义的人，就多给了他些饭，还送给了他一些肉食。此人后来到晋国当了御厨，赵盾不知道。这人就是灵辄。

锄麑刺杀赵盾失败后，灵公就想亲自动手。他要单独宴请赵盾，并在屏风后埋伏了甲兵，只待他一声令下就刺杀赵盾。灵公以为万事机密，没想到让厨师灵辄知道了，他就决定拼上性命也要保护赵盾，助他躲过此劫。

在灵公的频频劝解下，君臣言笑甚欢，赵盾杯杯见底儿，灵辄一看不行了，再这样下去赵盾还不当场醉倒吗？他就趁席上送菜的功夫暗示赵盾道："君赐臣宴，酒喝三杯就足够了。"

赵盾也很机灵，自动退了出去。灵公一见非常着急，因为此时甲兵还没有布置好，他马上派人放出名叫敖的恶狗来咬赵盾。

狗还没有扑到赵盾跟前，灵辄已从旁边蹿出，双手紧紧地扼住敖的喉管，不顾它的爪子把自己的前胸抓得鲜血淋漓。

赵盾问灵辄为什么舍命帮助自己，灵辄答道："我就是桑树下那个快要饿死的乞丐啊。"

赵盾率领族人还没有逃出晋国国境，他的族弟赵穿就在桃园击杀了灵公，并迎回了赵盾。

赵盾官复原位后，太史董狐记录道："赵盾杀其君。"赵盾辩解道："杀大王的明明是赵穿，你怎么把这笔账记到我头上了呢？"

太史道："你身为正卿，逃跑没出国境而王被杀，你回来又不命人去诛杀凶手，凶手不是你还能是谁呢？"

后来孔子评论道："董狐，古之良史也，书法不隐。"赞扬董狐为人秉笔直书，不畏权贵。

二十七、楚国的故事

1. 楚成王的故事

楚成王很喜欢儿子商臣，打算立他为太子。一天，他把这个想法告诉了令尹子上，并征求子上的意见。令尹子上是一个十分聪明的人，对朝中的事情看得十分清楚，对楚成王说："大王，你的岁数并不大，为什么要这么急着立太子呢？内宫宠爱的妻妾很多，万一等到将来什么时候再想更换太子，那就不好办啦！再说，商臣凶狠、残暴，不是一个仁慈的人，万万不可立为太子啊！"

"哦，你的顾虑太多了。"楚成王没有听子上的劝告，将商臣立为太子。可是过了一段时间，他觉得商臣不如儿子职孝顺，就打算废掉商臣，改立商臣的同父异母的兄弟职为太子。商臣听到了消息，但不知道是真是假，就去问他的老师潘崇："用什么方法才能探得真实情况？"

潘崇告诉他："有一个办法：你去请大王的宠姬江芈吃饭，但不要对她太恭敬了，她就可能说出实情。"

商臣就按潘崇说的去宴请江芈，但席间又对她恶语相向。江芈就气急败坏地训斥商臣道："瞧你那副模样，缺少教养，难怪大王要废掉你啊！"

商臣听了江芈的话，心中顿时凉了一半，他跑到师父潘崇那里，痛哭流涕地说："他们真要废掉我，师父你可要救我啊！"

潘崇板着脸，问："职做了国王，你能在他手下为臣吗？"

"不能。"商臣愤愤地说。

"你打算逃亡到外国吗？"

"不去。"

"那你敢造反吗？"

商臣想了想说："我敢！"

"那就赶快动手吧，越早越好！"

商臣于是秘密地招兵买马，培养自己的势力。十月，商臣带着自己的心腹和士兵，出其不意地包围了王宫，逼成王让位。成王见势不妙，就哀求商臣说："在我死之前，让我再最后吃一次熊掌吧！"

"住口！别耍花样！"商臣冷笑道，"我知道熊掌难熟，你别想拖延时间，等待援兵，快去死吧！"

楚成王被逼无奈，只好上吊自尽。

楚成王死后，商臣自立为国君，为楚穆王。潘崇也因出谋划策有功，升为太师，执掌朝政。

2. 争王位　兄弟相残

楚共王有五个心爱的儿子，他们是公子招、公子围、公子比、公子皙、公子弃疾。到了该立太子的时候，楚共王不知道该立哪个儿子好，十分烦恼。最后他的宠姬为他出了个主意："让神灵来决定谁当太子吧！我们事先将璧埋在祖庙的地下，然后让五位公子进去，看谁踏上璧的位置，就立谁为太子……"

"好，好！"楚共王决定采用宠姬的办法，让神灵帮助他确定继承人。

第二天，五位公子听从君命，沐浴更衣，同时进入祖庙。五个儿子中，只有公子招的脚踩到了埋璧的地方，因此公子招被立为太子。楚共王死后，太子招即位，为楚康王。

楚康王在位十五年，死后由他的儿子员继承王位。楚康王的弟弟公子围做令尹，掌握兵权。员只当了三年国王，就被公子围杀死。公子围自立为王，为楚灵王。

楚灵王当了十二年国君，又被弟弟公子比、公子皙、公子弃疾联合赶下了台。他们趁楚灵王不在京城之机，先杀掉了太子禄，然后立公子比为王，占领了王宫。

楚灵王听说太子禄被害，悲痛万分，一头栽倒在车下，伤心地说："别人也像我这样爱自己的儿子吗？"

侍臣劝慰地说："做父亲的都是这样，人之常情啊……"

楚灵王长叹一声："我杀了太多别人的儿子，今天轮到我了，我是罪有应得呀！"

侍臣们又说："大王现在应该找一个地方躲一躲，看看朝中大臣们的态度怎样，也许能接你回去。"

"众怒不可犯呀！"楚灵王摇头叹气道。

"那么请求诸侯国派援兵来救您吧！"

楚灵王绝望地哀叹道："一切全完啦，我已经是众叛亲离啦，不可能挽回啦……"

侍臣们见楚灵王不听劝告，害怕跟他去送死，都纷纷离开他各奔东西。楚灵王一个人在山野中徘徊，没有人肯收留他。他饥饿难挨，几天几夜没饭吃，找到一农夫家要饭吃。农夫却说："不行啊！新王传下法令来，说谁敢把饭给你吃就罪灭三族。就是我有饭也不敢给你吃啊！"

楚灵王哀求道："我……三天没吃过东西了……请给点……饭吃吧……"话还没说完，便晕了过去，头压在农夫的大腿上。农夫忙将他推开，慌慌张张地逃跑了。

几天以后，楚灵王便饿死了。

这时公子比虽然当上了楚国国君，但还是怕灵王再回来。他不知道楚灵王已经死了，害怕他回来诛杀自己。大臣们也畏惧楚灵王的势力死灰复燃，心里忐忑不安。公子弃疾便企图趁机推倒公子比，取而代之，自立为楚王。他利用公子比和大臣们害怕楚灵王的心理，一天夜里，命令船夫在江边狂呼大叫："楚灵王回来喽！楚灵王回来喽！"百姓、军吏和大夫们不明真相，也跟着传言："楚灵王回来啦！公子比要被诛杀啦！"

公子比听到这些，来不及分辨真假，就拔剑自刎了。公子皙也跟着自杀了。

公子弃疾轻而易举地除掉了公子比、公子皙，自己当上了楚王，称为楚平王。

3. 夺儿妻　无忌进谗

楚平王自立为王不久，便立儿子建为太子。太子建的太傅是伍奢，少傅是费无忌。费无忌极善于阿谀奉承，极力讨好楚平王。有一年，楚平王派他去秦国为太子建娶亲。费无忌到了秦国，见到太子建的未婚妻，发现这位秦女美貌非凡，亭亭玉立，宛若天仙。于是提前跑回楚国，禀报楚平王说："大王，真想不到啊！这位秦女乃是绝代佳人，我看……不如大王娶她做夫人……太子嘛，可以另外再找一个。"

楚平王本来就是一个好色之徒，一听到美女就动了心，连忙说："哦！正合我意，赶快去接回来吧！"

一个月后，漂亮的太子建的未婚妻就成了楚平王的宠姬，从此费无忌更加受到楚平王的赏识和器重。太子建因为夺妻一事对费无忌怀恨在心，而忠厚、公正的太傅伍奢，对费无忌的谄媚也非常不满，便常常给他难堪。费无忌知道一旦太子得势，便会对自己十分不利，于是他就决定除掉太子和太傅。他施用离间计，对楚平王说："你抢夺了太子的妻子，又把太子放在身边，恐怕不太合适吧？"

"哦！我看还是你想得周全，应该把太子打发得远些，才没有后顾之忧啊！"

于是楚平王下令让太子建到楚国北部边境的城父去守边。太子建只好离开了楚都。

几个月后，费无忌又进谗言说："太子的怒气大极了，听说他正在招兵买马，准备把秦女抢回去，大王不可不防啊！太子勇武好斗，万一发生兵变，大王可就危险了啊！"

"你说得对，为了有备无患，我先把太傅伍奢召回，探探他的口风。"

伍奢不知是计，急忙回京晋见楚平王。楚平王怒声责问道："你是不是和太子日夜谋划，企图造反？"

伍奢一听大吃一惊，高声辩解说："绝无此事。一定是有人陷害太子。大王切不可听信他人的挑拨，而疏远了自己的亲生骨肉啊！"

此时，费无忌一心想治伍奢于死地，就对楚平王说："大王，伍奢如此嚣张，若不制伏他，放他回去，将来一定会后悔的。"

楚平王偏信谗言，不辨真假，下令将伍奢囚禁起来。费无忌又对楚平王说："伍奢有两个儿子都是极有才智的人，如果大王不把他们除去，将来他们会伺机反叛楚国的。"

楚平王就打算把伍尚和伍子胥一起抓来，于是逼迫伍奢说："你若是能把你的两个儿子叫来，我就免你一死，否则我就马上杀了你。"

伍奢坦诚地说："我儿子伍尚听到我的命令能来，但伍子胥绝对是不会来的。"

"为什么？"楚平王急不可耐地问道。

"伍尚为人廉洁，孝顺父母，对人仁爱，听说父亲能够被免一死，他会不顾生死前来的。而伍子胥为人智勇多谋，他知道来见大王，难免一死，所以他是绝不会上当的。将来让楚国感到忧虑的一定是他！"

楚平王就派人带着伍奢的书信，去找伍尚和伍子胥。

伍尚见到父亲的书信，悲痛不已，就对伍子胥说："可以因我们而赦免父亲一死，不去是不孝；父亲蒙冤被杀而不报仇，是无谋；估计能力行事，是聪明的表现。你逃走吧！我去送死。"

于是伍尚决定到京城去见楚平王。伍子胥弯弓搭箭要与使者拼命，他吼道："父亲有罪，为什么要召见他的儿子！是何用心？"举起弓要射使者，使者吓得转身逃跑了。

当天夜里，伍子胥就逃到吴国去了。

伍奢父子一起被楚平王杀害了。太子建听到消息，也逃到宋国去了。

4. 重将相　病卒军帐

楚平王做了十三年国君，就病死了。楚国将军子常是朝中的权臣，他同平王的弟弟令尹子西商议说："太子珍的年纪还小，而且他的母亲是从前太子建应该娶的妻子，硬被平王夺去。假如叫太子珍即位，恐怕朝中大臣们不服啊……我看就由你来做国君吧！你是平王的弟弟，道理上也说得过去。"

"使不得，使不得！"子西连连摆手，"子继父位，这是祖宗传下来的规矩，改变继承顺序会造成国家混乱，千万别这样……"

子常听取了子西的意见，立太子珍为国君，称为楚昭王。

平王死后，大臣们都不喜欢费无忌，因为费无忌挑唆楚平王逼走太子建，杀害伍奢父子。伍子胥逃到吴国后，吴国的军队多次侵犯楚国，因而楚国人都非常怨恨费无忌。楚昭王无奈，只好让子常处死费无忌，以平众怒。

十年以后，伍子胥鼓动吴王阖庐攻打楚国，要报杀父杀兄之仇。结果楚军大败，吴兵攻入楚国都城郢。伍子胥命人掘开楚平王的坟墓，用鞭子抽打楚平王的尸首，发泄自己的愤怒。楚昭王仓皇逃到国外……

楚昭王逃出郢都时，派申包胥向秦国求救。秦国派了五百辆兵车救援楚国，楚国也收拾起残余的军队，和秦军一起攻吴。后来果然在稷地打败了吴军。过了不久，楚昭王又得以迁回郢都。

又过了几年，吴国出兵攻打陈国，楚昭王出兵救援陈国，率兵驻扎在城父，突然病倒在军营中，他十分焦躁不安。一天，他看见一片像鸟的翅膀一样的红云，夹着太阳飞行。他就问太史这是什么原因。周太史对他解释说："红云随着太阳飞行，这是凶恶的征兆啊！老天爷要降灾祸在大王的身上。不过大王不用着急，如果将灾祸转移到大臣身上，大王就没事了。"

楚昭王满面愁容，伤感地说："大臣都是我的左右啊！我怎么能移祸在他们身上呢？"

太史又说："大王生病是河神作怪……"

"算了吧！"楚昭王淡淡地说，"并不是什么河神作怪，而是我命该绝了。"

几天后，楚昭王果真病死在军营中。他的儿子章继位，称为楚惠王。

楚惠王即位第二年，令尹子西将逃亡在吴国的太子建的儿子胜接回楚国，封给他邑地，让他在朝中做大夫，人们称他作白公胜。白公胜不但喜欢用兵，而且广泛结交贤能之士，想要为父亲报仇。因为他父亲太子建在逃亡郑国的时候被郑国人杀死了，因此白公胜天天计划着要去攻打郑国，为父亲报仇。

楚惠王八年，郑国遭到晋国的攻打，向楚国求救，惠王派子西带兵去救援郑国。子西到郑国后，收了许多郑国的贿赂，并帮助郑国人打败了晋国。白公胜因此十分怨恨子西，一气之下带着几个人冲到朝中将子西杀死，并把楚惠王囚禁起来，自立为王。然而一个月后，大臣们就率兵将白公胜杀死了，楚惠王因而复位，重新当上了楚王。

从此，楚国的国势一天天地衰落下去了。

5. 画蛇足 喻之以理

楚怀王六年的时候，楚国派大将昭阳率兵攻打魏国，并在襄陵一举击败魏军，夺得八座城池，然后挥师东进，直逼齐国。齐威王十分害怕，担心抵挡不住昭阳的进攻。这时正巧秦国人陈轸出使齐国，他就劝慰齐威王说："大王不必忧虑！"

齐威王就说："难道你有好办法击退楚军？"

"试试看吧！我去楚军中走一趟，或许可以劝他们退兵！"陈轸胸有成竹地对齐威王说。齐威王拿出许多金银玉器作为礼物，让他去见昭阳。

陈轸来到楚军大营，客客气气地对昭阳说："请教将军一个问题，按照楚国的法令，破敌杀死敌人将领的人将得到怎样的奖赏呢？"

昭阳回答说："让他做上柱国官，赐给最高的爵位。"

"还有比这个更尊贵的官职吗？"陈轸又问。

"那就是令尹啦！它的职位在众官之上。"昭阳得意地将双手举过头顶。

陈轸长长地叹了一口气，说："我真为将军的前程担忧啊！"

昭阳惊得睁大了眼睛说："此话怎讲？"

陈轸微微一笑，说道："我听过这样一个故事，说从前有一个人，得了别人送的一壶酒，不好意思一个人喝。他就对身边的人说：'人多酒少，大家都喝的话，谁都喝得不尽兴，不如我们来比赛画蛇，谁先画完就把这壶酒给他一个人喝！'大家都认为这个主意好，于是在地上画起蛇来。不一会儿的工夫，有一个人画完了，就拿起酒壶，得意地说：'你们真是笨，还没有画完。我再画几条脚给你们看看！'说完，他又在蛇下面添上了几只足。这时另外一个人也画完了蛇，伸手夺过酒壶，一口气把酒全喝了，并且哈哈大笑道：'蛇本来没有足，你却为它画上了足；这样一来，你画的就不是蛇了！所以酒应该归我喝。'众人听了无不拍手称快。现在将军你的情形就如同这个画蛇添足的人一样。

你率兵攻打魏国，打败了魏军，杀掉了魏国的大将，没有比这个更大的功劳了，应该得到更大的封赏。但你现在已经是楚国的宰相了，官职不可能再高了。现在你去攻打齐国，即使获得了胜利，你的官职也不可能升高。但是万一你失败了，不但丢掉爵位甚至连性命都没有了，那样给楚国带来的可不是一壶酒的损失啊！所以，我看你现在最好是放弃攻打齐国的念头，这样对你来说，是最好的办法。"

昭阳一想，觉得十分有理，就领兵回楚国去了。

齐国的危机解除了，陈轸能言善辩的美名也在诸侯中传开了。

6. 吞诱饵　怀王受骗

楚怀王十六年，秦国打算攻打齐国，称霸诸侯。但因齐楚两国是盟国，担心楚国会援助齐国，联合反击。于是，秦惠王派张仪出使楚国，去游说楚怀王，离间楚、齐两国的关系。

张仪是一个极善言辞的人，他花言巧语地对楚怀王说："我们秦王最崇敬、最爱戴的就是楚王您啦，而我最愿意为之效劳的也是楚王您呀！秦王最愤恨、最厌恶的是齐王，我最蔑视的也是齐王。然而大王您却与齐王联盟，这迫使我们秦王不能亲近您，我也无法为您效劳……假如大王与齐国绝交，秦国就把以前夺得的商於之地六百里送还楚国。这样一来，楚国不但比齐国更加强大，而且又结交了秦国，商於之地又会供奉财物，这样不正是一举三得吗？"

"啊！一举三得！"楚怀王听了高兴极了，加上他听说张仪刚被秦国免去了相国之职，更加相信张仪所说，就封张仪为楚国的宰相，每天与张仪饮酒作乐。群臣们也对张仪的许诺毫不怀疑，只有陈轸一人对此十分担心。陈轸原来也在秦国为官，对张仪的为人十分清楚，后来因为与张仪有政见分歧，才投奔楚国的。

楚怀王就问陈轸说："看你忧心忡忡的样子，一定有什么忧愁的事吧？"

陈轸直率地告诉楚怀王说："我所担心的，正是大王所高兴的，所以我不能不直言相告。秦国现在看重楚国，只是因为齐楚联盟。假如商於之地六百里没有拿到手，就先与齐国绝了交，那么楚国就孤立了。秦国又怎么会重视一个孤立无援的国家呢？大王千万不可以轻信张仪的话啊！我认为大王应先要求秦国归还商於，然后再与齐断交。如果秦国不答应，那张仪的话就是阴谋。如果大王先与齐国断交，以后再等秦国归还商於，那就一定会上了张仪的大当。到那时候，大王即使醒悟过来，兴兵动武都无济于事，后悔也来不及了。"

楚怀王耐着性子听完了陈轸的话，厌烦地斥责道："就你爱唱反调，难怪秦王不喜欢你啦！"

张仪眼见大功即将告成，心中暗喜不已。楚怀王就派一名将军跟张仪前往秦国接受土地。

张仪回到秦国以后，假装喝醉酒从车上掉下来折断了腿，三个月不露面，因此楚国无法得到土地。楚怀王听到消息后，就说："张仪一定以为我答应与齐国绝交是骗他，所以秦国迟迟不肯归还土地。"于是派人去齐国，与齐国断交。齐王十分生气，当着楚国使节的面撕毁了楚齐盟约，而后与秦国结盟，互通友好。

张仪见楚怀王中计了，就召见楚国将军说："你现在可以去接受封地了，方圆六里！"

楚国将军大惊失色："怎么？六里？我接受的应该是六百里

才对呀?!"

张仪一阵狂笑:"你这个书呆子,快回去报告楚王吧!"

楚怀王听到将军的汇报,十分生气,知道中了张仪的奸计。他怒不可遏,下令发兵攻打秦国。

陈轸连忙阻止说:"攻打秦国并不是一个好办法。不如用一个大的城池去贿赂秦国,和秦国一起去攻打齐国,这样我们虽然损失了土地给秦国,却可以从齐国那里得到补偿,我们楚国还可以保全。现在大王已经和齐国断交,又去责问秦国欺骗之罪,其实是在撮合齐国和秦国的交情,必将招来各国军队围攻自己,国家一定会受到严重的损害。"

楚怀王不听,一意孤行,结果秦军大败楚军,杀了八万楚军,俘虏了七十多名楚国将军,夺取了楚国的汉中地区。韩魏两国又趁火打劫进攻楚国。楚国再一次惨败,元气大伤……

第二年,秦国又派使节到楚国来,要求重新和好,并答应把汉中一半分给楚国。楚怀王听了这话,顿时火冒三丈,说:"愿得张仪,不要土地。"

张仪听到这个消息后,就主动要求要到楚国去。秦惠王担心地说:"明摆着楚国要报复你,你这一去不是自投罗网吗?"

张仪说:"我和楚王的亲信靳尚私交深厚,靳尚又得到怀王宠姬郑袖的信任,而郑袖的话,楚王没有不听的。而且我上次出使,因商於之事亏欠了楚国,以致秦楚两国战火不断,结下了仇恨。我如果不去当面向楚怀王赔礼道歉,这个结是解不开的。再说有大王做我的后盾,楚国是不敢伤害我的。即使我死于楚国,也是死得其所了。"

秦惠王被张仪的言辞感动了,就同意他出使楚国。

张仪一到楚国,就被抓了起来。楚怀王扬言要杀掉他,以解心头之恨。张仪就私下里捎礼物并送信给靳尚，请他解救自己。

靳尚替张仪向怀王求情说："张仪是秦国的重臣，杀了他秦王一定不会轻易答应的，到那时，我们一定会吃亏。"

楚怀王犹豫不决，靳尚又去找郑袖，骗她说："秦王非常宠信张仪，听说大王想杀死他，秦王就想用上庸六县赎回他，还答应送给大王许多美女，并挑选秦宫中能歌善舞的女子作为陪嫁……大王看重土地，秦国的美女一定会受宠，那么夫人就会受到冷落。所以最好的办法是，夫人想办法把张仪放了，那么什么事都没有了。"

于是郑袖就面见楚怀王，要求以礼相待张仪，楚怀王真的就放了张仪，而且设宴款待他。

张仪就见机行事，当着郑袖的面奉承楚怀王。楚怀王心花怒放，竟忘记了前仇，答应与秦国联盟。

张仪楚国之行，不仅保全了性命，还取得了意想不到的成果。

二十八、赵氏孤儿

赵氏是晋国的一个有权势的大族。赵盾任朝廷的执政卿，死后其子赵朔继承了卿位，继续管理朝政。这令许多大夫眼红，其中屠岸贾与赵氏家族有旧怨，他便一直寻求机会诛灭赵氏，想代替他们执掌朝政。恰巧，屠岸贾运气不错，到晋景公时，他已官为司寇。于是凭借着手中的大权，开始有计划地诛灭赵氏。

屠岸贾煽动朝廷中所有的将军，以赵盾当年未能制止赵穿杀死先君晋灵公为由，要求诛杀赵朔一家。将军们听信鼓动，联合起来诛灭赵氏全家，杀死了包括赵朔、赵同、赵括、赵婴齐等在内的许多人，只留了一个尚在母腹中的赵氏后代——那就是赵朔妻子后来生的孩子。赵朔有两个密友：公孙杵臼和程婴，他们为了表达对朋友的思念，决心保住赵氏家族这个唯一的后代。

而同时，闻讯而知真相的屠岸贾想斩草除根，下令立即杀死赵氏孤儿，但他不知道孩子的下落。程婴与公孙杵臼虽自知屠岸贾不会善罢甘休，但还是千方百计地想保全赵氏孤儿的性命，无奈之下，想出了一条计策，两人计议之后，决定施行。

第二天，公孙杵臼与程婴设法从宫外百姓家里抱来一个婴儿，由公孙杵臼亲自抱着，藏到山洞里。然后程婴来到宫廷，向屠岸贾报告"赵氏孤儿"的下落。屠岸贾与将军们十分高兴，率队立即到山中搜索赵氏孤儿。来到山中一搜，很容易地就找到了抱着孩子的公孙杵臼，于是下令诛杀公孙杵臼和赵氏孤儿，公孙杵臼怀抱"赵氏孤儿"，大骂道："程婴，你这个小人！赵氏孤儿与你有何仇怨，你和我一起藏匿孩子，今天又出卖了我，天哪！你们杀了我吧，饶了赵氏孤儿一条命吧……"屠岸贾哪里肯听，当即杀了公孙杵臼和婴儿，心满意足地回宫去了。这边程婴连夜将真的赵氏孤儿带到遥远的外乡去抚养。从此，谁也不知道还有一个赵氏孤儿，所有的人都认为赵氏家族已全部被杀净了。

十五年后，赵氏孤儿长大成人。了解内幕的韩厥大夫意欲将赵氏后代复立起来。他瞅准机会，向晋景公进言："赵氏侍奉先君，对宫廷有过功劳，但我们却偏偏灭了赵氏家族，百姓为之悲哀，恐怕会引起人们的非议，你看现在不是有卜人在说'大业之后不遂者为祟'（完成功业后却不顺遂的人家在作怪）造成了你的重病吗？而在晋国，完成大业后被满门抄斩的不是赵家吗？"晋景公急欲寻求解决办法，韩厥便把赵氏孤儿的秘密详细地向晋景公说了。晋景公想将功折过，当即决定恢复赵氏，于是赵氏孤儿得以入宫。这一天，晋景公把文武百官召至宫中，正式当众复立了赵氏，并为赵氏孤儿起名为赵武。当年参与诛杀赵氏家族的将军们后悔不已，一起把罪行归于屠岸贾，于是晋景公、赵武、程婴与将军们一起灭掉了屠岸贾。

一切计划都已实现，程婴认为到了去见赵朔与公孙杵臼等老朋友们的时候了，这本是当日赵氏家族被诛杀之时就应做的事，只是为了赵氏后代，他才拖到了现在。于是他向赵武和众大夫诀别，挥剑自尽。

二十九、赵武灵王的故事

大家都知道"胡服骑射"的故事，故事中的赵武灵王是一位英明的、有雄才大略的君王，他通过"胡服骑射"等一系列改革，使赵国强盛起来。但是他也做过一些错事，最后落得一个可悲的下场。

赵武灵王早年曾立长子章为太子。后来他又娶了孟姚，孟姚生下儿子何，为了讨好夫人孟姚，他就废掉太子章，改立何为太子，因此引起了一场祸乱。

当初赵武灵王娶孟姚的理由是十分荒唐的。一天夜里，他做了一个梦，梦中一个妙龄女子对他唱了一首歌。歌词是这样的：

> 美人啊，艳丽无比，光彩照人，
> 面颊红润宛如山中的野花。
> 漂亮的女子你见过不少，
> 可是谁也不如我的美貌胜过众人！

第二天，赵武灵王与大臣们一起喝酒，一再谈起昨夜所做的梦。在座的大臣中，有一个叫吴广的人，极有心计，他听武灵王说梦，便想武灵王一定是想娶一位美貌的女子，于是就把自己的女儿孟姚送给了武灵王。

武灵王一见孟姚真的是美若天仙，十分喜欢，对她的宠爱也胜过其他人，而且从此以后再不理朝政，整天守在孟姚身边，还封她为惠后。

十一年后，赵武灵王将王位传给太子何，称为惠文王，而赵武灵王则自称为主父，同时让老臣肥义做相国，辅佐惠文王。长子章被封为安阳君，迁到代地居住。

公子章性情骄奢、残暴，心里根本不服异母兄弟何，更反对何当国君，所以一直伺机报复。

大夫李兑看透了公子章的心思，就对相国肥义说："公子章一向飞扬跋扈，而且又聚集许多人，恐怕是有什么图谋吧？主父把田不礼封为他的相，而田不礼这个人凶悍残忍，他们两人彼此配合，一定会有阴谋叛乱的事情发生。而且依我看，这样的事一定不会远了。你身为相国，权势很大，一旦发生祸乱，你必将会首当其冲。我看你不如把朝政交给公子成，自己则称病退隐，这样就可以免去灾祸了。"

但肥义摇头说："既然主父将国君托付给我，我就应当极力辅佐，不能因为顾及个人的安危，而置国家于不顾啊！"李兑见劝说肥义不成，就常常去找公子成，以防备田不礼叛乱。

不久，孟姚病故，主父对惠文王的感情也就逐渐淡薄了，而对长子章又开始疼爱起来。后来，他干脆想把赵国一分为二，让公子章在代地做王，与惠文王平分天下。然而主父这个计划还没来得及实施，便发生了暴乱。

事情是这样的：一天，主父和惠文王一起游览沙丘后，在当地小住。公子章趁机与田不礼作乱，先借惠文王之名把相国肥义杀了，接着又带兵围攻惠文王。公子成与李兑闻讯后，慌忙从邯郸赶来营救惠文王，率大军围攻公子章和田不礼。主父见公子章性命难保，便打开沙丘宫门让他进去避难。公子成和李兑就命人将沙丘宫围住。几天后，公子章自杀，田不礼也被杀死。公子成和李兑见包围主父是死罪，骑虎难下，就商量说："我们现在包围了主父，虽然公子章死了，但我们也不能撤兵啊！不如破釜沉舟，连主父也一块儿铲除。"

于是，公子成等人率军将主父在宫内继续围困了三个多月，不给饭吃，主父饿得没有办法，竟上房掏麻雀充饥，最后被活活饿死在沙丘宫内。

可怜一代明君竟如此收场。

三十、圣人孔子

　　孔子出生在鲁国昌平乡陬邑，他的祖先是宋国人。孔子的父亲叫叔梁纥，母亲叫颜征在。叔梁纥与颜征在野外私会，颜征在怀上了孔子。

　　孔子名丘号仲尼。据说，他父亲为了生个儿子曾在尼丘山祈求神灵，所以生下孔子后就给他起名叫丘，号仲尼。还有一种说法：孔子生下后头顶是凹形的，像个小土丘，所以起名叫丘。

　　孔子生下不久，他父亲就死了，葬在防山，防山位于鲁国的东面。由于孔子的母亲隐瞒实情，所以孔子不知道父亲的坟地究竟在哪里。后来，孔子的母亲也去世了，装殓后暂停在五父道旁。直到同邑人挽父的母亲告诉了孔子他父亲墓地的所在，孔子才把父母合葬在防山。

　　孔子家境贫寒。成年后，在鲁国季氏门下做过仓库保管员，还干过管理牧场的差事，后来升做司空。再后来，孔子曾一度离开鲁国，周游天下。可是，孔子在齐国受到排挤，去宋国和卫国又被驱逐，后来又被围困在陈国和蔡国之间。最后，万般无奈，孔子又回到了鲁国。孔子高九尺六寸，人们称他为"长人"，并用奇怪的眼神看他。

鲁昭公二十年，孔子三十岁。齐景公带着晏婴访问鲁国，他们问孔子："当年秦穆公国小，地方又偏僻，可后来居然会称霸，为什么呢？"孔子回答说："秦国虽小，志向却大；地方虽然偏僻，但行事得当。秦穆公用五张羊皮把百里奚从牢里解救出来，任命他为大夫，和他交谈了三天，就让他主持国政。像这样治理国家，一统天下都不是难事，更何况是称霸呢？"齐景公听后，十分高兴。

齐景公就向孔子请教治国之道，孔子说："治国之道其实很简单，只要君主像君主，臣子像臣子，父亲像父亲，儿子像儿子，那就行了。"齐景公听后，连连赞叹："说得好！说得好！如果君王不像君王，臣子不像臣子，父母不像父母，儿子不像儿子，哪怕天下有吃不完的粮食，我恐怕也要饿死呀（如果做人不各司其职，国家就会大乱。管理粮仓的人也就不会在他的岗位上，人们也就会因得不到粮食而饿死）！"

季桓子家打井，挖出一个陶罐，陶罐里有一个像羊似的东西，可他却认为是只狗。孔子看了以后说："依我看这是只羊。我听说山林中有夔、罔阆那样的怪兽，水中有龙、罔象那样的怪兽，泥土里的怪兽就是这种没有雌雄之分的羊。"

吴国讨伐越国攻下了会稽，折城墙时得到一段骨节，长度差不多和车身一样。吴国派人去问孔子："最长的人的骨节是谁的？"孔子说："当初大禹召集群神到会稽山开会，防风氏来迟了，禹命人杀了他，陈尸示众，车身都装满了，他的骨节应该是最长的。"吴国使者又问："那些神都有谁呢？"孔子回答说："守卫名山大川，能呼风唤雨、调剂天下的，就是神。至于守社稷的，都是公侯，隶属于王者。"使者又问："防风氏守卫哪里？"孔子说：

"汪罔氏（防风氏）的君长守卫封山、禺山那一带，姓釐。在虞、夏、商三代人们称之为汪罔，到了周代，人们称之为长翟，现在嘛，人们称之为大人。"使者问："人的身高到底有多长?"孔子回答说："最矮的人是僬侥氏，身长不过三尺；最高的人也不过三丈长，没有超过三丈长的人。"吴国使者听后赞叹道："真不愧是圣人啊，知道的东西太多了!"

孔子三十五岁时，鲁国发生内乱，孔子就去了齐国，做了齐国大夫孟昭子的家臣，想以此接近齐景公。一天，孔子和齐国的太师探讨乐理，听到演奏《韶》乐，便跟着学习，足足学了三个月。由于他学习太专注了，甚至连肉的味道都记不起来了。齐国人知道这件事后，都纷纷称赞孔子做事的专注。

后来，孔子回到鲁国。由于鲁国政局动荡，大夫们互相倾轧，孔子便不去做官，而是潜心修撰《诗经》《书经》《礼记》《乐经》。前来拜师学习的人很多。

鲁定公任命孔子为中都宰，他才做了一年的中都宰，其他地方官就都效仿他的治理方略。孔子由于政绩突出，就由中都宰升为司空，后来又由司空升为大司寇。

定公十年，齐鲁建立了友好关系。齐国派使者邀请鲁定公去夹谷与齐景公相会。鲁定公原想轻车简从地前往，但孔子劝他说："我听说，出门办文的事情要有武的设备，办武的事情也必须有文的设备。按惯例，诸侯国君出国，必须配备文武官员，并且还应带左右两司马。"定公接受了孔子的建议，并带上了左右两司马担任保护工作。

夹谷之会上，齐景公多次想借武力威胁鲁定公，但都被孔子识破。齐景公无功而返，他责怪手下的大臣们说："鲁国的大臣用君子之道辅佐君王，你们却用野蛮无礼的手段来教我，让我得罪了鲁国国君，这可如何是好？"为了向鲁国表示歉意，齐国只好归还了侵占鲁国的郓、汶阳、龟阴等地，以求两国的和好。

鲁定公十四年，孔子五十六岁，升任大司寇兼宰相之职，孔子的脸上现出欢喜的笑容。弟子中有人对孔子说："听说君子在大难临头时一点不惧怕，喜从天降时也不表示欢喜，您今天为什么面带喜色呢？"孔子微笑着回答说："我之所以今天面带笑容，是因为我被任命的职务将会让我的弟子们感到脸上有光啊！"

孔子当了代理宰相后，就杀了鲁国大夫少正卯，因为少正卯危害了鲁国朝政。孔子主持政事才三个月，鲁国风气大变，卖猪贩羊的商人不敢哄抬物价，男女有别，路不拾遗。

齐景公听说鲁国的变化感到很害怕，他想："有孔子这样的人辅佐鲁国国君，鲁国定会强大起来。齐国是鲁国的邻国，鲁国一旦强大，势必要先吞并齐国，能不能用割地求和的办法来保证齐国的平安呢？"大夫黎锄劝他说："先别忙着割地给鲁国，我们应想办法阻止鲁国称霸。"于是，齐国选了八十个美女，让她们穿上漂亮的衣服，练习《康乐》舞。然后用三十四辆豪华的马车把她们送到鲁国的南门外。季桓子换了朝服，几次前去观看。他劝鲁国国君也去观看，鲁国国君一看就着了迷，连朝政都给忘了。

弟子子路见此情形对孔子说："先生，咱们可以离开这儿了。"孔子叹了口气，说："再等等，不久就要春祭了，如果国君到时能把祭肉分给大臣们，咱们就可以不离开鲁国。"

谁料到，鲁定公接受了齐国的美女良车，连着三天不理政事。春祭后，也没有把祭肉分给大臣们。孔子知道再在鲁国待下去也没什么意义了，就动身离开了鲁国。当天晚上，住在屯这个地方。乐师前来送行时说："先生的要求怕是太苛刻了吧？"孔子说："我可以唱支歌吗？"接着他就唱道："美人一张口，能把大臣都赶走。美人近国君，破败衰亡祸及身。我又何必强留下，不如洒脱度余生。"乐师回去后，季桓子问孔子都说了些什么，乐师如实相告，季桓子长叹一声说："先生是因为那群女人而怪罪我呀！"

孔子离开鲁国后，开始周游各国。孔子先到了卫国，卫灵公问孔子："你在鲁国的俸禄有多少？"孔子回答："每年六万石小米。"卫国也就给孔子六万石小米，作为他一年的俸禄。不久，有人在卫灵公面前进谗言，想要加害孔子。孔子怕惹祸上身，就动身去了陈国。

孔子去陈国路经匡城的时候，他驾车的弟子颜刻用马鞭指着匡城对孔子说："当初我进匡城，就是从那个缺口进去的。"孔子的长相很像阳虎，因为阳虎当年曾欺负过匡人，匡人以为阳虎又回来了，就把孔子围了整整五天。弟子颜渊随后赶到，孔子说："我还以为你死了呢？"颜渊说："先生还在，弟子怎敢先死？"匡城人对孔子看管得越发严了，弟子们都感到很害怕。孔子这时候说："周文王虽然已经死了，但周代的礼乐还在。上天如果要它灭亡，谁也没有办法。上天如果不让它灭绝，那匡人又能把我们怎么样呢？"后来，匡人知道了事情的真相，才纷纷散去。

孔子经过蒲城，待了一个多月，又返回卫国。卫灵公有一个夫人叫南子，听说孔子来了，就派人对孔子说："四方君子想来结交国君的，都要先来见我，我希望能会见您。"孔子再三推辞，不得已，最后还是要去见南子夫人。

孔子进去后，向北行跪拜礼，南子夫人早已坐在帷帐中等待。答礼时，南子夫人身上的玉佩叮当乱响。子路很不高兴。孔子对子路说："我不愿意做的事情，连老天爷都讨厌啊！"

孔子在卫国住了一个多月。有一回，卫灵公与南子夫人同车而行，宦官雍渠陪在左右，却让孔子坐在后面的一辆车上跟着，招摇过市。孔子因此感到羞愧，于是离开了卫国。

孔子离开卫国来到宋国。有一天，孔子在一棵大树底下给弟子们讲授礼仪。宋国的司马桓魋想要杀孔子，就派人把那棵大树连根拔去。弟子们说："咱们还是快走吧！"孔子却说："老天爷赐给我品德，桓魋又能把我怎么样呢？"

孔子到了郑国，跟弟子们走散了，一个人站在城的东门口。一个郑国人对孔子弟子子贡说："东门外有一个人，额头像唐尧，脖子像皋陶，双肩像子产。可从腰往下，比禹还短三寸。看样子他可真狼狈啊，活像一只丧家之犬。"子贡把话原原本本地告诉了孔子，孔子却笑着说："说我长得如何那倒是小事，说我当时像是一只无家可归的狗，那可真是不假啊！"

孔子到陈国，有只鹰落在陈国的宫廷里死了，身子被一支楛木箭射穿。箭头是石质的，箭长一尺八寸。陈湣公让人去询问孔子箭的来历，孔子说："这只鹰来得可远哪！这是肃慎人的箭。从前周武王灭了商纣，命各少数民族供奉各自的特产，肃慎人就献上了这种楛木箭，长一尺八寸。周武王为表彰其美德，就把这箭赐给了长女太姬。太姬后来嫁给了虞胡公，封地就是陈。当初，武王把珍宝分给同姓诸侯，是为了使亲族关系密切；分给异姓王珍宝，则是为了让他们臣服。这也是把肃慎箭分给陈国的原因。"陈湣公派人去旧府查找，果真找到了这种箭。

孔子在陈国居住了三年，由于陈国常被周边国家欺负，孔子就对弟子们说："咱们还是回家吧！"于是，孔子和弟子们便离开了陈国。

离开陈国后经过蒲地，蒲人把孔子扣留了。孔子有一个名叫公良儒的弟子，勇猛过人，他和蒲人打得异常激烈，蒲人害怕了。他们对孔子说："你如果不去卫国，我们就放了你。"孔子答应了他们的要求，他们便放了孔子。可孔子还是去了卫国。子贡问孔子："君子能违背诺言吗？"孔子说："被威逼之下说出的诺言，鬼神是不会听的。"

孔子虽然到了卫国，可卫灵公已经老了，政事懈怠，不重用孔子。孔子喟然长叹："若是用我，一年就可见成效，三年就可以使卫国兴盛啊！"无奈之下，孔子只好离开了卫国。

孔子不被卫君重用，便想到晋国去见赵简子。在黄河边上，孔子听说晋国的两个贤人被赵简子杀死，估计自己到了晋国也不会被赵简子重用，就又返回了卫国。

一天，卫灵公向孔子询问用兵布阵之法。孔子说："祭祀之类的事情，我多少还懂一些；要说行军打仗，我可从未学过。"第二天，卫灵公又邀孔子谈话，恰好天上飞过一行大雁。卫灵公只顾抬头看天上的大雁，不再搭理孔子。孔子感到十分失望，就又去了陈国。

鲁哀公三年的秋天，季桓子得了重病，临终前他对他的长子康子说："过去鲁国也曾几度兴盛，后来由于我得罪了孔子，就不再兴旺了。我死后，你将成为鲁国的宰相，那时，你要把孔子召回来，和你一起辅佐国君。"

过了几天，季桓子就死了，康子继宰相之位。他想召孔子回鲁国，可公之鱼却对他说："过去我们对孔子没有一用到底，遭到了诸侯的耻笑；如今又要召他回国，如果仍旧不能一直重用他，我们还会被耻笑的。"康子问："那我们用谁呢？"公之鱼就向他推荐了孔子的弟子冉求。康子派使者请冉求回国，孔子对冉求说："鲁国召你回去，恐怕是要重用你啊！"

冉求走后，第二年孔子就从陈国去了蔡国。又过了一年，孔子又从蔡国去了叶国。一天，叶公向子路打听孔子的为人，子路没有告诉他。孔子听说后对子路说："由啊，你为何不告诉他孔子是一个刻苦用功、诲人不倦、发愤忘食、乐以忘忧、不知道自己已经年老了的人啊！"

此后不久，孔子又离开叶国去了蔡国。长沮、桀溺二人正在耕田，孔子看出他们是隐居之人，就派子路去向他们打听渡口的位置。长沮问子路："车上坐着的那个手拉缰绳的人是谁呀？"子路说："他是孔丘。"长沮又问："是鲁国的那个孔丘吗？"子路说："是的。"长沮听后便说："那他应该知道渡口在哪儿呀！"桀溺又问："你是孔子的徒弟吧？"子路说："是的。"桀溺就说："如今天下动荡，谁也无法改变这种局面。与其四处逃避乱臣昏君，还不如当个隐居之人。"说完就不再搭理子路，埋下头去继续耕田。子路回去后，把长沮、桀溺说的话告诉了孔子，孔子惆怅地说："人怎么能成天和鸟兽生活在一起，如果天下国泰民安，我也犯不着去改变它呀！"

后来，有一天子路在路上遇见一个背草筐的老人，就问他："你看见我的老师了吗？"老人问子路："一个从不劳动、连五谷都分不清的人还配叫先生吗？"说完，便再也不理会子路了。子路把这件事告诉了孔子，孔子说："这又是一个隐居的高人啊！"再去寻找那位老人，老人却早就不见了。

吴国攻打陈国，楚国派兵去陈国救援。听说孔子正在陈国和蔡国的边境，楚国就派人去聘请孔子。陈、蔡两国的大夫们听说了这件事，就聚在一起商量对策。他们认为，孔子虽然停留在陈、蔡两国之间，但两国大夫们的所作所为都不合孔子的意。如今楚国来聘请他，若是他去辅佐楚国这个大国，那么，陈、蔡两国主政的大夫们可就危险了。于是，他们就派人把孔子一行人包围在了旷野之中。后来，孔子派子贡到楚国，楚昭王派大军来接孔子，才为孔子解了围。

楚昭王想赐地七百里给孔子，楚国的令尹子西不同意。他问："大王派去各国的使臣有跟子贡差不多的吗？"

"没有。"

"辅佐您的宰相有跟颜回差不多的吗？"

"没有。"

"您有像子路这样的将帅吗？"

"没有。"

"您的地方官有像宰予的吗？"

"没有。"

子西接着说："楚国的祖先是周朝分封的，爵位不过子男，封地也不过五十里。孔子这个人讲授三皇、五帝的治国之道，提倡建立周公、召公那样的业绩，您若是任用了他，那楚国还能世世代代拥有方圆几千里的土地吗？再说，当初文王在丰、武王在镐，封地都不过百里，可最终却一统天下。如果孔子得到这么大一块封地，又有贤明弟子辅佐，恐怕这不是楚国的福气啊！"昭王听后，便打消了原来的念头。

楚国有一个装疯隐居的高人名叫接舆。一天，接舆唱着歌从孔子身边经过，他在歌中唱道：

"凤啊！凤啊，你品行为何这样低下！

过去的已无法挽回，未来的却要做好准备。

没希望了，算了！

当今从政的人都很危险呀！

孔子下了车，想和接舆搭话，接舆却飞也似的走掉了，把孔子晾在了一边。

孔子生活的时代，周朝已经很衰落了。礼崩乐坏，《诗》《书》典籍也残缺不少。孔子便遵循三代的治国礼仪，作《书传》，上起唐尧、虞舜，下至秦穆公，按历史过程编排史事。

孔子考察了夏、商两代典章制度的增删情况，然后深有体会地说："这些制度虽说已隔百代，但仍旧是或文采华丽，或质朴无华。周朝参照两代制定的典章真可谓是包罗万象、光彩照人啊！我遵从周代的典章法礼。"

孔子还对《诗经》进行了重新整理。古代流传下来的诗有三千多篇，孔子从中选择了适合礼义教化的那部分，然后把这部分入乐歌唱，力求能合乎韶乐、武乐或是朝廷高雅的音乐。

孔子晚年很喜欢研究《易经》，他翻来覆去地研读，把系书的牛皮绳都磨断了三回。他说："要是我还能多活几年，那我就能体会到《易》的精髓了。"

孔子教授诗书礼乐，弟子有三千人，能够精通六艺的有七十二人。像颜浊邹那样受过孔子教导，却没有正式入学的人还有很多。

孔子吃饭时也很讲究，如果鱼不新鲜，肉已变味或是切得不合规矩，他都不吃。就座时，一定先把座位摆正才坐下。跟带孝的人同桌吃饭，孔子从不吃饱，只是稍吃一点，以示哀悼之情。

孔子说："有三个人一同走路，那里面一定有一个人可以当我的老师。"

他还说："不修养德行，不钻研学问；见到正义的事不马上做，有了缺点和错误不知道改正，这些都是我所担心的啊！"

孔子从不谈论有关怪事、暴力、叛乱、鬼神这类事情。

孔子的弟子们都很钦佩孔子。子贡说："先生的文章，我欣赏过的不算少了，要是能听先生讲讲有关天道和性命的道理，那该有多好啊！"颜渊也曾深有感慨地说："先生的形象真是越看越高大，先生的学问真是越钻研越深奥，我永远也无法赶上他啊！"住在达巷里的人们都称赞孔子说："孔子真了不起！他学问广博，样样精通，只不过还没有成名罢了。"

鲁哀公十四年春天。王公贵族在大野狩猎。叔孙氏的车夫捕获了一只怪兽，以为不吉利，去问孔子怪兽是什么。孔子看后说："是麒麟啊！"又说："黄河里再也不会有神龙驮着八卦图出现了，洛水里也不会再有鬼神背着洛书浮出水面了，我人生的路也要走完了。"

第二年，子路在卫国死了，孔子也生了重病。一天，子贡来看望孔子，孔子正拄着拐杖在门口散步。一见子贡，孔子就说："赐啊！你怎么来得这么晚呀！"说着，他叹了口气，接着唱道："泰山就要崩塌了！梁柱也要断折了！有聪明才智的人要死了！"伴随着凄楚的歌声，孔子泪流满面。他又对子贡说："天下乱了很久了，但世人都不采纳我的治国主张。夏朝人死后葬在东阶，周朝人死后葬在西阶，殷朝人死后葬在门前的两个门柱之间。昨天晚上，我梦见自己坐在两柱之间被人祭奠，我大概算是殷人吧？"

七天后，孔子真的死了，享年七十三岁。孔子死后被安葬在鲁城北面的泗水边上。孔子的弟子们都为孔子守孝三年，三年期满才洒泪而别。只有子贡哀思难尽，就又留下来为孔子守了三年孝。

后来，孔子弟子和鲁国人有一百多家先后迁到孔子墓附近居住，人们因此把这个地方称为孔里。孔子生前住过的房子后来被改建成了孔庙，陈列着孔子坐过的马车、穿过的衣服、用过的书籍等物品。鲁国人每年按时去孔子墓祭祀，读书人也前去讲授儒家礼仪，世世代代，至今从未间断。

三十一、大泽乡起义

中国历史上第一次农民起义的领导人陈胜是阳城人，吴广是阳夏人。

陈胜年轻时很穷，以帮人家耕田种地为生。有一天，他干活累了，和同伴坐在田埂上休息，心里十分不痛快。别人有地，有饭吃，而自己却要累死累活地替别人干活，还吃不饱肚子。于是他就对身边的同伴说："将来如果谁要是富贵有钱了，可不要忘了大家啊！"同伴们笑话他说："别做梦了，我们只是替别人干活的人，哪能有什么富贵呢？"陈胜一听，不禁叹口气说："你们真是目光短浅的人，一点志向都没有，我陈胜可非要干出一番大事业来不可。"大家都很佩服陈胜有志向。

秦二世刚刚登上王位的那年夏天，由于士兵不足，朝廷下令调征住在闾左的穷人到渔阳去守卫边塞。陈胜和吴广也被征调，还担任屯队的队长。屯队是秦朝时军队的编制，一屯有几十个人。

由于是夏天，天一直下着大雨。当他们路经大泽乡时，雨更大了，把路都给淹没了，无法通行，只得停下来驻扎在大泽乡，想等雨停了再走。但是雨老是不停，眼看守边的日子就要到了，按照秦朝的法律，误了期限是要被斩首的。但雨一直不停，队伍无法前进，看来肯定是不能按时到达渔阳了。

陈胜一想这么多的人都要因为这倒霉的雨而被砍头，不是太无辜了吗？于是他和吴广商量："误了守边的期限是要被处死的，眼看这么多的人都要被杀死，我心里真难受啊！朝廷的爪牙也多，我们逃跑也没有活路。与其这样任人宰割，我们不如揭竿而起，造反算了，大家活着也是备受欺侮，这样即使死也死得有价值。"

"对，咱们起义算了，大不了是一死，反正咱们已经是没有活路了。大家都是穷苦人，受朝廷的苦已经很久，早就忍无可忍了。不过，我们具体应该怎么办才好呢？"吴广虽然同意，但是又有点顾虑。

陈胜就把自己事先想好的主意告诉吴广说："我听说现在的皇帝秦二世是秦始皇的小儿子，按理他是不该做皇帝的，做皇帝的应该是公子扶苏。扶苏因为多次直言劝谏，被秦始皇赶到外地去了。后来因为秦二世想做皇帝，就把扶苏给害死了。但百姓因为十分痛恨秦二世的暴政，就都认为公子扶苏并没有死，有一天他还会卷土重来。我们可以假借公子扶苏的名义号召天下。另外，原来楚国的将军项燕，一生功劳盖世，又十分爱护士兵，楚地的人们都很爱戴他。现在也不知道是死是活，我们也可以打着他的旗号，只要有带头人，起来响应的人一定不少。"

吴广完全赞成陈胜的计划。古代人在做事之前，有先问吉凶的习惯，所以他们两人商量妥当后，又去找算卦先生去算命。算卦先生猜出他俩的意图，鼓励说："你们的事情准能成功，可以建立功业，然而你们向鬼神问过吉凶吗？"陈胜、吴广听了很高兴，明白算卦先生的意思是让他俩先借鬼神在众人之中取得威望。

陈胜、吴广于是找来一块丝绸，用朱砂写了"陈胜王"三个字，偷偷塞在人家刚捞上来的鱼肚子里。士兵把鱼买回来煮食，发现了鱼肚里的字条，议论纷纷，以为是神仙显灵了。

陈胜又让吴广趁天黑到营地附近的破庙里点起火堆，学着狐狸的叫声，大叫道："大楚兴，陈胜王！大楚兴，陈胜王！"士兵们看见火光，听见叫声，都惊奇不已。天亮后，大家三五成群，交头接耳，用惊异的眼光看着陈胜。

吴广见军心开始动摇了，趁着官府派来领队的营尉喝醉，故意多次扬言要逃走，借以刺激营尉，使他生气而当众侮辱自己，来激起大家的不平。营尉果然发怒了，并用鞭子狠狠地抽打吴广，后来又想杀死吴广。吴广就乘机夺过剑，将营尉杀了。陈胜也赶过来，将另外两个营尉杀死。围观的士兵被这突如其来的变故惊呆了。这时只见陈胜跳上土台，对士兵们大声说："弟兄们，我们遇上大雨，已经延误了行期，到了渔阳就会被处死。就算不死，大家也会因为守卫边关而死。反正都是一死，还不如我们反啦，成就一番事业，也不枉活一生……"

"我们听你的！我们听你的！"士兵们举起兵器一片欢呼。于是陈胜自己为将军，吴广为都尉，打着公子扶苏和项燕的旗号举行起义，攻打大泽乡，挺进附近的郡县。

不久，陈胜自立为王，国号张楚，各地人民都纷纷起兵响应。中国历史上第一次农民大起义就这样轰轰烈烈地开展起来了。

三十二、谋士张良

刘邦手下有名的谋士张良，其先祖原是韩国的贵族，祖父和父亲都做过韩国的相国。在张良还很小时，韩国就被秦国给灭掉了，所以他不曾在韩国做过官。韩国灭亡之后，张良变卖了全部家产，招募刺客，打算刺杀秦始皇，为韩国报仇。

后来，他在东夷找到一个答应替他刺杀秦始皇的大力士，张良就为他特意定做了一个重一百二十斤的大铁锤。秦始皇到东边来巡游时，张良就和大力士暗中埋伏，在博浪沙袭击秦始皇，结果误中了一辆随车。秦始皇大为震怒，下令在全国各地大力搜捕刺客。张良只得改名换姓，躲藏在下邳一带。

有一天，张良闲着无事，就到处闲逛，经过一座桥时，看见一位老人身穿粗布衣衫，形容矍铄、神采奕奕地向他走来。当老人走到张良身边时，故意让一只鞋子掉到桥下，然后很傲慢地对张良说："喂，小子，下去替我把鞋捡上来。"

张良惊愕地看着面前这个老头，心想："这个人太无礼了！我又不认识你，为什么叫我给你捡鞋。"但是转而又想，他是一位老人家，自己不该与他计较。于是跑到桥下，将老人的鞋子捡了回来。

可老人又说："很好！把鞋给我穿上吧！"老人就像命令自己的孩子一样命令张良。

张良心想鞋都给他捡回来了，再给他穿上也没什么。于是张良就跪在地上，替老人家穿上了鞋。鞋穿好后，老人连谢都没谢一声，转身就走了，一边走一边哈哈大笑。张良望着老人的背影，心里纳闷："这老头好奇怪呀！"就一直愣在那里。

过了一会儿工夫，老人又回来了，神秘地对张良说："我看你将来一定会有出息，但是还需要别人的指点，就让我来教你吧！五天后天亮时分，我们再在这里相见。"张良见这位老人行为做事十分奇特，知道他不是一个一般的人，就答应了。

第五天天一亮，张良就来到那座桥上，发现老人早已到了。老人很生气地对张良说："与老人相约见面，怎么可以迟到呢？"说完掉头就走，边走边说："五天后，早点来会面。"

又过了五天，张良一听见鸡叫，就赶紧起床来到桥上，可还是迟到了，老人又生气了，让他过五天再来。

这一次，张良不到半夜就出发了，在桥上等了一个多时辰，老人才缓缓走来。

老人见张良早已等候在那里，便笑逐颜开道："这样做才对嘛！"说完，老人伸手从怀中掏出一本书，神情严肃地对张良说："这是一本宝书，熟读它，可以成就一番大事业！我看你是一个有为的年轻人，才将书送给你。十年后，你就会功成名就的。十三年之后，你可以到济北来见我，找到谷城山下的一块黄石，那就是我。"老人说完以后，就走了，张良从此以后再也没见过他。

等到天色大亮以后，张良打开书一看，原来是本《太公兵法》。拿回家后，日夜诵读。后来，终于成为辅佐刘邦成就帝业的重臣，这是后话。

十年后，陈胜、吴广等人起兵抗秦，张良也召集一百多人，准备起义。后来听说景驹在留县自立为楚假王，张良就想去投奔他，但在途中遇到了刘邦。此时刘邦手下已经有好几千人了，并且攻下了下邳以西的大片土地。于是张良就跟着刘邦，成了刘邦的幕僚。张良多次运用《太公兵法》中的道理向刘邦献策，刘邦都十分欣赏，常常采纳他的计策。而当张良向别人讲《太公兵法》时，别人却都不懂。因此，张良就一心一意跟着刘邦，不再想去投奔景驹了。

等到刘邦打到薛的时候，见到了另一个起义领袖人物项梁，此时项梁正拥立楚怀王。张良就趁机劝项梁说："你已经拥立了楚国的后人来争取楚地的百姓，韩国还有一位公子横阳君韩成，也十分有威望，可以立他为王，以赢得更多的人的支持。"项梁就派张良去找韩成，立他为韩王，并让张良做韩国的司徒，随韩王带领一千多人，向西去攻打原来韩国的地盘。他们虽然攻下过好几座城镇，但又常被秦兵夺回去，因而韩兵就在颍州一带来回打游击。

后来，刘邦从洛阳准备进入关中时，韩王带兵去与刘邦会合，合力打垮了秦将杨熊的部队。刘邦让韩王留守在阳翟，自己带着张良一同向南进攻，攻下宛城后，向西进入武关。刘邦想派两万人的大军去攻打驻守峣关的秦军，张良说："秦的军队，还很强大，不可以轻视啊！峣关的守将是一个卖肉人的儿子，这种市侩之人，用金钱就可以收买了。我们最好是先坚守阵地，而另外派出一支先头部队，准备五万人的粮饷，并且在峣关四周的山头上多多张挂旗帜，作为疑兵。同时，让郦食其带着礼物，去收买秦将。"

经过郦食其一番游说，秦军守将果然投降，表示愿意与刘邦一道西进，偷袭咸阳。刘邦想采纳这个建议，但张良说："秦朝将领虽已投降，他们手下的士兵不一定心服。如果士兵不听命令的话，那必然是心腹大患。不如乘敌人麻痹的时候，袭击他们，只有这样才能确保万无一失。"

刘邦就领兵去攻打那些秦兵，将他们打得落花流水，一直把剩下的败兵追到咸阳附近的蓝田。经过最后一次决战，秦军完全崩溃了。秦王子婴无奈，只得出城向刘邦投降。

刘邦进入咸阳后，见秦朝的皇宫有许多美女和金银财宝，就留下来住在里面。樊哙见状，劝刘邦搬到宫外去住。但是刘邦不听。张良就对刘邦说："正因为秦朝的皇帝无道，你才会攻下咸阳。今天你刚进入咸阳，就想要安享荣华，这与无道的秦二世有什么区别呢？'忠言逆耳利于行，良药苦口利于病'，你要吸取教训啊！"刘邦这才领兵回到霸上。

这时项羽也从函谷关外进入关中地区，并驻扎在鸿门。他见秦二世已经投降，就想发兵去攻打刘邦，争夺天下。项羽的叔叔项伯曾经在下邳犯了杀人罪，幸亏得到张良的帮助，才得以保住性命。所以项伯一听说项羽要攻打刘邦，就连夜跑到刘邦的军营中，去见张良，让他赶快和自己走，免得在乱军中丢了性命。可张良是一个仁义的人，不肯置刘邦于不顾，就把情况告诉了刘邦。后来又把项伯带去见刘邦，刘邦对项伯大肆奉承，与他结为亲家。后来经过项伯在项羽面前为刘邦说好话，项羽才没有去攻打刘邦。这一切都是张良的功劳。

第二年，项羽自立为西楚霸王，又封刘邦为汉王，让他统领巴蜀等地。后来刘邦又得到汉中地区。尽管这样，刘邦还是没有足够的实力与项羽抗衡，不得不处处顺从项羽。所以当刘邦启程要到自己的封地去的时候，张良就对他说："大王何不烧掉你走过的栈道，这样不但可以向天下人表示你没有向东扩张的意图，还可以稳住项羽。"于是刘邦就边走边把自己走过的栈道给烧了。

与此同时，张良向项羽报告说汉王刘邦把自己的后路都给断了，可见他对你是多么忠诚啊！项羽是个大老粗，就不再担心刘邦，放心地出兵去攻打北边的齐国。

汉王刘邦在平定三秦后，力量强大了，封张良为诚信侯，然后带着张良向东出发，去攻打项羽。汉军在彭城被项羽打败，刘邦率军撤退到下邑休整。刘邦靠着马鞍问张良："我现在力量太分散了，想放弃函谷关以东的土地，把它封赏给别人，以此拉别人与我一起联合去攻打项羽。你看应该联合谁呢？"张良回答说："九江王黥布，本来是项羽手下的一员猛将，但是同项羽之间有隔阂；彭越也正反对项羽，这两个人可以联合。而您这边呢，有韩信独当一面。所以如果您真要把关东的土地送人，就给这三个人，那么也就可以打败项羽了。"刘邦于是派随何去游说九江王黥布，还叫人去联合彭越。等到魏王豹背叛刘邦，刘邦就叫韩信带兵进攻魏王，顺势也就夺取了燕、代、齐、赵。刘邦最后打败楚国，其实主要靠这三个人的力量。

张良由于体弱多病，从没有独自带兵打过仗，但他一直跟在刘邦左右，为他出谋划策。所以后来刘邦平定天下，开始封赏功臣时，就对大臣们说："张良的功劳是很大的，他运筹帷幄，决胜千里，这是没有人比得了的。所以我打算把齐地的三万户封邑封给他。"

张良连忙推辞说："我当初逃亡在下邳，有机会在留这个地方遇到陛下，这是老天爷让我跟着陛下啊！陛下英明神武，采纳了我的意见，完全是老天爷的安排。所以我只要留地就足够了，不敢接受三万户的封邑。"

刘邦见张良不居功自傲，对他十分钦佩，也就不再坚持，就封张良为留侯。接着刘邦又封赏了二十几位有功之臣。可是其余的人，却因为功劳的大小问题，争论不休，弄得刘邦心烦意乱，坐卧不安。

一天，在洛阳的南宫里，刘邦从阁道上望见许多将领三三两两地坐在沙地上窃窃私语，觉得奇怪，就问张良："他们在说什么呀？"

张良不安地说："陛下难道不明白吗？他们在商量谋反的事呀！"

刘邦一听大惊失色道："天下刚刚好不容易安定下来，为什么又要造反呢？"

张良提醒他说："皇上原来只是一个普通的老百姓，靠这群人才打下了江山；而现在您贵为天子，封赏的都是平时您喜爱亲近的萧何、曹参等人；杀的都是您平常怨恨的人。现在将军们计算功劳，认为并不是每个人都能得到封赏，他们又怕因为以前的过失而被诛杀，所以就聚在一起讨论如何造反啦！"

刘邦一听，一下子就不知所措了："这，这该怎么办呢？"

张良则淡淡地说："皇上不用太担心，我已经有办法了。"

"快说给我听！"刘邦急不可耐地说。

"群臣们是否都知道您平时最恨的是哪个呢？"

刘邦不假思索地说："当然是雍齿啦！此人与我有旧仇，曾经多次羞辱过我，我一直都想杀了他。可是他的功劳大，我又不忍心杀他。这件事朝中上下无人不知！你为何要明知故问呢？"

张良霍地站起来说道："皇上，我的计策就在雍齿身上啊！现在您赶快先封赏雍齿，给群臣们做个样子，对像雍齿这样皇上所痛恨的人，皇上都能不计前嫌，给他封官晋爵，别人还会有什么顾虑呢？他们一定会心平气和地解除顾虑，也就不会造反了!"

于是，刘邦下令摆设酒宴，召集文武百官，当众宣布封雍齿为什方侯，并且又催促丞相、御史赶快论功行赏。

酒宴散后，大臣、将军们无不欢天喜地，奔走相告："雍齿尚且封侯，我们还担心什么!"

待朝中一切事务安顿下来后，张良由于身体一直不好，就闲居家中养病，一年多足不出户。

直到有一天，吕后的哥哥吕泽来找他，让他为吕后出一个主意保住太子。

事情原来是这样的：太子是刘邦的皇后吕后所生。可是后来刘邦不再喜欢吕后，而宠信年轻的戚夫人。戚夫人生有一个儿子，叫刘如意。刘邦就打算废掉吕后所生的太子，立刘如意为太子。吕后听到风声，急得如热锅上的蚂蚁，惶惶不可终日。有人就向吕后建议说："为什么不去找张良呢？他的话皇上最愿意听啦!"

于是吕后就叫吕泽来找张良。吕泽对张良说："你是皇上最器重的大臣，皇上对你言听计从。现在皇上要改换太子，事关朝廷江山的安危，你怎么能袖手旁观呢？"

张良微微一笑，说道："从前，打仗的时候，皇上对我的话确实比较爱听；可现在天下太平了，皇上换不换太子，那是他个人家里的事，即使我去劝他，又有什么用呢？"

吕泽见状，只得苦苦哀求说："请你给出个主意。"

张良只好说："此事也不是没有办法。皇上有四个想用又用不到的人：东园公、绮里季、夏黄公和甪里先生。他们四人都是当朝的圣贤，因为对皇上有看法，所以躲在深山中，不愿侍奉皇上。而皇上对这四人是十分尊敬的，如果你不吝惜金银财宝，让太子写一封言辞谦恭有礼的信，去把这四位老人请出来，这对太子是十分有帮助的。照我的话去做就行了。"

于是，吕后就让吕泽带上金银玉器和太子的亲笔书信，去迎请这四位老人。吕泽果真把四老请到京城，并常常伴在太子左右。

不久，黥布反叛朝廷，而此时刘邦正在生病，就想让太子去领兵平叛。四位老人闻听后，互相商量道："我们来京城的目的是要保全太子的，现在让太子去带兵打仗，事情可就危险啦！"于是，他们就去对吕泽说："太子带兵打仗，如果有战功，地位也不会再升高；一旦无功而返，那么从此以后，太子就会倒霉的。而且跟太子去平叛的将领，都是与皇上一起打天下的老臣。这就像羊带领狼一样，他们会听太子的指挥吗？那太子一定会无功而回的。现在戚夫人日夜陪在皇上身边，皇上又经常抱着赵王如意说：'一定不能让那个不肖的儿子爬到我爱儿的头上。'很明显，皇上已经铁了心想让赵王代替太子之位。事不宜迟，你赶快去找吕后，让她在皇上面前说：'黥布是一代名将，极善用兵，而出征的将领都是陛下的老臣，太子怎么指挥得了？而且如果黥布知道了这个消息，不就更无所畏惧了吗？皇上虽然身体不好，但还可以乘坐车马出征呀。这样一来，那些老将们没有不尽力去平叛的。只有这样才有全胜的把握啊！'"

吕泽听完，连忙去转告吕后。吕后找了个机会，一把鼻涕一把泪地把四老所说的话向刘邦说了。刘邦被吕后闹得六神无主，生气地说："算了！我自己去。我早就知道你那个儿子不中用。"

一年之后，刘邦打败黥布回到京师，病情一天天地加重了，更换太子的决心也就更加坚决。大臣们无论怎样劝阻，他都不听。

四老眼看时机到了，便在一次酒宴上突然出现在刘邦面前。

刘邦看见太子身边的四位老人都八十多岁了，头发雪白，衣装打扮也很奇特，觉得十分怪异，就问太子这四位老人是什么人。

四老说："我们是东园公、绮里季、夏黄公、甪里……"

刘邦一听大为惊讶，说道："我访求几位好多年，几位都一直躲着我。为什么现在又和太子来往呢？"

四人一齐回答道："陛下本来就轻视读书人，我们又不愿受您的辱骂，所以只好躲了起来。但太子为人仁义孝顺，对人恭敬有礼，所以我们来投奔他。"

刘邦一听，长叹一口气道："唉，那就烦请四位好好扶持太子吧！"

四人见目的已经达到，便起身告辞离去。刘邦望着四人的背影对戚夫人说："有那四人辅助太子，太子的羽翼已成，恐怕是动不了！"就这样，从此以后刘邦再也不谈更换太子之事了。

而这一切都是张良的计策。后来，吕后曾亲自登门感谢张良。

三十三、饿死不食周粟

伯夷和叔齐是孤竹国君的儿子。二人都是圣贤之人，气节非常高。

孤竹君想将王位传给叔齐，有一天他召见伯夷，对他说："我年纪已老，等我去世，你要辅佐叔齐将国家治理好。"伯夷郑重地点头答应。

等到父亲去世，叔齐被推为王，他对伯夷说："按理说你是兄，王位应由你来继承。"

伯夷自然不肯接受，说："这是父亲的遗命，我们都应该遵守。"他怕叔齐不肯，就离家逃走了。

叔齐也不肯即位，也偷偷逃走了，国人只好另立孤竹国君别的儿子为王。

伯夷、叔齐两个人在逃跑的路中相遇，兄弟相见，唏嘘不已。两个人商量到哪里去，他们听说西伯昌对老人和善，在他那里可以安享晚年，就决定投奔西伯昌。可等他们到达的时候，西伯昌已经去世了。

这一天他们走在路上，忽然发现远方尘土飞扬，以为出了什么事。等到了近前才发现，原来是武王用车载着神主，说是奉了文王的遗命，结集天下英雄，共同讨伐纣王。

伯夷、叔齐交换了一下眼神，就上前按住武王的马劝谏说："我们讲究孝、忠，可不能空口白说。现在西伯刚刚去世，你尚没有安葬，却要先发动军队去打仗，这能说是孝子吗？再有，作为臣子，你要去弑杀国君，以下犯上，这能叫忠臣吗？"

两个人一左一右，不停地劝说，弄得武王心烦意乱。武王左右的人想杀掉二人，免得他们扰乱军心。

姜太公拦住他们说："他们也算是仁义的人啊！"于是命人将他俩搀扶下去。

武王正义之师终于杀死纣王，天下诸侯都归附了周朝，民心大安，路不拾遗，夜不闭户。

而伯夷、叔齐却以做周朝的臣民为耻辱，为了坚守节义，他们拒食周朝米粮，隐居在首阳山中。饿了，就采些野菜充饥，形如野人。后来，在快要饿死的时候，两个人作了一首歌，歌词说："登上那座西山啊，去采些薇菜。暴臣取代暴主，他尚不知自己的错误呢！神农、虞、夏的时代一去不复返了，我没那种命啊！现在叫我到哪里去呢？我的命运真是不幸啊！"

后来，伯夷、叔齐就饿死在首阳山中。

三十四、管仲遇贤助霸业

（一）

在春秋战国时代，各诸侯国之间经常争霸、打仗，百姓民不聊生。而诸侯国的实力强弱也每时都在变，往往昨天还是一个强国，明天就可能面临被瓜分的危险。

各国能够成就大业，首先要有贤君，而贤臣也必不可少。我们讲的管仲的故事就是一个贤臣助贤君的故事。

管仲是姬姓后代管严的儿子，名敬仲，又叫管仲，还称夷吾。他父亲在世时，家居颍水上游，就是今颍水县上方。但是，他从小很不幸，父亲去世早，他与老母相依为命，家境很穷困。

管仲年轻时，就与鲍叔牙交往很深，彼此了解对方性格。他们常合伙做事。

有一年，管仲与鲍叔牙合伙做买卖，鲍叔牙出钱，管仲负责经营，商定赚得的利润双方平分。管仲对此十分尽心，早出晚归，他们的买卖经营得很成功，管仲也赢得了鲍叔牙的信任。到年终分红时，利润分配由管仲掌握，他就给自己分了三分之二，而分给鲍叔牙三分之一，但鲍叔牙从不怪他。

这时，一个了解情况的人告诉鲍叔牙内情，鲍叔牙不仅没怨管仲，而且对那个人讲："不要再提这件事了，虽然我们当初商定各得利息的一半，但是管仲家境贫穷，我比他强，他多分点也是应该的。"从此，再没有人提及此事。

后来，管仲又给鲍叔牙做助手，替他出谋划策。

可是，他提出的很多办法那个时候根本行不通，也不切实际。鲍叔牙的家人就背地里说："这个管仲根本就不像老爷说的那样有才能，瞧他提出的计策，根本行不通。"

鲍叔牙知道后，立刻教育家人说："才能要遇时机而现。有的人有才能，然而没遇到有利的时机，所以显现不出来，你就可能以为人家没有才能；而有的人遇到好的时机时显身手，你就会认为他有才能，这都是不全面的。比如姜太公，遇到时机之前，是渭水钓鱼的老头儿；等到周文王礼贤下士，姜太公的才能才得以发挥，助武王灭纣，一展才华。"听后，家人不再说管仲有才无才之事了。

后来，管仲不在鲍叔牙家做事，他想成就一番事业。他曾经做过好几国的小官，总是领兵打仗，然而到关键时刻，他又总是败逃而归。最终被国君驱逐。

很久之后，管仲又随鲍叔牙到齐国。这一次，两人侍奉不同之人。鲍叔牙侍奉齐国公子小白，管仲侍奉公子纠。不久，齐国发生内乱，公孙无知领兵杀了齐襄公，自立为齐君。两位公子只能逃出齐国避难。鲍叔牙与公子小白逃到莒国，管仲与公子纠逃到鲁国。

齐国的内乱平定之后，两位公子都要回国做国君。公子小白在鲍叔牙的帮助之下，抢先回到齐国，被立为国君，就是后来有名的齐桓公。而鲁庄公派兵护送公子纠回齐国迟了一步，在回国路上被齐桓公和鲍叔牙截住了退路，结果鲁军被打败。这时，管仲掩护公子纠先逃跑，提出要与齐桓公当面对话，待齐桓公出来，他用箭射齐桓公，但是没射中咽喉，只射中了桓公腰间大带的铜钩。桓公装着受伤，瞒过管仲。齐桓公虽然没受伤，但对此却非常愤怒。

战后，齐桓公派鲍叔牙去处理战后事情。鲍叔牙对鲁庄公提出两点要求：一是公子纠是齐君的亲兄弟，齐侯不能亲手杀他，请鲁庄公将其处死；二是随同公子纠的管仲、召忽等是齐侯仇人，请鲁君将人交出，押解回国。

由于鲁军战败，庄公无法，在生窦那个地方将公子纠处死，召忽听说后也自杀身亡。但管仲提出让鲍叔牙将自己捆绑起来，送回齐国治罪。鲍叔牙答应了他的请求，用囚车囚禁管仲，送给齐国。但是，一到齐国境内，就立即打开囚车，放出管仲。

回到都城，鲍叔牙向桓公进谏说："管仲的才能比我强很多，可以让他来辅佐君王。"齐桓公恨恨地说："我可以对他射我之仇既往不咎，但绝对不能再用他来辅佐我。有你做我的丞相，已经足够了。"

鲍叔牙立刻推辞："我与管仲之间有太多差距：与民众联系并予之恩惠，我不如他；治国而不失国之权柄，我不如他；制礼仪而传之天下，我不如他；亲临阵前，鼓舞军心，我不如他。这几个方面我都不如他，假如国中有他，岂不更好？"桓公仍然摇头："尽管如此，国中有你为相，加上有高傒帮助，一定能治理好的。"

鲍叔牙见桓公如此固执，就只有另想办法。有一天，他趁桓公高兴，就又说："君王要只是为了治好齐国，那么有我和高傒两个人就足够了。但假如您想称霸的话，就非管仲不可。管仲在哪国哪国就兴旺，这些您已经看到，这样的人才可不能失掉呀！"齐桓公权衡利弊，终于采纳了鲍叔牙的意见，任用管仲为丞相。

管仲当上齐国丞相后说："当初我穷困的时候，曾经和鲍叔牙做生意，后来都是我一个人负责。分利润时，我多拿而少给他，鲍叔牙没有说什么，他知道我贫穷啊；我曾给鲍叔牙谋划事情，可是能力有限，但鲍叔牙不认为我愚蠢，知时机有利与不利的缘故；我曾三次做官三次被国君驱逐，但鲍叔牙不认为我没才，认为我不逢时；我曾三战三逃，但鲍叔牙不认为我卑怯，知我有老母无人奉养；公子纠失败，召忽为子纠而死，我被囚受辱，但鲍叔牙不把我看作无耻之徒，知我不羞小节，却以功名不显于天下为耻辱。生养我的是父母，而了解我的却是鲍叔牙啊！"

鲍叔牙把管仲推荐给齐桓公，自己官位居于管仲之下，他的后代也大多是有名的大夫。天下的人不称道管仲的才能，而多称赞鲍叔牙是识人之"伯乐"。

（二）

齐桓公同意了鲍叔牙的意见，任命管仲为相。国内有鲍叔牙与高傒二人，现在又有了管仲，他认为定能将齐国治理得很好，于是他把治国大任全交给管仲，放手让他去干。

由于齐国发生内乱，百废待兴。过了很长时间，齐桓公仍未发现有什么动静，他问管仲："齐国政治什么时候才能达到顺善的地步？"

管仲就直言说："臣下地位卑微，而齐国贵族很多。所谓

'贱不治贵'，我怎能治了这些贵人呢？若不能治贵族，齐国政治又怎能顺善？"

齐桓公恍然大悟，于是任命他为上卿。可是过了一段时间，齐国仍然是老样子。齐公又问管仲怎么仍不见齐国政治顺善，说："相国已是上卿，在齐国除我一人之外，您是最高贵的官吏，还怕有什么人会阻挡您治理齐国吗？"

管仲答："对贵人我无所畏惧。但臣下是贫穷的人，君王可知'穷不治富'，这是不能顺治的一个重要原因。"桓公于是将齐国市场的税收全赐给管仲。管仲有了税收，可以富比齐室。但是，虽贵为上卿，又富可敌国，这些都是君王所赐，可以随时封，也可以随时撤。

可是，管仲仍一如既往，齐国不见丝毫起色。桓公第三次质问管仲，到底什么原因，仍不见动静。

管仲答道："跟君王关系的亲疏问题也要考虑。关系远的人自然不能控制近的人，这是常理。臣下虽然贵过他人，也富甲国家，然而如果没有君王亲近，也是枉然。"

桓公仔细考虑，觉得甚为有理，于是封管仲为仲父。这下管仲有了贵、富、亲之权，就开始实施治国的一切方案了。

由于齐国小，又处在东海边上，地理位置有一定的限制，于是管仲就发展工商业，积聚钱财，以使国家富足，军队强大，并且与人民和谐相处。

他在所著《管子》中提到："仓廪实而知礼节，衣食足而知荣辱，上服度而六亲固。四维不张，国乃灭亡。下令如流水之源，令顺民心。"

意思是：仓廪中装满米谷，百姓不愁吃喝，才会顾虑到礼节；衣服食物丰足了，人们才能知道荣辱；在上位的人遵行礼度，父母兄弟妻子才能亲密团结；礼义廉耻若不能实行，国家就有可能灭亡。颁布的命令如同有源的流水，那么政令就能顺合人民心愿。"

管仲凭借一个海上齐地，就使国家富强，人强马壮，人民守礼义而行。而且，他在执行政事的时候，擅长把本来有害的事变成有益的事，把本来要失败的事转化为成功的事；重视衡量轻重法度，审慎对事情的权衡。

齐桓公生蔡姬的气，要南下袭击蔡国，管仲却劝桓公讨伐楚国，斥责楚国不把菁茅朝贡给周室；桓公要北面征讨山戎，管仲就劝燕国重修召公时的政治；齐鲁两国在柯地会合时，齐桓公想背弃他与曹沫所签订的盟约，管仲劝他信守条约。

果然，在管仲的治理之下，几年之后，齐国就称霸于诸侯，桓公成为春秋五霸之一。

三十五、晏子识才名显诸侯

（一）

晏子叫晏平仲，也称晏婴，晏子是人们对他的尊称。

晏子是山东半岛东莱县夷安人。他在齐国做官，先后侍奉过齐灵公环、齐庄公先、齐景公杵臼三个君主。

晏子是一个十分节俭又谦逊的人，因此在三个朝代中都十分受重视，声名显赫。虽然他已经做了齐国的相国，但是在饮食上丝毫不讲究，他的饭菜里总是只有一样肉菜，他的妻妾们也从来不穿丝绸。而且，在朝廷上，国君若说到他的长处，他就立刻用谦辞推掉；国君要是说到他的过失，他则说国君十分了解他。

有一年，晏子出使晋国，走到中牟那里看到路边有个囚犯，这个人脚被绳拴着，不能跑，而且身上背着沉重的柴火，弯着腰，一步一步艰难地向前。晏子见那个人面相不善，不像一般服苦役的人，于是他就问道："你是什么人？为什么被绑？"

那个囚犯听到有人问他，抬了抬头，把帽子端正了一下，又把反穿的皮袄整理好，卸下背着的柴火，站在路边喘粗气，但就是不吱声。

晏子很纳闷："他怎么不说话？莫非没听见，还是他本来就听不见？"于是他又提高了嗓门问了一遍："在路旁喘息的是什么人？我是晏婴！"晏子想，假如我说出我的名字或许他会回答。

果然，那个囚犯听说是晏婴，忙回答道："我是越石父，因为犯了罪，被罚苦役。如果能不让我挨冻受饿，我愿意给你做奴仆！"

晏子知道越石父是一个贤明的人，当即解下左边的骖马，赎回越石父，并且与越石父同登一辆车，回到家中。

到家以后，晏子一句话也没说，就直接进入了内室。过了很久，越石父的耐心早已消耗掉了，晏子仍然没有出来，越石父心中十分不满，他提出诀别。

听到越石父说要告辞，晏子很惊讶，连忙整理好衣服、帽子，向越石父谢罪说："晏婴虽然德行浅薄，可是把您从困厄中解救出来，让您休息了一日，您为什么这么快就要离去？"

越石父说："话不能这样说，您救我于危困之中固然很好，可是我听说君子对于不知己的人，可以委曲求全，不提其他；而对于知己的人，要采取诚恳老实的态度。当初我被拘禁为人奴仆的时候，那些人不了解我，我屈从他们是必要的。夫子既然了解我，把我赎出来，您便是我的知己。但假如知己的人竟然对我无礼，倒不如仍做奴仆了。"

晏子听了，觉得十分有礼，于是把他领入内室做上宾看待。

（二）

作为一国之相，经常会与他国打交道，所以晏子总是出使到别国去。而到别国去，自然少不了车马。

有一次外出，晏子车夫的妻子在门缝间偷偷看她的丈夫。结果她发现自己的丈夫替相国驾车，精神抖擞，意气风发，显得十分得意和自满。

等到车夫回到家里，他的妻子请求离去。他十分惊讶，慌忙向妻子说："我给相国驾车，也是一件美差，虽然不是十分显赫，但至少也可以借相国之名而名闻乡里，你又为什么非要离去呢？"

他妻子说："今天我观察相国出行，他志向远大。虽然他身高不到六尺，却已经担任齐国相国。然而他却不因地位高、权势重而骄傲，总是十分谦卑。而你虽然是身高八尺的大汉，只能做人家奴仆，替人家赶车，却还那么得意满足，借此显示你的威风，真是不知天高地厚。女流之辈尚且知羞，你却不知道，所以我要离开你。"

车夫经过妻子的一番痛斥，猛然警醒，对妻子说："我以后一定改掉自己的毛病，恪守本分，请你不要离去。假如我仍未悔改，你到时再走也不迟啊！"

他妻子见他有悔改之意，也就不提离去的事了。果然从那以后，车夫努力抑制自己，不再像以前那样骄傲和得意了，只是老老实实驾车。

晏子对车夫的变化感到奇怪，就询问原因，车夫把真实情况告诉了晏子，晏子便推荐他做大夫。

（三）

齐庄公是一个无道的昏君，以前同棠地的大夫的妻子棠姜通奸。后来，崔杼娶了棠姜，齐庄公又到崔杼家去找棠姜，久而久之，就开始不得民心。

而崔杼是一个野心家，很早就想弑君夺权。于是，在庄公又一次到自己家勾引棠姜的时候，把庄公杀掉了。

晏子知道后，到崔杼家中，伏在庄公尸体上大声痛哭，完成了君臣礼仪便离开了。他既不替国君报仇，也不支持崔杼。

所以，司马迁在写《史记》时说："晏子进谏国君，当面冒犯他，这不就是我们所说的上朝办公就想着忠心侍奉君主，下朝回家就想着要补救过错吗？假使晏子现在仍然活着，我就是拿鞭子替他赶车，也心甘情愿啊！"

三十六、兵家孙氏名扬天下

在春秋战国时代，各诸侯国为争雄天下，经常发动战争。战争需要有能够领兵打仗的兵学家及将领，我们要讲的故事就是两位伟大的兵学家的故事。

（一）

孙子名武，是齐国人。他十分擅长研究兵法，名气也很大。有一次他把自己所著的兵法进献给吴王阖庐，阖庐看了之后觉得不错，大加赞赏，于是就召见孙子。

阖庐问孙子："你的兵法有十三篇，我都读过了。但是，领兵打仗不同于纸上谈兵，你能做一个小型的操练演习吗？我希望能够见到你运用你的知识与兵法，成功地演练一次。"

孙子当然明白吴王要他演练的目的，他早已胸有成竹，于是就答道："没问题，可以。"

吴王想难为一下孙子，同时也要看一下他的水平，就提出："为方便起见，可以就近从我宫中调集妇人来演练吗？"

孙子答："男女都一样，能上阵的就是兵。"

于是，吴王传令调出一百八十名美女来，要孙子组织演习。

孙子知道，这些美女有不少深得吴王宠爱，平时骄纵成性，要想将她们驯服，不能用一般的训练方法，要更加严厉。而且，要让别人知道自己的兵法实效，必须拿出真本事。

孙子把一百八十人分成两队，让吴王的两个宠姬当队长，然后要她们全体手拿戟，准备操练。

队伍站好后，一排排女兵，尤其是一队队美女站在那里，也是英姿飒爽，自然别有一种风景。孙子冲她们发令道："你们知道自己的心、左右手和后背吗？"美女们十分诧异，异口同声地说："当然知道！"

孙子又告诉她们："等一下我发令向前走的时候，你们就要向前胸的方向走；我发令向左转的时候，你们就向左手方向转；发令向右转就向右手方向转；发令向后转的时候，就向后背的方向转，都听明白了吗？"

众美女答道："听明白了，向前走，再向左或右、后转。"美女们嘻嘻哈哈，都没把这当回事，以为这么简单的事还要三令五申？

讲完了发令的命令后，孙子就叫人准备铁钺等刑具侍候，然后指着刑具对那帮根本不在意的美女说："既然命令规则已经讲完，刑罚也随时备用，你们可不能当儿戏，否则就按军法处置。"

说完，便命击鼓为号，命令她们向右转。看见孙子板着脸、闭着嘴十分严肃的样子，美女们忽然觉得特别滑稽，她们不但没转，反而哄堂大笑。她们忘了这是在操练，不是看戏。

孙子见到这样，自责起来："当将军的练兵，必须把命令、规则交代清楚。规定动作没能让人明白，申述命令又没能叫人熟记于心，这就是为将的错误与过失。"

接着，他又把规定动作和命令事项，再次向她们详细地介绍了好几遍，听得那些美女的耳朵都出茧子啦！

随后，孙子又命令击鼓为号，发出命令叫美女向左转，哪知这群美女仍然没把这当回事，还在那里大笑。

这下可惹恼了孙子，他表情更加严肃了，当时就把脸拉了下来，说："规定交代动作没向士兵交代清楚，下达命令没能叫人熟记于心，这是将帅的错误；但是，作为将帅的，早已经把这些讲清楚，可是士兵却仍没有按法令去做，这就是士兵的错误。军法上说'违令者斩'，当然我们不能把士卒全部杀掉，而领队的人因为不能带动士卒，理当受责罚。"

于是，他下令把左右两队的队长推出斩首。吴王坐在阅兵台上观看美女练兵，正欣赏着呢，忽然发现孙子要斩他的爱姬，不由大吃一惊。斩他爱姬就像斩他心头肉啊！吴王急忙派人传下旨令，对孙子说："寡人已经晓得将军能用兵，而且很有一套了。这两个爱姬，是寡人最爱的，假如斩了她们，就是再好的肉我吃着也不香了。希望将军能够放过她们，还是不要斩她们吧！"

可是孙子十分固执，他说："臣既然已受命为将，自然要依军法而治兵，对国君某些法外的要求，是可以不接受的！"吴王被说得哑口无言。孙子说罢，就按军法，把国君的两个宠姬斩首示众了。

然后，孙子又改派两队的排头当队长。于是又击鼓发号，继续操练。孙子杀一儆百，再没有人捣乱了，只见整个阅兵场一片肃静，两队女兵也板起脸，摆出一副严肃的态度来接受操练，无论是左转、右转，前进，后退，或跪，或起，无一不是整整齐齐。经过一段时间的培训，整个演练结束了。

于是，孙子派人向吴王报告，说："队伍已经操练整齐了，大王可以亲自检阅。我可以保证，现在这支部队，任凭大王想怎么使用都可以，即使要她们赴汤蹈火，也可以办得到。"

吴王对孙子斩了他的两个宠姬耿耿于怀，他满脸不高兴地对那个使者说："告诉孙子，请他解散军队，自行回宾馆休息吧，寡人没有心情下去看了。"

孙子听说，有点失望地说："这样来看，大王只是喜欢我纸上所谈的兵法罢了，而并非是真心喜欢我的训兵方法，更不会用我的理论来指导用兵。"

吴王听了，虽默不作声，但心里也明白了孙子真能用兵。于是，吴王以他为将。果然，阖庐以一个小小的吴国，西破强楚，攻入郢都；北上中原，威震齐晋；使吴国扬名于天下诸侯之间，所有这一切与孙子的大力辅佐帮助是分不开的。

识才还要识人。孙子去世后一百多年，又出了一位大兵学家孙膑。

（二）

孙膑出生在山东的阿、鄄之间，是孙子的后代子孙。他也是一位十分杰出的兵学家。

孙膑和庞涓曾经是同学，庞涓也是一个兵学家，在魏国任魏惠王的将军，深得魏王信任。

但有一点是庞涓始终担心的，那就是，庞涓的才能比不上孙膑。虽然他官居要职，但是一旦孙膑被其他国家重用，等到两国打仗时，那自己一定会失败的。于是，庞涓暗中派人把孙膑骗到魏国，表面上两个人共叙旧情，谈得十分尽性，然而很快庞涓就发现，孙膑又有了很大的进步，他非常惶恐，对孙膑十分嫉恨。

一个歹毒的主意冒了出来，庞涓设计陷害孙膑。他依法对孙膑用刑，砍断他的腿，还在孙膑脸上刺字，随后将他关进监狱。

不久，齐国的使臣到魏国的国都大梁。孙膑听说了这个消息，想出了一个计谋。由于他平时与狱卒关系处得非常好，经常与他们谈论兵法，狱卒们也很同情他。于是，孙膑请狱卒帮忙，偷偷地去会见齐国使臣。这个使臣十分纳闷，想魏国真是特别，一个监狱的犯人竟然要见别国的使臣！但是，好奇心驱使他答应了孙膑的请求，就在他的寓馆偷偷地接见了孙膑。

见面之后，齐国使臣发现，孙膑一表人才，很不一般，只是双腿已被砍断，脸上也刺了字，就问孙膑原因。

孙膑就把自己被害的经过讲了一遍。齐国使臣十分气愤，非常同情他。然后他又与孙膑谈论兵法，孙膑谈得头头是道，使臣明白孙膑没有吹嘘自己。这个使臣也是一个识人才的人，他就想办法营救孙膑。等到他完成出使任务要离开大梁时，就偷偷地用车把孙膑接出监狱，送到齐国。

到齐国后，使臣把孙膑送到田忌那里。田忌是齐国的大将，他与孙膑谈论兵法，发现孙膑有非凡的军事才能，便把孙膑留下来，待为上宾。

有一次，田忌参与赛马打赌。在齐国，公子们有一种习惯，他们好聚在一起举行骑马射箭的打赌比赛，田忌也经常参加，可是赢的次数却不多，田忌很是恼火，但又无计可施。

这种比赛，孙膑也看了很多，他发现那些用于比赛的马匹，脚力都相差不多，但可以分成上、中、下三等。于是孙膑就十分自信地对田忌说：“下次再赛马时，您只管放大胆量去下赌注，我可以保您取得胜利。”田忌听了十分开心，对他的话深信不疑，他知道孙膑自有他的高招。

不久，田忌与齐王和其他王公们赛马，田忌下赌千金，人们都很惊讶，想田忌这个常败将军，今天竟然敢赌下千金，于是十分高兴。众人下了赌注以后，赛马开始。

比赛时，孙膑就对田忌说："您的马与别人的马相差都不多，现在只要您用下等马与他们的上等马比，用上等马与他们的中等马比，用中等马与他们的下等马比，您一定能胜。"果然，三场下来，田忌只是第一场落后，而剩下两场则远远地领先别人。第一场比赛后，齐王等人还十分高兴，嘻嘻哈哈逗田忌，脸上一副必胜的表情，而田忌根本不放在心上。结果到最后，轮到齐王他们沮丧了。齐王对田忌取胜十分惊讶，就问他获胜的方法，田忌就讲了孙膑给他出的主意，齐王提出要见孙膑。经过田忌的引见，齐王便问孙膑一些关于兵法的事，孙膑说得自然流畅，齐王觉得受益匪浅，对孙膑大为佩服，当下就拜孙膑为军师。

不久，魏国进攻赵国。赵国抵挡不住连忙向齐国求救兵。齐威王本想任命孙膑为将，孙膑说："受刑之人不宜为将。"提出让田忌来做大将，由自己做军师。齐威王答应了，就派田忌为将，拜孙膑为军师，让孙膑乘坐没有帷幔的小车，专为主帅出谋划策。

田忌是一个急性子，按他的意图，想领兵直趋赵国的都城，以解邯郸之围。孙膑拦住他，对他说："一个绳子被杂乱打结，如果想解开，就要首先冷静地找出它的结头，然后再慢慢解开它，千万不能鲁莽性急，使劲去扯，那只能让结更紧；对于斗殴的人，千万不能与他们打成一团，只要避实就虚，使对方的势力受阻而有所顾忌，那么这个结自然就解开了。现在魏国出兵攻打赵国，跟赵国争斗于邯郸，他们所派出的兵必然是轻兵锐卒，倾巢而出，开赴前线，而国内只剩下一些老弱病残。我们何不趁他们国内空虚，直捣他的首都大梁，占据他们的交道要道，袭击他们空虚的地方，那么他们在外面的军队，必然会放下赵国的战斗而赶回援救。如此一来，我们岂不是轻而易举地救了赵国的危急，同时也使魏国处于窘困之境吗？"

田忌采纳了孙膑的建议。魏国的军队果然就放弃了对邯郸的包围，急忙赶回大梁救助，在桂陵这个地方，跟齐军激战，结果齐军大破魏军。

桂陵之战后十三年，魏国又伙同赵国去攻打韩国，韩国向齐国求助。齐王仍派田忌为将，孙膑为军师，一同前往救韩。孙膑和田忌还是采用攻打魏国后方的战术，率军径直向魏国大梁挺进。魏将接到齐师将偷袭其后方的情报，把军队从韩国撤回来救大梁。这时候，齐国的部队已经出了国境而向西面的魏国进袭了。

孙膑就对田忌说："他们三晋的战士，一向强悍勇敢而轻视齐兵，而齐兵也被称为胆小怯弱。我们不妨来个将计就计。兵法上讲，用急行军赶百里路去争利的，会折损前锋之将；用急行军赶五十里争利的，只能有一半部队赶到。现在如果敌人恃勇轻敌而冒险急进的话，那形势对我们是最有利的了。我们就假装怯弱引诱他轻进。

"诱他轻进的方法是：当我军进入魏境的第一天，挖可供十万人煮饭用的灶；到第二天安营时，只挖供五万人用的灶；第三天安营时，只挖三万人用的灶。庞涓看到灶数一天比一天少，必然会中计。"

庞涓跟在齐军后面追赶了三天，看到齐军营灶日渐减少的情形，不禁喜形于色："我早知道齐军胆小怕死，进入我国的国境才三天，逃跑的士兵就超过半数了。"

于是，庞涓就抛下步兵辎重，只带他的精锐部队轻装前进，昼夜追赶。

而前面的孙膑也在等待庞涓的到来，他算计庞涓在黄昏日暮时刻会赶到马陵。马陵路狭道窄，两旁又多险要地形，很适宜设兵埋伏。

孙膑命令士兵选一棵大树，将那面对道路一方的树干削去树皮，露出树干的白色。上面写着"庞涓死于这棵树下"。又下令军中善于射箭的一万多士兵夹道埋伏，约定："晚间但见大树底下亮起火光，就万弩齐发。"

果然，庞涓在当夜赶到那棵大树底下，抬头看见光滑的树身，上面还有字，就叫人点火照看。看见那树上的字，庞涓知道中了孙膑的计，脸都气白了，咬牙切齿地痛骂："当初我没有早杀了那孙膑，如今倒成全他了。"

但是，他再骂也来不及了，齐军万弩齐发，箭如雨下，魏军当下大乱，狼狈逃窜。庞涓自知兵败已成定局，于是拔剑自刎。齐军因而乘胜追击，彻底击溃魏军，并俘虏魏太子申而班师回朝。孙膑因此而名扬天下，他的兵法也流传于世。

三十七、伍子胥的故事

楚国的伍子胥在历史上十分有名，但是他的命运却十分坎坷。他的父亲伍奢、哥哥伍尚都在他年轻时被楚平王杀害，他本人逃到了吴国。在他逃亡的过程中，有很多脍炙人口的故事。

（一）

伍子胥的父亲伍奢被楚平王任命做太子建的太傅（就是老师），而太子建还有一个老师，是少傅费无忌。这个费无忌可是一个纯正小人，专门投机钻营、陷害别人。

有一天，楚平王派费无忌到秦国去为太子娶亲。费无忌到秦国后，发现秦氏女美貌无双、多才多艺，他的坏念头就冒出来了。他立刻飞马跑回楚国，一脸谄媚地对楚平王说："大王，这位秦女的美貌可谓天下无双，假如您娶了她，将会无比幸福。"这个楚平王不但是个昏君，而且是一个色鬼。他一听说有美女就马上眼睛放光，当即娶了秦女。秦女娶回，楚平王非常宠爱，不久就生了个儿子叫轸。后来他就另给太子娶了个妻子。

费无忌因此而得宠于楚平王，他就离开太子建去侍奉平王。但是，他见平王已经老气横秋，万一哪天一死，太子建就得杀了他。于是他眉头一皱，计上心来。他就一天到晚说太子建的坏话，企图离间平王和太子的感情。他对平王说："太子的母亲是蔡国君王的女儿，蔡国对我们楚国三心二意，你因为蔡国之故疏远蔡姬也对。可是，太子在跟前，很容易受蔡姬影响，时间一长恐怕不太好，不如让他们母子离远一点好。"

昏庸无道的平王果然听信了谗言，渐渐疏远了太子建，后来就干脆派他去边疆防止外敌入侵了。太子被派往城父邑，远离了国都。

费无忌加紧陷害太子建，他对平王说："您占了太子的媳妇，太子非常怨恨，早就对您有了防备之心。自从太子到了城父邑，我听说他整天在内操练兵马，在外勾结诸侯，企图谋反呢！"

楚平王一听大惊失色，赶紧召太傅伍奢拷问。伍奢知道这都是费无忌在陷害太子，就直言不讳地说："大王您为什么要听信小人的话而怀疑自己的亲儿子呢？太子自从被派往城父邑，就一心为国，忠于职守，根本没有造反之心，一定是有小人在进谗言。"说完，狠狠地瞪了一眼费无忌。

费无忌见自己的阴谋被人揭穿，恼羞成怒，阴阳怪气地对平王说："大王您现在对他们不加制止，等到他们事成了，那可就危险啦！"

楚平王一听这话，就囚禁了伍奢，又派人命令城父邑守将奋扬杀死太子建。奋扬对太子建说："您快点离开吧，国王听信谗言，派人来杀你了。"

太子建一听，大惊失色，连忙跑到宋国去了。

费无忌见太子已经逃跑，又来陷害伍奢全家。他对平王说："伍奢有两个儿子，都很贤能，将来一旦他们辅佐太子建，必有后祸，我们要斩草除根。"楚平王一听有理，就下令叫伍奢召他两个儿子进京。

伍奢说："我大儿子伍尚为人仁慈，他听说我被抓，一定会来；但是二儿子伍员，为人很有智谋，叫他来恐怕要难。"

平王说："能叫他们来就保你活命，不然就治你死罪！"君命难违，伍奢就修书一封，召他两个儿子进都城。

使者见到伍尚、伍员二人，对他们说："国王召你二人进京，去了，你们父亲就能活；不去，他就得死。"

伍尚听说，忙准备动身。而伍员（伍子胥）则说："国王召咱们两个去，未必就能让父亲活。他是怕我们逃走而留下祸患，才用父亲作人质，诈召我俩去送死。我们去了不能报仇，反而要送死，倒不如逃走，借别国之力来雪耻。"

伍尚说："我也知道此去不能保全父命，但是父亲召我，我却不去，恐怕要被天下人嘲笑。还是你逃到别国，为父亲和我报仇，我去京城送死。"

伍尚束手就擒，而伍子胥则搭弓准备放箭，使者见他怒目圆睁，十分恐怖，都不敢上前。伍子胥趁此机会连忙逃跑。他听说太子建在宋国，就到宋国去投靠太子建。伍奢听说伍子胥逃跑了，就叹了口气，说："楚国君臣将苦于兵战了。"

伍尚被押到京城，与其父伍奢一起被杀了。而伍子胥则留下了自己的性命，开始了为父兄报仇的艰难历程。

（二）

伍子胥听说太子在宋国，就逃到那里，暂时在宋国栖身。但是不久之后，宋国就发生了华氏家族的暴乱，伍子胥又不得不随太子逃到郑国。郑国对太子建十分友好。

可是，他们后来发现，郑国其实十分弱小，属于强国晋、楚相争之地，很不安全。于是，他们就辗转到了晋国。

晋顷公对他们更是热情有加。他听说太子从郑国来，而且受到了很好的礼遇，就对太子说："太子跟郑国关系很密切，可见郑国对太子十分信任。我们可以利用这个机会，由太子做内应，我们里应外合，一举将郑国消灭。到那时，我们把郑国封给太子，您就可以利用郑国作为您回楚国为王的资本了。"太子建一听，觉得很有道理，于是他就又回到了郑国，准备伺机而动。

事情还没有准备好，太子因为一件私事要杀他的一个随从，这个随从刚好知道太子建回郑国的秘密，就向郑国告密，结果郑国国君大怒，当即就把太子建杀了。

太子建有个儿子叫胜，伍子胥怕郑国斩草除根，连忙带胜逃跑。他们跑到昭关，昭关的守将要捉拿他们去领赏。没办法，伍子胥只能和胜分开逃跑。到了长江边上，伍子胥发现江水滔滔，一片茫茫，根本就见不到船。看见后面追兵马上就要追到，他心里焦急万分。

突然，有一条渔船缓缓而来，那渔夫见是伍子胥，知道他十分危难，就连忙把伍子胥接上了船。伍子胥拿出自己的佩剑，对渔父说："我伍子胥逃命在外，身无别物，仅此佩剑，价值百金，我感谢您的救命之恩，请您收下！"

渔夫说："楚国有法令公布，捉到伍子胥赐粟米五万石，受封爵，我连那都不要，还要这价值百金的佩剑吗？"

（三）

伍子胥没到吴国就病了。一路上风餐露宿，忍饥挨饿，终于到了吴国。

当时，楚国的边邑钟离和吴国的边邑卑梁氏都养蚕，有两个女子为争采桑叶而发生口角，后来竟发展为恶斗。楚平王大为生气，两国开始发兵打仗。

吴王就派公子光领兵与楚军相战，结果把楚国的两邑钟离和居巢夺了过来。伍子胥趁此机会就劝吴王僚说："楚国战败，士气不振，一定可以攻破的，大王应再派公子光去灭楚。"

公子光知道伍子胥是想借此机会报家仇，就对吴王说："伍子胥父兄被楚平王杀死，现在他劝您攻打楚国是要报他的家仇。但我们现在攻打楚国没有必胜的把握。"吴王觉得有理，就没有再派兵。

伍子胥知道公子光另有阴谋，想杀害吴王自立为君，就把专诸推荐给公子光。专诸是一个刺客，在历史上十分有名。

过了五年，楚平王去世。轸即位，他就是楚昭王。吴王僚就乘楚国丧君，派烛庸、盖余两公子率兵袭击楚国。谁知楚国发兵切断了吴军的后路，吴兵不能撤退回国。

吴国国内空虚，公子光就趁这个机会利用专诸刺杀了吴王，自立为王，称作吴王阖庐。阖庐做了国君后，便把伍子胥召入宫中，官拜行人，让与他参与策划国事。

这时，楚国诛杀他们的大臣邵宛、伯川犁。伯川犁的孙子伯嚭逃到吴国，吴王封他为大夫。

先前吴王僚所派的伐楚的公子，因为路途断绝不能回吴，之后又听说阖庐杀吴王僚自立的消息，于是就带军投降楚国，楚国把他们封在舒地。

阖庐立为吴王的第三年，与伍子胥和伯嚭起兵攻打楚国，占领了舒，捉到先前叛吴的那两个公子。阖庐想要继续攻打郢都，来个乘胜追击，好一举成功。将军孙武说："老百姓都已经很疲惫了，军民疲乏而进军，会损兵折将，不可以！暂且等待机会吧。"于是，他们收兵回国。

第四年，吴国攻伐楚国，占领六和灊两个地方。第五年又攻打越国，取得了胜利。第六年，楚昭王令公子囊瓦带兵攻打吴国，吴王派伍子胥迎战。战争打得相当激烈，结果吴军在豫章把楚军打得大败，夺取了楚国的居巢。

到了第九年，阖庐对伍子胥和孙武说："起初我想发兵攻打楚国，你们说不可以，时机尚不成熟。现在过了这么多年，你们说现在情形怎样？"

伍子胥和孙武回答说："楚国将军囊瓦为人贪婪好色，唐国和蔡国都恨他，大王如要举兵伐楚，要先取得唐国和蔡国的帮助。几国合力进兵，定能取得胜利。"

阖庐完全听从了二人的意见，出动全部军队，联合唐、蔡两国进军楚国，与楚军在汉水对峙。吴王的弟弟夫概请求随军伐楚，阖庐不允。夫概就自己领着他的五千人进攻楚将子常，子常败走，逃到郑国去了。吴军便乘着胜利之机，大举进攻。吴军势如破竹，经过五次交战，攻进了郢都。楚昭王连忙奔逃。而伍子胥进入郢都后就到处搜寻楚昭王。

楚昭王逃命，跑到了云梦泽这个地方，但遭到了强盗袭击。没有办法，他就逃到了郧。郧公的弟弟怀就说："楚平王杀了我们的父亲，现在我们杀了他的儿子，父债子还，可以吧？"

郧公害怕弟弟真杀了楚昭王，便和昭王一起逃奔到随国。这个消息被吴军知道了，吴军就包围了随国。他们对随国人说："整个汉水流域的周室子孙，都被楚国灭掉了，你们应该交出楚昭王！"随国民众一听，对楚昭王憎恨不已，都要杀他。随王子綦把楚昭王藏起来，自己准备承担一切后果。随人卜卦，卦上说把楚昭王交出去可能不利，就拒绝交出。吴国也没追究，就退出了随国。

伍子胥和申包胥是知心朋友，伍子胥当初被楚国缉拿，临离开楚国时说："我一定要灭掉楚国。"申包胥说："我一定要保存楚国。"

吴兵攻入郢都，伍子胥没有抓到楚昭王，十分生气，下令挖掘楚平王的坟墓，用鞭子抽打楚平王的尸体，边打边骂，足足打了三百下。

这时候，伍子胥的朋友申包胥逃亡在外，听说伍子胥鞭打平王尸体的事情，十分震惊，连忙派使者见伍子胥。使者说："您这种报仇方式也未免太过分了吧！您从前是平王的臣下，曾经侍奉过他，而现在您却侮辱他的尸体，是不是太残忍了？"

伍子胥听了就对使者说："你回去跟申包胥说，我急着复仇，这种急切叫人难以忍耐，就像路途遥远而太阳却要落山了一样，我已经等不及，所以只能逆着事理行事了。"

申包胥听伍子胥这样说，连忙找到秦国，向秦王报告楚国危急，向秦国求救。秦王不答应出兵，申包胥见状，就站在秦国的朝廷上日夜啼哭不止，连哭七天七夜。秦哀公听见后，对他可怜不已，说："楚王是一个无道昏君，可他却有这样的臣子，我还哪能见死不救？"

秦哀公派兵援楚抗吴，六月，打败吴军。这个时候，吴王阖庐正在楚国搜寻楚昭王，而他的弟弟夫概竟偷跑回吴国，自己做了国王。

阖庐在楚国听到这个消息后十分气愤，他只好先放弃楚国，转头回国攻打他的弟弟夫概。夫概的军队根本不堪一击，经过一番激战后，夫概逃走了。他逃到楚国，楚昭王见吴国发生内乱，赶紧回国整顿。

两年后，阖庐派太子夫差率兵进攻楚国，攻取了番地。楚国害怕吴军再来，就把国都从郢迁到了都。此时，吴国重用孙武和伍子胥，国势开始强大起来。

此后的第五年，吴军攻打越国。越王勾践亲自领兵迎战，结果大败吴军，击伤了吴王阖庐的脚趾。阖庐临死的时候，把儿子夫差叫到床前，说："越王勾践杀害你的父亲，这些你会忘记吗？"夫差忍泪回答道："儿不敢忘。"当晚，阖庐就死了。

（四）

阖庐死后，太子夫差即位为王，他任用伯嚭为宰相，开始加紧操练兵马，准备为父报仇。

两年之后，吴越在夫湫大战，结果越国被打得落花流水，越王勾践只剩下五千人，在会稽山驻扎。勾践派大夫文种带厚礼和美女（西施）去贿赂吴国宰相伯嚭，向吴国求和，以保存实力，求得东山再起。

吴王夫差答应了勾践的要求，伍子胥立即劝阻，说："越王勾践这个人能忍辱负重，今日您不除他，恐怕将来您就要后悔了。"吴王没有采纳他的建议，而是用太宰伯嚭的计策，跟越国讲和。

此后五年，吴王听说齐景公死了，各大臣争权夺势，而新立的国君势力又不强，便准备发兵讨伐齐国。伍子胥劝谏说："勾践现在吃东西根本不讲究口味，在国内还经常安慰死者，抚慰病患，他一定另有图谋。这个人不死，始终是咱们吴国的忧患。而且，现在的勾践已非当年的败将勾践了。现在越国对吴国来说，就好像一个人的心腹之病一样，早晚要让人病入膏肓。大王您不趁机攻打越国，反而要专力攻打齐国，这不是舍近求远吗？"

不管伍子胥怎么说，吴王是铁了心要打齐国了。结果，他在艾陵把齐国打得大败，威震邹鲁两国。吴王趾高气扬地班师回国，从此以后，吴王就瞧不起伍子胥，更谈不上采用伍子胥的计谋了。

过了四年，吴王打算北伐齐国。越王勾践采用了子贡的计策，带领军队帮助吴国作战，还送贵重的宝物给吴国宰相伯嚭。伯嚭既然收了厚礼，就得替人家做事呀！于是他就不分白天黑夜地在吴王面前说越国的好话。

伍子胥则进谏说："越国其实是吴国的心腹之患哪！希望国王您能够听从臣下的劝告，先不要舍近求远地去攻打齐国，先消除我们眼前的隐患，灭掉越国吧，否则到时候连后悔都来不及了。"

吴王根本听不进伍子胥的劝告，为了免得见着眼烦，他就派伍子胥出使齐国，把他打发得远远的。

伍子胥临走前对他儿子说："我屡次劝谏国王，但是他不听我的话，吴国就要灭亡了。让你和吴国一起坐等死亡，没有益处。"于是他就把儿子托付给齐国的大夫鲍息照顾，只身返回吴国向国王死谏。

宰相伯嚭与伍子胥本来就不和，现在他更是在吴王面前诋毁伍子胥，他说："伍子胥为人刚强暴戾，缺乏情感，并且猜疑嫉妒。他这种性格的人恐怕要给吴国酿成大的祸害。就拿以前国王要讨伐齐国之事来说，伍子胥劝您说不可以，结果您还是出兵，而且大胜回朝。您没采用他的计策，他一定会觉得羞耻，心里势必会产生失望怨愤的情绪。

"我派人暗中观察他，他把他的儿子交给齐人鲍息照顾，分明是心中不满。他自认为是先王的谋臣，而现在又不被重视，心中常常不快，怨恨国王。还希望国王您早日决断，以免留下祸患。"

吴王听后更是下定了决心，他说："就是你不说，我也早就怀疑他了。"于是吴王派人赐给伍子胥一把属镂之剑，要伍子胥自决。

伍子胥看到剑后，想到自己对吴国一片忠心，却落得如此下场，不禁潸然泪下，转头对仆人说："我死后，你们把我的眼睛挖出来，挂在东门上，我要亲眼看到越国灭绝吴国。"说完，就自杀了。

吴王听到伍子胥的话，非常生气，他下令把伍子胥的尸体装在一个皮袋子里，投入江中任其漂浮。吴国人都非常同情伍子胥，替伍子胥在江边建立祠堂，并把伍子胥祠堂所在地叫胥山。

三十八、助霸业商鞅变法

（一）

秦国的商鞅变法在历史上十分有名，这里面也有很多故事。

商鞅本是卫国的庶出公子，姓公孙名鞅，也叫卫鞅。后来他侍奉秦国受封于商於之地，就以封地为姓，称为商鞅。

商鞅这个人年轻时十分好学，当时的儒、墨、道、法各家学派都懂，而且才华横溢。后来，他到了魏国，魏国的丞相任用他做中庶子的官。魏相公叔座是一个忠臣，他觉得商鞅的才华出众，就准备向魏惠王举荐。可还没等举荐呢，公叔座就得了重病。魏惠王对他非常重视，亲自去探问，问道："你如果病重了，那么国事将怎么安排呢？"

公叔座一看时机正好，就说："我身边的中庶子公孙鞅年龄虽小，但这个人有奇才，望国君能够重用他，用他来治国。"

魏惠王冷笑几声，没作什么表示。公叔座看魏惠王没有重用商鞅的意思，就趁魏惠王要回去的时候，叫退其他人，对惠王说："君王既然不任用公孙鞅，就必须杀掉他，让他到外国去必留后患，千万不能放他出境。"惠王点头答应了，就离开了公叔座的家。

公叔座见惠王走了，连忙召见商鞅，对他说："王刚才问我，假如我不行了，可以任用谁担任相国？我推荐你，但是王没有答应。我就先忠君后爱臣了，在王临走时对他说：'假如您不重用公孙鞅，千万不能让他出了魏国国境，一定要杀了他。'王答应我了。所以你还是快走吧，迟了恐怕就要被抓了！"

商鞅笑了笑，看着公叔座说道："不必担心，王既然不答应你重用我，自然也不会听你的话来杀掉我的。"他果然没有离开魏国。

魏惠王回到宫中对他左右的人说："公叔座病得多厉害！他已经病得糊涂了，竟然要我把国政交给乳臭未干的公孙鞅！这种事情他也想得出来！"

待公叔座死后，商鞅听说秦国在广招贤才，以继承秦穆公的霸业，他就西行到秦国，凭借孝公的宠臣景监的关系，要求见孝公。

孝公接见了商鞅，与他交谈国事，两个人在席间相谈。结果商鞅在滔滔不绝、口若悬河地说着，而对面的孝公早已经昏昏欲睡。谈话结束后，孝公非常生气，他找到景监，气势汹汹地说："你的宾客是一个狂妄的人，这样的人我是不会任用的。"景监连连低头，不敢正视孝公。回去后，他找到商鞅，责备他说："你与君王说了什么，怎么惹他生气了呢？"商鞅说："我向君王说为帝之道，结果他听不进去，对我讲的也不能心领神会，你再给我一次机会晋见君王吧。"

不久，景监又帮商鞅找了一个机会，结果商鞅发现孝公仍是提不起兴趣，话题仍没能切入孝公的心理。结束后，孝公又开始责备景监，景监回去又责备商鞅，商鞅说："我向孝公说为王之道，他没有接受，您再帮帮忙，请孝公接见我吧。"

商鞅又第三次晋见孝公，孝公觉得他不错，两个人交谈得很开心，但是孝公仍然没有任用商鞅的意思。交谈结束后，商鞅离去，孝公转过来对景监说："你的宾客不错，我可以和他交谈国家大事了。"商鞅听后说："我向孝公说为霸之道，他听了很合心意，就决定采纳我的建议了。如此看来他一定会再见我的。"

果然没隔多久，孝公就又要见商鞅，这次两个人谈得非常投机，孝公几次都把桌子和座位向商鞅靠近，就这样谈了几天，都不知厌倦。商鞅回去后，景监非常纳闷，问他："这次你和君王谈了什么，怎么能够猜度到他的心意，令他这般高兴？"商鞅说："我向国君说'行帝王之道来治理秦国，功德可与夏、商、周三代盛世相提并论'。而国君听完，说'那太久远了，我是不能等到，而且贤能的国君都应该在他们当政之时有建树，名扬天下，怎么能叫我郁郁地等待几百年才能成就帝王之业呢？'所以我就以强国之术向他述说，国君很是高兴，但这样却难以与殷、周的德治相比了。"

自从这次谈过后，孝公非常器重商鞅，不久就重用了他。

（二）

孝公重用商鞅后，想要推行变法，但又怕天下人提出非议。他心里非常矛盾，犹豫不决。商鞅就劝他说："君王不必再犹豫，左右为难绝干不出惊天动地的事，犹豫不定就不可能在事业上取得任何建树。圣人只要能使国家强盛，就不必墨守成规；只要他所做的事能够给国家带来富强，给人民带来富足，就不必遵循古礼。"

孝公点头称是，说："好！"

于是，孝公就任命商鞅为左庶长，开始草拟并执行变法的命令，这就是历史上的"商鞅变法"。

秦孝公变法的命令已经写好，但他怕失信于民而不敢公布。为了取得民众信任，商鞅想出一个主意，他在城南立了三丈的木杆，出告示说："能把木杆从城南移到城北，赏金十斤。"结果人们只是在那里观望，没有人动，于是就增加到五十斤。这时候有一个人站了出来，说："我移！"他扛上那木杆从城南走到了城北，结果很多人围观，大家都要看这诺言是否兑现。结果那个人当时就得到了奖赏，而有很多人后悔不已。这样，就表明新法没有欺骗性，于是秦孝公公布了变法命令。

但是刚开始的一年中，民众们都到国都说新法令不方便，怨声载道。正巧那时候太子犯了法，但太子要继承王位，他不能受刑，就把太子的师傅公子虔处以刑罚、太师公孙贾处以墨刑。第二天，秦人没有不惧怕的，人们都在胆战心惊地接受新法令。

法令实行了十年，秦国发展相当迅速，国家富强，百姓安乐，路不拾遗。山中也不再有盗贼出没。百姓们勇于军功，连私人的恩怨打斗也减少了，无论乡镇还是城市都秩序井然。开始时很多反对变法的人，如今也来说变法的好处了。商鞅则说："这些都是扰乱教化的人！"于是把他们全迁到边疆去了。从此，秦国人遵守新法，再也没有人敢议论新法令了。

这时商鞅在咸阳修筑了高大的门观和宫廷，把秦都从雍州迁到这里。又向民众下命令：父子兄弟禁止在一个屋子里居住，把从前小的都邑合并为县，每县设有县长和县丞。之后他又开辟耕地，把从前的阡陌（田间的小道）和聚土的疆界都除掉，一律改为耕地。种种法令不断推行，商鞅变法的成效越来越显著。过了几年以后，秦国富强，周天子赐祭神的肉给孝公，诸侯都来祝贺。

后来，齐国在马陵打败魏国，俘虏魏国的太子申，杀死魏国的将军庞涓。第二年，商鞅劝孝公说："秦国和魏国，就像人患了心腹的疾病，这病非除去不可。到时候不是魏国兼并秦国，就是秦国兼并魏国，您知道这是为什么吗？魏国处在险阻山岭的西边，建国都在安邑，与秦国以黄河为界，占领崤山的有利形势，一有机会就会向西侵犯秦国，否则只能向东扩展土地。而您现在这么贤圣，秦国在您的治理下强盛了，而魏国去年被齐国打得大败，诸侯都反对它，它现在正是众叛亲离的时候，我们趁这个机会向他们出兵，一定可以打败他们。这样魏国抵挡不住，必定向东缩，魏国东迁，秦国便可占据黄河、崤山的险固地势，东向控制诸侯，大王成就大业的机会到了！"

孝公认为很有道理，就派商鞅率军攻打魏国，魏国也派公子卬率军反击。两军相持对峙，商鞅就修书一封给魏公子卬说："当初我与公子是好朋友，现在彼此又是两国的大将，实在是不忍自相残杀。不如我们见面谈判，订立盟约，痛痛快快地饮酒叙旧，然后各自退兵，岂不更好？"

魏公子卬同意了。于是两方会见，签订盟约。仪式完毕，在饮酒时，商鞅所埋伏的穿甲武士突然袭击，俘虏魏公子卬，并且又趁机攻打魏国军队，把他们彻底消灭，胜利班师回国。魏惠王的军队屡次被齐国和秦国的军队击败，国内已经非常空虚，国力也日益削弱，非常恐惧。

于是，他赶紧派使者到秦国讲和，割让黄河以西的土地给秦国。这之后，魏国只好把国都从安邑迁到大梁。魏惠王后悔不及，不禁长吁短叹地说："当初没有采用公叔座的话，现在后悔也来不及了。"商鞅击破魏军回国，秦国将商、於两地十五个都邑的封地封给他，封号为商君。但是，他的那些背信弃义的行为，遭到了很多人的反对，这为他自己埋下了一个很大的祸根。

（三）

在商鞅推行的新法里有一条是"或十家相互担保，或五家相互监视"，这样就可以联名举报奸犯，也不会有人包庇。其目的是构成一个恢恢天网，实现他的新法。但是到最后却被他的对手所利用，反而把他自己给害了。

商鞅在秦国做了十年的丞相，由于推行新法，上上下下得罪了不少人，上至皇亲国戚、下至黎民百姓有很多人对他不满。有一次，他不知出于什么原因，找到赵良，对他说："通过孟兰皋的推荐，我们有幸相识，现在我想和你交朋友，不知你是否愿意？"

赵良说："我怎么敢有这种奢望呢？孙子曾说：'举用贤能之士，使其发挥特长，就会有很多爱国忧民之士前来辅佐；但是任用不贤能的人，连原来能成王业的人都会引退。'我不是一个贤能的人，所以实在不敢从命。

"还有，我听人说：'不该占据那个爵位而占据那个爵位的，叫贪位，不该享有名声的却享有名声叫贪名。'像我这样的人如果接受你的好意，恐怕就有'贪位''贪名'的嫌疑，所以我不敢从命啊！"

商鞅见赵良拒绝了自己，心里很不好受，就问："你对我治理秦国感到不满吗?"

赵良说:"能听到别人说反对话的叫耳朵好,能查出自己的问题叫眼睛亮,能够发现自己的弱点并且改正掉叫坚强。虞舜曾说'自己认为自己卑下是高尚的',您如果照虞舜这种谦卑道理行事,就不必再问我了。"

商鞅对赵良这番话根本听不进去,就说:"当初,秦国还在保存戎翟的旧俗,父子兄弟没有上下之别,还同室居住,现在我已经改变了他们的习俗,国人懂得男女有别。我建筑门阙,像鲁国、卫国的门观一样。你看我治理秦国,与那五羖大夫百里奚相比,谁能干?"

听了商鞅的话,赵良就知道他心里想的什么。于是他摇摇头,十分无奈地说:"一千张羊皮也抵不上一头狐狸的皮毛,一千个点头附和的人也不如一个敢于直言争辩的人。周武王时有很多直言之士,结果国家兴旺昌盛;商纣王却因为暴戾而使群臣不敢直言,到最后国破人亡。如果您认为周武王是对的,商纣王是错的,那么请您让我整天直言进谏。如果我这样做了,能够不受惩罚吗?"

商鞅听赵良如此说,心里非常高兴,他说:"俗话说'良药苦口,忠言逆耳',我向您拜师求教,您就不要拒绝了吧。"

赵良说:"五羖大夫百里奚是楚国的乡下人,他听说秦穆公是个贤能的君王,就要去求见秦穆公。可是,他很穷,根本就没有到秦国的费用。他就把自己卖给秦国人做奴隶,身穿粗布衣,喂牛干重活。一年之后,秦穆公听说这件事,就把他从喂牛的地方请出来,并且重用他,其官位凌驾于其他百官之上,秦国没有人敢埋怨。

"百里奚担任秦相六七年,对外,他向东讨伐郑国,又三次拥立了晋国的国君，制止了楚国北侵。对内，他颁布教令，巴国前来进献贡品，秦国的恩德施行于诸侯。各个戎国也十分臣服，由于听说百里奚的政绩，都来叩关求见。

"他非常严格地要求自己，劳累了也不坐车，入暑时也不张伞，在国内行走，也没有跟随的车队，也不携带武器。他的功名早已记在史册，他的德行后世流传。五羖大夫死的时候，秦国男女无不痛哭流涕，孩子也不再唱歌谣了。从这我们就可以看出五羖大夫的德行。现在你之所以见到秦王，只是因为你是秦王宠臣景监的门客，才被引见，这也不是什么光彩的事情。作为秦相，不以百姓利益为重，却大筑门阙，这是谈不上什么功绩的。对太子的老师施加墨刑，用严刑酷法来伤害百姓，这已经在无形中积仇怨、蓄祸患了！教令要求百姓，比国君的命令还要深刻；现在百姓们服从教令，比服从国王的命令还要迅速，其实是不得已而为之。而且你还用诈术建立权威，对魏公子卬不义，擅自篡改国君命令，这也谈不上什么教化，而是对百姓的一种愚弄。更严重的是你又自比国君，南面称'寡人'，每天都在罗织秦国各公子的罪过。你的作为，早就为世人所厌弃。现在，公子虔闭门不出已经有八年了！

"你过去做的事情，并不得人心。你出门，就有穿甲武士的车数十辆，有身强力壮的武士在旁边陪护，还要有手执长矛及短矛的武士在你的车边行走。没有护卫，你就不出门。现在你的处境就像早晨的露水，瞬息就要消失，你还想长寿吗？那你何不归还秦王的十五个都邑，到乡野耕田务农、修身养性。再劝告秦王举用贤士、赡养老人、抚育孤儿、尊敬父兄、尊重君子，那样，你自身安全就有了保障，否则你会死无葬身之地。"

商鞅没有想到赵良会说这样的话，就拂袖而去，没有听从他的劝告。

五个月以后，秦孝公驾崩，太子即位，即秦惠王。从前受到商鞅用刑的人，向公子虔等告发商鞅造反。太子派官吏逮捕商鞅。商鞅逃到函谷关下，要住旅舍，旅舍的人不知道他就是商鞅，对他说："商鞅的法令规定：旅客住宿要拿证件，没有证件的话，我们会受牵累！"商鞅听了此话，长叹一口气说："唉！制法的弊病，现在竟轮到了我的身上。"

商鞅就逃往魏国。魏国人对他欺骗公子卬而打败魏军耿耿于怀，不肯收留他。商鞅想转到别的国家，魏国人说："商鞅这个人是秦国要逮捕的逃犯，现如今他逃到了魏国，我们应该把他送回去。"于是他们逮住商鞅，把他交给秦国。商鞅被带到秦国，又逃回自己的封地，与部属家人发动他的邑兵向北攻击郑国，企图找到出路。秦发兵攻打商鞅，在郑国的黾池擒住了他。秦惠王对他处以车裂之刑，又杀尽了商鞅的家族。

三十九、苏秦合纵说天下

（一）

　　苏秦是战国时期的纵横家，东周洛阳人。年轻的时候，他曾经拜齐国的鬼谷子为师，学习纵横学说。学成后，他就想借此求得官位和财富，使自己能过上荣华富贵的生活。

　　十分不幸的是，在外游历了多年，各诸侯却不任用他，他非常困苦。历经种种磨难后，他只好回到家里。这时他的哥嫂、弟妹、妻子都暗暗地讥笑他，认为"周朝人的风俗就是安分地经营产业，致力地从事工商，以谋取利润为正业。可是现在你却放弃最根本的职业，去做卖弄口舌的事，到头来遭受穷困，这是你自找的，活该"！

　　苏秦听了这些话，心中非常惭愧和悲伤。从此他就闭门不出，翻出他的所有书籍，发奋阅读。一旦困倦，他就用锥子去刺大腿，提起精神继续读书。他想："一个读书人，整天埋头读书，到头来却不能凭这些学问得到高官厚禄，即使书读得再多，又有什么用?"于是,他又找到一本名叫《阴符》的书,潜心研读,揣摩出很多道理,他自信地说:"我现在用这些道理可以说服很多国君了。"

他就去游说周显王。但是,显王左右的大臣们早就知道苏秦这个人,都很看不起他,周显王也不欣赏他。

碰了壁的苏秦只有到西方的秦国去了。这时候秦孝公已经死了,他就开始游说惠王。他说:"秦国是个四边都是天险的国家,有华山的遮挡,有渭河的围绕。东面据有函谷关、黄河;西面拥有汉中;南面有巴、蜀两郡;北面还有代郡和朝马的便利。这可真称得上是天然的屏障与府库啊!并且秦国兵强马壮,人口众多,人才济济,又施行兵法的教令。君王可以凭借这些有利的条件一统天下,完成帝王的大业。"

秦惠王说:"一只小鸟,它的翅膀没有长成,羽毛没有丰满,怎能叫它高飞;一个国家的政治还没清明,国内尚没平定,绝不可以兼并别的国家。"这个时候,秦国刚刚诛杀商鞅,对辩士都没有好印象,所以不肯用苏秦。

苏秦十分沮丧地离开了秦国,向东到了赵国。赵肃侯用他的弟弟赵成为宰相,并封赵成为奉阳君。奉阳君不喜欢苏秦,根本就不接见他。

苏秦只好离开赵国,又游历到燕国。在燕国过了一年多,他才见到燕文侯。于是他就利用他的理论,开始游说燕文侯。他说:"燕国东面有朝鲜和辽东;北面有林胡和楼烦;西面有云中和九原;南面有嘑沱河和易水。又有国土方圆两千多里,有装备齐全的军队几十万人,战车六百辆,战马六千匹,粮食充足,可以支持好多年。而且燕国南有碣石、雁门的富饶之地,北边又有枣、栗的收益,即使民众不去耕作,枣、栗的收益也可以使他们富足了，这真是一个天府之国。"

燕文侯听到苏秦这样夸说燕国的自然条件，并没有感到太多的意外和鼓舞，因此没什么表示。苏秦看到这种情况，就继续说："燕国现在安然无恙，没有军队覆没的危险，没有将领被杀害的情况，这些都是别国比不上的，大王您知道是什么原因吗？燕国没有遭受敌国的侵犯和战争的摧残，完全是因为赵国在南边起了屏障作用。就说秦国吧，秦、赵发生了五次战斗，秦两胜而三败。两国争斗，您完全可以凭全燕的力量控制他们的后方，这就是燕国不受侵犯的原因。假如秦国想攻打燕国，它的军队必须经过云中、九原，还要跨过代郡和上谷。经过千里之地，即使它到了燕城之下，疲倦的军队也很难取胜。再退一步说，即使秦国一时能攻下燕国，也根本没有办法永远守住。所以秦国是不会攻打燕国的。而赵国要攻打燕国，只要赵国发出进攻的命令，不用十天，他们的几十万军队就能进驻到我们的边界东垣了。然后他们涉过滹沱、易水，不需四五日，就能抵达燕国的都城了。所以说秦国攻打燕国是远在千里之外打仗，而赵国则只在百里之内。燕国不忧虑百里之患，却重视千里之外的敌寇，这又是多么错误的决定！因此，我建议大王能与赵国南北亲和，天下各国联为一体，这样燕国就没有什么可担忧的了。"

燕文侯说："你的话很有道理，但是我们燕国十分弱小，西面又迫近强大的赵国，南面紧靠着齐国，这两国都是强国。你想用合纵策略使燕国得以安全，那么寡人就让燕国加入合纵吧。"

于是，燕文侯就供给苏秦车马、黄金、布匹，让他去游说其他五国。苏秦接连说服了赵、韩、魏、齐、楚五国加入合纵。六国合纵后，他便成为六国盟约首领，同时成为六国的宰相。

当他向北报告赵王时，他的情况可大不一样了。现在的苏秦可不是几年前落魄的苏秦了。几年前他破衣烂衫，现在他的车马辎重很多，各诸侯国送行的人也前呼后拥，俨然是位"王者"。

周显王听说了，非常恐惧，连忙净街相迎，对苏秦以上宾之礼相待。

而苏秦回到家里时，境况就更不一样了。当初家人嘲笑他，瞧不起他。可是现在变了，他们对苏秦都不敢仰视。他的嫂子拿着食品侍奉他时，都要俯下身子，几乎趴在地上。苏秦看着这种滑稽的样子，觉得十分可笑，他打趣地对嫂子说："嫂子从前见我时那样傲慢无礼，今天见我却毕恭毕敬，前后差别这么大，这是为什么呀？"他的嫂子跪行几步，然后趴在地上磕头如捣蒜一般，向苏秦谢罪说："那还不是因为看到小叔您地位高了，金钱多了吗！"她说得非常直白。

苏秦听了，感慨万千，叹了口气，又哈哈大笑起来说："这样看来，一个人的一生，有钱又有官位的时候，就自然会一呼百应，谁都巴结他。一旦你穷困潦倒，就会受到轻视和冷落。亲戚朋友尚且如此，更何况别人呢？"于是拿出千两黄金用来馈赠宗族亲人和朋友。

当初，苏秦要到燕国去谋事，跟别人借了一百钱作路费。现在他得了官，又有了钱，苏秦就用百金加倍偿还给那人。并报答了所有对自己好的人。但是，苏秦有一个随从人员没有得到报酬，这个人便找到苏秦，对他说："我是您从前的仆人，您赏赐的时候，众仆人都得到了，唯独没有我的份，那是为什么呢？"

苏秦一见是他，就说："我并不是忘了你。而是因为你以前跟随我到燕国的时候，在易水边你几次三番想离开我到别处去，那时我曾经深深地怨恨过你，所以将你排在了后边。现在，你可以去领赏了。"说完，就打发那个人走了。

这样，苏秦就很顺利地联合了六国，合纵联盟。之后，他回到赵国。赵侯封他为武安君。于是，他将六国合纵的盟约送给秦国。秦国看到后，有十五年不敢窥视函谷关以外的国家。

（二）

过了很久，有一次秦国派犀首欺诈齐、魏，和他们联合攻打赵国，想破坏合纵的盟约。于是，齐、魏就反过来攻打赵国，赵王责备苏秦，苏秦害怕了，就说要去燕国，请求燕国出兵报复齐国。他离开赵国后，六国盟约就解散了。

秦惠王把女儿嫁给燕太子为妻。这一年，燕文侯去世，太子继承王位，他就是燕易王。易王刚即位，齐宣王就趁燕国举国治哀之际，偷袭燕国，夺取了十座城池。易王非常恼怒，他命人找来苏秦，对他说："当初先生您到燕国来，说服先王要诸侯联盟。先王曾给您资助，但是现在齐国先是攻打赵国，接着又攻打燕国。因为先生您而令天下人讥笑，现在您能为燕国收复那十座城池吗？"

苏秦听易王这样说，十分惭愧，就说："我去替君王把失地收回来。"一路舟车劳顿，苏秦到了齐国。见到齐王，苏秦拜了两拜，低下头向齐王表示祝贺。然后又抬起头来，向齐王表示哀悼。齐王被他弄得莫名其妙，就问他："你为什么刚刚表示祝贺，接着又立即向我表示哀悼呢？"

苏秦回答说："我听说饥饿的人不论怎样都不会吃乌喙这种有毒的东西，因为虽然乌喙能暂时填饱肚子，但一会儿人就会因为中毒而身亡，这样死去与饿死是一样的。"

齐宣王知道苏秦好打比方，就对他说："您讲下去吧，我洗耳恭听。"苏秦见齐宣王没什么其他反应，就继续说："现在的燕国，虽然弱小，但燕王却是秦王的女婿。一旦燕国出了什么事，秦国必定要出兵。您虽然得到十城的利益，却得一直以强秦为敌。如此一来，您就相当于招来天下最精锐的军队来攻击自己，这和吃乌喙止饥是一样的事啊！"

齐王一听，当即就变了脸色，他忧心忡忡地说："可事情已经这样了，我还能怎么办呢？"苏秦说："古来善于处理事情的人，都能转灾祸为福祉，因失败而取得成功。大王若能听我的计策，就立即将十座城池归还燕国。燕国没有费力气又收回十城，必然很高兴。秦王若知道是因为他的缘故而使齐国归还燕国的十城，也必然很高兴。这样，燕国和秦国都会亲近齐国。那么大王您的命令，天下就没有人会不服。这等于大王以十城的代价取得天下，这真是霸主的事业啊！"

齐宣王听后很高兴，就把那十座城池归还了燕国。

（三）

有人毁谤苏秦说："你这个人，出卖国家，是个反复无常的臣子，必定会引起乱事。"苏秦听到后，害怕获罪，赶紧回到燕国。但燕王却不再信任他，也不重用他。苏秦请求见燕王，说："以前，我本是东周粗鄙的平民，游历到燕国时，根本没有半点功劳，可您却亲自在宗庙上、宫廷中接见我，还以礼相待。现在，我替大王说退了齐兵，收回了十座城池，照理应该对我更加亲近才对。然而如今我回到燕国，大王却不给我官位，也不接见我，一定是有人陷害我。我不诚实，正是大王的福气啊！我听说那忠信的名声，都是为自己而建立的；进取的行为，都是为别人而做的。况且，我去劝说齐王，也并没有欺骗他啊！我把老母一个人留在东周，只身出来，根本就没有为自己谋私利的打算，而只是想做一些进取的事。现在，假如让这三种人，就是像曾参那样孝顺的、像伯夷那样廉洁的、像尾生那样守信的人来侍奉大王，您觉得怎样？"

燕王就说："假如能有这三种人，那我求之不得。"

苏秦说："像曾参一样孝顺的人，照理说是绝不能离开父母半步的。假如您要他步行千里，来到弱小的燕国，侍奉处在危险中的国君，他能来吗？像伯夷那样廉洁的人，坚守义气，不做孤竹君的继承人，又不肯做周武王的臣子，最后饿死在首阳山。他这样廉洁，您又怎能使他步行千里，到齐国要回十座城池呢？像尾生那样守信用的人，和女子在桥下约会，女子没有来，等洪水上涨他也不离开，直到抱柱被水淹死。他这样守信用，您又怎能让他远行去退走齐国的强兵呢？我就是因为忠实守信才得罪了居上位的人啊！"

燕王听了他的话，有点驳不过他，但还是对苏秦不满，就说："你本来就不忠信，又怎么说得上是因为忠信而获罪呢？"

苏秦当即驳道："话不能这么说。我听说这样一个故事：有一个人到很远的地方做官，结果他妻子与别人私通。后来听说他要回来，两个人非常害怕，就设计陷害这个人。妻子准备了一碗毒酒给丈夫，要侍妾端去。这个侍妾明明知道是毒酒又不敢吱声，她怕主人知道会非常生气而赶走女主人。但她不说，男主人又要被毒死，她左右为难。这时，她想出一个主意，就假装跌倒，把毒酒弄洒，而那个男主人大发雷霆，打了她五十鞭。侍妾跌倒而泼掉了毒酒，保全了男主人，又保全了女主人，而她自己却受了鞭打。这怎么能说坚守忠信就没有罪呢？我的罪过就与这个故事相似啊!"燕王听他这样说,便十分后悔,就又恢复了苏秦原来的官位,给他更加优厚的待遇。

易王的母亲,是燕文侯的夫人,与苏秦关系暧昧。后来燕易王知道了此事,但对他更加优待。苏秦心里有鬼,恐怕被杀,就对燕王说道:"我在燕国,不能使燕国受到诸侯的重视;假如我到齐国去,就必定可以使燕国受到重视。"

苏秦就假装犯了罪,然后逃到齐国。齐宣王任用他为客卿。

后来,齐宣王去世了,齐湣王继位。苏秦劝湣王把宣王的葬礼办得隆重些,以显示自己的孝顺;又劝湣王扩大苑囿,高筑宫室。他这样做是想让齐国因多破费而衰弱,那样则有利于燕国。燕易王死后,燕哙继立为王。

此后,齐国有很多大夫与苏秦争宠,在暗中派刺客刺杀苏秦。苏秦遇刺,还没有断气,刺客就逃走了。齐王听说后,非常气愤,当即下令全国搜捕,但是,仍没有捉到。苏秦临死的时候对齐王说:"我死了就将我车裂,然后宣告说:'苏秦替燕国做间谍,到齐国来谋乱。'这样,杀我的凶手就能够找到了。"

齐王就照着苏秦的话去做了,果然,那个刺客以为自己有功,就高高兴兴地自己送上门了。

四十、张仪连横劝诸侯

（一）

张仪是战国时期的魏国人。他和苏秦同是齐国鬼谷先生的门徒。但是，苏秦认为自己的水平不如张仪。

张仪在学成之后，也和苏秦一样，开始游说各诸侯国。张仪开始的时候也遇到了一些阻力，不过不像苏秦那样落魄，只是在楚国受到了一些侮辱。

有一次，他陪楚国丞相喝酒时，丞相丢了一块非常有价值的璧玉，丞相门下的其他宾客都怀疑是张仪拿去了。他们说："张仪这个人很穷，品质也不好，一定是他偷了。"于是，就把张仪抓起来拷问，可张仪没偷，死活不承认，那帮人就揍了张仪几百板子，把他打得皮开肉绽，但他仍然不招。到后来也没有找到真凭实据，只有放了他。

张仪被打得一瘸一拐，好不容易才蹭回了自己家，连坐都不敢坐，只好趴在床上。他的妻子见他这样，吓了一跳，连忙问他怎么回事。他就忍着痛，一五一十地说了出来。

他妻子当时就哭了起来，看着他被打成这个样子，就埋怨他说："当初你要是不去求学，或者今天你不去游说什么诸侯，也不至于被打成这样，受这样的污辱。"

张仪见妻子哭得像泪人一样，就顾不得自己身上的疼痛，劝妻子说："你不要恨他们，其实他们打我也是为了效忠主子，从而升个官，得到更多的奖赏。我去游说诸侯也是这个目的。你不要再哭了，这样哭坏了身体，不是更糟吗？"妻子听他这么说，就擦干眼泪，咬了咬牙下定决心地说："咱们走吧，离开这个是非之地。"

张仪的屁股一阵疼痛，他咬着牙、忍着痛对妻子说："现在各处都在争斗，哪个地方不是'是非之地'呢？我们现在不能走，必须用事实来洗刷我的耻辱！如果我们现在走了，他们就会以为我真的偷了东西，假的也变成真的了。"

张仪的妻子听他说的也对，又委屈地哭了。张仪也很痛心，想不到自己游说不成，反而挨了板子，受尽了屈辱。见妻子哭得特别伤心，就想办法来缓和情绪，他对妻子说："你别难过，先看看我的舌头还在不在？"妻子破涕为笑："舌头还在！舌头不在，您还能说这么多的话吗？"张仪点点头说："这就够了！只要我的三寸不烂之舌还在，我就一定能够用它来实现我的愿望！"

（二）

张仪在楚国受辱的时候，苏秦已经游说成功，在赵国担任宰相了。苏秦怕秦国抢先攻打诸侯国，破坏盟约而使他的计划失败，他就想到了自己的同窗张仪，并且想出了一条计策。

　　他派人到楚国去找张仪，张仪这时候在楚国很久了，突然发现有使者来找他，觉得莫名其妙。心想："我在楚国待了这么久，没有人理我，怎么忽然又有人来找我呢？"他带着满腹的疑问见那个使者，使者见到张仪，说："听说苏秦和您曾是同窗的同学，现在他游说诸侯成功，已经是赵国的宰相了，您怎么不去找他，寻求他的帮助，实现您的愿望呢？"

　　使者的话给张仪带来了无限的欣喜，他就收拾了自己的东西，到赵国去见苏秦。苏秦得到张仪来的消息，就吩咐他的门客，不许为张仪通报，又设法使张仪不能离开赵国。

　　过了几天，苏秦接见张仪。在招待张仪的宴席上，苏秦把张仪安排在台下，而且给他仆人的饭食。这使张仪由原来的疑惑转为愤怒和悔恨。

　　苏秦借敬酒的机会，侮辱张仪说："先生当初和我一起学习，而你现在却混到这种田地，我无法使你富贵，你这种人根本不值得录用。"

　　张仪听到这些话，想到自己的遭遇，脸上一阵红一阵白，他想："往日同窗的好友，今天竟然这样轻视我，还一点也不顾同学情面，在这么多人面前羞辱我。"于是他就愤怒地离开了赵国。

　　张仪本来是要寻求帮助，结果受到了一顿奚落，心里非常烦躁，他就决心用他的三寸不烂之舌胜过苏秦。可六国中没有一个国家值得他侍奉，只有秦国能让赵国害怕，于是他就决定投奔秦国，准备借秦国来实现自己的愿望。

　　张仪走后，苏秦手下人对苏秦都很不满意，他们觉得苏秦对朋友太苛刻，同时也气走了一个有才能的人。苏秦看出大家的意思，就说："张仪是天下的贤能之士，我不如他。我怕张仪见到小的利益就不求上进，所以就召他来，羞辱他，激发他的意志。"

于是苏秦派一个人去侍奉张仪，然后他又劝说赵王，拨给张仪金银货币和车马，派人暗随张仪。

使者和张仪投宿在一个客舍，慢慢靠近张仪，并奉送车马和金钱。张仪想用什么，使者就拿给他什么，只是不告诉他真相。张仪要见秦王，使者就帮他准备了会见的礼物，使张仪见到秦惠王，秦惠王用张仪做了客卿，和他商议一起攻打诸侯。

见到张仪得了官，苏秦的门客觉得自己的任务完成了，便向张仪告辞，张仪说："依赖您的帮助，我才得到高官显位，现在正要报答您的恩情，您为什么要离开呢？"使者说："您不知道，这样优待您的是苏秦先生。苏先生担心秦国进攻赵国，破坏合纵的盟约。他认为只有您才能掌握秦国的政权，但又怕您贪图小利，所以才激发您的心志。并派我暗中给您钱财，这一切都是苏先生的计谋。现在苏先生计谋成功了，您也得到高官，我可以回去复命了！"

张仪感叹道："哎呀！这种谋略在我的治术之中本来也有，可我却不醒悟。苏先生用来对付我，我竟然一点也没察觉，还要怨恨他。很明显，我不如苏先生。我刚刚被任用，又怎么能图谋攻打赵国呢？请您代我拜谢苏先生。而且，只要苏先生在，我怎么敢妄谈攻赵呢？"

张仪在担任秦相之后，写了一封书信警告楚相，说："当初我陪你喝酒，并没有偷你的璧玉，你却鞭打我。现在你要好好守住你的国家，我将要劫取你的城邑！"

（三）

张仪在秦国做丞相七八年间，一直想要攻破楚国，以雪自己当年之辱，而秦王却要进攻齐国。那个时候，齐楚合纵，六国联盟，秦国根本没有能力去攻打，张仪就到楚国做客卿，以破坏他们的合纵之势。

楚怀王听说张仪来了，就待为上宾，对他非常客气。席间，他问张仪："楚国是一个偏僻的国家，您如何来指教楚国呢？"

张仪举起酒杯，沉思了一下说："大王如果能够听从臣下的，就跟齐国断绝往来，不再遵属'合纵'之约。如果那样，楚、秦合亲，我请秦王把六百里商於的土地给您，让秦王把女儿许配给大王做妃，这样，通过联姻，就可以使齐国的力量削弱，使秦楚的友善加强，岂不最好？"

楚怀王答应了他的计策，而且十分高兴地告诉给众臣子，大臣们也都非常兴奋，连连向楚怀王祝贺，唯独陈轸独自忧伤。

楚怀王见群臣向自己祝贺，只有陈轸一个人态度不一样，他就非常生气地问陈轸："我不用发一兵一卒，就能得到六百里的土地，这不是很好吗？群臣都为此而高兴，为什么你在悲伤？"

陈轸就大着胆子站起来，上前走几步，作了个揖说："恐怕我们得不到商於之地，却叫齐国和秦国联合了。齐秦一旦联合，楚国的灾难就来了。"

楚怀王感觉很纳闷，他说："我不太明白你的话，这其中有什么原因吗？"陈轸见楚怀王有点心动，就接着说："秦国为什么那么重视我们楚国，就是因为齐、楚联合。而如今，我们要断绝盟约，不跟齐国往来，那楚国必定会被孤立。我看我们倒不如将计就计，暗中与齐联合，表面上断绝交往。派人跟随张仪到秦国，假如他真许诺给我们的土地，我们再与齐国断交，假如他不给我们土地，我们也没跟齐国断交。"楚怀王听他说这么多，十分不以为然，就对他说："先生请闭嘴吧！你就等着秦国给我们土地吧。"于是，楚怀王就断绝盟约，不再和齐国交往，并且派一个将军跟随张仪到秦国。

张仪回到秦国后，假装上车时没拉住缰绳，不小心从车上跌落下来，有三个月没上朝。楚怀王听说后，就在猜疑："难道是张仪认为寡人与齐国断交不彻底，不肯轻信吗？"于是他就派勇士，到齐国去骂齐王。

齐王气得暴跳如雷，当即拍案而起，决定宁可降低身份也要与秦国结交。秦、齐结交后，张仪才上朝，对那个楚国将军说："我有秦王所赐的六里土地，情愿送给楚王。"楚国使者十分震惊，但他还是不卑不亢地说："我奉楚王之命，接受商於六百里土地，哪里是六里？"

楚将回去报告了楚王，楚王非常气愤，连连骂张仪不守信用，就打算派兵攻打秦国。陈轸说："我认为与其攻打秦国，倒不如割地向秦国求和。"

但是被愤怒冲昏头脑的楚王根本就听不进去了，他命令将军屈匄攻打秦国。秦国与齐国联合，合派军队攻打楚国，结果打败了楚军八万军队，又杀了将军屈匄，最后夺取了丹阳、汉中一带的土地。楚王又增派更多的军队去袭击秦国，双方在蓝田展开激战。最后，楚国大败。楚国只好割让了两个城邑，向秦国求和。

（四）

秦国想得到楚国黔中的土地，便要挟楚国，要求以武关以外的土地和楚国交换。楚王说："我不愿交换土地，当初受骗于商於之地，一想起来气就不打一处来。现在只要交来张仪，就可以献出黔中。"秦王想把张仪送过去，但又不好开口。

张仪明白秦王的心意，就主动要去楚国。惠王十分忧虑地对他说："你违背了送给楚国商於之地的诺言，楚王一定对你恨入骨髓，你去楚国，凶多吉少。"

张仪想了想，十分自信地说道："秦国十分强大，楚国却相当弱小，况且我跟楚国的大夫靳尚交情很深，他现在是楚夫人郑袖的侍臣，楚夫人的话，楚怀王一定言听计从。而且我奉秦王的符节出使楚国，他怎敢杀我呢？退一步想，即使我被他们杀了，能为秦国得到黔中之地，也是我张仪最大的心愿了。"

张仪到了楚国，楚怀王见他真是"仇人见面，分外眼红"，当时就下令把张仪囚禁起来，准备杀了他。楚国的奸臣靳尚找到郑袖，装出十分着急又担心的样子，对她说："您知道您将会在大王那里失宠吗？"郑袖不明白怎么回事，她连忙拿出镜子来左右照了照，觉得自己容貌尚好。又看了看自己的外形，也不难看，于是她就问靳尚到底怎么回事。靳尚故作深沉地说："秦王非常宠爱张仪，而现在张仪被大王囚禁在楚国。为了救他出去，秦国必定以上庸一带六个县给楚国，然后送上美女嫁给楚王。还会以宫中善唱的歌女作为陪嫁，用这些来赎回张仪。大王重视土地，又很敬畏秦国，秦国美女一定受宠，夫人您就要被黜。不如替张仪说说情把他救出来，这样既救了他，也救了您自己。"

郑袖一听，果然非常担心，于是她就白天晚上不停地在楚王身边念叨，不让他耳根清净，有时候还要掉两滴眼泪。她说："张仪作为一个臣子，本该为他的国君效劳。现在我们土地还没交给秦国，秦国就派张仪来了，可见秦国非常重视大王。然而大王还要杀张仪，让秦国知道了，必然会发兵攻打我们，到时候国内战乱，民不聊生。叫我们母子到江南去住吧，不要到时候被秦国像鱼肉一般地宰割呀！"楚王最见不得美人流泪，他一想郑袖说得也十分有道理，很后悔，便赦免了张仪。

　　张仪被释放出来后，还没离开楚国，听到苏秦去世的消息，就转回来劝楚王说："秦国领土占了天下一半，兵力足以抵挡四方邻国，而且它还占据险要地势，周围有大河大川围绕，四周有关塞可以坚守。猛士一百多万，兵车上千辆，战马过万匹，粮食堆积如山。法令严明，兵士都安于苦难，乐于牺牲。秦王贤明威严，将领们也都智谋而勇武。诸侯国谁敢不臣服，必定遭到灭亡。况且，主张合纵、联合六国与秦国争斗，这和赶着群羊去送虎口又有什么两样呢？猛虎和绵羊是不能成为对手的，这个道理很明显。而大王不与猛虎交往，却与一群绵羊交往，我认为这种想法是大错特错了。"

　　张仪用夸大秦国的势力威吓楚王之后，又开始捧楚王。他说："现在算起来，天下的强国，除了秦国，就是楚国，除了楚国就是秦国。两个强国相争，势不两立，两虎相争必有一伤。如果大王不与秦联合，秦必派兵先攻韩国，切断它的后路，最终韩国必定投降。魏国见到这种情况也会随势而采取事秦行动。这样秦国就可能兵临楚国城下，魏、韩也会对您进攻，那么楚国情况就危急了。"楚王听后感到形势果然十分严峻，满头冒汗。张仪又说："所说'合纵'的策略，无非是联合弱国去攻打强国。根本不估量自己兵力与国力，不顾百姓疲乏困苦，而频繁用兵，这简直是把国家推入死路啊！我听说，'兵力不如对方强，就不要向对方宣战；粮食不如对方多，就不要打持久战'。那些鼓吹'合纵'的人，只说'合纵'的好处，却根本不说其坏处，最后自己招来祸患，可是已经来不及挽救了。所以我希望大王好好考虑一下。"楚怀王忙问："那该怎么办呢？"

　　张仪一看楚怀王已经发生了动摇，就又继续说："大王您先听我说完。强秦拥有强大的后盾，过去出兵也屡战屡胜，兵精粮多，可以说是十分强大。而大王由于对外作战，五次胜了三次，兵疲将困，百姓也深受其苦。我听说功业太大的国君，容易发生危险；人民疲苦，必然怨恨国君。守着容易发生危险的事业，违背强秦的意愿，我真为您感到担心啊！

"秦、楚两国本来就是地缘很近的国家，大王若真能听我的意见，我愿意请秦王派太子到楚国做人质，楚也派太子到秦做人质。把秦女作为大王的侍妾，再奉上一个郡的大都邑，作为大王索取赋税的地方。秦、楚两国结为兄弟之邦，一辈子互不征伐，我认为再也没有比这更好的了。"楚怀王觉得张仪的话很有道理，就决定答应张仪，跟秦国和亲。

张仪又到各国去游说，他先后从各国实际情况出发，说服了韩王、齐王、赵王、燕王。张仪用他的"连横"之计，破除了他们的"合纵"政策。张仪想把这些告诉秦惠王，但他还没回去，秦惠王就去世了，武王继位。武王在当太子的时候，就不怎么喜欢张仪。继承王位后，群臣都在毁谤张仪，说他"不讲信用，反复不定，出卖国家，以取得国君厚待。假如秦国仍然重用他，必定为天下人讥笑"。各国听说武王和张仪不合，就背叛连横政策，而实行合纵政策。

秦武王元年，群臣都在诋毁张仪，张仪恐怕自己被害。齐国这个时候也派遣使者来责备张仪，张仪就想出一个计策，对武王说："臣下想出一个不太高明的计策，希望能献给大王。现在为整个秦国考虑，应该使东方发生大乱，然后大王可以趁此多取得一些土地。所以我请求大王派我到梁国去，齐王痛恨我，听说我在梁国，他必定发动军队去攻打梁国。梁、齐的军队在城下交战，必定不能分身，大王就趁此机会攻打韩国，夺取三川之地。然后将军队开出函谷关，不攻他国，直逼周都。周天子必定会献出祭器，这可是成就霸业的机会啊！"秦王一听他说的也对，便准备了三十辆兵车，送张仪进入梁国，齐王果然发兵攻打梁国。梁哀王很恐惧。张仪安慰他说："大王不必害怕，我能使齐国退兵。"张仪就派遣他的门客冯喜到楚国去，让他作为楚国的使者去齐国，对齐王说："大王怨恨张仪，但把张仪托付给秦国，对他也是一种优待了。"

齐王当时睁大双眼，十分气愤地说："寡人憎恨张仪，他到哪里，我就会发动军队攻讨哪国。为什么还说我优待他呢？"冯喜就把当初张仪与秦王商定的计谋告诉了齐王，齐王听了冯喜的话果然就撤兵了。

张仪在魏国做了一年的宰相，最后死在了魏国。

四十一、孟尝君纳贤美名扬

我国的春秋战国时代，可以说是一个乱世时期。这段时间很长（前后长达六百余年），战争频繁，思想活跃，涌现了很多传奇人物。其中"四公子"的故事世代传颂。

"四公子"就是指孟尝君、平原君、信陵君、春申君四位公子。

我们先说孟尝君。孟尝君姓田，名文。

他的父亲靖郭君田婴，是齐威王的小儿子、齐宣王的异母兄弟。田婴也是一员武将，他曾经在齐威王时担任要职，跟成侯邹忌、田忌等人率领军队去援救韩国，攻打魏国。后来，成侯邹忌和田忌争权夺利，田忌被陷害。田忌被陷害后十分恐惧，就出兵袭击齐国边境，结果没成功，就逃亡了。

后来齐威王去世，宣王即位，宣王熟知田忌被陷害的内情，就下令派人把他招回来，又封他为将军。

齐宣王二年，田忌、孙膑、田婴一起讨伐魏国，在马陵击败魏军，俘虏太子申，杀了魏将庞涓。宣王七年，田婴出使韩国、魏国，这两国后来都归顺了齐国。田婴在齐国担任十一年宰相，宣王死后，湣王继位，封田婴于薛。

（一）

田婴一生有四十多个孩子，他的下一代可以说是人丁兴旺。他有一个特别卑贱的妾生了一个儿子，名叫文，是在五月五日出生的，就是孟尝君。

当初，孟尝君刚出生时，田婴就对孩子母亲说："不要养他！"可是，天下的母亲都心疼自己的孩子，看见田文长得特别可爱，田文的母亲就偷偷地把田文养大了。

田文长大后，有一次跟着兄弟们去见自己的父亲田婴。田婴非常惊讶地发现了这个孩子，等他知道这就是那个五月五日出生的田文时，十分气愤，就派人找来田文的母亲，当面质问她说："我已经叫你不要养这个孩子，你为什么还要养他？"田文连连叩头，大胆地问："您到底为什么不要五月节生的孩子呢？"

田婴就说："五月节出生的孩子，长大后身体会像门一样高，这样的孩子对父母不吉利。"

田文说："一个人的命运，到底是受命于门户，还是受命于天呢？"田婴哑口无言。田文接着说："如果受命于天，那您还忧虑什么呢？如果受命于门户，只要把门户加高就可以了。"

田婴听这个儿子口齿伶俐，说话也很有道理，心下就开始喜欢他了，那有关身高的事也就忘到九霄云外去了。田婴就说："算了吧。"

过了一些时候，田文趁机问他的父亲说："儿子的儿子，叫什么？"

"孙子。"

"孙子的孙子，又叫什么?"田文又追问。

"是玄孙。"田婴不知道田文问这些干什么，就直接说出来。

"那玄孙的孙子，又叫什么呢?"田文又继续问下去。

这下可把田婴难住了，他想了半天，只好摇摇头说："不知道。"

田文便紧接着说："您在齐国受重视，当了宰相，到今天已经侍奉了三位君王。现在齐国疆域未见拓展，但是，您自己的私人财富却累积万金，幕僚之中一个贤人也没有。我听说'将门出虎子，相门出相才'。现在您后宫的人过着锦衣玉食的生活，可一般的才士却连一件粗布衣服也很难穿到;您家的仆妾剩饭剩菜到处浪费，而一般才士竟然连糟糠都吃不饱。现在您自己尽力积蓄贮藏，想把它留给后世的子孙，却根本没有注意到国家政事却一天比一天差了，这些让我感到很惊讶。"

听了田文这些话，田婴私下里才对田文的印象大变。便派他主持家事，接待宾客。

从此以后，宾客就一天比一天多了，田文的名声也渐渐传于诸侯之间。各国诸侯都派人来请求薛公田婴，要他立田文为继承人。田婴一看，自己原来不喜欢的儿子这么有出息，就答应了。田婴死后，被谥为靖郭君，田文也就在薛地即位，就是孟尝君。

(二)

孟尝君继位以后，在薛地广招宾客，不分良莠，只要有一定才能的人都可成为他的宾客。所以，人们很快就从四面八方赶来。各种人物，甚至连一些犯罪逃亡的人，都来归附他。

为了招待这些人，孟尝君不惜把家财花尽。就因为这样，天下才士都非常仰慕他。他拥有食客数千人，而且不分贵贱，一律平等相待。孟尝君有个习惯，他接待宾客座谈的时候，在屏风后面常有人记录他和宾客的谈话内容。宾客的居住地点、生活起居、亲属状况，都明明白白地记录下来。客人一离开，孟尝君就派人去慰问，并且给他的家属赠送礼物，常常是雪中送炭，所以他的宾客们都死心塌地地跟着他。

有一次，孟尝君陪客人们吃晚饭。有一个人在灯影里，这个人发现自己吃的东西好像比别人差，十分气愤，就放下筷子，坐在那里一声不响，然后打算离开。孟尝君明白了怎么回事，就端着自己的饭过去，和那个宾客比较，其实都是一样的。那个宾客非常惭愧，就要自杀谢罪，但被孟尝君制止了。

当时很多才士听说了这件事，都纷纷赶来归附孟尝君。而孟尝君对待宾客也一点不挑剔，一律殷勤相待，使他们每个人都觉得孟尝君亲近自己。

孟尝君的德行引起世人瞩目。秦昭王听说他贤能，就先派自己的弟弟泾阳君到齐国做人质，以此来要求会见孟尝君。

孟尝君见秦王这么有诚意，不疑有他，就决定动身去秦国。但是他的宾客们都力劝他不要去，不可轻率行事。孟尝君意志坚定，别人怎么劝也无济于事，仍然执意要去秦国。

他的宾客中有一个叫苏代的人站出来说："今天早上我从外面来的时候，看见木偶人和泥偶人在互相谈论。木偶说：'天下雨的话，你就要被水冲坏啦！'泥偶听完，未置可否，反而笑着反驳说：'我生于泥土，毁坏了又归于泥土。可你就不同了，天一下雨，把你冲走了，你连归宿都找不到。'木偶无话可说了。根据这个寓言故事，我们来分析一下当前的情况。现在的强秦就像虎狼一般，而您却还坚持去，假如一去不回，那不是和泥偶讥笑木偶一样了吗?"孟尝君听完这番话,顿时悔悟,于是就放弃了去秦国的念头。

（三）

齐湣王二十五年的时候,终于派孟尝君到秦国去。秦昭王等了他很久,终于把他盼到了,于是立即拜他为宰相。这时候,有人劝秦昭王说:"孟尝君这个人很贤能,手下门客数千,但他是齐国人,一旦他做了秦国宰相,万事都得先替齐国打算,然后才能想到秦国,您这不是养虎为患吗?"

昭王一听,当时十分害怕,于是他立即取消孟尝君的宰相之位,扣住孟尝君,准备把他杀掉。用意是:这样一个贤能的人,秦国不能用就必须除掉,否则将来他回去就会对秦国不利。

孟尝君知道情况非常紧急,就派人向昭王的宠姬幸姬求救。幸姬考虑了一下说:"我能得到孟尝君的狐毛白皮袄,就能帮他回国。"孟尝君确实有件狐白裘,价值千金,天下难寻。但当初进秦国时就已经把它献给了秦昭王,这时候再叫他拿出一件来,他到哪儿去找呢?

正在大家一筹莫展的时候,门下有一个宾客站出来说:"我能为您偷回那件白裘。"原来这个人是一个偷鸡摸狗的能手。那个人在晚上装扮成狗的模样,潜入昭王的府库,把那件狐白裘偷了回来。

孟尝君十分兴奋,就赶紧拿那件衣服去见幸姬。幸姬得到这件衣服,非常欢喜,就帮助孟尝君说了很多好话,秦昭王禁不住耳边风,就释放了孟尝君。

孟尝君被释放后,感到这里是是非之地,不宜久留,于是就赶紧马不停蹄地逃跑了。逃跑过程中怕被追上，就改乘了车辆，把姓名也改了，准备逃出函谷关。

秦昭王静下来仔细考虑了一下，开始后悔放了孟尝君，于是他就派人驾车追捕孟尝君。孟尝君逃到函谷关时正是半夜，鸡没鸣叫是不能开关的。孟尝君前面被关门所挡，后面又有追兵赶来，这如何是好？恰好他的宾客中有一个人能学鸡叫，就叫了几声，结果全城的鸡都叫了起来，函谷关就放车辆出关了。孟尝君终于逃出了秦国。

出函谷关不久，也就是一顿饭的工夫，秦国的追兵就赶来了，但是他们晚了一步，只好调转车头回去了。当初，孟尝君得到这两个宾客时，其他人都羞辱他。而现在孟尝君在秦国遇难，却正是这两个宾客救了他，从此宾客们就更加佩服他了。

（四）

孟尝君重贤纳士，名扬天下，才使秦昭王想要纳他为相。但结果是秦昭王怕他为齐不为秦，又想杀掉他。好在孟尝君侥幸逃了出来。因为是齐湣王派孟尝君出使秦国的，所以他感到非常内疚。因此，孟尝君回到齐国，齐国就拜他为相，要他执掌政务。

孟尝君对秦王十分怨恨，以前齐国军队曾帮助韩、魏两国攻击楚国，这次齐联合韩、魏攻打秦国。为此向西周借武器和军粮。

苏代对孟尝君说："您用齐来帮助韩、魏两国攻打楚国，前后一共花了九年，为他们攻取了宛、叶两县以北的土地，结果是为他们加强了力量。现在攻击秦国，无疑将又要增长他们的力量。倘若到时候韩、魏两国南边不用顾虑楚国，西边又没有了秦国的威胁，直接而来的，齐国可就危险了。那样韩、魏两国一定会轻视齐国，畏惧秦国。到时候您可就要陷入困境了。我看不如和秦国继续维持深厚关系，不进攻秦国，也不借军粮，您守着函谷关不打，并且把您的意图转达给秦昭王，说：'薛公一定不会攻打秦国而加强韩、魏的力量。他之所以攻打秦国，无非是想要您说服楚王割让东边的土地给齐国，同时让您释放楚怀王，从而讲和。'

"然后您让西周用这个办法施恩于秦国，秦国可以不被攻击，又因割让楚国东边的土地，可以免齐军的攻击，这一点，秦国一定可以接受的。楚怀王被释放后，也一定会感谢齐国。这样齐国得到东边土地就更加强盛，而薛邑也可以世世代代平安无事了。秦国没有被削弱，处在韩、赵、魏的西边，这就由不得这三国不来倚重齐国了。"

孟尝君听说，大喜过望，连连说："好主意，妙极了！"于是，他便让韩、魏与秦国复交修好；让齐、韩、魏三国不要出兵攻秦；也不再跟西周借军粮了。

此前，楚怀王因为商於之地跟秦国大战，结果失败了，又跟秦国和亲。结果他到秦国去，被秦国扣留了，所以孟尝君一定要把他释放出来，但秦国并没有真的释放楚怀王。

（五）

孟尝君在齐国当宰相期间，有一个门客叫魏子，这个人替他收取封邑的租税，一连去了三次，都没有收回。

孟尝君十分生气，就责备他说："您一连去了三次收租，结果都没收来，难道是你收不回来吗？"

魏子回答说："不是我收不来，而是我在路上遇到一位贤子，就假托您的名义，把那些税款周济给他了。"

孟尝君一听大怒，就把他给辞退了。

后来，有一个人跟孟尝君有仇，就背地里诽谤孟尝君，说他要谋反。后来恰巧有一个叫田甲的人挟持湣王，湣王怀疑这是孟尝君干的，就说："从前有个人告诉我说孟尝君要谋反，我没相信。现在事实表明，孟尝君确实有这种念头，这种人不能不防。"于是他就下令逮捕孟尝君。

孟尝君有个消息灵通的宾客，听到风声赶紧来告诉他，孟尝君感到既冤枉又害怕，就逃到外国去了。他只有等待事实查明才能向齐王表明自己的清白。魏子听说了这件事，就走上朝廷对齐王说："孟尝君是不可能谋反的，他手下没有那么多兵将，平时也没有发展自己的兵力，再说他又没有怨恨朝廷、想做国君的企图。他身为宰相，怎么可能谋反呢？"

出门后，魏子就在宫门外自杀了，以死来表明孟尝君没有叛乱意图。齐湣王对魏子的举动非常吃惊，就下令朝内朝外严格取证，结果根本就找不出孟尝君谋反的证据。齐湣王发现自己错怪了孟尝君，就召孟尝君回来，承认了自己的错误，又恢复了孟尝君的相位。

孟尝君推辞说："我已经老了，而且身体多病，不能再侍奉君王。"从此，他就辞官回薛地养老去了。

后来，齐湣王连番发动对外战争，灭掉宋国后，他就更加骄横起来，想把孟尝君除掉。孟尝君害怕了，逃到魏国。魏昭王早就仰慕孟尝君的贤名了，于是请他做丞相。孟尝君联合秦、赵、燕三国共同伐齐，齐国战败，齐湣王逃亡到莒并死在那里。

后来，齐襄王即位，他很怕孟尝君，就主动跟孟尝君和好，亲近孟尝君，又把薛地封给孟尝君。后来，孟尝君去世，他的孩子们互相争位，结果齐、魏两国联合消灭了薛邑。从此孟尝君断了后继者，没有后代。

（六）

孟尝君的门客中有一个人叫冯谖。他听说孟尝君礼遇宾客，就穿着草鞋来见孟尝君。

孟尝君见到他，劈头就问："您不远千里来到我这里，可有什么指教的吗？"

冯谖回答说："我听说您好客，因为家里穷，生存不下去，就想投在您的门下做一个食客。"

孟尝君就把他安置在客舍，每天给他粗茶淡饭，也不理他。过了十天，孟尝君把舍长找来，问他："冯谖每天都做些什么事？"

舍长回答说："这位冯先生很穷，他只有一把破宝剑，用一根绳子拴住剑尾，每天在那里弹着剑唱歌：'长剑啊！我们回去吧！在这里吃饭连鱼都没有啊！'"

孟尝君听完后，就下令把冯谖移到中舍去住，每天菜里有鱼吃。过了五天，孟尝君又召舍长问道："冯谖这几天都在干什么？"

舍长说："冯谖倒也不干什么，只是在那里弹长剑唱歌'长剑啊！咱们回去吧！出门没有车！'"

孟尝君就又把冯谖移到上客所住的代舍，出门都可以有车子坐。又过了五天，孟尝君向舍长打听冯谖情况。舍长说："他又弹着长剑唱歌'长剑啊！咱们回去吧！这里没有可以养家的啊！'"

听完这些，孟尝君很不高兴。

过了一年多，冯谖没有再唱什么。这个时候，孟尝君担任齐国宰相，封万户于薛国。他门下有食客三千人，封邑的收入已经不够他来养这些食客，于是他就派人把钱借给封邑的百姓。

一年以后，封邑收成不好，很多人借了钱无力偿还。孟尝君为这件事发愁，就问宾客们："谁能到薛城去讨债呢？"

门客们说："冯谖这个人，恐怕没有别的技能，看他长得相貌堂堂，又是个能言善辩的长者，可以派他去讨债。"

孟尝君就找来冯谖，对他说："门客们不知道我这个人无德无才，都十分赏脸来投奔我，现在有三千多人。可我的收入远远抵不上大家的花销，所以就用薛城来借钱放贷，现在那里已经有一年多没来交贷款的利息了。我想请先生到那走一趟，替我催催钱款如何？"

冯谖就痛快地答应了，然后直奔薛地。

到了薛城，他召集那些欠债的人来会晤。得到利息十万钱。他就用这些钱买酒买肉，款待那些欠债的人。能付利息的人来了，不能付利息的也来了，都拿借据来核对。之后，大家聚在一起，当天宰了牛，摆了好酒，人们大吃大喝一通。

之后，他对那些人说："大家把债券和本券核对一下，凡能付利息的，就定个日期还债；家贫不能付利息的，就把借券烧掉。"

他又对大家说："孟尝君借钱给你们，是怕你们没有本钱作生意；向你们要利钱，是怕没有钱招待他的食客。现在，有钱的，订下偿还的期限；没钱的，就把借据烧掉。大家尽量痛快地喝吧。你们有这样一位好主人，千万不要辜负他呀！"在座的都站了起来，接连跪拜两次。

孟尝君听说冯谖烧掉借据，当下气愤异常，派人连夜召回冯谖。冯谖刚一回去，孟尝君就责备他说："我为门下的三千食客，才借钱给薛地。我奉邑的收入本来就少，百姓们又没有按时偿付利息，奉养宾客都成了问题，所以我才派您去收债。可是，我听说您收到债后，用那些钱买了很多肉和酒，还烧掉很多借据，这是怎么回事？"

冯谖说："是有这么回事，您听我给您解释。假如我不多备烧酒就不能让大家聚在一起，也就不知道哪些人有钱，哪些人没钱。有钱的人，都定了借款还债的日期；没钱的人，即使是向他讨十年债，也讨不来呀。利息越滚越多，逼急了，他们就会逃走。如果他们被逼急了，不能还债，对上就会说您贪财好利，不爱惜子民；对下则百姓又会背负触犯长上的罪名。产生这样的情况，并不是您的初衷吧？这也不是您要奖励士民、表彰您声誉该做的吧？把那些没用的借据烧掉，主动放弃收不回来的弃账，让薛城的百姓都亲近您，显扬您的行善名声，这有什么不好呢？"

孟尝君听了，拍手叫好，连连向冯谖道歉。

后来，齐王被秦、楚两国的谣言弄糊涂了，以为孟尝君的名声超过了自己。听说孟尝君还有独揽齐国大权的欲望，他就解除了孟尝君的职位。孟尝君从高位跌落下来，惹得众叛亲离，食客们都离开了他。这些门客原来觉得"大树底下好乘凉"，现在"大树"倒了，自然都散去了。

这时，冯谖对孟尝君说："给我一辆车，我到秦国去，我可以使您重新受到齐国重视，而且封邑比现在还要大。"孟尝君听他这样说，就满怀希望地给冯谖准备了一辆车，准备好送给秦王的礼物，派冯谖到秦国去。

冯谖带着这些东西，直奔秦国。见了秦王就说："天下辩士都争着、抢着到您这里来，他们希望使秦国强盛，使齐国衰弱。然而，到东方去的辩士们，他们没有一个不希望齐国强大而使秦国弱小。看来秦、齐两国是当今天下的两大强国，势不两立，一旦发动战争，能称雄的一方必然能得天下！"

秦王听他这样一说，十分急切，连忙向前求教说："您有何妙计才能使秦国不处于劣势呢？"

冯谖说："大王您一定听说过孟尝君被齐王废除这件事吧？"秦王点头说是。

"让齐国名望显现于天下的，是孟尝君。但现在齐王轻信谣言，把他给废除了，他心里一定非常怨怼，一定会反叛齐王。一旦他离开齐国到秦国来，一定会把齐国的内幕情况报告给秦国，这样，您就可以轻而易举地得到齐国，到那时您就不愁称雄天下了。您最好马上命人备份厚礼，偷偷地把他迎接过来，千万不能错过这样一个难得的好机会。倘若齐王悔悟了，反过来再任用孟尝君，那么以后谁胜谁败可就不好说了。"

秦王听完冯谖这番谈话之后，十分兴奋，当时就派十辆车拉着黄金百镒，准备去迎接孟尝君。

冯谖见秦王已经被说动，就赶往齐国，求见齐王说："天下辩士投奔齐国，只希望齐强秦弱。凡是到西边去的人都希望秦强齐弱。看来齐、秦两个国家不共戴天，势不两立，要让秦国强盛称雄的话，齐国也就岌岌可危了。目前我听说秦王派十辆车拉着黄金百镒来迎接孟尝君。这样一来，孟尝君不到秦国则已，一旦到秦国，天下各国就会倾向于它，秦国就占有了优势，而齐国自然甘拜下风了。一旦齐国处于劣势，临淄、即墨就要危急了。大王您必须在秦国使者赶到之前，抢先恢复孟尝君的职位，恢复他的封邑，向他赔礼道歉，这样，孟尝君一定会受宠若惊，感激大王。秦国虽然是强国，但它怎么能聘别国的宰相呢？只要破坏了秦国的计谋，也就粉碎了它争霸的野心。"

齐王听后，点头称善，连忙派人到边境去观察秦国使者的动静。秦国使者刚一入境，齐王马上就得到报告。于是他恢复了孟尝君的官职，不但给他原来的封邑，还增加千户人家。秦国使者听说齐王恢复了孟尝君的职位，也只好调转车头回去了。

自从齐王听信谗言，废除孟尝君的职位后，众食客就纷纷离他而去。现在，他又复职了，那些食客一个一个又都回来了。冯谖就想去迎接他们。孟尝君感慨万分地说："我这个人一向关爱宾客，不敢对他们有一点慢待，以至于到后来竟有三千多人，这些事您都知道。但是，那些食客眼看着我被免职，一个个都背弃我走了。现在，我只是依靠您的努力才得以官复原职，您说，那些宾客还有什么脸来见我呢？如果见到他们，我一定向他们脸上吐口水，好好羞辱他们一番！"

冯谖一听这话，当即解下缰绳，向孟尝君行跪拜礼。孟尝君被他这一举动弄得不知所措，以为自己说错了什么，他连忙下车还礼说："先生您是想替那些门客道歉吗？"

冯谖说："我并不是为他们道歉，我是因为您刚才的失言。"

孟尝君更糊涂了，站在那里不知怎么办好。他问冯谖："您这话怎讲？"

"'事物发展都有它的必然归宿，人情世故有它的本来面貌。'这话您可晓得？"

孟尝君说："这我知道，但它到底什么意思呢？"

冯谖继续解释说："在这个世界上，有生命的东西必然会死亡，这是生物所经历到的。有钱有地位的人一定有很多人和他交往，贫贱的人的朋友必定很少，人情世态本来就是这样。您看那些赶集的人们，天一亮，大伙儿你挤我、我挤你进入集市，其实也没什么热闹。可天一黑，即使有一个人抡着双臂从市场走过，也没人会理他。这并不是说人们喜欢早晨，不喜欢黄昏，这是因为他们想要的东西早上有，到黄昏就没有了。从您失去高位，宾客们就离去这件事来看，与这'集市'的故事可以说同出一辙，请您不要怪罪他们。更不能因为这件事就断绝了延揽宾客的途径，我希望您仍然能像从前那样对待您的宾客。"

孟尝君听了冯谖的话，顿时醒悟，再三拜谢说："我一定好好遵从您的建议。听了您的指教，我田文受益匪浅哪！"从此以后，孟尝君把冯谖奉为上宾，遇事总要与他商量。那些食客又都回来了，孟尝君像原来一样对待他们，此后孟尝君延揽门客的名声又传遍了天下。

齐襄王在位时，田文谢世，谥号为孟尝君。

四十二、平原君好客传佳话

平原君赵胜，是赵国公子中的一位。在赵国所有的公子中，他是最贤能的。他喜欢招揽宾客，他门下宾客也达数千人。在赵惠文王和孝成王年间，他曾三次做宰相，又三次离职。

（一）

平原君对贤士是十分尊重的，通过下面这个故事，就可以说明这个问题。

平原君住的高楼，紧临老百姓的住房。有一天，在老百姓住的房舍里，走出一个跛子。这个人脚步蹒跚地去井边打水。住在高楼上的平原君的一个美人看到那个跛子一瘸一拐地去打水，感到好笑，就高声大笑起来，同时还对别人说："你看那个人，左歪右斜的，真好笑。"美人的笑声和讥讽的话语被跛子听见了，气得他满脸通红，感到这是对他人格的极大污辱。第二天，那个跛子来到平原君面前说："我听说您很爱才，所以仁人志士才不远千里来投奔您，那是因为您能够尊重他们，而不以妻妾为重。我从小不幸患了弓腰驼背的毛病，但您楼上的一个美人看见我走路的样子竟然耻笑我，我希望您能不惜美人，把那美人的头砍下给我。"

平原君听完，笑着答应说："好的。"等那个跛子走了，平原君笑着说："这个小子，因为一句玩笑，就要杀掉我的美人，真是太过分了!"

最终平原君也没有杀掉那个美人。过了一年多，平原君发现自己宾客、门下、舍人，竟有一半以上陆续离开了。他感到很奇怪，就问周围的人说："我对待门下宾客，从来不曾失礼，可为什么他们一个一个都要离开我呢?"

这时候，有一个人大胆走上前说："这是因为您没有杀掉讥笑跛子的美人，大家觉得自己的才能还是比不上一个美人重要，深感心寒意冷，因此就离开您了。"

听完这番话，平原君立刻砍下那个美女的头，亲自登门送给跛子，并且再三谢罪。从此以后，他的宾客又都渐渐回来了。

（二）

赵惠文王九年，秦兵包围赵国都城邯郸。赵王派平原君到楚国去搬救兵，希望能与楚国联合抵抗秦国的军队。平原君决定带门下文武双全的二十个人同去。平原君说："假如我能够以和平方式完成任务，那是再好不过了。要是不能取得成功，就要在那华丽的议事厅歃血盟誓，完成合纵盟约再回来。这二十个随从不用到外面找了，只要在我门下食客中找就行了。"

但是，他挑来选去，只找到了十九个人，还差一个人。正在大家左右为难的时候，门下有一个叫毛遂的食客走到平原君面前，自我推荐道："我听说君王派您到楚国去会盟，准备挑选门下二十个人跟您同去，现在还差一个人，那就请您答应我随您一同去吧。"

平原君听他这样说，就问他："您在我门下多久了？"

毛遂说："三年。"

平原君深有感触地说："一个贤能的人活在世上，就像锥子放在袋子里面，一放进去，锥尖就会扎破口袋露出来。但是您待在我门下已经有三年了，没一个人夸赞您，也没一个人提起您，我也根本没听说过您。说句不好听的话，您大概没什么才能吧，怎么能让您来补缺呢？您还是留在家里吧。"

毛遂上前一步说道："我现在正是要您把我放进袋里呀！假如您早把我放进去，我早就能脱颖而出（整个锥子脱离口袋露出来），不单只是锥子的尖露出来了。"

平原君见他执意要去，心想反正也找不到别人了，就叫他去吧，这样也可以试试他的才能。另外十九个人，你看看我，我看看你，都在偷偷地笑毛遂。

毛遂与众宾客一起跟随平原君到楚国，一路上大家讨论了很多问题，彼此交换看法，最后那十九个人都很佩服毛遂。

平原君和楚王商量议和的事情，平原君一再说明合纵的好处，不合纵的坏处。他们从早上说到中午，费尽唇舌，还是没有结果。后来那十九个人就怂恿毛遂说："您上去试试，说不定能行。"

于是毛遂就左手提剑，右手握住剑把，昂首挺胸地走上台阶，进入议事厅。然后他扭转头对平原君说："关于合纵的利害关系，两句话就可以说完，可是你们却从早上直说到现在还没有结果，这是为什么呢？"

楚王一见毛遂手握宝剑、面露凶气、眼睛圆睁的样子，十分惊讶，就问平原君说："这位客人是做什么的？"

平原君连忙欠身答道："他是我的门客。"

楚王立刻呵斥毛遂说："滚下去！我在和你的主人谈话，哪里轮到你来插嘴！"

毛遂握着剑，一个箭步蹿到楚王面前，不卑不亢地说："大王您之所以呵斥我毛遂，是倚仗着楚国强大的威势。现在，我与您相距不过十步，您的命运现在掌握在我的手里。况且，我的主人就在您的面前，您这样呵斥我为什么啊？我听说商汤凭着七十里的地方，统治了天下；周文王凭借百里的土地，号令诸侯。他们是因为士卒众多吗？当然不是，而是因为他们能够依据已有的情势，振作他们的威武罢了。

"目前，楚国有方圆五千里的土地，再加上百万雄师，这就是称霸天下的资本。您依仗这个权势，没人阻挡得了。但是，白起只是一个小毛头，他率领几万人的军队，出兵和楚国作战，一战就攻下了鄢、郢两地；再战，焚毁了楚国的夷陵；三战，就侮辱了大王您的祖先。楚国受这样的奇耻大辱，连赵国都替您感到羞耻，作为一国之君，您反倒无羞愧之意！合纵这件事，完全是为了楚国，而不是为了赵国。"

楚王听完他的话，当时脸色就变了，赶忙和颜悦色地说："是！是！我愿意和赵国订立合纵盟约，联合抗秦！"

毛遂趁热打铁，问楚王说："合纵的事，就这么定了吗？"

楚王说："对！就这样定了！"

于是，毛遂吩咐楚王左右说："快拿鸡狗马的血来！"毛遂手捧着铜盘，跪着献给楚王，说道："大王您应先歃血盟会来表示合纵的诚意，然后是我的主人，最后是我。"

平原君与楚国订立了合纵盟约之后，就回国了。回到了赵国，平原君感慨地说："我以后再不能以貌取人了！从我以貌取才以来，多者有千人，少则也有几百人了，自己一直认为不曾漏掉一个人才。但是现在看来，在对毛先生的认识上，说明我错了。毛先生一到楚国，就使赵国的威望比九鼎、大吕还要贵重。毛先生三寸不烂之舌，真可以胜过百万大军了。从今以后，我再也不以貌取人了！"于是，他就拜毛遂为上客。

（三）

平原君回到赵国以后不久，秦国攻打赵国。楚国派春申君救赵，魏国的信陵君也假托国君的命令，巧取晋鄙的兵权，前来救赵。但在他们的援兵未到之时，秦军加紧包围邯郸城，邯郸的形势十分危险，平原君非常焦虑。

这时邯郸传舍吏（管理宿舍的官）的儿子李同找到平原君，对他说："您不担心赵国灭亡吗？"平原君说："我怎么不担心？我马上就要成为俘虏了，您说我能不担心吗？"

李同就说："目前，邯郸城里的百姓钱粮断绝，甚至到了把死人枯骨当柴烧，交换儿女烹食的地步了，情况十分危急。可您再看您后宫的美人、婢妾个个绫罗绸缎，精美的食物吃也吃不完。再看看百姓们穿的破衣烂衫，连糟糠都吃不饱。百姓们穷困潦倒，连兵器都没有，他们就削尖木头作矛矢，但您家里的器物却依然完好无缺。一旦秦国把赵国灭了，您还能拥有这些东西吗？如果赵国能够保全，您何愁没有这些东西呢？现在最好的办法就是和民众一心，共同对付秦国。把您夫人以下的人员全编入军队，分担一些工作。再将您的家私都拿出来，犒赏士兵。在这危难的时刻，士兵是很容易感恩戴德的。"

于是，平原君就照他的建议去做了，果然得到敢死的勇士三千人。李同就带着这些人奔赴前线，和秦国的军队交战，结果把秦国的军队击退了三十里。正在这个时候，楚国春申君和魏国信陵君的援兵都赶到了，秦兵禁不住打击而败退，赵国的都城邯郸保住了。

李同殉难。赵王对他很是感激，就封他的父亲为李侯。

（四）

赵国有一位上卿——虞卿，想凭着信陵君保卫邯郸有功，替平原君在赵王那里得到加封。公孙龙听说之后，连夜驾车去见平原君，说："我听说虞卿想凭借信陵君保全邯郸城的功劳，替您求封邑，有这回事吗？"

平原君回答说："是的。"

公孙龙就说："我认为这事最好不要答应。赵王提拔您担任宰相，并不意味着您的智慧和才能是赵国第一。赵王之所以把东武城封给您，并不意味着您对国家有多大的贡献，只不过是因为您是赵王亲戚的缘故。您接受相印时，没谈到本身无能；接受封邑时，也没说自己无功。之所以如此，是因为您自己也认为是赵王亲戚的缘故啊！事实上，是信陵君保全了邯郸城；但有人为您请求封赏，这也是因为您是赵王的亲戚呀。再说虞卿脚踏两条船，事情一旦成功，那他就可以让您感激他的帮忙；事情不成功，他可以用您未能实现的虚名来博得您的好感。希望您千万不要听他的！"

平原君终于没有听从虞卿的建议。

赵孝成王十五年，平原君去世。他的后世子孙世代承袭封爵，直到赵国灭亡。

四十三、信陵君仁和受拥戴

魏国公子无忌是魏昭王的小儿子，是魏安釐王的同父异母弟弟。魏昭王去世，安釐王就封无忌为信陵君。

信陵君为人仁义而且谦让，他又能做到委屈自己而尊重士人。所以周围数千里的士人，都争先恐后地来归附他，信陵君对他们也礼貌有加。所以他的门客多达三千余人。就因为公子无忌贤明，门客众多，诸侯国十几年不敢派兵攻打魏国。

（一）

有一天，公子无忌和魏安釐王下棋，北方传来警报说："赵国的军队马上就到魏国边境了。"安釐王一听大惊失色，慌忙丢下棋子，就要召集大臣们商量对策。这时魏公子无忌站起来，拉着安釐王的胳膊慢条斯理地说："您不要惊慌，那不过是赵王出来打猎罢了，并非侵犯我国。"安釐王只好继续下棋。

安釐王心里很恐惧，心神不定地下着棋。结果没多久，北方传来消息说："赵王只是打猎路过而已，并不是来侵犯我国的。"

安釐王大惊，他就问公子无忌："公子是怎么知道这种情况的？"公子无忌微笑着回答说："在我的门客中，有能打听到赵国秘密的人，所以赵王所做的事，他们马上通知我，我就会知道。"从此以后，安釐王害怕公子无忌的贤能，不敢把国家大事交给他处理。

（二）

魏国有一个老年隐士叫侯嬴，已经七十多岁了。他是大梁城东门的守门人，生活特别困难。

侯嬴的事叫公子无忌知道了，就带上贵重的礼物前去问候。但侯嬴不肯接受礼物，他说："我几十年来都在修身养性、激励品行，怎么能因为看守城门穷困的缘故，就接受您的厚礼呢？"有一天，公子无忌摆上酒席，大宴宾客。等大家入席坐好后，无忌就驾着车马，带着随从，并且空着左边的上座，亲自到东门迎接侯嬴去了。

侯嬴整理整理他破旧的衣帽，连个招呼也不打，见到无忌的车子就径直登上车子，坐在左边的尊位上，想要借此来观察公子无忌的诚意。这时，他看见公子无忌拉着缰绳，越发谦恭。侯嬴又跟公子无忌说："臣下有个朋友在城里当屠夫，希望能委屈您一下，让我顺便去拜访他。"公子无忌二话不说，当即就驾着马车到了市区。侯嬴下车去见他的屠夫朋友朱亥。他在那里左顾右盼，一边和朱亥谈话，一边还和过往行人打招呼，故意拖延时间，并偷偷观察公子无忌的反应。但是他看见公子的脸色更加温和坦然，一点厌烦的表情也没有。

此时，在公子无忌的府邸中，魏国的将相、宗室和宾客们满满一屋，就等着公子回来开宴。大家等得都不耐烦了，客人们开始交头接耳，议论纷纷。在市场里，看见公子无忌握着马缰绳耐心地等待着侯赢，公子无忌的随从们没有不在心里暗骂侯赢的。侯赢见公子的脸上一点怒色都没有，就辞别朱亥，回到车上。

公子回到家里，领着侯赢坐上座，并把他一一介绍给宾客，宾客们对此都很惊讶，但又不便问什么。当大家饮酒饮得十分尽兴的时候，公子无忌站起身来恭敬地给侯赢敬酒。

侯赢站起来对无忌说："今天我侯赢难为公子您啦。我只是一个守东城门的小吏，您却亲自驾车来接我，还要我坐在车子的尊位。照理说，我是不应该再去看望朋友的，况且我还要您把车驾到闹市去，在那里长久地立马等我。为了成就公子爱名士的美名，所以我故意和朋友谈了很久，可公子的神态反而显得更加谦恭。这样一来市上的人们都以为我是一个小人，而您是一个能谦卑下士的长者，世人就更敬重您了。"

听了侯赢这一番话，公子无忌点了点头，众人终于明白了这其中的原因。

有一次，侯赢对公子无忌说："臣下所拜访的朱亥，是我的老朋友。这个人是个贤才，但是人们不了解他，因此他就隐居在市场屠夫之中。"公子无忌听了，好几次去拜访朱亥，但朱亥却不回拜，公子觉得他很奇怪。

（三）

魏安釐王二十年，秦昭王派军队击败了赵国驻防长平的军队，又几次进攻邯郸，形势十分危急。

公子无忌的姐姐是赵惠文王弟弟平原君的夫人，好几次叫人送信给魏安釐王和公子，向魏国求救兵。安釐王派将军晋鄙去救赵国。秦昭王知道后，派使者告诉魏安釐王说："我攻打赵国，马上就能攻下来，如果哪个国家敢去援救，在我占领赵国以后，一定调兵先去攻打那个国家。"魏安釐王听他这么一说，当时就害怕了，连忙派人通知晋鄙停止前进，在邺地驻守。魏国表面上说是救赵，实际上是在按兵观望，他们在静观形势的变化。

平原君派遣的使者络绎不绝，甚至到了冠盖相望的程度。他们到魏国就责备公子无忌说："赵胜之所以高攀您和魏国结为婚姻，是因为公子道义崇高。现在邯郸城被秦军包围，危在旦夕，但魏国的救兵却迟迟未到，公子能急人之困的高义又在哪里呢？况且，即使公子瞧不起赵胜，难道也不顾你的姐姐吗？"

公子无忌寝食难安，不但自己好几次去请求魏王出兵，还多次派自己手下的谋士去劝说魏王。但是魏王害怕秦国，始终不采纳公子的建议。

迫不得已，公子决定：假如出兵的事得不到魏王的允许，自己也不能苟活在世上而让赵国灭亡。他和宾客们凑了一百多辆车马，去赵抗秦，准备与赵国共存亡。

公子出发经过东门时，见到侯嬴，就告诉他准备去赵抗秦，说完后，就分手走了。侯嬴说："公子努力向前吧！老臣不能跟随您前去了。"

公子无忌开始没有介意，但出门走了几里路，心里开始不快，他想："我对待侯嬴，很是周到啊！现在我要去死了，而侯嬴竟然没有一句半句的话给我！难道我有什么对不起他吗？"于是，他又带车马返回质问侯嬴。

侯嬴见公子无忌又调转回来，就笑着说："老臣就知道公子还会回来。"他接着说："公子爱重士人，天下皆知。现在有急事了，想不出别的办法，就要和秦军拼命，这和把肉送入虎口有什么区别呢？公子对臣下很好，公子离开，臣下竟然不送行，这不是怪事吗？因此，臣下知道公子定会回来的。"

公子无忌听侯嬴说中要害，十分激动，向侯嬴拜了两拜，问他有什么办法没有。

侯嬴支开旁人，悄悄对公子说："我听说，晋鄙的兵符常放在魏王的卧房里。如姬是魏王的宠妃，她常出入魏王的卧房，一定能够偷到。我又听说如姬的父亲被人杀了，如姬报杀父之仇的念头有三年之久，从魏王以下，都想为她父亲报仇，却没人办得到。如姬为此曾向公子哭诉，公子您便派人斩下仇人的头，献给如姬。如姬想要报答公子，只是苦于没有机会，假如让她报答，就是牺牲生命她也愿意。假如公子您开口，请如姬帮忙，如姬一定会答应。得到虎符，夺取晋鄙的兵权，再到北方去救赵国，这将成就春秋五霸一样的功业啊！"

无忌听完，当即拍手叫好。他采用侯嬴的计策，请如姬帮忙去偷兵符，结果如姬很快就偷出了晋鄙的兵符，交给了公子无忌。

拿到了兵符，公子决定马上出发。临行时，侯嬴对公子说："将在外，君命有所不受。"这样才能有利于国家和作战。公子到了那里，即使核对了兵符，晋鄙也有可能不交给您兵权，如果他再向魏王请示，那事情就危险了。臣下有一个朋友朱亥，是一个大力士，可以叫他和您一道去。晋鄙肯听您的，那就一切好办；假如不听，那就叫朱亥打死他。"公子听他这样说，当即就流下泪来。

侯嬴不知怎么回事，就问他："公子是怕死吗？您为什么哭呢？"

公子说："晋鄙是个叱咤风云、意气豪迈的老将，我想此去他一定不肯听从，那时就要杀死他，我又不忍心，因此就哭了起来。我怎么会是怕死呢？"说完，公子就去请朱亥同行。

见到朱亥，说明原因，朱亥笑了，他说："臣下是市井间磨刀宰杀猪羊的屠夫，公子亲自来访多次，臣下却一次也没回拜过，因为我觉得这是些小礼节。但是现在公子有急难，这是我牺牲生命报答公子恩惠的时候了。"说完就与公子一起出发。

公子又去向侯嬴拜谢告辞，侯嬴就说："臣下受您器重，本应该与您同去，但是我老了，无法再去。我将算计公子您的行程，在您到达晋鄙军中的那天，我会面向北方自杀以答谢公子。"大家挥泪而别。

公子无忌一行人到了邺地，假称安釐王的命令，想取代晋鄙的职位。但是晋鄙对了兵符之后，觉得可疑，就说："现在我拥有十万大军，驻防在边境，我身负保卫国家的重任。但是公子却单人独马来接替我的兵权，这是怎么回事？"他不打算听从公子的命令。

躲在晋鄙后面的朱亥就偷偷地用藏在袖子里的铁锤砸死了他。无忌于是统领了军队。他传下令说："凡是父子都在军中的，父亲回家；兄弟都在军中的，哥哥回家；独生子也可回家侍奉父母。"这样整顿一番后，还剩下八万人。这些人作战十分勇猛，迅速击退了秦兵，解救了邯郸城，保全了赵国。

赵王和平原君为了感谢信陵君，就亲自到边境迎接。平原君背着箭袋为公子在前面引路，赵王再三拜谢说："自古以来的贤人都没有能比得上公子您的。"

话说回来，与公子无忌诀别后，侯嬴就估算着公子的行程。在公子到达晋鄙军中时，侯嬴果然北向自杀了。

（四）

信陵君偷走了魏王的兵符，又假传圣旨杀了晋鄙将军，这使得魏安釐王非常气愤。公子自己也知道得罪了魏王，所以在打败秦兵，保存了赵国以后，他就派人带兵回魏国，自己则和众门客留在了赵国。

赵孝成王对公子窃符救赵的义举十分感激，就和平原君商量，准备把五个城邑封给公子。公子听说这个消息，开始骄傲自满起来，好像他十分有功，理应受赏。

宾客中有一个人见他这个样子，就告诉公子说："有些事情是要忘记的，有些事情又是不可忘记的。要是别人对公子有恩德，公子就不该忘记，而要'滴水之恩，当涌泉相报'；但是当公子施恩给别人时，希望公子能够忘掉。公子假托魏王的命令，夺取了晋鄙的军权，又杀了晋鄙，救了赵国。但对魏国来讲，您未必是一个忠臣啊！现在您自以为有功而骄傲起来，我个人以为您不该这样。"

公子接受了他的批评，又深深地责备自己一番，真感无地自容。他说："您说得对，救赵是我应该做的，不应该居功；而对魏我不是忠臣，我还哪有资格去骄傲呢？"从此以后更加谦卑谨慎。

赵王命人洒扫道路，亲自去迎接公子，依照主人的礼仪像迎接贵宾一样，引导公子走向西阶。公子却侧身而行，谦让辞谢，从东阶上去。他说自己有罪过，因为自己对魏国不忠，对赵国没有什么功劳。

赵王陪公子饮酒，直到傍晚，口中也不好意思说出封赠五城的事，因为公子太谦恭礼让。后来，公子就留在赵国，赵王把鄗邑献给公子作封邑。而魏王也仍然把信陵封给公子，但公子仍然留在赵国。

秦国听说信陵君留在赵国十多年不归，就不停地发兵攻打魏国，逼迫割地。魏安釐王忧虑秦国的进攻，就派使者接信陵君回国。但是信陵君害怕魏王仍忌恨当年窃符救赵的事情，就告诫门下人说："如果有人跟魏王使者联络，一律处死。"宾客们也都陆续离开魏国，到赵国去投奔公子，没人再敢劝公子回国了。

（五）

公子无忌听说赵国有高士毛公，隐居在赌徒中间；薛公，隐居在卖酒人家之中。听说他们是两个贤人，于是就想会见这两个人。可这两个人得到消息就躲藏起来了，不肯见公子。后来公子无忌打听到他们藏匿的地方，便偷偷地步行去和两个人认识、交往，他们相处得十分亲密。

平原君听说了这件事，告诉他夫人说："从前我听说夫人的弟弟无忌是天下独一无二的人才，现在我却听说他跟赌徒和卖酒之人混在一起，看来，公子也不过是一个荒唐人罢了。"

平原君夫人一听，也很震惊，就把这件事告诉了公子无忌。公子无忌当时就跟姐姐告别，收拾行李，准备离开赵国。他说："从前我听说平原君贤明，所以才背弃魏王来解救赵国。哪知平原君交往的朋友都是些充充阔绰的人，他并不是在访贤求士。我无忌在大梁城的时候，就听说这两个人的贤能。现在我到了赵国，还担心不能见到他们呢。以我无忌的身份与他们交往，我还怕他们不理我呢。如今平原君竟认为这是可耻的事，像他这样的人是不值得交往的!"

平原君夫人详尽地把这些话转告给平原君,平原君听他这样说,才脱帽谢罪,坚决挽留公子。平原君门下的宾客听了这件事,有一半离开平原君投奔公子无忌去了。

公子无忌留在赵国十年之久,不回魏国。结果魏国被秦国连番攻打,魏王前来求助,但信陵君就是不肯回去,还下令不许通报,一旦有谁违反就杀无赦。宾客们也不敢劝,这时毛公和薛公两人去见公子,说:"公子所以受到赵国尊重,名声显于诸侯,是因为还有魏国存在。而现在秦国攻打魏国,情势十分危急,公子却不忧虑。假如秦国真的攻陷大梁,又毁坏魏国先王的宗庙,公子将有何面目立足于天下呢?"二人话还没说完,公子无忌的脸上立刻变了颜色,吩咐赶紧备马,回去救魏国。

魏王见到公子,彼此相对而泣,魏王就把上将军印交给公子。公子于是成为领兵的统帅。魏安釐王三十年,公子无忌派使者遍告诸侯,各诸侯国听说公子无忌亲自带兵,都派遣将军带兵马来援救魏国。于是,公子就统领齐、赵、楚、韩、燕五国的兵马,在黄河南边打败了秦军,赶走了蒙骜,又乘胜追击秦军直到函谷关,堵住秦军,使秦军不敢再出关来。在这时候,公子无忌威名震动天下。诸侯各国的宾客呈献兵法给公子看,公子就都题上自己的名字,当成自己的著作,世上一般人称为《魏公子兵法》。

秦王忧虑信陵君跟山东各国联兵,就用五万金到魏国行贿,买通晋鄙的宾客到魏王跟前诋毁信陵君说:"公子在外国逃亡十年,现在又回到魏国当上将,叫他统率诸侯将领,公子一定是想为王,诸侯也想立地为王……"以后秦国又多次利用反间计,开始魏王没听,但天天听他们毁谤公子无忌,魏王就不能不相信了。后来魏王果然派人代替公子领兵。公子也知道自己是因为有人进谗言而被废置不用了，于是他就推辞生病不再上朝，和宾客们通宵达旦地饮宴、歌舞、亲近女色。就这样昼夜不停地耽溺于饮酒作乐之中，过了四年，终因饮酒过多患病而死。同年，魏安釐王也死了。

秦国听说公子无忌死了，就派蒙骜再带兵进攻魏国，夺取了二十个城邑，设置为秦国东郡。从此以后，秦国就像蚕吃桑叶一样渐渐把魏国侵占了。又过了十八年，俘虏了魏王，攻下大梁城。

公子的贤能为后世所景仰，汉高祖刘邦即天子位后，每次路过大梁，都要祭祀公子。高祖十二年，刘邦击破黥布从前方回来，替公子墓设置了五户人家，专门看守公子墓，又命令百姓每年都按照四时季节来奉祀公子。

四十四、春申君颖慧留青史

战国四公子之一的春申君是楚国人，姓黄名歇。他年轻时出外游学，知识渊博，在楚国顷襄王时任事。顷襄王因为黄歇擅长辩论，就派他出使秦国。这时，秦昭王已派大将白起攻打韩、魏两国，在华阳那个地方打败了韩、魏，并且活捉了魏国大将茫卯，韩、魏只好投降秦国。稍后，秦昭王准备派白起领兵和韩、魏共同攻伐楚国。楚国听到这个消息，就赶紧派黄歇出使秦国。

这时，秦国的大将白起已经攻打楚国了，已经夺取了巫郡和黔中郡，又攻陷了鄢郡、郢郡，东边竟打到了竟陵。楚顷襄王没有办法，只好把国都迁徙到陈县去了。

（一）

此前，楚怀王因为和亲被秦国引诱入秦，受了欺骗并被扣留做人质，最终死在了秦国。顷襄王是怀王的儿子，很不受秦国重视。黄歇生怕秦国举兵将楚国灭掉，就上书给秦昭王，力陈秦进攻楚国的不利之处。后来他又亲自去秦国。

见到秦昭王，黄歇说："天下最强大的国家当数秦、楚。"秦王暗想："楚国怎能和我秦国相比，它算什么强国！"但他没有吭声。

黄歇继续说："大王想去讨伐楚国，这就好比两只猛虎在相互争斗时，即使是最卑劣的狗也可能趁猛虎疲惫不堪的时候占便宜！这样的话，您不如亲善楚国。请您听听臣下的分析。"

秦昭王虽然不想听，但还是耐着性子说："请您继续讲下去。"

黄歇就举《诗经》《易经》上的例子，摆事实、讲道理，说明奉行与楚联合策略的好处。秦王终于被他说动了，连连拍手说："好！说得好！"于是就下令制止白起出兵，同时又派使臣出使楚国，与楚国结成友好盟国。

黄歇游说秦王成功，回到了楚国。按秦、楚双方约定，楚王派黄歇与太子回到秦国做人质。秦国一点也不客气，就把二人扣留了下来。就这样居住了数年之久，后来楚顷襄王病重，楚太子想回国探望，可是秦王却说什么也不放人。

楚太子和秦国的宰相应侯是好朋友，黄歇就去找应侯问他说："相国真是太子的好朋友吗？"应侯不明所以，就点点头说："是呀！我们相处得很好。"

黄歇就接着说："现在楚王的病情恐怕无法好转，秦国不如让楚太子回国。假如太子能立为楚君，他侍奉秦国一定格外恭敬，而且他也一定会报答相国您的恩德。这样做无疑是亲善盟国，也是扶植万乘之君的唯一方法。假如太子不能回国，那他毕生也只能是咸阳城的一个普通百姓。楚国假如另立太子，一定不再服侍秦国，那就会轻易地失去一个盟国！希望相国您能好好考虑这件事。"

应侯一听，连忙把这件事禀告了秦王。秦王说："先派楚太子的师傅回去探病，回来以后再作商议。"

黄歇向楚太子献计说："秦国之所以羁留太子，是想谋求更大的利益，但现在太子并不能给秦国太大的好处，这样下去，我担心会对太子不利。而且阳文君的两个儿子偏偏又都在宫中，楚王假如不幸驾崩，而太子又不在国内，阳文君的儿子一定会被立为继承人，那么太子就不能再奉享宗庙了。既然这样，就不如逃离秦国，与出使的人一起蒙混出去，臣留下来，以死来抵这个罪过。"楚太子就改衣换装，装扮成为楚使者赶车的人混出了秦国的关口，黄歇则留守在秦舍里。等到他估计太子已经走远了，秦国不能追及的时候，就主动告诉秦昭王说："楚太子已经回楚国了，我黄歇该当死罪，请大王赐死！"

昭王听后大怒，想赐黄歇自杀。应侯劝昭王说："黄歇为人臣子，理当为主效忠。楚太子能立为楚君，一定会重用黄歇，所以不如放黄歇回去，不给他治罪，秦、楚两国必定更加友善。"

秦王于是就遣黄歇回楚国去了。

黄歇回国只三个月，顷襄王就死了，太子完被立为楚君，他就是考烈王。考烈王元年，任用黄歇为相国，并封他为春申君，赏赐给他淮北十二县的土地。

（二）

春申君担当楚相的第四年，秦军攻破了赵国的长平，俘虏了四十万赵军。第五年，秦又围攻赵国的国都邯郸。邯郸向楚国求援，楚派春申君率兵前往援救，击退秦军。春申君担任楚相第八年，为楚北伐，消灭了鲁国；楚国又强盛起来。

有一次，赵国平原君派使者来见春申君，春申君招待他在上等客舍居住。赵国的使者想向楚国炫耀本国的富庶，故意用玳瑁簪来绾头发，并拿着用珠玉镶饰的刀鞘请见春申君的门客。当时春申君的门客有三千多人，其上等客人都穿着用宝珠做的鞋子来会见赵国使者，赵国使者见了大为羞愧。

春申君担任楚相十四年的时候，秦庄襄王被立为国君，任用吕不韦为相国，并封他为文信侯，秦消灭了东周。春申君担任楚国相国的第二十二年，当时的各国诸侯，都担忧秦国不会罢休，于是就互相联合起来，向西讨伐秦国，推举楚王为纵约之长。春申君当权主持军事，抵达函谷关。盟军在函谷关与秦军作战，结果诸侯的军队皆战败逃走了。考烈王就把这件事情归罪于春申君，春申君因此就日渐被疏远。

春申君的门客中，有一位看渡口的人名字叫朱英，他对春申君说："人们都以为楚国原是一个强国，可是用您为相反而使它衰弱了。我却并不这么认为。当初先君在位的时候，秦国有二十年时间不敢攻打楚国，那是因为什么呢？因为秦国要逾越关塞来攻打楚国，这不方便。要是向西周借路，背后韩、魏会趁机攻击他。可是现在魏国危在旦夕，而且已经答应把两个城邑割让给秦国。这样一来，秦国距离我楚国的陈只有一百六十多里远，今后臣所可观看的，只能是秦、楚两国间每日所发生的战事了。"

于是，楚国就离开陈，迁都到寿春。

（三）

楚国的考烈王没有儿子，春申君为此感到忧虑，就寻找会生儿子的妇人进献给楚王。虽然进献了很多，可是终究没能生下儿子。赵人李园带来他的妹妹，想把她进献给楚王，又听说楚王没有生子能力，恐怕时间长了她会失宠。

后来，他去见春申君，表示愿意做春申君的门客。不久，他向春申君请假回家，但回来时又故意延期。回来后，晋见春申君。春申君向他询问到底怎么回事，李园就回答说："齐王派使者来求聘臣的妹妹，因为与使者饮酒，所以延误了假期。"

春申君问他："是否送了聘礼？"李园回答说："还没有。"春申君就要求见李园的妹妹，李园就把自己的妹妹进献给春申君，并得到了春申君的宠幸。

后来，李园的妹妹怀有身孕，李园的妹妹对春申君说："楚王对您的尊重、信任，就是兄弟也比不上啊！可楚王自己却没有儿子，楚王百年之后，必定立他弟弟为王。到那个时候，新王一定会宠幸他身边的人，而您又怎能再受到宠幸呢？现在贱妾自知已有身孕，如您能将妾献给楚王，一旦能幸运地生下一个男孩，将来继承王位，就等于您的儿子继承王位。"

春申君听她这样说，觉得很好，就把她送给了楚王。楚王果然十分宠爱她。李园的妹妹进宫不久就生下一个男孩，立为太子。李园的妹妹被封为王后。李园成为国舅，很得楚王的宠信。

李园自从得到高位后，就十分骄矜，他害怕春申君泄露秘密，就暗中收养亡命之徒，想杀害春申君灭口。

春申君担任楚相的时候，楚国的考烈王病了。朱英对春申君说："世间有飞来横福，同时也有飞来横祸。现在您处在生死无常的国家，又侍奉喜怒不定的君王，怎么就没有吉凶难测的人来帮助您呢？"

春申君说："什么叫飞来横福呢？"朱英就说："您担任楚相已经有二十多年了，虽然在名义上您是楚相，但实际上您是楚王！现在楚王病重，早晚会去世。一旦楚王死去，您辅佐少主，代替少主执政当权，就像伊尹、周公一样。可等到楚王年长，您必须把政权交给他，您为何不现在就南面称王而据有楚国呢？这就是我所说的飞来的横福。"

春申君又问："那什么又叫飞来的横祸呢？"

朱英回答说："李园不得治理国政就会怨恨你，对您像仇敌一样。虽然他不统领军队，可是他暗中豢养亡命之徒已经很久了。等到楚王一死，他一定会先行入宫掌握政权，反过来杀您灭口。这就是我所说的飞来的大祸啊！"

春申君问："那谁又是吉凶难测的人呢？"

朱英说："请您先安置我担任楚王的近侍，楚王死后，李园一定先行入宫，到时候我就替您把李园杀了。我就是所说的吉凶难测的人哪！"

春申君不以为然地对朱英说："李园是一个懦弱的人，我又一向待他很好，他无论如何也不会做出你说的那种事来的，这个您放心。"

朱英见自己的意见没有被采用，担心以后灾祸会降临到自己头上，就偷偷地溜走了。

过了十七天，楚考烈王死了，李园果然先行入宫，把他豢养的那些亡命之徒埋伏在棘门（宫门）以内。春申君刚刚走进棘门，李园事先埋伏的人就从两面冲上来，偷袭春申君，把他的头割下来，扔在棘门以外的外河。随即又派人把春申君全家都斩尽杀绝。

李园的妹妹当初得宠于春申君怀孕，后来进入宫中所生的儿子就被立为楚王，他就是楚幽王。

四十五、廉颇与蔺相如

廉颇是赵国的著名将领。赵惠文王十六年，廉颇被任命为大将军，率兵攻打齐国，结果大败齐军，夺取了晋阳城，为此被晋升为上卿。廉颇凭着英勇善战、率兵出色而扬名于各诸侯国。

蔺相如则出身低微，只是赵国宦官头领缪贤的一个舍人。

（一）

赵惠文王的时候，赵王得到楚国的和氏璧。秦昭王知道了这件事，就派人送信给赵王，说愿意用十五座城交换和氏璧。赵王接到这封信后，就犯难了。他召集大将军廉颇以及其他朝臣商议对策。有人说："把和氏璧送给秦国，但是那十五座城秦国不给怎么办？赵国不是白白被欺骗了吗？如果不给秦国和氏璧，又怕秦国发兵来。"给与不给，一时难以决定。这时，就需要物色一个人，叫他去答复秦王，但是这样的人是不容易找到的。

宦官头领缪贤对赵王说："臣下的舍人蔺相如可以去。"赵王问："你怎么知道他能去呢？"缪贤回答说："臣下曾经犯过罪，当时就想偷偷逃到燕国去。但是臣的门客蔺相如劝阻臣，他说，'您怎么知道燕王会接纳您呢?，臣就告诉他，臣曾经跟随大王和燕王在国境上会面，燕王曾私下里握着臣的手说，'我愿意结交你这个朋友'。所以臣相信燕王会收留臣的。蔺相如听了以后，对臣说，'那个时候赵国强大，燕国弱小，而您过去一直深受赵王宠幸，所以燕王才会讨好您。如今您负罪逃往燕国，燕国本来就惧怕赵国，以现在的情势判断，燕王一定不敢收留庇护您的。不但如此，他可能还要活捉了您，再把您遣送回来。所以依我看，您不如袒露上身，伏在铡刀上，前去向君王请罪，侥幸会被赦罪的'。臣听了他的劝告，就去见您，果然陛下就赦免了臣的罪行。臣想，他确实是个勇士，足智多谋，因此他应当是个很合适的出使秦国的人选。"

于是，赵王就召见蔺相如，问他道："秦王提出用十五座城换取我的和氏璧，您看，是给他还是不给他呢?"

相如回答说："秦国强而赵国弱，所以我们只好把和氏璧送给他了。"

赵王又说："假如他拿去了我的璧，又不给我城邑，怎么办?"相如说："秦国要求用城换璧，如果赵国不答应，那么错在赵国;而赵国交出了玉璧，但秦国不给赵国城邑的话，那么错就在秦国了。衡量一下这两种情形。倒不如答应秦国，让它担负不交出城邑的罪名。"

赵王说："那派谁出使秦国呢?"

相如说："陛下如果没有找到合适的人选，臣愿意带着和氏璧出使秦国。秦国的十五座城邑划归赵国，就把玉璧留在秦国;如果赵国得不到那十五座城邑，臣就负责把和氏璧完整地带回来。"赵王一听大喜过望，就派相如带着和氏璧出使秦国。

蔺相如到了秦国，秦王坐在章台接见相如，相如双手捧着和氏璧献给秦王。秦王拿到玉璧，十分高兴，马上把璧传递给陪侍在左右的美人以及臣子们观赏，他们同声欢呼万岁。

相如看出秦王并没有交出十五座城的意思，就走上前去，对秦王说："这块璧虽好，但上面却有瑕疵，请让我指点给大王看。"秦王不知道他的本意，就把玉璧交给蔺相如。相如抓紧和氏璧，退后几步，靠着一根柱子，怒发冲冠，声色俱厉地对秦王说："大王为了得到这块璧，派人送信给赵王，赵王为此还特别召集群臣商议，文武百官都认为秦王既贪婪，又自恃强盛，想用空话来骗取和氏璧，所谓的十五座城是根本拿不到的。所以决定不给您送璧。但臣以为，一般平民百姓，尚且讲究诚实不互相欺骗，何况是大国呢？因此，赵王就斋戒了五天，派我带着玉璧来到秦国，献给大王。赵王所以要斋戒五天再送玉璧无非是尊重你们大国的尊严，可是我今天来到贵国，大王您却在一般的宫殿里接见我，并且态度相当倨傲。拿到了玉璧，又传给美人、臣下欣赏，这是有意在戏弄我！我也看出来，大王您并没有割地的诚意，所以我才要回了和氏璧。大王您要是逼急了我，我的头就和这玉璧一同撞碎在柱子上！"

说完就双手高举玉璧，眼睛望着柱，做出要撞的样子。秦王见相如这样，怕他真的撞碎了玉璧，连忙对他进行劝阻。秦王还让左右把秦国地图拿来，在图上把十五座城指给相如。相如仍然怀疑秦王的诚意，就对秦王说："和氏璧是天下闻名的瑰宝，赵王送我启程送玉之时，先斋戒了五天，然后又上祭。那么大王您要接受这块和氏璧是不是也应该斋戒五天，在大殿上设九宾大礼接见我，我才能献上和氏璧呢？"

秦王答应了相如，像接待贵宾一样，安顿相如住下。

相如明白，秦王虽然答应了斋戒五天，但他一定不会答应割十五座城给赵国的。于是，他就让随从化了装，穿着破旧的衣裳，怀里揣着和氏璧，从小路逃回赵国，真的实现"完璧归赵"了。相如自己还留在秦国。

秦王真的斋戒了五天，又兴高采烈地在朝廷上举办了九宾大礼仪式，并派人把相如请来会面。相如到庭上之后，对秦王说："秦国自穆公以来的二十多个国君，从不曾有过信守诺言的君主。我实在是怕您再欺骗我，而辜负了赵王的重托，因此我早已派人将和氏璧送归赵国了。不过，秦强赵弱，先前大王您只是派一个使者给赵国送一封信，赵王马上就派我把和氏璧送到秦国来。现在，凭着您秦国的强盛，如果真的能割让十五座城池给赵国，赵国难道还敢为保留一块玉璧而得罪大王您吗？

"我也知道欺骗您的话当杀，我准备接受烹刑，就请用大刑吧！"

秦王和他的左右臣子们面面相觑，目瞪口呆。左右随从想把相如拉下去用大刑，秦王阻止道："如今我们即使杀了他，也得不到那块和氏璧了，反而破坏了秦、赵两国的友好关系。不如优厚地款待他，然后放他回国。想那赵王，怎能为了一块和氏璧而欺骗秦国呢？"秦王还是按礼接见了相如，待典礼结束，让相如回到赵国。

相如回到赵国后，赵王看相如是一个不辱使命的贤大夫，就拜他为上大夫。秦国后来并没有割十五座城给赵国，赵国也就没送和氏璧给秦国。

（二）

不久以后，秦国攻打赵国，攻占了石城。第二年又发兵攻赵，杀死了两万人。

秦国派遣使者告诉赵王，希望和赵国讲和，并在西河之南渑池会盟。

赵王害怕秦国，不想去。廉颇、蔺相如两人商议说："君王如果不去赴约，就显得赵国国势衰弱，国君胆怯了。"于是赵王就答应了赴约，由相如相陪。廉颇送赵王一行人到国境上，拜别赵王时说："大王一去，估计会期与行程总共不会超过三十天，如果满三十天您还不回来，就请允许我立太子为王，以断绝秦国要挟之意。"赵王答应了。

赵王到达渑池和秦王见面。酒过三巡，秦王喝到酣畅之处，就说："寡人曾听说赵王喜好音乐，请弹奏瑟来助助兴吧！"赵王就弹了瑟。秦国史官走上前来，记录说："某年某月某日，秦王和赵王饮酒，命赵王弹瑟。"蔺相如走上前去，说道："赵王曾听说秦王擅长秦国的音乐，现在我给大王您捧上瓦缶，请大王击一下缶，以互相娱乐。"秦王很生气，不肯表演。于是相如走上前来，捧着瓦缶，跪下去相请，秦王仍然不肯击缶。相如说："您不击缶，在这不到五步远的地方，我就用我的颈血溅到大王您的身上。"秦王的左右随从听他这样说，都弓上弦，刀出鞘，要杀相如，相如瞪眼怒喝一声，惊得他们个个闪避退后。

秦王心中害怕，不得不敲了一下缶。相如马上回头召赵国的史官，让他记录："某年某月某日，秦王为赵王击缶。"

秦国的群臣说："请赵国用十五座城作为向秦王祝寿的寿礼。"

蔺相如也说："请秦国献上咸阳城，作为对赵王祝寿的寿礼。"

双方展开唇枪舌剑，直到酒会结束，秦王也没有占上风。再加上赵国戒备森严，秦国不敢轻举妄动。

渑池之会结束，赵王回到国中。因为相如在这次会盟中的出色表现，就拜他为上卿，官职在廉颇之上。

廉颇知道这件事后，不服气，他说："我廉颇身为赵国将军，有攻城略地、护土保疆的大功勋。而蔺相如算什么？他只不过是动动口舌，就位居我之上。他本来出身微贱，让我感到羞辱。"

因此，廉颇就公然扬言说："一旦我碰到蔺相如，一定要与他当面对质，好好羞辱他一顿！"相如听说后，从此称病不上朝，不肯与廉颇争位，避免发生冲突。

有一次，相如外出，远远地望见了廉颇的车队，相如赶紧调头回避。这样几次三番之后，他的门客都看不过去了，就联合起来对他说："我们之所以来投奔您，只因为都很仰慕您高尚的道义啊！如今您和廉颇同朝为官，廉先生公开对您恶言相讥，但您竟吓得这样躲躲藏藏，不敢露面，未免太胆小怕事了。这样的事连寻常人也觉得耻辱，何况位居相位的您呢？请让我们告辞吧！"

相如再三挽留他们，并且说："你们认为，廉将军与秦王谁厉害？"

"当然是秦王厉害！"大家异口同声地说。

"以秦王那样的权威，我尚且敢在大庭广众之下呵斥他，羞辱他的臣下，我蔺相如难道就怕廉将军吗？你们应该知道，强秦所以不敢对赵国发动进攻，就是因为有我和廉将军同时在朝为官。如果我们俩只凭意气用事，互相争斗，那就像两只恶虎争斗一般，势必要两败俱伤，对我们国家是不利的。我之所以避着他，无非是把国家的急难放在前头，把个人的恩怨摆在后面罢了。"

众宾客一听，都觉得相如考虑的周到、长远，纷纷打消了离去的念头。消息传到廉颇那里，他深感内疚，就裸露着上身，背上荆条，由宾客陪着来到相如家门前谢罪。他说："我廉颇是一个武将，自身粗鄙浅陋，没想到先生您的胸襟竟如此宽大。"

从此两人结为至交，成了生死与共的朋友。

（三）

赵孝成王去世后，太子悼襄王继位，起用乐乘代替廉颇的职位。廉颇一气之下攻打乐乘，结果乐乘不敌，被廉颇打跑，廉颇也出奔到魏大梁。

廉颇在魏国大梁住了很长一段时间，也没有得到魏国的重用。赵国因为多次受到秦兵围困，打算再起用廉颇，廉颇同样也希望能继续为赵国出力。

赵王为召廉颇回国，派遣一个使者到魏国去见廉颇，看他能不能再带兵打仗。廉颇的仇家郭开听说这件事，就花重金买通那个使者，让他说廉颇的坏话。

使者与廉颇见了面，廉颇为显示自己身体尚好，特意在使者面前吃了一斗米的饭，又吃了十斤肉。然后又穿上铠甲，骑上战马，以示自己能承担重任。

使者回到赵国以后，因为他接受了郭开的贿赂，就回复赵王说："廉将军的年纪虽然大了，饭量仍然不减，只是他跟我坐了一会儿工夫，就去了三趟厕所拉屎。"赵王一听，以为廉颇老迈不中用了，决定不召他回国。

楚国听说廉颇在魏国，就暗中派人迎接他。廉颇到了楚国也没什么建树。他说："我想指挥赵国的军队。"最后，廉颇老死在楚国。

蔺相如和廉颇的故事中，包含了很多成语或典故，比如"完璧归赵""负荆请罪""廉颇老矣，尚能饭否"，都带有一定的积极意义，所以流传至今。

四十六、屈原的悲剧

（一）

春秋战国时代，也是百家争鸣的时代。战争虽然频繁，但学术和思想的发展也掀起了一个高潮，出现了诸子百家及各种学派。而在众多的文人中，有一个人大家一定不会陌生，他就是屈原。

屈原名平，和楚王同姓熊（因屈原祖先封地在屈，因此以后改姓为屈）。楚怀王时，他担任左徒官。由于他学识渊博，记忆力特别强，所知道的事情也多，通晓国家治政的道理，并且擅长辞令。对内，在朝中，他和楚王共同商议国家大事，制定政令；对外，他接待各国使节，应酬各国君王，深得楚王赏识。

上官大夫和屈原爵位相同，心中就想和他争楚王的宠幸，并且他十分嫉妒屈原的才能。有一回，楚王指派屈原制定国家的法令，屈原刚刚拟完草稿，还没有定稿，上官大夫看见了，就想把草稿夺过来看，屈原当然没有给他。上官大夫恼羞成怒，就在楚王面前毁谤屈原，说："大王指派屈原制定法令，没有一个人不知道，每当一条法令制定出来，颁布下去，屈原就夸耀自己的才能，好像除了他以外，没有人能做得出来。"楚王听了生气不已，从此就疏远了屈原。

屈原认为楚王被小人所迷惑，耳朵不能辨是非，眼睛不能看黑白，以至于邪害伤到公道，为此屈原感到非常痛心。所以他忧愁苦闷，写出了《离骚》。所谓的"离骚"，是指"离忧"，就是遭遇忧愁的意思。

《离骚》共有三百七十二句，二千四百六十一个字，是一篇政治长诗。当初屈原作《离骚》是为了抒发内心的怨愤。他本人心性耿直，行为方正，对楚王尽忠尽职，结果却受小人陷害。楚王也不分黑白，竟然和他疏远。屈原的处境可以说是十分艰难了。这样一个人，因为诚信谋国而被君王猜疑，忠心事主而遭小人毁谤，他怎能没有怨愤之气呢？

从《离骚》的内容上来看，它叙述了远古帝喾的事迹，称颂近世齐桓的伟业，同时论及中古的商汤、周武，用来讥刺当时的政治。《离骚》还阐明了道德的重要性，以及国家所以治乱的因果关系。屈原所用的词虽然烦琐细腻，但内中的旨意却十分博大。他举例子都从自己身边举，但其内涵却十分深远。因为他心志高洁，所以喜欢用香草自比。而且由于他品行端正，所以一直到死，也为小人所不容。

（二）

屈原被废黜以后，秦国想发兵攻打齐国。但是齐、楚两国有盟约，秦惠王很忌讳，不知道怎么办才好。于是派出张仪带着厚礼到楚国，假装表示愿意做楚国人质，并游说楚王说："秦国和齐国有仇，想要攻打它，但是齐楚合约，这叫秦王很为难，就想把商於六百里的土地割给楚国，来换取您和齐国的断交。"

楚王贪图那六百里土地，就相信了张仪的话，派使者与齐断交，又到秦地去接纳封地。这时张仪见齐、楚已断交了，事情已经办成功，就对楚国使者说："我们约定的是六里，而不是六百里。"张仪欺骗了楚国，使楚国使者大为恼火，回去禀报楚王。怀王听了怒不可遏，就发动军队攻打秦国。

秦国也发兵迎战楚军，两军在丹、浙二水之地激战，楚军大败，被杀八万多人，将领屈匄被俘。秦国于是又乘胜攻占了楚国汉中一带。楚怀王于是动用全国兵力，大肆攻击秦国，发生蓝田大战。魏国听说这个消息，就发兵偷袭楚国，军队已经达到邓地。楚兵害怕，急忙从秦国撤回。这时齐国因为楚怀王背弃盟约，不肯派军救楚，楚国的处境非常困窘。

第二年，秦兵表示愿意割让汉中一带地方和楚国议和，楚王说："不要汉地，只要张仪一人。"张仪到楚国后，托人找关系，结果找到楚王夫人郑袖帮忙。郑袖在楚怀王面前一个劲替张仪说情，结果就把昏庸的楚怀王说动了，于是放了张仪。

这个时候，屈原已经被疏远，不再居高位，而且刚被派遣出使齐国。他回来后，听说了这件事，就问楚怀王："大王为什么不杀张仪？"

楚怀王仔细一想，感到非常后悔，就派人追赶张仪，可是已经来不及了。

后来，各国因为楚国背信弃义，就联合攻打楚国，大败楚军，杀死了楚国的大将唐眜。

（三）

后来，由于张仪从中穿线，秦、楚两国想结为姻亲，秦王就想和楚王会晤。怀王想去，屈原劝阻道："秦是一个像豺狼虎豹一样的国家，而秦王也是不守信用的，还是不要去的好。"可是怀王的幼子子兰劝怀王去，他说："秦王是一片好意，我们怎么能够拒绝呢？"怀王到最后还是出发了。等他一进武关，秦国伏兵就断绝了他的归路，把怀王扣留起来，胁迫他割让土地。怀王暴跳如雷，说什么也不肯答应，就逃到赵国，但赵国也不肯接纳他。没办法，他只好再折回秦国，结果他死在了秦国，最后归葬楚国。

后来，怀王的长子顷襄王继位，任用其弟子兰为令尹。子兰早先曾经力劝怀王入秦，使得怀王不能返回楚国，楚国人都因此事怪罪子兰。

屈原对子兰贻误国事感到非常痛恨。他虽然遭到放逐，但还是十分眷恋楚国，心里惦念着怀王。希望能再回到朝中，希望怀王能够醒悟，与怀王共同振兴国家，挽救楚国的颓势。他曾在一部作品之中多次表达了这种意思。但是这些愿望都无济于事，屈原仍不能回到朝中，怀王到最后也没有理解屈原的忠诚。

当屈原听说子兰担任了令尹之后，心中很不以为然。这件事传到令尹子兰耳朵里，他就非常生气，就叫上官大夫不断地在楚王面前说屈原坏话。楚顷襄王同样是一个不明是非的人，他听信谗言，就把屈原放逐到边远的江南去了。

楚王昏庸，国势衰败，小人当道，报国无望，屈原已心力交瘁。一天，屈原跌跌撞撞地来到江边，披头散发，形容枯槁。

一位在河边打鱼的渔夫见他这个样子，就问他说："您不是三闾大夫吗？为什么到这个地方来了呢？"

屈原说："当今世上的人都陷入污浊泥淖之中，只有我是干净的；众人都已经昏醉了，只有我还醒着，于是我就遭到了放逐。"

渔夫就问他："一个人的修养如果达到了至高境界，他对于事物的看法也不是一成不变的，而是能够圆通地随着世俗的风气而变化。假如世上的人都是污浊的，那您为何不随波逐流？假如世上的人都醉了，那您为何不吃点酒糟和薄酒，也跟那些人同醉呢？您为什么要守身如玉，遭致被放逐的命运呢？"

屈原说："一个刚刚洗过头的人，一定要把帽子上的灰尘掸去；一个刚刚洗过澡的人，一定要拂去衣服上的尘土；一个人怎么能用自己清白的身体，去接受外界污浊的东西呢？我宁愿跃入江中，葬身鱼腹，也不愿让自己的高洁的情操受到世俗的污染！"

说完，屈原作了一首《怀沙赋》，把他的忧愤与悲痛全写了进去。之后，他就抱着一块石头，投进汨罗江自杀了。

四十七、荆轲刺秦王

（一）

荆轲是卫国人，他的祖先是齐国人，后来移居到卫国。卫国人称他庆卿，以后他又到了燕国，燕国人又称他荆卿。

荆轲很喜爱读书、击剑，但都不被人了解，因此一直不为人所用。他曾经用剑术来游说卫元君，但是卫元君不识才，根本不重用他。荆轲就到处游历，寻找自己的知音。后来，秦国征伐魏国，把占领的地方设置为东郡，卫元君无奈就迁到野王去了。

有一次，荆轲游历到榆次，碰到盖聂，两个人谈论起剑术。盖聂自视才高，一旦话不投机就发脾气，并且对荆轲怒目而视，荆轲一气之下就走了。有人提议说，应该再把荆轲叫回来，盖聂说："刚才我们谈论剑术，有不同意见，我用眼睛瞪了他，恐怕他已经走了。不过，去看看也好。"于是，盖聂就派人到荆轲的住处去寻找，果然荆轲已经乘车离开榆次了。使者连忙回来报告，盖聂就说："他当然要走，刚才我用眼睛恐吓了他。"

荆轲又游历到邯郸。鲁句践和他下棋赌博，因为他抢先，鲁句践就十分恼火，呵斥他。荆轲就默默地走了，以后再也没有见面。

荆轲又到了燕国，碰到燕国一个杀狗的屠夫，这个人很善于击筑，叫高渐离，他们两个相处十分融洽。荆轲十分爱喝酒，天天同杀狗的屠夫高渐离在燕国市场上喝酒。喝到半醉，高渐离就击着筑，荆轲就在街市上一边拍手一边唱歌，可是一会儿又相对哭了起来，悲痛异常，旁若无人。

荆轲虽然天天和酒徒们厮混，但是他的为人却沉着稳重，他无论游历到哪些国家，都跟一些贤豪长者结交。他到了燕国，燕国的处士田光先生也很客气地接待了他，田光知道他不是一个平凡的人。

又过了一些时候，在秦国做人质的燕太子丹逃回来了。燕太子丹从前曾被押在赵国做人质，秦王嬴政是在赵国出生的，小时候他们很要好。到了嬴政即位做了秦王，正好太子丹质押在秦国。秦王对燕太子丹变得很苛刻，一点也不顾念旧情，太子丹对他十分嫉恨，就偷偷逃了出来。

太子丹回到燕国以后，就下决心报复秦王。这时秦国又经常出兵太行山以东的地方，攻伐齐国、楚国和三晋，把它们一点一点蚕食了。秦不断地侵占诸侯的土地，眼看快要到燕国了。燕国的君臣都很害怕，但又束手无策。太子丹更加忧虑，就请教他的太傅鞠武。

鞠武回答说："现在秦国的土地已经遍及天下，威胁着韩、魏、赵三国。而且它的北面有甘泉、谷口的坚固要塞；南边又有泾、渭的肥沃原野，占据巴、汉一带的富饶地区；右边是陇、蜀的高山峻岭；左边又是关、殽的天险。加上人口众多，士卒勇猛，兵器甲胄更是精良。如果它想向外扩张，那么长城以南、易水以北的燕国的土地恐怕也保不住了。太子怎么可以因为受了欺侮，就想报复秦王呢？"太子丹愁眉不展，问他："那怎么办？"鞠武就回答说："这件事我们得从长计议。"

（二）

又过了一些时候，秦国的将军樊於期得罪了秦王，逃亡到燕国来。太子丹将他收容，并且给他安排好馆舍。鞠武就劝谏说："不能这样优待樊於期，太子还是先送樊将军到匈奴去，以消除秦国侵略燕国的借口。我们应该先和西方的三晋缔交，再和南方的齐、楚两国联合，再和北方的匈奴单于联络，然后想办法对付秦国。"

太子说："太傅的计划，旷费时日，我怕是等不及啊！再说樊将军是在走投无路时才来投奔我的，我总不能因为强秦的威胁，就去牺牲朋友，把他驱逐到匈奴去。现在正是需要人办事的时候，太傅还是替我重新考虑一下吧！"

鞠武说："为了一个新结交的朋友，情愿不顾国家安危，那后果可想而知。燕国有一位田光先生，他为人智慧深远，而且勇敢沉着，可以再和他商量。"太子就说："那还请太傅从中介绍，我要结交田光先生。"太傅就去见田光，把太子的意思对他讲了，田光立即去拜访公子。

太子听说田光前来，就连忙迎了出来，倒退着在前面引路，又跪下来拂拭了座席。田光坐定，太子见左右没人，离开座席走到田光跟前请教道："现在燕、秦两国势不两立，该怎么办呢？"田光说："我听说良马强壮时日行千里，等它年老，就是劣马也能跑到它的前头。太子听到的是田光壮年时的事迹，可现在我已经年老体衰了。不过我有一个好友荆轲，他可以参与国家大事。"

太子恳请田光为他引见，并郑重其事地嘱咐田光说："我们所谈的，都是国家大事，希望先生不要泄露出去。"

田光就去见荆轲，说："我和您交情深厚，燕国无人不知。如今太子听说了我壮年时的事迹，却没有想到我的身体已经大不如前。我觉得您不是外人，就把您介绍给太子。希望您能入宫拜访太子。"

田光又说："我听说，忠厚的人做事，别人是不会怀疑他的。但是现在太子叫我知道了国家机密，却又嘱咐我不能泄露，这是太子不信任我。你见太子，就说田光已经死了，我是不会泄露秘密的。"说完，田光自杀身亡。

荆轲就去拜见太子，告诉他田光已经死了，并且转达了田光的话。太子拜了两拜又跪下来，双膝行走，痛哭流涕地说："我嘱咐田先生不要泄露国家秘密，可田先生竟然以自杀来满足我的要求，这并非我的本意呀！"

荆轲坐定后，说明来意，太子离席叩头对他说："秦国有贪婪之心，不把天下所有的土地完全吞并，是不会罢休的。现在秦王又俘虏了韩王，占领了韩国的全部土地；之后又兴兵向南伐楚，向北威逼赵国。秦将王翦已经率几十万大军到达了漳邺。李信的军队也从太原、云中两郡出兵攻赵。如果赵国抵抗不住必定投降，赵国一降，祸患就会轮到燕国。燕国又小又弱，就是调出全国的兵力，也不能抵挡秦国。各诸侯国又都畏惧秦国，不敢再联合抗秦。我个人之见是物色一个勇士，派他到秦国去，用重利诱惑秦王，秦王贪得无厌，如果真能挟持秦王，叫他归还诸侯土地，像曹沫挟持齐桓公那样，就太好了；万一不行，也可以趁机刺死他。他们秦国大将领兵在外，国内又出了乱事，群臣必然猜忌。趁此机会，诸侯就可以联合起来，打败秦国。这是我最大的愿望，但不知委托哪一个人去做才好，请荆卿在意！”

隔了很久，荆轲才说：“这是国家大事啊！臣下庸劣无能，恐怕不能胜任。”于是太子又上前叩头，再三请求，荆轲才答应。

过了很久，荆轲还没有动身的意思。这时候秦国的大将王翦已经攻破了赵国，俘虏了赵王，大军向北挺进，马上就到燕国边境了。太子丹一看，心中更加恐惧，就忍不住去见荆轲，说：“秦军马上就要渡过易水了，国家危在旦夕啊！”

荆轲见太子如此紧张，就安慰他说：“其实太子不来，我也想去拜见太子了。太子请想，如果我现在就去秦国，却没有能够让秦王相信的东西，还是不能接近秦王。您那住着的樊将军，秦国正在悬赏捉拿他，如果我能得到他的头和燕国最肥沃的督亢这个地方的地图，去献给秦王，秦王一定会很高兴地接见我，到那时我才能想办法为您效命。”

太子听说要樊将军的头，又开始发愁，他对荆轲说：“樊将军是在极端困难的情况下来投奔我的，我怎么能为了自己的私利而伤他的心呢？希望您另外想办法吧！”

荆轲知道太子不忍心伤害樊於期，就私自去拜访樊将军。落座之后，荆轲就开始进入正题，他说：“秦王对将军真是太残暴了，他不但把您的父母、宗族全部杀害，还悬赏黄金千斤、封邑万户来求得将军的头，不知道将军心中做何感想？”

樊於期被说到痛处，不禁流下泪来说：“於期每次想到这件事，心头就疼痛难忍。但是我实在想不出什么办法来报此深仇大恨哪！”

荆轲乘机对樊於期说：“我倒是有一个计策，可以替您报仇，也可以解救燕国的危急。"

樊於期一听喜出望外，擦干眼泪追问荆轲说："於期愿意听听，您有什么高见？"

荆轲说："如果我能够把您的头献给秦王，秦王一定会很高兴。那时，我就左手抓住他的衣袖，右手拿剑刺中他的胸膛，这样不就可以报将军的仇了吗？不知将军意下如何？"

樊於期一听，就用右手握住自己左手手腕，上前一步，对荆轲说："这正是我朝思暮想的好主意，只是我始终未碰到一位勇士能替我报仇。现在，假如您愿到秦国去助我，就太好了，於期祝您成功！"说完，他就拔剑自刎了。

太子丹听到了这个不幸的消息，伏在樊於期尸体上，放声大哭。他命人把樊於期盛敛，埋在后花园内；又把樊於期的头用一个木匣装着，准备让荆轲带着献给秦王。

为了行刺秦王，荆轲必须有一把短剑。太子丹就派人到处找短小而锋利的匕首，最后，他们终于从赵国的一位徐夫人那里找到了一把匕首。这把匕首锐利无比，只一尺半长，很方便携带，也便于隐藏。

太子丹就命人给徐夫人百两黄金，买下了那把匕首，然后又命工匠把毒药涂在上面，这样，一旦中剑，中剑的人会立刻死去。

待一切都准备停当，太子丹又为荆轲准备行装，还派手下一个名叫秦舞阳的勇士陪同前去，做他助手。太子预备好一张督亢的地图，又修书一封给了荆轲，信中说荆轲是燕王派到秦国去献地图、献人头的特使，请秦王接见，并善加款待。

到了出发那天，知道这件事的官员和宾客们，包括太子丹在内，一律都穿着素白衣帽到易水河边送行。荆轲的酒友高渐离听说荆轲要被派到秦国，也赶来相送。宴会到了高潮，高渐离就又击起筑来，荆轲非常激动，就唱了起来：

"风萧萧兮易水寒，壮士一去兮不复还！"

那一天正是初冬，乌云蔽日，天气阴冷，寒风吹在身上，让人发抖。本来送行就是让人悲伤的事，何况众人都知道荆轲此去很难回来，加之听到荆轲那两句悲壮歌词，人们更是泪如雨下。

荆轲心中也十分悲伤，但他不愿哭泣，就仰面向空中长嘘了一口气，谁知他呼出的气竟然像一道长虹，直上云霄。送行的人见到这种景象，无不啧啧称奇！荆轲自己看到了，也十分惊奇，他就又唱了两句：

"入龙潭兮斩蛟龙，壮志凌云兮化长虹！"

唱完他站起来，向众人告别，然后头也不回地向西而去，到秦国去完成他所肩负的重大使命。

（三）

荆轲到了咸阳，打听到蒙嘉很得秦王宠信，于是就用千金贿赂蒙嘉，请他帮忙引见。蒙嘉就在上朝时对秦王奏道："燕王惧怕大王的威武，情愿把国家献给大王，向大王称臣。他不求太多，只求大王能给他一个郡县，叫他能供奉先王宗庙，他就对大王感恩戴德了。燕王自己不敢前来，就派了一名特使带了樊於期的头和督亢之地的地图前来拜见，请大王能屈尊接见他。"

秦王听说樊於期已死，燕国又献上督亢，当下非常高兴。他就下令举行大礼，自己也换上朝服，在咸阳宫中召见燕使。荆轲双手捧着樊於期的头，副使秦舞阳手中捧着督亢地图，地图中藏着从徐夫人那里买来的那把匕首，一步一步走进了咸阳宫。

荆轲非常镇定，但秦舞阳从没见过这样庄严肃穆的场面，快到宫门的时候，他的脸色已经白得像纸一样了。秦国众大臣见他那样，都十分惊讶。荆轲怕他因为胆小而泄露秘密，就笑着对秦王说："他是北国蛮夷的粗人，从没见过天子，现在见到天子就吓成这样了，请大王不要怪他。"群臣则纷纷讥笑秦舞阳。

荆轲走到秦王座位前，双手捧上樊於期的首级给秦王。秦王一看果然是樊於期首级，就命令侍卫将首级拿下，然后又命令荆轲把地图献上。荆轲就从秦舞阳手中拿过地图，慢慢地走到秦王跟前，再慢慢地把地图打开。地图在一点点地打开，气氛也渐渐紧张起来。等到地图完全打开后，里面藏着的匕首露了出来。说时迟，那时快，荆轲一把揪住秦王的衣袖，右手拿起匕首向秦王的胸膛刺去。秦王大惊，他没有料到荆轲竟然是一个刺客。可是，秦王年纪很轻，又练过武功，所以动作也相当敏捷，他一见匕首向自己刺过来，立刻站起身，向旁边一闪，荆轲匕首刺空。秦王又赶紧把衣袖往外抽，撕坏了衣袖也不顾，拔起腿就跑，荆轲见一剑没有刺中，就在后面紧追不舍。

宫中的大臣们见到此情此景都惊恐万状，可是秦国规定大臣上朝是不能带剑的，甚至连侍卫也不准带武器。大家站在那里面面相觑，不知所措。殿下的侍卫们虽然带着武器，可是没有秦王命令，他们不敢上殿。

秦王在前面跑，荆轲就在后面追，两个人在殿上跑来跑去，情势十分紧张。眼看就要追上了，秦王的御医夏无且忽然想起他身边带着药袋，慌忙之中就拿着药袋向荆轲扔去，荆轲往旁边一躲，秦王乘机就跑到了柱子后面。荆轲不肯放松，就到柱子那边去追秦王，两个人围着殿柱又跑了好几圈。

忽然间，殿上一个侍卫看到秦王背后背着一只宝剑，秦王因为着急害怕，早把身后的宝剑忘到爪哇国去了。大家一定会疑问：秦王怎么会背上背着一把剑而不像别人那样把剑系在腰上呢？这是因为古代的剑比较长，带在腰间就不容易拔出来，现在经侍卫一提醒，秦王恍然大悟。剑背在背上，剑柄在上，很容易拔出来，秦王伸手把佩剑从背上拔出来，奋力向荆轲砍去。

荆轲一时没有防备，当时就被砍断左腿，他看自己不能再跑，就把手中的匕首向秦王投去，秦王往旁边一躲，匕首撞在柱上又落了下去。秦王看到荆轲手无寸铁坐在地上，哈哈大笑，十分得意，举剑向荆轲刺去，连刺了八下，荆轲身负重伤。荆轲知道自己是不可能成功了，倚柱大笑，指着秦王大骂道："你这昏王命不该死，我要不是想活捉你，好让你退还诸侯土地，早就把你杀了。我没能实现太子的愿望，感到遗憾啊！"说完撞柱而死。

秦王知道荆轲是太子丹派来的，非常生气。他就下令让王翦领兵伐燕。十月，攻陷了燕都蓟城。燕王喜、太子丹等人就带着精锐部队逃到辽东固守。

后来，王翦因为年老多病，向秦王请求告老还乡，秦王念他卫国有功，就重重褒奖他，允许他解甲归田，他的领兵之任交给大将军李信接替。秦王对太子丹恨之入骨，就下令让李信带领大军继续追击燕王父子。

燕王喜见李信的大兵在后面仍然穷追不舍，心中非常害怕，就向代王嘉求助。代王嘉写了一封信给燕王，说："秦兵之所以追赶燕王，是因为太子丹得罪了秦王，如果燕王把太子丹处死，向秦王谢罪，秦国就可以罢兵，燕国的社稷也可以保住了。"

燕王很矛盾，一边是自己的儿子，不忍杀害；一边又是国家社稷，他左右为难。而太子丹听说此事后，害怕被杀，就偷偷逃跑了。可是，李信的大军仍然紧逼不放。燕王无奈，就设计召太子回来赴宴，在宴席上把太子杀死了。然后又把太子的首级献给李信，又亲自写信向秦王谢罪。

太子被杀这一天，忽然天降大雪，雪深有二尺五寸，人们都非常惊讶，当时是夏初的五月，按常理是不会下雪的，可是竟然降下这么厚的大雪。人们都说这是因为太子被冤屈了，老天才下大雪的。

李信就把书信和太子丹的头送到咸阳，并报告说："五月降雪，气温骤降，冷如冬天，军士一时受不了寒冷，很多人病倒。"请求先回国，以后再讨伐燕国。

秦王见到了燕太子丹的头，又看了燕王的信，同意了李信的请求。几年之后，秦仍派兵攻燕。五年后，秦国灭燕，活捉了燕王喜。

（四）

秦王做皇帝后，下令追缉太子丹和荆轲的门客党徒，这些人便四散逃亡了。

高渐离改名换姓，到宋子家做佣工。时间久了，有一次觉得做工累了，想休息一下，听见主人厅堂上有人击筑，就徘徊着舍不得离开，还出口评论说："那个人击筑，这些地方击得好，那些地方击得不对。"

那家主人就把高渐离叫到堂上，吩咐他击筑，所有在座的宾客都称赞他击得好，并赐给他酒喝。高渐离想，自己长久以来隐姓埋名，贫困潦倒，根本没有尽头。他就告辞下去，拿出自己行装匣中的筑，换上他的好衣服，恢复了自己的本来面目，再一次走回到堂上时，所有在座的人都感到十分惊讶，纷纷走下座位来和他相见，把他尊为上宾。

众人请他击筑唱歌，听后没有不流泪的。后来，此事被秦始皇知道了，就下令召见高渐离。

大臣中有认识高渐离的，就说："他就是高渐离，荆轲的好友。"但秦始皇爱惜他擅长击筑的才能，就赦免了他的死罪，只是弄瞎了他的眼睛。

一天，高渐离偷偷地把一块铅塞进筑里，等到进宫时，他就举起筑来扑打秦始皇。但是他眼睛看不见，又辨不清方向，根本没打中秦始皇，秦始皇一怒之下就杀死了他。

四十八、淮阴侯韩信

淮阴侯韩信是淮阴人。年轻时，韩信贫困潦倒、放荡不羁，因此没人推举他做官，他自己也不会做生意谋生。韩信还经常到别人家混饭吃，时间一长，别人就都讨厌他。韩信混吃喝去得最多的是下乡南昌亭长的家，有时一去就连着几个月。亭长的妻子讨厌韩信，就早早把饭做好，端到内室床上去吃。到了吃饭的时候，韩信又去了，亭长的妻子也不给他准备饭食。韩信明白了她的意思，很生气，从此再也没到亭长家去过。

韩信饿得实在没办法，只好去城边的河中钓鱼，想用鱼换点钱来买吃的。有一个漂母（靠洗衣为生的大娘）看见韩信饿得可怜，就给韩信饭吃。这样，韩信才吃了数十天的饱饭。韩信十分高兴，他对漂母说："我将来一定会重重地报答你。"漂母听后很生气地说："一个大丈夫不能养活自己，我是可怜你才给你饭吃，谁稀罕你的报答！"

一天，淮阴城中一个年轻的屠户欺负韩信，他说："你虽然长得高高大大，又带着刀剑，其实是个胆小鬼！"并当众羞辱韩信说："你要真的不怕死，就用刀刺我；要是怕死，就从我的胯下爬过去吧!"韩信听他说完,死死地盯着他看了一会儿,然后才俯下身来,从他的胯下爬过去了。满街的人都嘲笑韩信,认为他真是一个胆小鬼。

等到项梁的军队渡过淮河,韩信就参加了项梁的队伍。项梁兵败,韩信又投靠了项羽,项羽封给他一个小官。韩信曾多次向项羽献计,可项羽都没有采用。汉王刘邦入蜀后,韩信就离开了项羽,归附了刘邦。在刘邦的手下,韩信仍没有出人头地的机会,只是当了一名管理粮仓的小官。后来,韩信犯了杀头之罪,和他同案的其他十三个人都被杀了,下一个要杀的就是韩信。韩信昂首望天,恰好看见了滕公夏侯婴,韩信无望地说:"汉王难道不想成就一统天下的大业吗?他为何要杀掉壮士我呀!"夏侯婴听了此言心中不由一惊,又见韩信相貌非凡,就下令放了韩信。夏侯婴又和韩信进行了一次交谈,对韩信更是十分欣赏,就把韩信推荐给了刘邦。刘邦封韩信为治粟都尉(掌管粮饷的官),却并不重视他。

韩信多次和萧何交谈过,萧何认为韩信是个不可多得的奇才。到了南郑这个地方,刘邦手下的将领逃跑了好几十个。韩信估计萧何已多次向刘邦推荐过自己,可刘邦对自己并未重用,就也逃跑了。萧何听说韩信也跑了,来不及向刘邦报告,就亲自去追。有人报告刘邦说:"丞相萧何也跑了!"刘邦听后十分生气,就像失掉了左右手。过了两天,萧何来晋见刘邦,刘邦又急又气地问:"你为什么要逃跑啊?"萧何说:"臣下怎敢离开您啊,臣下是追逃跑的人去了。"

"你去追的是何人呀?"刘邦问。

"臣下追的是韩信。"

刘邦生气地骂道:"逃走了那么多将领,你都不去追,追韩信，你莫非是在骗我吧？"

萧何说："将领并不难得到，要说韩信，可是天下无双啊！大王如果只想在汉中称王，用不用韩信还无所谓；可如果您想夺取天下，除了韩信可就无人能为您出谋划策了。"刘邦说："我也想挥师东进，谁愿意闷闷不乐地长久滞留此地呢？"萧何说："您如想挥师东进，重用韩信，韩信就会留下来；如果不能重用他，他迟早还是要走的。"刘邦说："我任用他为将，你看怎么样？"萧何说："您只让他当个一般的将领，他是不会留下来的。"刘邦说："那我就任命他为大将。"萧何说："那可就太好了！"

刘邦想召韩信来拜他为大将，萧何劝道："您一贯傲慢不讲礼仪，任命一个大将如果就像顺口叫小孩的名字一样不严肃，那韩信一定还要离开。您如果真想拜他为大将，就选一个良辰吉日，斋戒后再举行隆重的典礼，那才说得过去啊。"刘邦答应了萧何。

其他的将领们听说要任命大将这件事也都十分高兴，都觉得自己有望成为大将的人选。可等到任命的那一天，他们才知道要任命的大将原来是韩信，全军上下无不为之感到震惊。

刘邦虽然听从了萧何的建议，拜韩信为大将，可心里对韩信的才干还是半信半疑。

一天，刘邦用试探的语气问韩信："萧何几次向我推荐你，不知你有何高见啊？"韩信没正面回答刘邦的问话，而是反问道："如今向东争夺天下的，不就是你和项羽吗？"

"是的。"汉王说。

"您自己估量与项羽相比，谁的力量更强一些？"

"我不如项羽。"刘邦思考片刻后，如实回答。

韩信见刘邦态度诚恳，就说："论军队实力，您不如项羽，但项羽不过是匹夫之勇，您不必过分担心。

"项羽这个人虽然勇敢善战，但不善于驾驭良将；项羽关心部下，但对有功的将士却不封赏，只知行小仁；项羽自封为西楚霸王，却违背了楚怀王'先入关中者为王'的诺言，大封亲信，引起了大家的不满；项羽为人残暴，所过之处烧杀抢掠，引起百姓的不满。"韩信的这番话让刘邦面露喜色。

"那么，依将军之见，下一步棋我该如何走呢？"刘邦问。

"先取关中，平定三秦，然后再与项羽争夺天下。臣以为，应马上出兵东征，可以毫不费力地占领关中地区。"

"何以见得？"

"项羽在关中分封的三个王（章邯、司马欣、董翳）都是秦的降将，投降项羽后，他们的部下二十万降卒却在新安被项羽全部活埋。他们靠出卖部下而封王，关中的父老对他们三个人无不恨之入骨。相比之下，进入关中后，您的军队却纪律严明，不骚扰百姓，还废除了秦的严刑峻法，与民约法三章，所以得到了关中百姓的拥护。本来关中王是您的，这是人所共知的事实，项羽却让您做了汉中王，关中百姓对此很不满意。您若是向东进军，三秦之地指日可待！"

"将军雄才大略，我真是相见恨晚啊！"刘邦听后感叹地说。

刘邦采纳了韩信的建议，积极准备东征。

正在此时，传来关东地区诸侯叛乱的消息。刘邦趁项羽忙于镇压叛乱之机，派韩信率军出征，明修栈道，暗度陈仓，出其不意地平定了三秦地区，为以后一统天下夺得了一块稳固的根据地。

韩信做齐王的时候，有一个叫蒯通的齐国人对他说："在下曾跟别人学过相人之法。"

"您怎么相人呢?"韩信问。

"在下通过骨相看贵贱,通过脸色看喜忧,从遇事的决断能力预测一个人的成败。用这个方法相人,真可谓是万无一失啊!"

"那您就给我相一相吧!"韩信说。

"从面容上看,您最多只能封侯,而且难免有忧患。但从您的背相看,可真是贵不可言哪!"

"此话怎讲?"韩信急切地问。

"天下最初开始反秦的时候,英杰云集,揭竿而起,那时人们担忧的是能否灭亡秦国。现在秦国已灭,楚汉分争,可刘邦、项羽却一时难分胜负。其实,刘邦、项羽的命运都掌握在您的手里啊!您支持谁,谁就能取胜。依我看,您不如谁也不支持,而是保持中立,那样的话天下三分您可据其一,鼎足之势就形成了。况且您拥有的齐地土地肥沃、兵多将广,您还担心不能最终强大吗?请您深思!"

韩信说:"刘邦待我不薄啊,有车同坐,有衣同穿,有饭同食。我听说坐人家的车就要分担人家的忧患,穿人家的衣服也要分担人家的忧愁,吃人家的饭就要敢为人家去赴死,我哪能做违背道义的事情呢!"

接下来蒯通又多次劝说韩信另起炉灶,韩信却不忍心背弃刘邦,又自认为劳苦功高,刘邦也不会把他怎么样。蒯通见无法劝说韩信,怕遭受不测,无奈之下,就假装疯癫做巫者去了。

刘邦打败项羽后,改封韩信为楚王。

韩信到了楚地后,请来当年给他饭吃的漂母,用一千两黄金酬谢她。

又叫人找来那个下乡南昌亭长,赏给他一万个铜钱,并讽刺他说:"你是一个目光短浅之人,又怎能把好事做到底呢?"

　　韩信也把那个曾经羞辱过他的屠户召来了，任命他为中尉（管理治安的小官）。并对部下们说："这是一个壮士啊！他污辱我时，我是不敢杀他吗？不是，我只不过因没有名分才没有杀他罢了。"

　　项羽手下有个大将叫钟离昧，是楚国人，跟韩信交情很深。项羽兵败后，钟离昧就投靠了韩信，韩信把他藏在了家里。钟离昧是刘邦的死对头，刘邦听说他在韩信家里，就下诏要韩信逮捕他，押往京师。

　　韩信到楚国后，每逢外出巡行，都带上许多卫士，前呼后拥，好不排场。刘邦听说后心里十分不满。

　　后来，有人报告说韩信要谋反，刘邦听后大怒。刘邦手下的将领们都请求刘邦发兵去攻打韩信。刘邦去征求陈平的意见，陈平就对刘邦说："韩信兵精将强，贸然攻打他必有危险。陛下不如假称到云梦泽出游，在陈地会见诸侯。韩信听说您出游，一定不会怀疑有事，必然前来迎接，在他晋见您的时候逮捕他岂不是更好？"

　　其实韩信并无谋反的举动，对刘邦要逮捕他的事也一点没有觉察。可听说刘邦要到云梦泽巡行，他还是起了疑心。韩信要发兵谋反，又不敢冒险；想要去晋见刘邦，又怕被抓。真是左右为难。韩信手下的一个人对韩信说："皇上憎恨的只是钟离昧，如果斩了钟离昧去晋见皇上，您就没事了。"韩信觉得有道理，就去和钟离昧商议。钟离昧说："汉王之所以不派大兵来攻打楚国，就是因为有我在这里。如果你逮捕我去取媚他，那么我今天死了，你也活不了多久！"说完就拔剑自杀了。

　　韩信带着钟离昧的人头去晋见刘邦，韩信一露面就被武士捆绑起来，扔在了侍从们乘坐的车子上。韩信仰天长叹道："人们说的真不假啊！'狡兔死，走狗烹；高鸟尽，良弓藏；敌国破，谋臣亡。'现在天下已定，看来我是逃脱不了被烹的命运了！"

韩信被带到洛阳，经过多次审讯，并没发现他谋反的证据，于是被贬为淮阴侯。

韩信知道刘邦嫉妒他的才能，就从此称病不去上朝，并颇有怨恨之意，日子过得闷闷不乐。一天，刘邦和韩信在一起评价诸将领的才能和不足，结果被评价的人都各有长短。

刘邦问："如果我带兵，能带多少人？"

"陛下带兵最多不能超过十万。"

"那你能带多少兵呢？"刘邦又问。

"我带兵可就越多越好了。"

刘邦笑着说："越多越好？那你怎么还被我给抓住了呢？"韩信说："陛下您虽然不善于带兵，可您却善于统率将领，这正是我被您捉住的原因啊！"

汉十年，陈豨在巨鹿谋反，刘邦亲率大军前去镇压，韩信与陈豨密谋，想共同推翻朝廷，无奈事情败露，被吕后杀死在长安的长乐宫中。被杀之前，韩信说："我后悔没有采用蒯通的计策，才死在你们这妇人、小子之手，这是天意啊！"

四十九、神医扁鹊

（一）

据传说，远古的时候我们炎黄子孙的始祖黄帝有一只神鸟——扁鹊。扁鹊的嘴又尖又长，别看这嘴长得不好看，但是它能够治病。无论病情多么严重的人，只要经它一啄便会病除康复。其实这种鸟谁也没有见过，但它的名字却成了两千多年前我国一位名医的称号，而这位名医的真实姓名，却反倒很少有人知道。伟大的史学家司马迁以扁鹊这个名字为这位名医立了传。

扁鹊，本姓秦，名越人，战国时期渤海郡郭（今河北任丘）人。那里有个名闻遐迩的药王庄，就是他的故乡。

秦越人大约在周安王元年（前401年）前后，出生在一个比较清贫的家庭。年轻时，做过一家客店的掌柜。由于他为人忠厚，态度和蔼，对人又十分体贴热情，店里的生意一直不错。

当时的郭县，是一个水陆交通的要道，过往行人很多。这里又盛产各种药材，是祖国医学的发祥地之一。有一位叫作长桑君的民间老医生，每次到郭县行医采药、访求民间治病良方时，都住在秦越人的客店里。长桑君不但医术精湛，而且乐善好施，在民间有很好的名望。因此，每当这位年过花甲的老医生来住店时，秦越人总是像对待自己的父母一样接待他。有时店里的客人住满了，他就把自己的房间让给长桑君住，自己则睡在客店的过道里。他看到身体瘦小的长桑君长年累月地背着沉重的药箱，跋山涉水四处为人行医治病，心中十分佩服。

一晃十年过去了。通过十年的交往，长桑君觉得秦越人是个心地善良、热心助人的人，可以继承自己的衣钵，就有心想把自己的医术传给秦越人。一天，长桑君把秦越人叫到自己的房间里，对他说："通过这些年我对你的观察，我认为你是一个诚实可靠、乐于助人的人。而我呢，岁数已经大了，腿脚也不方便了，不能再四处行医治病，打算收你做我的徒弟，把我毕生的医术都传给你，你看怎么样？"秦越人本来就对长桑君济世为怀的精神敬佩不已，一听长桑君要收自己为徒，就欣然答应了。长桑君从药箱拿出一包药来，递给秦越人，并对他说："这是我几十年研究出的一个秘方，我只传给你一个人，你千万不要传给别人。"

秦越人慌忙向师父行礼，忙不迭地说："徒儿一定听师父的，发誓绝不泄露秘方给别人。"

"好！"长桑君说，"你把这包药用半空中正在落下的雨水煮好，吃下去三十天后，你就可以看见一般人所看不到的东西了。"然后，又把他的各种医书全都送给了秦越人。

秦越人遵照师父的嘱咐，服药三十天后，突然觉得眼睛有点痒，往远处一看，居然看见了墙后边的人！他高兴地又跳又唱，知道师父没有骗他，赶紧学习各种医书，很快就能够替人治病了。他可以透过身体，看清人身五脏六腑的各种病症。秦越人先在郭县所在的齐国行医，不断地从医疗实践中总结经验，又不断吸收民间医学知识来丰富自己。这样，他不仅完全掌握了长桑君教给的医术，而且青出于蓝，渐渐超过了他的老师。后来他又到赵国行医，治好不少疑难杂症。从那时，人们就开始用"扁鹊"这个名字称呼秦越人了。

（二）

晋昭公的时候，朝中士大夫的势力很大，而国君宗室的势力却很小。当时赵简子是晋国的执政大夫，他的势力最大，掌握了国家大权。有一天，赵简子得了急症，昏迷了五天五夜，满朝文武大臣急得就像热锅上的蚂蚁一样。他们请来扁鹊，央求扁鹊治好赵简子的病。扁鹊到赵简子的房中，把完脉，就走出来。大夫董安于急切地询问病情如何。

扁鹊说："只是血脉不通而已，没有什么好大惊小怪的。从前秦穆公也得过这种病，七天之后就醒过来了。醒来的当天，他告诉公孙支和子舆两位大夫说，'我去了天宫，过得非常愉快。我之所以去那么久，是因为要接受天帝的教导。天帝告诉我，晋国将要大乱，五代不得安宁，但大乱后就会称霸天下，不久晋国国王就会死去'。公孙支把这些话都记载下来，并加以收藏。后来晋献公时，晋国发生内乱；到了文公，晋国称霸诸侯；晋襄公把秦国打败，不幸的是，他纵情淫乐，这些事情你都是知道的。现在赵简子的病和秦穆公的病一样，不出三天，他就会醒过来，他也会说些奇怪的话。"

董安于对扁鹊的话将信将疑，但没有其他的办法，只有耐心等待。两天半之后，赵简子果然醒过来了。他望着在床边看护他的董安于和其他大夫说："我到了天宫，那儿很快乐。我与百神在天上游玩，听各种乐器齐奏美妙的音乐，观看各种舞蹈，那些舞蹈和音乐与我之前听到的不同，乐声动人心弦。忽然有一只熊向我扑来，天帝命令我用箭把熊射死，我一下子就射中了。又有一只更大的熊向我扑来，我又把它射死了。天帝很高兴，就赏赐我两只装有食物的竹筒。我还看见我的儿子站在天帝的身边，天帝交给我一只小狗，嘱咐我说，'等你儿子长大，就把这条狗送给他'。天帝还告诉我，'晋国的国势将一代一代地衰落下来，七代以后就将灭亡。秦国将把周朝推翻，但也不会存在多久'。"董安于把赵简子的话记下收藏起来，等到他康复以后又送给他看，并将扁鹊的预言讲给他听。赵简子更加佩服扁鹊，下令赐给扁鹊许多亩土地作为奖赏。

从此，扁鹊的声望更高了。

（三）

扁鹊的名字家喻户晓，各国的君臣百姓都盼望他去解病除灾。

有一年，扁鹊带领弟子子阳、子豹到虢国去。他们刚进入虢国的京城，就听见人们嚷嚷："太子死了！太子死了！"扁鹊恰巧走过虢宫门口，碰到一个担任中庶子官职的小官，就问他："大人，听说贵国太子病故，可是真的？他得的是什么病？"

中庶子告诉他说："太子是突然间暴死的。医生说太子的病是血气不顺，阴阳错乱，郁结不通，突然发作，使得内脏受害，邪气积聚在体内，不能排泄出来，结果阳缓而阴急，太子就暴死了。"

"那么太子是什么时候死的？"扁鹊又问。

"早晨，鸡叫的时候。"

"尸体入殓了吗？"

"没有，才死了半日怎么能入殓呢？"

扁鹊听说太子还没有入殓，松了一口气，微笑着对中庶子说："我是四处云游行医的秦越人。不敢说包治百病，但是听说太子暴死，还没有入殓，我可不可以看看他？或许我可以让太子起死回生。"

"什么?! 你能让太子起死回生？你不是和我开玩笑吧！你又不是神仙！这些话只能骗骗小孩而已。"中庶子没好气地斥责扁鹊。

扁鹊仰天长叹一声，然后说道："从竹管中看天只能看到一点儿，从缝隙里看画只能看到一条儿，这些都不全面。我治病跟别人不一样，不必非要给别人切脉不可。我一看病人的气色神情，二听病人的声音，三察看病人的体态，就能断定病症所在。我诊病能够从外表知道五脏，你如果认为我说的是假话，就让我去看看太子，看我说的是真是假。如果我没猜错的话，太子此时耳有鸣声，鼻子还张着，大腿根儿还是温热的。"

中庶子听完扁鹊的话，惊得目瞪口呆，伸出的舌头半天缩不回去。他猛地转身跑回王宫，把扁鹊的话报告给虢君。虢君一听，也觉得十分惊异，但想到如果真能让太子复活，那不太好了吗？于是亲自到宫门口迎接扁鹊师徒。一见扁鹊真的是气度不凡，就上前对扁鹊深施一礼，说道："久仰先生大名，没有机会拜见。先生这次途经小国，实在是敝国的荣幸。不幸的是，今晨太子暴死。我就这么一个儿子，先生若能救活太子，也是救了我一命啊……"他话还没有说完，就泣不成声，泪流满面了。

扁鹊就劝慰他说："国王尽请宽心，我看太子只是一时昏迷，静如死状，其实并没有死。我和弟子给他针灸、服药，他很快就会醒过来的。"

虢君就请扁鹊入宫给太子治病。扁鹊吩咐弟子子阳准备针石，自己选择三阳五会的穴位，一处处下针。过了不久，太子就苏醒了。扁鹊又吩咐子豹用药为太子热敷，子豹将热药敷在太子的两肋之下，时间不长太子便坐了起来。虢国君臣亲眼见太子死而复生，高兴得手舞足蹈，连称扁鹊是神医再世。

扁鹊又为太子开了调理的药方，然后非常谦虚地对众人说："我并不能起死回生，因为太子并没有死。我只不过让他早点醒过来罢了。"从此以后，神医扁鹊起死回生的事迹更是很快传遍了天下。

（四）

有一年，扁鹊带领弟子到齐国去行医。因为扁鹊的名声很大，齐国的君主齐桓公盛情地接待了他，并召他到宫中相见。

扁鹊见到齐桓公，发现他的脸色苍白，神态呆滞，断定他有病在身，便关切地说："大王近日患病了！臣看大王的病在皮肤里，赶紧医治吧，如果不治，就会越来越厉害。"

"不，我很健康，什么病也没有！"齐桓公傲慢地说。

扁鹊见齐桓公已经不高兴了，寒暄几句便告辞了。齐桓公望着扁鹊的背影，冷笑几声："哼！当医生的就是喜欢炫耀，硬要把没病的人说成有病，好证明自己的医术高明，真无聊呀！"

扁鹊回到住处，对齐桓公的病放心不下，五天后主动进宫去问候。拜见齐桓公后，扁鹊诚恳地说："大王，您的病比五天前又重了些，已经进入血脉了，假如再拖几日，恐怕还要加重啊！"

"我从来没有生过病！"齐桓公很不高兴。他讨厌扁鹊多事，故意来打扰他。扁鹊只好退了出去。

又过五天，扁鹊第三次进宫探望，一见齐桓公，立刻说道："大王的病现在已经到了肠胃，不能不治啦！"可是齐桓公装作听不见，不理睬他。

又过了五天。扁鹊再次进宫打听齐桓公的消息。齐桓公十分讨厌扁鹊的多事，想躲开他，可是想不到扁鹊瞥了他一眼，转身便走，这反倒令他感到十分奇怪。于是齐桓公派人去找扁鹊问个究竟。

扁鹊伤心地说："唉！如今大王的病已经到了骨髓，即使是神仙也救不了他了。当初他的病只在皮肤里，用药热敷即可治愈；后来病到血脉，用针灸可以治好；再后来病入肠胃，还可用药酒、汤剂来治疗。然而，大王不听忠告，一再拖延，变成现在的不治之症，我已经束手无策了，真叫人惋惜啊！"

齐桓公对扁鹊的这番话还是将信将疑。然而五天后，他真的病倒了，卧床不起，茶饭不进。这才后悔当初没有听扁鹊的话，于是派人去请扁鹊。可是扁鹊已走得无影无踪了，谁也不知道他的去向。

齐桓公讳疾忌医，最终一命呜呼。

（五）

扁鹊经过邯郸，听说当地人尊敬妇女，就专门为妇女治病。之后，扁鹊渡过黄河到洛阳，看到耳聋、肢体麻木等病折磨着许多老年人，就专为老年人治病。经过咸阳，听说秦国人怜爱小孩，就专门医治小孩的疾病。总之，扁鹊不辞辛苦，周游列国为广大的患者巡回治病；同时，他又能"随俗为变"，根据病人的需要解决各种疑难杂症。但不幸的是，扁鹊的医术太精湛了，遭到秦国太医的嫉妒。因为太医的医术远远不如扁鹊，扁鹊在秦国行医，对他是一个大大的威胁，就暗中派人杀害了扁鹊。

扁鹊虽然死了，但直到今天，天下谈论脉道的医生，都还在运用扁鹊的医疗理论和方法。

五十、飞将军李广

（一）

大家都知道，在中国历史上，秦始皇修长城主要是为了防止北方凶悍的匈奴对中原地区的侵扰，可是秦始皇对内实行残酷的统治政策，强迫成千上万的人去修长城，结果有许多人死在了修长城的工地上。因此，人们都把秦始皇叫作无道的暴君。

长城是修起来了，但它并没有解决匈奴和中原地区的矛盾和冲突。到了汉代，匈奴的势力比以前更加强大了，他们不断越过长城来侵犯中原。而此时，汉朝的统治者也只有通过使用武力来抵抗匈奴人的侵略。在抗击匈奴的过程中，涌现了许多的英雄人物，李广就是他们中间一位杰出的代表。

李广是陇西郡成纪县人。他的先祖李信是秦国一名武将。当年燕国太子丹就是被李信抓获的。

李广家世世代代都精习武艺，善于骑马射箭。汉文帝十四年，匈奴大举出兵侵入萧关，抢掠百姓的财物。李广不忍心看着手无寸铁的百姓被匈奴人欺凌，就主动报名参军，抵抗匈奴的进犯。由于他英勇善战，杀死俘虏了许多敌人，立下赫赫战功，被封为中郎。同李广一起参军的堂弟李蔡，也被封为中郎。后来他们两人都担任武骑常侍。李广作为文帝的侍卫，经常冲锋陷阵，使文帝多次化险为夷，因此深得文帝的赞赏。有一次，文帝对他说："你是没遇到好时候。要是你生在高祖时代，就是当个万户侯也不奇怪啊！"

到汉景帝即位的时候，李广已经是以擅长骑射而闻名天下的一员勇将了，被升为陇西都尉，不久又升为骑郎将。

吴楚等七国叛乱时，李广担任骁骑都尉，跟随太尉周亚夫平定叛军。战斗中，李广勇猛无敌，在昌邑城夺取叛军的帅旗，立下大功。因此，梁王就把将军印赠给李广。回朝后，因为他私自接受梁王的军印，所以没有得到朝廷的封赏。

后来，李广被任命为上谷太守。上谷与匈奴毗邻，经常发生战事。李广三天两头带兵和匈奴厮杀，随时都有受伤甚至牺牲的危险。

当时朝廷中专管边疆事务的公孙昆邪，对李广既器重又爱护，很担心李广有一天会战死沙场，就上书给汉景帝说："李广智勇非凡，举世无双，是我朝的一块瑰宝啊！但他自恃武艺高强，与匈奴交锋时，总是死命相搏。臣担心万一出现闪失，国家就失去了一位难得的虎将啊！"

汉景帝接受了公孙昆邪的意见，就把李广调任为上郡太守。此后，李广历任各边郡太守。无论在哪里，都免不了要和匈奴打仗，因为他杀敌勇猛，他的名字在边疆被人们广为传颂。

在他任上郡太守时，虽然上郡距离京城近些，但是匈奴也经常来侵扰。有一年，几千匈奴兵又来攻打上郡。李广奉命出击，出发前汉景帝派了一名心腹宦官随从李广一起出征。这名宦官对行军布阵一窍不通，却想露一手，出出风头。一天，他带领几十名骑兵去巡逻，在半路上发现了三个匈奴兵。他自以为人多势众，就一定能抓获这三个人，便指挥骑兵向他们进攻。没想到那三个匈奴兵早有准备，突然间回身向宦官和骑兵开弓射箭。他们出手奇准，不一会儿，几十名骑兵纷纷中箭落马，非死即伤。宦官也中了一箭，带着箭伤仓皇逃跑回来向李广报告。李广一听，大吃一惊："这三个匈奴兵必定是射雕的能手，他们素来百发百中，箭无虚发，不可小看！"于是率领百名骑兵去追赶这三名匈奴兵。

李广一口气追了几十里，追上了那三个匈奴人。他们连马都没有骑，趾高气扬，散步一样地走着。李广一面命令骑兵从左右两翼包抄，一面立马弯弓，连发数箭。其中两个匈奴人应箭而倒，另一个被汉兵活捉。经过审问，这三个人果然是神射手。汉兵将俘虏绑在马背上，正准备回营，忽然发现前面山路上尘土飞扬，有几千匈奴骑兵奔驰而来。李广手下的一百多名骑兵看到匈奴援兵这么多，都不禁害怕起来，调过马头就企图逃跑。李广拦住大家，斩钉截铁地说："大家千万不要惊慌。我们现在离营地有几十里远，如果害怕往回跑，不等赶回营地，就会被匈奴兵追上，那么我们大家必死无疑。如果我们原地不动，装作若无其事的样子，匈奴兵就一定会认为我们可能是来引诱他们的，所以他们就绝不敢贸然进攻我们。"

李广沉着镇定地率领这百名骑兵继续向匈奴骑兵靠近，一直到离匈奴骑兵两里远的地方，才停下来。匈奴骑兵看这一百多名骑兵不但不跑，反而向他们靠近，料定这必是诱兵，汉朝大军肯定就埋伏在附近，于是将军队部署在附近的山坡上，摆开阵势，观察汉军的动静。

李广见敌人中了他的疑兵之计，又下令骑兵，要求大家一律下马解鞍，原地休息。

他手下的士兵一听，不知道李广葫芦里卖的什么药，都担心地问："敌人那么多，离我们又这么近，万一他们杀过来，我们该怎么办呢？"

"不，不会的。"李广神情自若地说，"他们以为我们一定会逃走，可我们偏偏把马鞍解下来休息，我们就是要让他们明白我们是决意不走了。这样他们就会坚信我们是诱敌之兵，当然就更不会冒险来攻击我们啦。"

这样一来，匈奴骑兵真的不敢来进攻他们。过了一会儿，匈奴骑兵中走出一个骑白马的将领，到阵前观察李广他们的情况。李广见此情景，翻身上马，飞奔过去，一箭将那骑白马的人射落在地。然后从容地回到驻地，下马休息。汉军横七竖八地躺在地上，有的还发出呼呼的鼾声。这一切更使匈奴骑兵狐疑，始终不敢出击汉军。

天很快就黑了下来。到了半夜，匈奴骑兵害怕汉朝大军趁黑夜来袭击他们，就全部撤离了。第二天天亮后，汉军发现山坡上一个匈奴兵都没有了，乐得手舞足蹈，都赞叹李广有谋略。李广带领这百名骑兵，安然无恙地回到了汉军大营。

（二）

汉武帝刘彻即位时，李广已经是四十开外的老将了。皇帝身边的亲信、大臣们都向武帝推荐李广："李将军是我朝的名将呀，箭法超群，智勇过人，陛下应该重用他啊！"汉武帝被说服了，任命李广为未央宫卫尉。未央宫是皇帝居住的地方，未央卫尉就是统领未央宫卫队的高级武官。于是，李广从上郡来到京城长安。

后来，汉朝用马邑城引诱匈奴单于，先派大军埋伏在马邑附近的山谷里，任命李广为"骁骑将军"，计划把匈奴兵一举歼灭。然而匈奴单于发觉了汉军的意图，中途撤回去了，汉军的计划没有成功。从此，汉朝与匈奴之间长期处于战争状态。四年以后，匈奴又大举向上谷进攻，汉武帝派卫青、公孙敖、李广等将军出兵抗敌。李广率领一万骑兵，从雁门关出塞迎击匈奴。

李广是威震天下的名将，匈奴人一听他的名字都吓得魂飞魄散。匈奴单于对李广是又怕又恨，于是他号令全军："集中兵力对付李广，一定要活捉他！"

李广的骑兵出了雁门关以后，果然遇上了匈奴的主力，经过一番厮杀，汉军战败，李广受伤被俘。匈奴骑兵活捉了李广，觉得喜从天降，一心想去单于那里报功请赏。他们用绳子结成一个网，系在两匹战马之间，让受伤的李广躺在绳网上面，好像担架一样，驮着李广匆匆向单于的帅营奔去。走了十几里之后，李广躺在网里一动不动，假装死了。两旁的骑兵本来就陶醉在活捉李广的喜悦之中，此时对李广更是毫无防备之心。李广趁机偷偷观察周围的情况，发现右边骑着好马的匈奴兵是一个少年，于是突然间从网上跳起来，飞身跨上马背，抢下少年的弓箭，把他推下马，然后调转马头，向南飞奔而去。

匈奴骑兵被这惊险的场面惊呆了，半晌才回过神来，拍马直追。李广一面快马加鞭，一面搭弓放箭射杀追赶他的匈奴骑兵，终于甩掉敌兵，死里逃生。匈奴几百名骑兵望着李广远去的背影，叹服地说："李广像是长了翅膀飞了出去，真是飞将军啊！"

从此，飞将军李广的大名响彻长城内外、塞北中原。

李广虽然大难不死，可是他出师不利，兵败被俘，按照当时的军法应该斩首。汉武帝知道李广立过不少战功，不忍把他处死，就让他用金钱赎罪免死。削去官职，降为平民。

李广回到家中，转眼就过了几年。他家和颖阴侯灌婴的孙子都住在蓝田的山中，经常一同打猎。有一天晚上，李广带着一名随从外出，和别人到山里喝酒。回到霸陵亭时，霸陵县尉也喝醉了，大声喝斥，命令李广下马。随从对县尉说："他是从前的李广将军。"县尉大声说："就是现任将军也不准夜间骑马，何况还是个过去的将军呢！"说着，命令李广下马，并把他扣留在霸陵亭。

不久，匈奴又进攻汉朝，杀死辽西太守，打败驻守渔阳的韩安国，无人能够抵挡。汉武帝于是又起用李广，任命他为右北平太守。李广随即请求允许霸陵县尉随行。到了军中，就借故把霸陵尉杀了。

李广到了右北平之后，匈奴人慑于他的威猛，称他为"汉朝的飞将军"，好几年都不敢侵犯右北平。

（三）

李广身材高大，手臂像猿猴的上肢一样又长又灵活，天生擅长射箭，且百发百中。他的儿孙和别人都跟他学习射箭，但没有一个人能比得上他。

有一次，李广和几个随从到深山中去打猎。当他爬上一个山冈时，忽然发现草丛中有个影子，若隐若现像只猛虎。他急忙弯弓搭箭，"嗖"的一声向猛虎射去。随从们提刀捉棒，小心翼翼地去抓老虎。可是走近一瞧，"咦！原来是一块大青石！"再看那支箭，箭头已经射进石头里，拔也拔不出来，大家都禁不住啧啧称奇。

李广作为将军，能骑善射、武艺超群、顽强无畏、机智勇敢，没人不佩服。在战场上他身先士卒、视死如归，敌人不走到几十步之内，没有射中的把握时，他绝不轻易放箭。只要开弓放箭，必是百发百中，敌人应声倒地。他几次身陷重围而能死里逃生。他与猛虎搏斗，即使受伤也要把它擒住，因而受到士卒的崇拜。李广的人品也是为人称道的。他为人清廉自守，凡是皇上赏赐他的东西，总是全部分给士卒。他担任俸禄两千石以上的官职四十几年，家中却没有多余的钱财，也没有留下什么稀罕之物。他待人诚恳宽厚，对士兵体贴入微。行军作战遇到粮尽水竭的时候，一旦发现水源，士兵不喝够他就滴水不沾；有了食物，士兵不吃饱他就一口也不尝。他对待部下宽大仁慈，从不过于苛求，所以士卒都乐于听从他的指挥，为他去破敌攻阵。

后来，郎中令石建死了，汉武帝又把李广召回京城，让他接替石建做郎中令。元朔六年，李广又被任命为后将军，跟随大将军卫青，从定襄出兵征讨匈奴。

和李广一起出征的将领，大多数因为杀敌有功而被封了侯，但李广没有军功，就没有得到封赏。

又过了三年，李广受命与博望侯张骞共同率军出击匈奴。李广率领四千骑兵先行，张骞率领一万骑兵随后。走了几天后，前后两军相距数百里，失去了联系。匈奴左贤王得到情报，率领四万匈奴骑兵火速赶到，将李广围住。汉朝士兵看匈奴兵比自己多十倍，都害怕起来。李广发觉士兵们的畏惧心理，便叫自己的儿子李敢只带几十名骑兵，去敌阵中侦察军情。李敢趁匈奴阵脚未稳，出其不意地冲入敌阵，左冲右突，穿过重围，平安返回，报告李广说："匈奴骑兵没什么可怕的，很容易对付。"士兵们见此情景，也就放下包袱，准备与匈奴放手一搏。

李广下令汉军摆成圆阵，背向里，脸朝外，严阵以待。匈奴骑兵发动攻势，箭如雨点般射来，汉军兵少势单，且四面受敌，很快死伤过半，情况十分危急。这时李广沉着地发布命令："全体将士看准目标，箭上弦，拉满弓。听我的命令！"李广自己拼力拉满大黄弩弓，嗖嗖地射出几箭，接连射倒匈奴的几名副将。汉朝士兵大受鼓舞，大声呐喊，一齐放箭，逼得匈奴只得退兵，危急的局面暂时缓和下来。到了晚上，士兵们都累得面无人色，而李广精神依然十分饱满。将士们对李广无不佩服，越发听从他的指挥。

第二天早上，匈奴左贤王又率兵前来逼战，正巧这时张骞率领的一万骑兵赶到，汉军士气大振。左贤王估计不可能取胜，便下令撤军。汉军也疲惫不堪，无力追击，只好收兵回营。

在这次交战中，博望侯张骞没有按时率军队赶到，误了军机，应当处死，可是因为他以前立过功，汉武帝赦免了他，只把他降为平民。李广虽然以相差悬殊的极少兵力沉重地打击了匈奴骑兵，但因为损失过大，也没有被朝廷封赏。

（四）

李广历仕汉文帝、汉景帝、汉武帝三代皇帝，一生身经百战、出生入死、功勋卓著，但没有一个皇帝封他侯位。而和他同朝为官的堂弟李蔡，在景帝的时候累积功劳，就已经做了两千石的官了；武帝的时候，做到了代国丞相。元朔五年，李蔡被任命为轻车将军，跟随大将军卫青攻打匈奴右贤王有功，被封为乐安侯。

元狩二年，李蔡代替公孙弘当了丞相。李广的人品在李蔡之上，名声也比李蔡大得多，但从未得到爵位和封地，官职也从未超过九卿。而李蔡却被封为乐安侯，官职达到三公。连李广手下的将士，被封侯的也有几十人，可李广却从未有过这样的殊荣，所以他始终感到不快，心情十分苦闷。有一次，李广就问一个相面的人，他为什么功高但得不到封赏。相面的人反问他："将军自己回想一下，平生有没有什么悔恨的事？"

李广想了一想说："当年我做陇西太守时，羌族反叛朝廷，我设计引诱他们投降。投降后，我又把他们八百个人全部杀了。现在想起来，觉得非常后悔。"

相面人一听，点头说道："没有比杀死已经投降的人更大的罪过了，这就是将军得不到封侯的原因。"

（五）

元狩四年，汉武帝派大将军卫青、骠骑将军霍去病率军征讨匈奴。李广得到消息，便多次向汉武帝请战。武帝认为他年纪已大，就没有答应他。可李广执意不肯，汉武帝最后只好应允，任命他为前将军，随同大将军出征。

出了边塞，卫青捉到一个匈奴人，得知了单于住的地方，就想带领精锐部队直捣匈奴大营，捉拿单于。他命令李广的部队和右将军赵食其的部队合并，从东路出击。李广求功心切，一心想打头阵，就请求卫青说："我是前将军，应该做前锋。现在大将军却让我从东路进军，那我这个前将军还有什么用？想我李广一生都在与匈奴作战，直到今天才有机会同单于对阵，所以请求大将军让我与他决一死战，以慰平生。"大将军卫青出征前曾得到过皇上嘱咐，认为李广年龄太大，命运又不好，不要让他同单于对阵。否则，恐怕达不到目的。所以卫青没有答应李广的要求，而是下了一道军令让他从东路策应。李广无法反驳，只得愤愤不平地服从军令，领兵沿东路进发。不料李广的部队因为没有向导而迷失了方向，耽误了与卫青会师的时间，没能参加交战。卫青虽然在交战中大败匈奴，但由于兵力太少未能捉到单于。大将军派长史查问李广迷路的情况，并准备呈报皇上。长史催促李广的部下去卫青军帐内报告情况，听候质问。李广气急败坏地大叫道："我手下的人没有过错，是我自己迷了路，我去大将军那里受审。"

李广到了军帐，对部下们说道："我从年轻时起就与匈奴打仗，大小打了七十场仗。这回跟随大将军出征，难得有同单于交锋建立战功的机会，可是大将军又把我调到东路，偏偏我又迷了路，这难道不是天意吗？我已经是六十开外的人了，总不能再受刀笔之吏的审问吧？"说完，当着部下的面，拔剑自刎而死。可怜一代名将，竟以此而终。

（六）

李广有三个儿子——李当户、李椒和李敢。李当户很早就死了，李椒作为代郡太守，也比李广死得早。李当户有个遗腹子，叫李陵。

李广在军中自杀时，李敢正跟从骠骑将军霍去病同匈奴作战，后来在同匈奴左贤王的战斗中，夺得左贤王的战鼓和军旗，并斩杀了许多敌人，被封为关内侯，后来又代替李广做了郎中令。

李敢怨恨大将军卫青逼得父亲自杀，有一次借机将卫青打伤。后来，李敢随从武帝到雍县的甘泉宫打猎。霍去病因和卫青有亲戚关系，于是乘机将李敢射死。当时，霍去病正是位高权重、最受武帝宠幸的时候，武帝也替他隐瞒真相，说李敢是被鹿撞死的。

过了一年多，霍去病也死了。李敢有个女儿，深受太子的宠幸，李敢的儿子李禹也受太子的喜爱，但李禹十分贪财，李氏家族的声望从此就慢慢地衰落了。

李陵长大后，被提拔为建章监，统领骑兵部队。他擅长射箭，而且十分爱护手下的士兵，汉武帝念他是李广之后，就让他率领八百骑兵防守边关。李陵曾经带兵深入匈奴两千多里，过居延去察看地形，无人可挡。后来，他又被任命为骑都尉，带领丹阳境内五千楚兵，驻扎在酒泉、张掖一带，以防匈奴。

几年以后，到了汉武帝天汉二年秋天，贰师将军李广利带领三万骑兵，攻打匈奴右贤王，两军在祁连山会战。李广利命令李陵率领步兵射手五千人出居延一千多里，想以此来分散匈奴的兵力，不让匈奴集中兵力攻击贰师将军。李陵完成任务，按期返回时，途中被八万匈奴兵包围。李陵的部队只有五千人，哪里抵得八万匈奴兵，结果箭全部射光了，士兵也战死了大半。但是李陵率领士兵边打边撤，连续奋战了八天，最后在离居延一百多里的地方，被匈奴堵在一个峡谷里，断了后路。这时粮食吃完了，又没有援兵赶到。敌人一面加紧攻击，一面劝李陵投降。李陵不想全体将士都丧生于此，便率部投降。其余部分汉军逃散，回到汉营的不足四百人。

　　单于得到李陵，知道他是飞将军李广的孙子，又看到他作战非常勇敢，十分喜欢，就把自己的女儿嫁给他，待他十分尊贵。

　　汉武帝听说李陵投降了匈奴，非常生气，就把李陵的母亲和妻子杀了，李氏的威名从此沉落。